U0115349

文學研究叢書

足音集
文學記憶‧紀行‧電影

許俊雅 著

序

　　二〇一〇年起，我開始訂下一系列以五官命名的出書計畫，這本書是其中一本，不過在這之前的《游目集──臺灣文學花園》卻遲未出版，我也從未催促過，了解過其細節，在中國大陸出版的書，總是有很多自己無法事先預料到的狀況。現在這本《足音集》是繼《低眉集》後的第二本，二書關懷重點近似，主要多圍繞在臺灣文學的議題上，但《足音集》討論的作家似乎更多，有巫永福、呂赫若、李逸濤、張煒、契訶夫、田原天南、朴潤元及日治時期臺灣文學期刊等，內容含括現當代兩岸作家作品及電影，並有跨界、比較的研究視野，對日受重視的東亞學及比較文學，或有其參考之價值，這也是近兩三年來個人關懷的重點。

　　本書分三輯討論文學中的記憶、紀行、電影，輯一著重以國外作家之作品與臺灣作家進行文本之詮釋與比較，輯二以日治臺灣期刊雜誌史料為重點，並評述呂赫若研究的回顧與前瞻及臺灣小說的二戰經驗書寫。輯三以電影、上海與臺灣文學的交涉為主。以下簡要交代各篇內涵。〈與契訶夫的生命對話──巫永福〈眠い春杏〉文本詮釋與比較〉一文之寫作思路與意圖，在於面對契訶夫、巫永福二人作品之相似性，並且相互之間也無確鑿的證據可以說明契訶夫影響巫永福〈眠い春杏〉之際，從「世界性因素」角度出發，探討不同民族文化背景下的文學在面對相同環境時產生的平等對話的可能性。從具體的文本出發，作文本細讀，以材料立論，揭示異同，平等地探討它們各自如何豐富文學世界裡的意象。本文強調〈眠い春杏〉小說的敘事形式是在世界性文學的基礎上發展的，深入其文學精髓的層面及作品中

細節中營造出來的藝術生命力，證成〈眠い春杏〉如何在接受契訶夫啟示之餘，經過剪裁梳理，加以創造性的發展，形成自己鮮明的獨創性。如以簡單的模仿之說來解釋這種現象則是不妥的。

〈翻譯視域、想像中國與建構日本——從田原天南之《袁世凱》和李逸濤漢譯的《袁世凱》之比較研究談起〉一文以日人田原天南的《袁世凱》和李逸濤漢譯的《袁世凱》進行比較研究，探討田原天南如何藉由《袁世凱》來想像中國與建構日本，並且進一步探討臺灣傳統文人李逸濤其文化翻譯背後的需求以及目的，也涉及田原天南和李逸濤所扮演的位置，以及論述權力之重大議題。田原天南這位日治時期來臺的日人在此扮演關鍵性的角色，他除了是漢詩人外，也是日本明治至大正年間有名的國際新聞工作者，在大眾媒體中引渡世界潮流的先鋒者。田原天南的《袁世凱》傳中極力鋪陳袁世凱逐漸成為「親日主義者」的轉變，其中撰述目的乃是在強化袁世凱對日本軍事武力的高度認同，並將袁世凱塑造為與現代脈動相聯結的改革者，這顯示出日本殖民主義和帝國主義發展過程中往往透過「再現」以加深中國之刻板印象，一方面也創造出一套日本地位優越的策略，將日本與西方文明接合，形塑出日本先進的形象。《袁世凱》傳流露出以日本為本位的東洋文明論述，鞏固日本在東亞的領導地位。李逸濤透過田原天南「中介」所闡述的中國圖像，並勾勒出晚清的政治生態與社會圖景，此一圖像不僅開啟臺人對於中國的想像與認知，這樣的翻譯實踐顯然帶有帝國之眼的論述觀，也探觸到文化再生產中與身分塑造有關的重要議題，再現日本殖民宗主國對於域外的接受圖譜，強化文化生產與帝國主體間共謀的關係。

〈朝鮮作家朴潤元在臺作品及其臺灣紀行析論〉一文討論朝鮮作家朴潤元在臺及回國後之作品。由於現階段朴潤元留存資料極少，因此本文首先考證其為朝鮮作家無疑，次而對其在臺狀況做初步的

勾勒。朴潤元在臺有三篇作品，兩篇譯作〈堅忍論〉與〈史前人類論〉，譯自崔南善《時文讀本》，第三篇〈國教宗教辨〉是崇文社徵文之作，討論國教與宗教的議題，表達對臺灣孔教與儒學思想論爭之意見。其回國後之作亦有三篇作品：〈臺遊雜感〉、〈在臺灣居住的我國（韓國）同胞現況〉、〈臺灣蕃族與朝鮮〉，藉蕃人的生活面相批判當時殖民者日本的現代性文明，並且鼓勵民族意識，同時傳達了在臺的韓人生活面相。綜言之，朴潤元不僅單方面將朝鮮介紹給臺灣讀者，亦將臺灣的社會與文化介紹給朝鮮讀者，為朝鮮讀者打開了認識與親近臺灣的機會。目前學界對日治時期臺韓文學的研究，仍處於榛莽未啟的階段，本文或可提供日後展開研究比較之參考。

〈《臺灣文藝》與臺灣新文學的發展〉一文顧名思義可知其討論重點。臺灣文藝聯盟機關誌《臺灣文藝》（1934年11月～1936年8月），因不強調主義、主張或路線，而得以結合全島作家，共同創作，這是臺灣文學雜誌多元典範的開始。文聯總部及各支部都舉辦過多次文藝座談會，討論如何振興臺灣文藝、文藝大眾化、報告文學、殖民地文學界定、文學用語等問題，對聯絡作家情誼、交換各種文藝意見多所助益。該誌刊載計有：創作、評論、童謠、童話、中外文學譯著、劇本、學術研究等，重要作家作品不少，如張文環、張深切、巫永福、吳坤煌、吳天賞、呂赫若、翁鬧、吳新榮、王白淵等等，部份成員成為四〇年代臺灣文壇或藝壇之重要人物。而刊物「感想・書信」欄、「意見・批評」欄，同時照應到讀者，供讀者投書發表感言、評論；對綜合藝術也有較多關注，曾開討論會（有畫家、音樂家、書法家、演劇研究家、作曲家、律師、記者等），並邀請臺籍旅日音樂家江文也、韓國人崔承喜等藝壇名人來臺演出。《臺灣文藝》創刊不久，即刊載有關魯迅、高爾基、托爾斯泰等人的研究或作品的中譯稿，而文聯東京支部與中國左聯東京支部及日本左翼詩壇交流，

《臺灣文藝》深受激勵，從而躍躍欲試。在左翼文學譯介交流上有其成果，而此一跨域交流，在臺灣文學史上也是絕無僅有。文聯與《臺灣文藝》標榜為人生而藝術之路線，並廣泛凝結藝術主義者與意識型態相異的作家，但畢竟是聯合陣線式的組合。一九三四年臺灣文藝聯盟在「文藝大眾化」的認知下結合，而一九三五年的分裂，正是對「文藝大眾化」的不同路線及詮釋的結果。楊逵等人脫退，另創《臺灣新文學》雜誌，但楊逵仍然無可避免地將雜誌做為貫徹其個人的文學理念與意志力之實踐作為，導致楊守愚於日記中亦宣發其不滿情緒。此臺灣新文學史上的插曲，其間並無一定、絕對的是非，雖然導致分裂，但也有其意義，因之更清楚「文藝大眾化」的內涵。

〈記憶與認同——臺灣小說的二戰經驗書寫〉，透過不同的戰爭題材的小說，檢視臺灣二戰經驗的集體記憶及國族認同。小說多半用具體生動的細節來展現生活圖景，對於戰爭狀態下人的精神價值、人的生存處境的關注。論文處理的面向有：盟軍空襲經驗的書寫；戰爭迫害的延續性、擴散性；幾種共同的歷史記憶：人性與生存的掙扎，食人肉所帶來的精神壓抑，以致瘋狂等等，以之探討唯有直面真實的歷史記憶，才有新生和救贖的可能，而作家也藉由書寫歷程，重新尋找、賦予自我新的生存價值與意義；本省與外省的戰爭經驗不同，以之建立族群之記憶與認同，而對戰爭的記憶或想像，同樣呈現了作家自身對現實及歷史的不同階段的認知。但不論取向如何，飽受戰爭與災難的離亂之苦的人們，外省也好，本省也罷，都營造了歸鄉迢迢的想望：一條回家的路。這一篇跨越到戰後的文學，基本上本書偏重的論述題材、時空氛圍，仍舊是個人較熟悉的日治場域，其他對日治期刊、日治作家呂赫若研究之回顧與前瞻，都可以看出個人學思重心所在，不過，自二〇一〇年起，個人又再度擴展研究範疇，即是對中國文學在日治臺灣的傳播流動和接受狀況的分析，本書僅以〈銀幕春秋

與文字乾坤——談上海電影本事在日治臺灣報刊雜誌的轉載〉一文予以體現，其他論述累積四、五篇，如〈王韜文言小說在臺灣的轉載及改寫——以《臺灣日日新報》為例〉、〈少潮、觀潮、儀、耐儂、拾遺是誰？——《臺灣日日新報》作者考證〉、〈《洪水報》、《赤道》對中國文學作品的轉載——兼論創造社在日治臺灣文壇〉，期待這一系列的討論能很快結集出版，書名就叫《盾鼻編》。權以此自勉。最後，謹向晏瑞、依玲致謝，沒有他們細心的協助，本書不可能出版。同時感謝我的母親，在極為困阨的生活條件下，仍堅持讓孩子受教育，如果不是她的堅持及驚人的毅力，臺灣文學研究這扇窗，肯定不可能被開啟，在她八十大壽之際，謹以此書獻給她。

許俊雅
謹序於八三七研究室

目　次

輯一

與契訶夫的生命對話
——巫永福〈眠い春杏〉文本詮釋與比較

一 前言

　　一九三三年巫永福在《福爾摩沙》創刊號發表小說〈首與體〉，至一九四一年，戰前的巫永福寫了七篇日文小說，另六篇小說是：〈黑龍〉、〈愛睏的春杏〉、〈山茶花〉、〈河邊的浣婦〉、〈阿煌與父親〉、〈慾〉，除了〈眠い春杏〉（譯為〈愛睏的春杏〉或〈昏昏欲睡的春杏〉）外，其餘六篇已多次被學界討論。〈眠い春杏〉發表於一九三六年《臺灣文藝》三卷二號，由於之前未見中文版，又因日文小說殘缺不全，遂未能即時展開討論。根據評論家張恆豪先生的回憶，〈眠い春杏〉之所以未譯成漢文，主因在於所刊之《臺灣文藝》恰巧缺其中第七至第十凡四頁，因此《光復前臺灣文學全集》（小說卷）只好割捨[1]。此後《臺灣作家全集・短篇小說卷・日據時代》、《巫永福全集》亦未見中文譯文，直至《巫永福精選集・小說卷》方收入譯文[2]。雖然依舊未能尋獲完整無缺之《臺灣文藝》三卷二號，但此作

---

[1] 張恆豪，〈探觸臺灣人文的深層記憶——《巫永福全集》出版的寓義與闕失〉，收入《巫永福全集續集・文學會議卷》（臺北市：傳神文化事業有限公司，1999 年 6 月），頁 168～169。葉石濤、鍾肇政主編：《光復前臺灣文學全集》（小說卷）（臺北市：遠景出版社，1979 年）。編輯者為張恆豪、羊子喬、林瑞明。根據謝惠貞研究，其缺頁是因檢閱被迫刪去所造成，欲覓完整版本恐怕是可遇而不可得。謝文見〈巫永福「眠い春杏」と橫光利一「時間」——新感覺派模写から「意識」の発見へ——〉，《日本台湾学会報》第 12 號（2010 年 5 月 31 日），頁 216。

[2] 許俊雅主編，《巫永福精選集・小說卷》（臺北市：富春文化出版公司，2010 年 12

的內容、技巧及意涵清晰可讀，尚可一窺全豹，更何況此作在巫永福七篇小說中獨具重要意義，筆者在細讀文本之後，擬從幾個方面予以討論。首先是對〈眠い春杏〉與契訶夫〈萬卡〉、〈渴睡〉（或譯〈瞌睡〉）予以分析討論[3]，並凸顯〈眠い春杏〉獨特的臺灣性，此部分亦將援引漢人文化傳統裡的婢女舊習，及當時眾多小說裡的婢女命運及形象，以見臺灣文化背景與俄國農奴制度之差異，呈現作家在影響啟示後的獨創性。

其次是〈眠い春杏〉與契訶夫小說關係密切，有必要釐清巫永福及當時的臺灣文壇與契訶夫作品的關連。本文將使用「世界性因素」這一概念來討論契訶夫與巫永福小說，「世界性因素」一詞，借自陳思和在〈20世紀中國文學的世界性因素〉一文中所謂的「中國文學的世界性因素，指在二十世紀中外文學關係研究中的一種新的理論視野。」他認為：「既然中國文學的發展已經被納入了世界格局，那麼它與世界的關係就不可能完全是被動接受，它已經成為世界體系中的一個單元，在其自身的運動中形成某些特有的審美意識，不管其與外來文化是否存在著直接的影響關係，都是以獨特面貌加入世界文化的行列，並豐富了世界文化的內容。在這種研究視野裡，中國文學與其他國家的文學在對等的地位上共同建構起『世界』文學的複雜模式」[4]。此一觀點同樣適合援用來思考臺灣文學與世界文學的關係。所

月）。及許俊雅、趙勳達策劃，〈散發靜光的銀杏：新譯巫永福作品集〉《文學臺灣》第77期（2011年1月），頁235～277。以下引用中譯本時（譯者是趙勳達博士），據富春版直接標示頁碼於後，不再另加注，謹此說明。

3　當時譯法極多，如為契訶甫、崔霍甫、柴霍甫、柴霍夫、欠克夫、德乞戈甫，大約是從 Tchehov 的非俄文拼寫法轉譯的。

4　陳思和，〈關於20世紀中外文學關係研究中的世界性因素〉，收入氏著：《談虎談兔》（桂林市：廣西師範大學出版社，2001年），頁32～60。嚴紹璗、陳思和主編：《跨文化研究：什麼是比較文學》（北京市：北京大學出版社，2007年2月），頁139～159。

以，藉由契訶夫與巫永福的討論，不但可以讓我們看到一種巫永福式的民族寫作是如何帶出世界性意義的，同樣也可以讓我們見識這種具有世界性意義的寫作是如何命中臺灣民族傳統的命脈。

從比較視域觀察，跨民族的文學藝術影響本來就是複雜的，這不僅表現在影響源的各不相同，或一個作家可能同時受到許多外國作家的綜合影響，而且表現在即使同樣對某個外國作家感興趣的臺灣作家，其接受影響的角度和深度往往也是大相逕庭的。作家間的文學接受在很大程度上取決於他們在審美趣味、藝術追求、創作個性和精神氣質上的接近，而藝術的審美接受又是純粹的精神性的愉悅活動，藝術創作更是社會生活的綜合性精神投射，兩者之間可能會有某種關聯，但由於精神領域的複雜性與審美特徵的形象性，使藝術傳播功能模糊性自是難免。本文將從巫永福廣納世界性文學之營養，使作品從多個方面彰顯了不同於契訶夫甚至是臺灣新文學的風貌，〈眠い春杏〉如何在接受啟示之餘，加以創造性的發展，形成自己鮮明的獨創性。

二　現實與現代的融合

巫永福的小說〈眠い春杏〉讓人想起俄羅斯文學大師安東・巴甫洛維奇・契訶夫（Антон Павлович Чехов, 1860～1904）[5]的名篇〈萬卡〉。一個家庭貧困的九歲的男孩萬卡被送到莫斯科一家皮鞋匠那裡

---

[5] 俄國小說家、戲劇家、十九世紀俄國批判現實主義作家、短篇小說藝術大師。1860年1月29日生於羅斯托夫省塔甘羅格市。祖父是贖身農奴。父親曾開設雜貨鋪，1876年破產，全家遷居莫斯科。但契訶夫隻身留在塔甘羅格，靠擔任家庭教師以維持生計和繼續求學。1879年進莫斯科大學醫學系。1884年畢業後在茲威尼哥羅德等地行醫，廣泛接觸平民和瞭解生活，這對他的文學創作有良好影響。他和法國的莫泊桑，美國的歐・亨利齊名，為三大短篇小說巨匠。

做學徒，繁重的工作把他折磨得筋疲力盡，又受到打罵和饑餓的虐待。在耶誕節前夜，趁著主人出去做晨禱的時候，偷偷給他唯一的親人、鄉下的爺爺寫信，抱怨他的惡劣生活，希望爺爺把他帶回鄉下去：「昨天我挨了一頓打，老闆揪著我的頭髮，把我拉到院子裡，拿師傅幹活用的皮條狠狠地抽我，怪我搖他們搖籃裡的小娃娃，一不小心睡著了。上個星期老闆娘叫我收拾一條青魚，我從尾巴上動手收拾，她就撈起那條青魚，把魚頭直戳到我臉上來。……親愛的爺爺，我求你看在基督和上帝面上帶我離開這兒吧……這兒人人都打我，我餓得要命，氣悶得沒法說，老是哭。前幾天老闆用鞋楦頭打我，把我打得昏倒在地，好容易才活過來。我的日子苦透了，比狗都不如。」[6] 萬卡把寫好的信裝進信封裡，再寫上地址：「寄交鄉下祖父收」，然後又添寫上：「康司坦丁‧瑪卡雷奇」。他高興地跑到街上，把這封珍貴的信投到郵筒裡，回去後他懷著美好的希望睡熟了，夢中他看見爺爺正在讀他的信。孩子的這一舉動是幼稚可笑的，但在這一具有喜劇因素的情節裡面，包含了凝重的人生悲劇，蘊藏著人生從少年開始的辛酸，其中童稚的天真、精神的苦痛和處境的孤苦無助揉合在一起，一篇才五千字的小說，寫得很平靜，但催人淚下。而巫永福〈眠い春杏〉創作於上世紀三十年代，故事寫的是十一歲的春杏，出身於貧苦的漁民家庭，被賣到鄰近富戶仁德老闆的家當丫頭，從早忙到晚，一天只睡五小時。長期的睏倦壓倒了她。有一天晚上主人外出，她在睏倦中持續工作：洗盤子、疊衣服、抱孩子……沒完沒了，終於累倒在床上，深深地睡著了，但無意間把襁褓中的小主人壓死了。

　　從萬卡到春杏，人類的惡劣生存環境沒有改變，但是世界文化卻

---

[6] 汝龍譯，《契訶夫小說全集》（第5冊）（上海市：上海譯文出版社，2008年1月），頁413～415。

已經發生了變化。在契訶夫的時代，現實主義的寫實手法已經發展到了極致的階段，難破自身的侷限。文學大師如上帝的眼睛洞察世俗萬態，他通過一封短短的書信，把孩子的痛苦如實呈現在讀者面前，大師語言絲絲入扣，以致讀者深信不疑，這個九歲的農村孩子竟能夠寫出一封感人至深的書信。這封信沒有送到（也不可能送到）鄉下爺爺的手裡，但是已經深深地到達了讀者的心靈深處，因此而受到感動。但是在巫永福的時代，人們對於現實主義的過於依賴寫實的手法已經有了質疑，作家的創作手法必須有變化，文學要求有更強烈和更深刻的方法來揭示人物的心理世界，於是，漁家女兒春杏不會再用書信的方式來傾訴內心痛苦，她也無意表述，唯一的感覺就是睏倦。睏倦與傾訴是多麼的不同，傾訴有對象、內心有不平、還有寄託著對未來出路的尋求，而睏倦，近於睡著了。

於是，春杏沒有傾訴的對象，她被賣到鄰村一年多，家裡親人只是在夢境裡出現，而且夢中呈現的，全是恐怖的意象：漁民父親被風暴吞噬，中風的母親在與父親死別，小弟弟剛剛病死，現實世界裡已經無人可以傾聽她的痛苦；她也已經沒有內心的不平，她已經完全認命，把這個時時在剝削她、虐待她的富戶之家看作是自己的家，承認自己是其中的可憐的一員，所以她在睏倦中還盼望主人能快回家，可以減輕她的工作，作者說她：「考慮到不被責罵的話，就會採取不會被責罵的行動。這是依照幾近於奴隸式的義務觀念與動物直覺的行動。」順從而不是不平之聲，是因為她根本無法發出不平之聲；還有，春杏沒有未來，她知道沒有人可以救她出火坑，她唯一的祈求就是讓她深深地睡一覺，墜落到黑甜鄉裡麻醉自己。於是，作者沉痛地說：

　　春杏只是動了，工作了，行動了，與其說是出自有意識的行

　　為，不如說是依照潛在的本能。春杏那顆失去智慧的、被扭曲
　　的心，只能感性地考慮聽從與迎合老闆而已。（頁111）

很顯然，巫永福在創作這部作品的時侯，受到了日文譯本契訶夫及啟
蒙主義思潮的影響，但與契訶夫的悲天憫人有所不同。他筆下塑造的
春杏明顯地含有殖民體制下哀其不幸、怒其不爭的話語因素，這種呼
籲聲在郭秋生〈解消發生期的觀念，行動的本格化建設化〉一文，
謂：「我們已不願再看查某嫺的悲憤而自殺，我們要看的是查某嫺能
夠怎樣脫得強有力的魔手與獲得潑辣的生存權，在舊禮教下陷一生於
不幸之淵的女性，我們也不願再看其不幸的姿態而終，要看的是該女
性能夠怎樣解消得不幸的壓力而到達了怎麼樣的幸福的境地，……是
故我們要看的，是只要能夠有熱烈的生活力，克服了冷遇的惡環境，
以奏人生凱歌的新人物出現」[7]。這是因當時小說內容觸及到的底層女
性多屬憂鬱、消沉、沮喪、煩悶、焦躁等境況的人生。現實中的春
杏，她依舊無能為力去反抗惡環境，春杏的現實痛苦和她的精神麻木
相得益彰，生理的難以忍受的折磨，只能依靠精神的睏倦麻木來減
輕其痛苦，於是，小說裡的「昏昏欲睡」成為一種精神麻木的象徵；
黑色，也成為一種象徵，黑浪的海、黑色的山、黑色的夢，生不如死
的可憐的生命就被吞沒在無邊無際的黑暗裡。但是筆者這樣分析可能
過於沉重和悲觀了，這篇小說在閱讀時所產生的審美效果還不僅僅是
這種啟蒙主義的沉重。巫永福的文字裡含有殖民地文學所不具備的亮
色，這種亮色，可以用另外一個範疇作參照系，那就是在上世紀三十
年代已經瀰漫世界文學領域的現代主義。這麼說不是指殖民地文學就
沒有亮色，或沒有現代主義的因素，但是殖民地文學過於沉重的啟蒙

7　郭秋生，〈解消發生期的觀念，行動的本格化建設化〉，《先發部隊》創刊號（1934
　　年7月），頁21。

任務，使文學精神的亮色變得非常勉強，這與魯迅在〈藥〉的結尾有
些相似，為了增加亮色而不得不描寫了一個花環，完全是外在加上去
的，而從狂人、阿Q到祥林嫂等等，都沒有真正寫到他們身上所含有
可怕的反抗性的一面，日治的臺灣小說也多半如是。然而這個因素，
在巫永福筆下的春杏的故事裡出現了，春杏在沉重地睡著了的過程
中，完全無意識地殺了人。作者寫道：

> 春杏真的睡了。腳也張開，手也張開，以舒服自在的心情睡
> 了。身體伸向了二小姐的臉。她原本搖搖晃晃的身軀此時已陷
> 入了忘我的境界。春杏的身體壓在二小姐臉上會造成什麼後
> 果，她完全不知情，也沒有加以考慮。根本來不及想到二小姐
> 會被自己的身體壓住而窒息、壓死。以及在二小姐窒息死後趕
> 到的老闆娘與老太娘，她們會如何叫罵、發狂、鞭打等等，春
> 杏拋諸腦後。（頁113）

報復在不自覺中完成了。一方面在麻木地沉睡中盡可能地伸張四肢，
本能地尋求在清醒時無法尋求的身體快感，另一方面，在無意識中實
現了報復，不僅僅是生命的毀滅（二小姐被窒息而死），也包含了對
於虐待她折磨她的老闆一家的精神報復（老闆娘、老太娘等的悲愴反
應）。就彷彿是冥冥之中復仇女神借了這個弱小身體來報復這個刻薄
寡恩的世界，春杏是無辜的，又是必然的復仇者，復仇是通過她全不
知曉的無意識來完成的，這就應和了當時風靡世界的佛洛伊德學說：
人的無意識世界是一個充滿了犯罪欲望的黑暗的精神領域[8]。當意識世
界由於軟弱和被壓抑到絕望的時候，無意識就出現了，它就是一個人
我俱毀的復仇。現代主義的描寫無意識的手法，使這篇小說打亂了正

---

[8] 歐陽明編，《謊言與圈套》（北京市：民族出版社，1993年），頁38～47。

常的理性思維的寫法而進入一個新的深的層次：清醒與幻覺，現實與夢境，理性與非理性，交織在一起，展示出由悲憫到恐怖、平實到怪誕的審美效果。

因此「昏昏欲睡」不僅僅是一種人物睏倦的精神狀態，而是在表面上看似麻木昏沉的精神世界裡，咆哮著憤怒反抗的激浪。「睡」的審美效果就從消極轉為積極了。我們從小說一開始就看到了這種怪誕的圖景：

> 春杏一邊洗著盤子，一邊覺得廚房微暗的每個角落都響起近似闃黑的海潮拍打聲，空氣中也瀰漫著陣陣的惡臭。垂掛在天花板的電燈所發出的偏黃色燈光，在忽明忽滅之際轉變成紫色，春杏覺得腳下站立的地板從兩端彎曲成圓弧狀，自己似乎頭下腳上地翻轉過來。真的是天旋地轉。（頁103）

「昏昏欲睡」導致「天旋地轉」，海潮翻滾，惡臭瀰漫，清醒的理性世界將被黑色的非理性傾覆，怪誕的審美由此產生。於是，整個小說不是沉悶的寫實，也不是觀念的吶喊，而是充滿了怪誕意味的黑色海水的激蕩和蔓延，由此佈滿了全篇。我們再看夢境，作者通過夢境來展示春杏原來家庭的遭遇，出現的卻是鬼魂：

> 爸爸死去的靈魂化作藍燈在頭上遊蕩。只剩可憐形骸的精靈在媽媽的破房子前低頭站立。爸爸的臉很窄小，上有眉毛和眼睛。這是在已忘卻了奮鬥的積極性的人臉上，時而可見的深刻的陰鬱。
>
> 「你現在將要死了。」
>
> 爸爸微弱的聲音被風吹過。被繚繞不已的憂鬱聲音所刺激，媽媽的臉色發青。媽媽看著爸爸，目不轉睛地看著。但是和印象

中的不同，呈現出不可思議的臉。媽媽混濁的雙眼已不具視力。她並不知道那是爸爸。

「不管怎麼說，你就要死了。誰也幫不了你。況且，誰又會在乎你呢？」

爸爸向媽媽招手。爸爸為什麼進入那間破房子卻不照顧媽媽，春杏感到不可思議。但是，春杏迷迷糊糊的腦袋瓜兒確實聽到爸爸微細的聲音，非常悲壯的聲音。

媽媽已經被折騰到要死了。爸爸站在破房子外，目不轉睛地看著媽媽。媽媽痛苦得直呻吟。之後，爸爸的頭看不見了，只剩身體看得見。

「你將在無人知曉的狀態中死去。」

爸爸的聲音飄蕩在空中。在黑色的波濤緊挨著的地平線那頭，爸爸的形影一點一滴地消逝了。之後，一陣波浪激起了浪花。風在激烈地吼叫。海天連成一片，在怒濤與咆哮聲中發狂。小型豬舍被吹毀，媽媽的肚子像被刀挖空，發出淒厲的叫聲。像山一樣高的大海嘯逼近海濱，吞噬砂地、鏟平樹林、推倒山丘，恣意妄為。不只如此，後面緊接而來大海嘯加倍地廣闊與強大，把一切都吞沒了。在目光所及之處，被海浪捲走的媽媽，像樹葉一樣地消失了。（頁108、109）

這是一場夢，值得注意的是，那個鬼魂遊蕩在空中所說的話，是典型的歐化語言，這種語言結構很可能來自當時日本語。漁民的父親不可能說出這種含有詩意的語言，但是鬼魂卻是可以的，因為它已經超脫了現實世界的具體身分。這種抽象意義上的鬼魂，仍然是象徵手法。夢境裡沒有現實的具體細節，卻幻化出一幅戲劇性的人鬼交流圖來告訴春杏：此刻，正是她的苦難的媽媽在彌留之際，在托夢給女兒，與

女兒作死別。魔幻的場景裡隱藏了現實的內容。而夢幻裡的大海嘯，暗示了無意識的閘門終於要打開，一場大禍行將發生。

反之，在現實描寫的層面上。也處處照應了無意識的存在，如以下一段是描寫春杏在與疲倦作鬥爭：

> 春杏精疲力盡地癱坐在椅子上。疲勞與睡意像濃霧般襲來。春杏對電燈下所映照出來的自己的黑影感到害怕，自言自語地說著「小姐，不要啊」的糊塗話。貓又叫了。春杏靠在椅背上閉著眼睛，心亂如麻。卻開始打起盹兒來。（頁106）

這裡黑影的出現，嘴裡的胡話、貓的叫聲都是現實中存在的細節，但又彷彿是無意識世界派遣而來的使者，催眠一樣地起著作用，「心亂如麻」是現實世界的春杏在天人之戰的心理，但她很快就沉睡過去，向無意識的使者屈服了。於是，奇禍開始。

這篇小說營造時產生的恐怖意境是一點一點逼近的，每進一步，現實中理性的掙扎就後退一步。這種衝突的節奏使小說的審美效果顯得激越而緊湊。整部小說的敘事在現實層面的人物活動和非現實層面的瞌睡、幻覺、夢境之間交替進行，而人物的活動也是緊張而頻繁，讀者看到的春杏，在短短的一段時間裡不停地幹活、抱孩子、走來走去，進進出出，充滿了不安感，再配置越來越逼近的無意識世界裡的大風暴，整個小說敘事達到了尖銳而殘酷，豐富而變幻，真實與非現實的交替的現代主義的藝術高度。這部作品創作的時間與上海三十年代初出現的劉吶鷗、穆時英的新感覺派小說、施蟄存的意識流小說[9]

9　新感派是日本現代文學史上一個重要的文學流派，第一次世界大戰結束以後，日本經濟得到恢復和發展，但1920年爆發了經濟危機，特別是在1923年發生了關東大地震，社會上蔓延著虛無和絕望的思想以及西方貪圖瞬間快樂的風氣。它強調對官能感覺的實描摹，創造訴諸視覺和聽覺的動態藝術形象，重要作家有橫光利一、

等同一時期，但在精神層面和技術層面上，都在一般高度之上。這是
值得我們注意的。

三　契訶夫〈渴睡〉與巫永福〈眠い春杏〉

　　當本文開始時從契訶夫小說裡選擇了〈萬卡〉作為〈眠い春杏〉
參照系的時候，筆者有意暫時擱下契訶夫的另一篇小說〈渴睡〉[10]，從
敘事內容上來比較，〈渴睡〉與〈眠い春杏〉幾乎是如出一轍。這裡
先簡述〈渴睡〉小說的內容，再討論兩部作品之異同。〈渴睡〉極其
生動地描寫了小主人翁的渴睡感。十三歲的姑娘華里珈（或譯作瓦爾
卡），由於父親去世，家裡生活艱難，母親送她到一個皮鞋匠老闆家
當使女。華里珈從早到晚有幹不完的活。一早起來就要生爐子、燒茶
炊，然後就是刷老闆的雨鞋、打掃臺階、削土豆，準備午餐。白天過

　　川端康成等，對中國、臺灣文學界也起了相當的影響。意識流是 20 世紀初葉在西
　　方興起的一種與傳統的寫法不同的創作方法。它以表現人們的意識流動、展示，恍
　　惚迷離的心靈世界為主。意識流經日本傳人，而巫永福曾在日本留學，接受了這種
　　影響，回臺後用了〈眠い春杏〉的創作中。其呈現方式千變萬化，或是流暢的獨
　　白，或是恍惚的夢幻。巫永福用夢境構成獨特的意境，也用夢境對人物的命運作出
　　暗示，更以夢境作為情節發展的轉機。

10　因未見臺灣中譯本，但臺灣白話文作家其實也接觸過中國契訶夫（柴霍甫）之譯
　　作，從王詩琅〈柴霍甫與其作品〉一文可知其來源與中國譯本、譯介關係密切，
　　因此本文選擇了中國三十年代的譯本為參照本：韋漱園選譯：《最後的光芒》（北
　　京市：商務印書館，1931 年 6 月）。當時亦有趙景深譯作：〈瞌睡來了〉，刊《文學
　　週報》第七卷（上海市：開明書店，1929 年 1 月），頁 324～333。趙景深譯〈瞌
　　睡來了〉，前言云：「這一篇是柴霍甫極其有名的短篇，Mirsky 的《現代俄國文學
　　史》稱讚此篇道：『瞌睡來了』是真的傑作，集中，經濟而且有力。托爾斯泰也很
　　重視這篇東西。（P.87）日本西川勉說：『柴霍爾的〈瞌睡來了〉是以兒童為主人翁
　　的真的傑作。』此外我國如謝逸六的《西洋小說發達史》稱此篇為『興味極深的作
　　品』（P.24）蔣啟潛的《近代文學家》也說這篇極好（P.187）英文選譯本也常有這
　　一篇，Garnett 的全譯本那就更不用說了。」（頁 324～325）

去了，華里珈還要侍候來喝酒的客人。客人們走了，主人也睡了，但華里珈不能睡，她要搖著籃，哄孩子，唱催眠曲。她實在太睏倦了，但她稍一闔上眼，老闆娘就會敲她的腦袋。她需要睡眠。白天，幹活的命令一個接著一個，使她沒有一分鐘空閒，孩子的哭鬧又使她無法休息。她似睡非睡地進入了夢鄉，在夢中她感悟到那個不讓她活下去的敵人，就是那個啼哭的娃娃。於是。她走過去，用身子倒在搖籃上，悶死了娃娃，然後她趕快往地板上一躺，帶著高興的笑，不出一分鐘就睡得像死人一樣了。很顯然，如果我們拘泥於故事情節的比較，就很容易得出「巫永福抄襲了契訶夫構思」的結論。所以，只有當我們充分地認知巫永福在〈眠い春杏〉創作的獨創性以後，才有可能把兩者進行比較，由此看出在了相同的題材創作中的世界性因素。

> 所謂世界性因素，指的是從歌德到馬克思提出「世界文學」的概念，本身包含了某種共同性的因素。「世界性」是一種人類相關聯的同一體，即我們同在一個地球上生活，「世界性」就是這個地球上人類相溝通的對話平臺。對話並不排斥發生影響的可能性，因為在資訊發達的環境下影響無時無刻都是存在的，對話既是雙方或者多方的自由表達，又是一種普遍意義上的交流，它包括了影響的發生和可能性。更進一步探討下去，世界文學內部存在了許多共同的主題，而這些主題又在各個不同民族、不同文化環境下會以不同形態表現出來。每一種形態都是這一主題的個別形態，綜合起來就構成了主題的多元結構和多重意義。[11]

---

[11] 以上關於世界性因素的闡釋，是筆者對陳思和先生電話採訪中的筆錄內容。時間2011年4月28日。這段話的主要意見亦可參考其專文，見本文注4。

回到這兩部作品比較而言，他們共同的主題是由「渴睡」與「殺人」構成了雙向結構的「罪與罰」。現在我們無法證明，巫永福在創作〈眠い春杏〉之前是否閱讀過〈渴睡〉，我們沒看到作家在回憶錄或書信、旁人敘說裡披露與契訶夫〈渴睡〉相關的文獻記載或旁證。他自己沒說過曾受到契訶夫的影響，也沒看過他引用了契訶夫的語言，但是據記載他確實看過契訶夫的戲劇〈櫻園〉，而〈渴睡〉、〈眠い春杏〉兩者的相近似是沒有疑問的。因為兩部作品都是通過一個孩子（使女）由「渴睡」進入「殺人」的敘事結構。更進一步相似的是，如本文前面所說的，巫永福的時代與契訶夫的時代相差了近半個世紀，這個時間差裡包含了世界文化發展的一個巨大轉變，現代主義文學思潮已經洶湧興起，主宰了歐洲和日本的文學領域。然而契訶夫是俄羅斯最後一位現實主義大師，他的短篇小說藝術事實上已經達到現代主義手法的邊緣。〈萬卡〉創作於一八八六年，〈渴睡〉創作於一八八八年，時間才相隔兩年，在似乎相類似題材的創作中，契訶夫的創作手法卻有了驚人變化，〈萬卡〉的手法基本上是寫實，而在〈渴睡〉裡，故事敘事始終在似醒非醒、斷斷續續的意念下進行，女孩華里珈不斷地瞌睡中，朦朦朧朧地夢見了一條小道，許多人（包括她死去的父親、還有母親、外祖父……）都在沉重地行走，不停地倒下，我們似乎可以把這條小道看作是黃泉路上；但又有一種力量不讓她倒下，把她拉回現實世界。那就是孩子的啼哭聲。這是一幅萬分沉重、渾渾噩噩、生不如死的悲慘圖景。這就是十三歲的女孩華里珈的精神世界的象徵，所指的也就是了無生趣地走向死寂。這篇小說包含了現代主義的無意識、非理性的描寫，整個情調是壓抑而沉重慘澹的。而在巫永福的筆下，無意識世界卻是呼嘯的巨浪排天而來，世界在大憤怒中動搖破碎，這種巨大的精神威力，與麻木狀態下的小女孩春杏的現實遭遇形成了尖銳的對照。

〈渴睡〉中作者也描寫到華里珈的父母的悲慘結局，雖然也是在夢境中出現，但現實主義大師依然採用了寫實的手法，清晰地描寫了父親臨終時的痛苦，周圍人的反應等等；而在巫永福的筆下，這個夢景完全採用了象徵主義[12]的手法，鬼魂與垂死者的交流，神秘的靈異世界與現實的悲慘世界交疊在一起，陰陽混合難辨，讓人處處感受到毛骨悚然的驚恐之感。此即象徵主義帶來的神秘效應。當時年輕的巫永福先生的整體文藝創作，在藝術的成熟程度上自然難以與俄羅斯文學的大師相媲美，但是現代主義的驚心動魄的藝術效果是明顯達到了的，震撼力應在〈渴睡〉之上。

這兩種創作手法：一邊是爐火純青的現實主義的大手筆，舉重若輕；另一邊是初試鋒芒的現代意識的新創作，精銳傾盡，但筆者只想分析一個關鍵細節，便可以看出兩種相似手法的差異。在〈渴睡〉中，十三歲的孩子突然意識到妨礙她瞌睡的敵人是嬰兒的啼哭，於是她將要殺死嬰兒——

> 她笑將起來。她很驚異：怎麼這樣的小事，她以前不能夠明白？綠的印痕，黑影和竈蟲，彷彿也都正在笑而且驚異。幻景主宰了華里珈。她從鼓凳上立起來，現出滿臉笑色，兩眼並不眨動，在屋裡走來走去，因為這種思想，她又高興又好笑，覺得她此刻才從絆住她的腳手的小孩得救……殺死小孩，以後便睡覺，睡覺，睡覺……
>
> 華里珈又是笑，又是眨眼，又是用手指威嚇綠的印痕，輕輕走

---

12 象徵主義是1886年出現在法國文學史上的一種流派和文學思潮的線條和固定的輪廓，它所追求的藝術效果，並不是要使讀者理解作者究竟要說什麼，而是要使讀者似懂非懂，恍惚若有所悟，使讀者體會到此中有深意。象徵主義不追求單純的明朗，也不故意追求晦澀，它所追求的是半明半暗，明暗配合，撲朔迷離。

> 近搖籃跟前，歪倒小孩子身上。把他剛悶絕了氣，她便在地上
> 躺下，歡喜的發笑，因為她可以睡去，過有一分鐘工夫，她已
> 睡得很熟，好像死了似的。……[13]

這是一個幼稚而混亂的女孩在下意識支配下的謀殺心理，但應該注意，這不完全是無意識下進行的，而是在半清醒半昏沉狀態下完成的謀殺。無論如何，十三歲的孩子不可能完全不瞭解謀殺的嚴重性，一個人在謀殺之前從容不迫地進行，謀殺之後心安理得地睡去，即使是孩子，其冷靜和冷漠的精神描寫也是令人感到恐怖；相反，巫永福在現代意識的支配下，十一歲的小女孩根本就沒有意識自己在進行一場謀殺，她只是昏昏沉沉地舒服睡去，無意中窒息了另外一條無辜的小生命。無意識在這裡幫助她完成了正常意識世界裡不可能出現的報復——

> 春杏感覺自己的頭就像油水一樣地流動，像被分割成三、四
> 塊，變成平面物體。神經崩壞，四肢散解。身體柔軟的程度就
> 像沒有關節似的。
> 感覺自己被黑色的大浪沖走，無法抵抗，萎靡不振的意識就像
> 被數不盡的黑絲線拉進去。像被引力所拉走那般，睡意壓倒性
> 地拉走了腦袋與雙手。
> 春杏過勞的身體感到痛苦，迷離于時空倒錯的夢幻境地。……
> 春杏聽到老闆娘與老太娘吃驚地……謾罵聲。
> 「你這個廢物，你此個天壽啊，你此個斬頭短命。」（頁112～
> 113）

可以看到，這裡是一幅身體被肢解的圖景，是春杏在極度疲倦中沉沉

---

[13] 韋漱園選譯，《最後的光芒》（北京市：商務印書館，1931 年 6 月）。

睡去所夢見和感受到的肉體痛苦，但是就在這個夢境的過程中，被她壓倒的嬰兒窒息而死了。或也可以說，春杏在夢境裡感受到的身體四分五裂，意識（靈魂）飛離身軀的過程，也是那個嬰兒的死亡過程的折射和感應。

筆者在這裡要提醒讀者注意的，不僅僅是兩者敘事的內容不同，這是顯而易見的，契訶夫筆下的殺人心理完全是用精緻的人物表情描寫——華里珈臉上的「笑」來表現的，而巫永福則是通過一個更為抽象的「夢」來表現殺人者與被殺者（無辜者）的精神關係；而且，筆者更想指出的是，他們所展示的殺人場景看似相同，卻展現出完全不同的各自精神文化的特點。

在契訶夫所描寫的主要場景裡，開始就這樣描寫：「在神像的前面，綠色的神燈燃著……神燈映到天棚上有塊大綠色的印痕，包被和褲子在暖爐、搖籃和華里珈身上射出很長的黑影。……當神燈開始閃動的時候，印痕和黑影活躍而且搖擺，好像被風吹了似的。」就是在這間房間裡，華里珈每天承受著難以勝任的繁重勞作和非人的折磨，而神像和神燈卻高高掛在牆上，彷彿這一切都是在神的注視下完成的，——同樣，當華里珈剛剛閃過要殺害啼哭中的娃娃時，「綠的印痕，黑影和竈蟲，彷彿也都正在笑而且驚異。幻景主宰了華里珈。」到這時候，神的注視也同樣包含了即將要發生的一件謀殺案。這才有了——「華里珈又是笑，又是眨眼，又是用手指威嚇綠的印痕」的描寫。所謂「綠的印痕」象徵了神的存在和影響，彷彿是一隻高高在上的眼睛注視這一切。它默許了這裡發生的所有罪惡和不義，同時也默許了受害者對於壓迫的報復。我們從小說裡沒有看出作家契訶夫對於神的態度，但是他寫到了神的存在以及華里珈對於神的調皮似的冒犯。這才是這篇小說篇幅很短卻具有極為寬闊內涵的藝術境界。

小說是這樣開始描寫的：「深夜的時候。小保姆華里珈十三四歲

的女孩，搖動裡面臥有嬰兒的搖籃，口中微微發出唔唔的聲音：拍嘍——拍嘍——拍嘍，我來唱個小歌嘍……」這是一幅多麼溫馨的場面，彷彿是一個小姊姊在充滿愛意地哄娃娃睡覺，但是故事慢慢地敘述，漸漸地進入了現實人生的可怕圖景，最後這個哼著兒歌的小姐姐半瘋狂半自覺地把娃娃謀殺了。小說寫得淒厲緊迫，短短篇幅裡讓人物經歷了驚心動魄的心理變化，從人物的心理描寫的角度說，作家在描寫中無意識地掀動了人物內心深處的惡魔性因素，把一個善良女孩在睏勞之極頓變為惡魔。這就是現代意識的惡魔性因素[14]的覺醒所致。惡魔是上帝的反面，神的反面，當惡魔性佔據了華里珈的人性領域，善良勤勞的小女孩霎眼間就變成了魔鬼，這樣就不難理解，她會調皮地對著象徵神的神燈的綠光又是笑又是眨眼，並且惡作劇似的用手指去「威嚇」神燈。從這個意義上理解，華里珈的最後舉動其實是對於默認了不公不義的現實生活的抗議。

而恰恰是在這一點上，巫永福與契訶夫的距離被拉開了。從小說所呈現的敘事而言，作家所描寫的春杏和她的故事，則是道道地地屬於發生在日治臺灣的人物及其悲慘故事。小說的開始，故事似乎也是在渲染一種溫馨的氣氛：主人家的老闆、太太、還有老太娘帶了七歲的大小姐和三歲的二少爺去看戲了，家裡留下了五歲的大少爺和七個月的二小姐在睡覺，留下一個小使女看家、洗刷晚飯後的盤子，時間

---

[14] 在近代中國文藝界，魯迅是首先用「摩羅」一詞來解釋「惡魔性」（the daimonic）概念。魯迅小說裡的惡魔性因素，是他根據中國的現實環境，為世界性的惡魔性因素提供東方的獨特品種，惡魔性因素的內涵是指人性深處隱藏的某種爆發力，顯示了對某種正常秩序的破壞，對正常意義上的社會倫理道德的反叛，其核心要素是反抗，其生命是叛逆，其實質是破壞。惡魔性因素在中西方文學傳統中具有普遍意義，惡魔性人物形象始終具有著無限的藝術生命力。尤以歌德、杜思妥也夫斯基、湯瑪斯·曼等著作中人物為典型。臺灣學界比較少用惡魔性因素，但在中國學界相當普遍，也有很深刻的論述，本文挪用之以討論這篇小說特殊的人物形象。

是晚上八點鐘。似乎一切都很正常，但是，瞌睡來了，盤子碎了，內心的風暴起了。十一歲的春杏從早上五點起來就不停地工作，她要做飯、洗衣，抱孩子……半夜也好幾次必須起床，化身為嬰兒的保母。工作沒做完的話，會被鐵棒毒打，大約每天都是從白天忙到深夜，還不能安靜痛快睡一覺。日久積累，不知不覺地瞌睡勢不可擋地來了。故事就從這裡起了變化，內心的風暴也同樣可以視為一種內心的惡魔因素將覺醒了。

但是，在春杏的故事場景裡，沒有高高在上的神像和神燈，而籠罩著她心理的卻是地獄的恐怖：「春杏在腦中描繪出老闆娘與老太娘痛打自己的悲慘的地獄圖像。就像地獄的紅鬼、青鬼拷問犯人那般，自己的身體也將腐爛成為紅色蚯蚓的巢穴。……很久以前某件發生於早飯前的事，就讓春杏嚐到老闆娘與老太娘的厲害，痛苦到了彷彿要死的地步。春杏還記得那次因工作怠慢而被她們用小指指甲刮傷的事，紅色的鮮血汩汩流出，刻寫著脈搏的跳動聲，繼而滴落到地上。由於不堪負荷的痛楚與戰慄，春杏昏死了過去。春杏想起了這些往事。」（頁106）在這個比喻中我們似乎看到，主人家本身就是地獄，主人的老闆娘和老太娘就是地獄裡的惡鬼，而她只是地獄裡的一個犯人。在現實生活中由於鮮血被主人的指甲掛上二流堂，因而聯想到紅色蚯蚓的象徵，聯想到自己將死去和腐爛，這都是出現在孩子心理的圖景，並非是完全的寫實。如敘事中所說的：這場毒打是「很久以前」發生的，其實春杏被賣到主人家不過一年左右，但在孩子的記憶力已經「很久以前」，而一年前她在老家居住十年之久卻已經全然不記得了，只是在夢境裡才依稀浮現。事實上「小指指甲刮傷而流血」與「地獄裡惡鬼拷打犯人」是兩個不可同日而語的施虐行為，但是在孩子的感受記憶力混同於一體了。所以，巫永福在這裡所描寫的，不是寫實，而是一個十一歲的孩子在主人家裡恐懼、委屈、仇恨以及緊

張對抗的主奴關係下的一種特別心理。

　　筆者認為故事的背景發生與最後暴力的結果之間是有距離的，其證據之一，就是主人全家外出看戲，把五歲的大兒子留在家裡睡覺，卻抱著三歲的二兒子外出，這似乎也不合情理，三歲的孩子哪裡有耐心喜歡看戲？為什麼不把這個孩子也留在家裡呢？小說通過春杏的心理告訴我們：「還好二少爺不在，那個小孩在家的話，自己必當手足無措。二少爺雖然只有三歲，但脾氣相當不好，十分易怒，一旦哭了起來就不打算罷休。」（頁104、105）也許這正是原因，主人考慮到這個愛哭鬧的孩子如果留在家裡，三個孩子鬧起來肯定十一歲的小丫頭是難以對付的。所以主人外出看戲帶走了二少爺，留了兩個已經睡熟的孩子，留下了洗盤子、疊衣服等並不太繁重的家務。但是主人家顯然沒有考慮到，「早上五點起床必須做飯。一整天像牛一樣辛苦工作，到了晚上十二點還必須做這個做那個的。即使自己有五小時的睡眠時間，半夜也好幾次必須起床，化身為嬰兒的保母。時間分分秒秒咬嚙著春杏的肉體與神經，強迫她接受深刻的忍耐、勞動與艱苦」（頁105、106）的日常生活早已經摧毀了春杏的理性和意志，長年積累的疲勞已經損壞了她的身體，於是，疲勞一旦轉化為內心風暴出現，就排山倒海，勢不可擋，惡魔性因素借喻為風暴、黑海等意象，平地掀起。

　　不過即使如此，當事人春杏自己也沒有意識到這場內心風暴竟以如此怪誕的形態把她推向了悲劇。她主觀上並沒有意識到反抗和復仇，相反，她只想放下一切隨著身體的呼籲好好地熟睡一次。但是她身處的環境不允許她這麼做，以至於她竭盡全力地與瞌睡作抗爭。她努力想把事情做好，避免老闆娘的責罵和毒打。當盤子被打碎了，她會巧妙地把碎片藏起來；孩子哭了，她背著孩子繼續走來走去地工作；為了避免自己睡著了主人回家無人開門，她還事先把大門打開，

甚至忘記了小偷可能進來，——所有這一切都證明她絕無報復之心，只是想迎合主人的要求使自己平平安安地過下去。但是悲劇還是發生了，當她倒在只有七個月的小姐身邊睡熟了，無意中竟把小姐悶死了……惡魔性因素完全不在她的理性之中，而是在無意識裡完成了一場謀殺。

　　反映在敘事修辭裡〈眠い春杏〉故事幾乎就是在「黑暗」中展開（前面已略述及），給人的感覺似乎是一連串黑暗中的噩夢折磨著當事人。這樣的設置應非巧合，如果不是巫永福有意識地這樣設置的話，至少也可以說，他的無意識想像把〈眠い春杏〉的故事置於一個黑暗而封閉的時空中。小說中觸目是闃黑的海潮、黑色大海、周圍流動著黑暗的空氣、深夜陰森森的空氣、陰暗房間、黯淡的陰森氣氛無邊無際地蔓延、黑潮、憎惡的海、惡劣的黑暗世界，巫永福用了很沉重的黑暗的意象來象徵著春杏的淒苦無助，麻木混濁，春杏幾乎與四周的黑暗融為一體，生活在雖生猶死的煎熬之中（生活在人間「地獄」），不論是現實還是夢境，黑暗的描繪不僅使環境散發著陰冷的氣息，也烘托了人物的悲劇心理。

　　如果說，〈渴睡〉裡的小丫頭華里珈呈現的是俄國農奴與農莊主人的現實環境，還外加西方的基督信仰。而在〈眠い春杏〉裡，春杏完全是臺灣漢人社會傳統下養女、童養媳制度裡的被賤賣的小婢女[15]，其題材也是日治臺灣小說習見的小婢女受虐致死案。這在楊守愚〈生命的價值〉[16]及其他眾多小說都可見到。楊守愚這一篇作品也

---

[15] 張淚痕，〈回憶小時的她〉，以散文形式描述一名友人，出身貧寒，自幼即被父親典雇給人做婢女，每日遲睡早起，還得挨主人拳打腳踢，足足過了六年如煉獄般的生活。《臺灣民報》第160號，1927年6月5日，頁13～14。

[16] 刊《臺灣民報》第254～256號，1929年3月31日，4月7、14日。

是以兒童視角來呈現[17]，小說透過小男孩的視角，敘述鄰居的小婢女秋菊的悲慘生活。故事發生於冬夜，小男孩被哀號聲驚醒時，正在甜美的睡夢中「脫離了肉的、汙濁的人世間，魂遊於極自由、極美麗的天地」，相對於這夢境的是現實暴戾而洪亮的聲響，是天明後目睹婢女垂死的慘劇。小婢女秋菊不過是八歲的小女孩（比巫永福小說中的春杏還少三歲），但是奴婢制度和金錢世界虐殺了這尚稚齡的小女孩，她終日被打罵，皮開肉綻，過著魂飛魄散的生活，最後終被折磨致死。男孩追溯起她被賣以後的生活：「她每晚都要過到十一點鐘才得睡覺，早上又須五點多鐘就要起來；她每天的工作，老實說，就是一個成人也還擔當不起。每早起床就要掃地、拭椅桌、換煙筒水、煎茶、排水、洗衣服、洗碗箸、買菜蔬、槌腰骨、清屎桶、當什差、守家門、還要管顧小主人。這麼多的工作，都要她一個人擔當。萬一不提防、不小心、還要飽嘗那老拳、竹板、繩子的滋味呢！」[18]秋菊牛馬似的工作，與春杏有著驚人的雷同，之所以如此相似，正是當時臺灣現實社會裡婢女、養女生活的如實寫照。同樣，朱自清在〈生命的價格——七毛錢〉[19]一文記敘了他親眼看到的一件事——七毛錢就可以買到一個小女孩，同時對小女孩未來的悲慘命運作了層層的思考與剖析。他指出：造成這種慘痛悲劇的罪魁禍首，不是小女孩的父母，

---

[17] 作為一種敘事策略，兒童視角進入臺灣新作家的文學創作空間，為新文學作家提供了一種嶄新的反映現實的角度。可以說，對兒童生命特徵的體認，促成了臺灣新文學中兒童視角這一敘事角度的出現，而兒童視角給臺灣新文學帶來的，是藝術空間的豐富和對文學發展的推動。巫永福、呂赫若、張文環等作家的作品都善於利用兒童視角。相關論文可參張恆豪，〈日據末期的三對童眼——以〈感情〉、〈論語與雞〉、〈玉蘭花〉為分析重點〉，陳映真等，《呂赫若作品研究：臺灣第一才子》（臺北市：行政院文建會、聯合文學出版社，1997年11月），頁79～97。

[18] 同注15。

[19] 朱自清，《朱自清文集》（北京市：大眾文藝出版社，2009年1月），頁12～14。

不是那該死的人口販子，而是那讓人生活在水深火熱中的半殖民地半封建社會。在楊守愚或朱自清的作品裡，生命未曾受到尊重，可以任人販售，任人擺佈，而且僅是區區七毛或一個銀角就可以任人宰割，大抵漢人社會陋劣的習氣未除，因而不約而同流露了對小女孩生命遽逝的不忍。繼〈生命的價值〉之後，楊守愚又寫了〈冬夜〉、〈女丐〉兩篇[20]，同樣探討了女性被賤賣的悲慘命運。〈冬夜〉敘述伯父為了買一條牛，狠心把七歲侄女梅香賣掉，不出幾個月牛犁田過度死後，伯父也死了，就用餘錢辦喪葬之事。在金錢世界裡，女人還不如一頭牛。巫永福筆下的春杏，也是弟弟罹患大病，家中缺錢，不得已被賣到遠離海邊的農村富戶仁德老闆的家。不久弟弟也藥石罔效而死去。〈眠い春杏〉沒提到春杏賣了多少錢，但從文獻及眾多小說的敘說，大抵都是以極賤價格被出售。而被出售的女子幾乎也白白犧牲，挽救不回重病的親人。

臺灣漢人之封建傳統多沿襲自中華（尤其閩粵），觀其婢女的形成與相關的作品不少。顧況代表作〈囝〉：「囝生閩方，閩吏得之，乃絕其陽。為臧為獲，致金滿屋。為髠為鉗，如視草木。天道無知，我罹其毒。神道無知，彼受其福。郎罷別囝，吾悔生汝。及汝既生、人勸不舉。不從人言，果獲是苦。囝別郎罷，心摧血下。隔地絕天，及至黃泉，不得在郎罷前。」[21]寫閩童閹割後被賣做奴隸，為主人勞動，創造了許多財富，而他卻被人輕賤，受到虐待。「吾悔生汝」一語意味深長，在封建社會裡本來有重男輕女的偏見，做父親的尤其希望生男孩，可是這位父親卻後悔生了男孩，認為生後也不該養育他。

---

[20] 分別刊《臺灣民報》第 311、313 號，1930 年 5 月 3、10、17 日及 1931 年 1 月 10、17 日。

[21] （唐）顧況著，王啟興、張虹注，《顧況詩注》（上海市：上海古籍出版社，1994 年），頁 17。

詩人正是從這種反常心理狀態中，更進一步揭示出閩地人民受害之
慘。詩人在這首詩的小序中說：「哀閩也」。對閩地人民的不幸遭遇
表示同情，卻通篇不發一句議論，而是用白描的手法，讓事實來說
話，因而比簡單的說教內涵更豐富，男童如此，何況女孩？檢索《太
平廣記》其他各卷以及唐人小說單行本等，以婢女為題材或涉及婢女
生活命運的小說作品三十餘篇。作品通過對這群卑賤女性形象生活、
命運的敘寫，透視了唐代婢女的生活狀況，寄寓了小說作者對這些婢
女形象命運的同情，她們身處社會最底層，她們中的大部分生活極其
艱難，吃不飽穿不暖，甚至沒有休息的時候，稍有過失即遭主子買
賣、踐踏打殺。到了清末民初，虐婢事件更是層出不窮，相關的詩
文、圖片極多[22]，體現了作家文人關懷悲憫之心。一九四一年臺灣水
蔭萍（楊熾昌）在〈查媒嫻與花〉也提到：「這樣沒有點好環境的女
郎的名，怎麼都取了美麗的花做了她的名？……『茉莉』、『桂花』、
『阿梅』、『含笑』……等，統統都是她——（查媒嫻）的名，查媒嫻
與花……。看了臺灣花，就想出查媒嫻的事來；可憐的花和查媒嫻薄
幸是這樣想吧！這任何採摘的花，卻脫不離東家暴舉，以致弄到臺灣
社會時常的波瀾，尤其貞操和生命，也時常在危機線上徬徨著，過
著那黑暗社會的制度……『查媒嫻與花』，事實上，給予人們未免太

22　如（清）張應昌編，《清詩鐸（上、下冊）》（北京市：中華書局，1960 年 1 月）錄
有施潤章、林雲銘〈老女行〉、黃璋〈貧家女〉、吳昇〈老婢嘆〉（頁 973），李毓
清〈訓婢示子婦暨姪女孫女等〉：「彼亦人子身。爾曹須體恤。懼勿輕怒瞠。」（頁
975），及「虐婢招供圖」、「虐婢受譴圖」、「虐婢罰錢圖」，廣東省立中山圖書館
編：《舊粵百態·廣東省立中山圖書館藏晚清畫報選輯》（北京市：中國人民大
學出版，2008 年 4 月），頁 206、133。及劉精民收藏：《民國畫刊系列 光緒老畫
刊——晚清社會的《圖畫新聞》第一輯》（北京市：中國文聯出版社，2005 年），
頁 58。

過分悲慘的對象。」[23]春杏，春天的杏花，也是以美麗之花為查媒嫻的
名，也同樣是悲慘的命運。尤其水蔭萍文中提到「貞操和生命，也時
常在危機線上徬徨著」，此即臺灣婢女之命運，巫永福〈眠い春杏〉
後面寫到仁德老闆的燃起慾念的臉，及春杏還有一個老奶奶，在文中
沒有呼應，可能與中間缺了四頁有關，以致斷了呼應的線索。文中春
杏主人的慾念暗示了春杏除了日夜操勞外，可能也難逃脫主人魔掌，
這在臺灣婢女文學作品中普遍觸及此一現象[24]。

四　日治臺灣文壇與契訶夫

　　日治臺灣文壇對俄國文學之介紹及翻譯，可見資料並不多，大抵
多由日譯本獲讀俄國文學。目前可見之譯作如落合廉一譯屠格涅夫
〈夢〉[25]、宮崎震作譯契訶夫（アントン・チェーホフ）〈やくざ者のプ
ラトノフ 未發表四幕戲曲（拔萃）——（全11回）〉[26]、轉載魯迅所譯
愛羅先珂〈魚的悲哀〉、〈狹的籠〉、〈池邊〉[27]，薛瑞麒譯〈露西亞偶
語四則〉[28]、毓文譯昇曙夢（1878～1958）〈最近「蘇維埃文壇」的展

---

[23] 歟子譯，《南方》第百三十六期（昭和16年8月15日），頁10。

[24] 如楊雲萍〈秋菊的半生〉，秋菊因家貧被賣給周家，後為養父姦辱，投河自殺。
《臺灣民報》第217號，1928年7月15日。陳如江曾控訴此一陋習：「嘗見蓄婢之
人，托養女之名，以牛馬相代者有之，以奸淫相加者有之，昨日賣一婢，今日買一
婢⋯⋯。」《崇文社文集》卷二。

[25] 刊《紅塵》第1期（1915年6月1日），頁2～15。

[26] 刊《臺灣日日新報》，第3版，1930年8月4日。中譯本收入筆者主編：《臺灣日治
時期翻譯文學作品集（第四卷）》一書，出版中。

[27] 分別刊《臺灣民報》第57號（1925年6月11日）。第69至73號（1925年9月6、
13、20、27日，10月4日）。《南音》第1卷第5號（1932年3月14日），頁36。

[28] 刊《臺灣教育會雜誌》第191號（1928年5月1日），頁9～10。

望〉[29]、春薇譯托爾斯泰〈小孩子的智慧〉[30]、胡愈之譯愛羅先珂〈我的
學校生活的一斷片——自敘傳〉[31]、宜閑譯高爾基〈鷹的歌〉[32]、張露薇
譯高爾基〈在輪船上〉[33]、曇華譯嘉洵（迦爾洵）〈泥水匠〉[34]、譯加斯特
夫〈工廠的汽笛〉[35]，數量遠不及英法作家，契訶夫之譯作亦不多見。
所以如此，恐怕在一定程度上也受到了日本的影響。明治維新以後，
日本為了迅速趕上西方，開始全方位向西方學習，歐美文學大量湧入
日本。十九世紀九〇年代日本開始翻譯俄國文學，但總數遠遠低於
歐美各主要資本主義國家。一九〇四年日俄戰爭爆發，日本戰勝俄
國，其對俄國的態度也像十年前甲午之戰後對中國那樣發生了根本性
的變化，敬畏之心漸被輕視之心所取代，對俄國文學的譯介自然趨
於冷清。這從魯迅在日本留學期間，也感到收集俄國文學作品頗為困
難可窺知[36]。日治下的臺灣通曉俄文的人極少，欲讀俄國小說得由日
譯本轉譯而來。俄國文學在臺灣譯介規模和社會影響較小，是由多種
原因造成的，並非臺灣人士沒有認識到它們的獨特價值，如從臺灣報
刊轉載中國魯迅、胡愈之、宜閑、張露薇、曇華的譯作，可知中國作
家對俄國文學給予高度評價的大有人在[37]，也因之多由中國轉手進入

---

[29] 《南音》第1卷第5號（1932年3月14日），頁16。

[30] 刊《臺灣文藝》第2卷第7號（1935年7月1日），頁215。

[31] 刊《臺灣民報》第59、60、62號（1925年7月1、11、26日）。

[32] 刊《臺灣文藝》第2卷第5號（1935年5月），頁29。

[33] 同注29，頁155。

[34] 刊《赤道》創刊號（1930年10月30日），頁5。

[35] 《赤道》第2號（1930年11月15日），頁2。

[36] 冷文輝、許世欣，〈俄國文學的傳播與中國現代文學的建構〉，《國外文學》2010年第1期。

[37] 當時中國對契訶夫（作柴霍甫）作品的主要翻譯者，大多精通俄文，如耿式之、沈穎、瞿秋白、耿濟之、曹靖華等。如王靖譯，《柴霍甫小說 漢英合璧》（上海市：泰東圖書局，1921年）。收〈可愛的人〉、〈歌女〉、〈雨天〉、〈美術家〉、〈書記〉、〈一個紳士的朋友〉六篇，書前有譯者的〈柴霍甫傳略及其文學思想〉。耿濟

臺灣[38]，在《楊守愚日記》即可見其讀書經驗：「讀『高爾基的學習時代』和『一幅肖像畫』。」、「讀完了高爾基的俄羅斯童話。」[39]周傳枝自述其文學學習時，亦言：「通過朱點人的介紹，我也大量閱讀了舊俄的小說如托爾斯泰的《復活》與杜斯妥也夫斯基的《罪與罰》⋯⋯等，以及法國、英國等西方文學名著。」[40]應該也是透過中國的譯本而讀到舊俄小說。

　　日人升曙夢是日本的俄國文學研究者、翻譯家，著有《俄國近代

之、耿勉之同譯，《柴霍甫短篇小說集》（北京市：共學社，1923年11月）。趙景深譯，《柴霍甫短篇小說集》（上海市：開明書店，1927年6月）。據英譯本轉譯，內收〈在消夏別墅〉、〈頑童〉、〈復仇者〉、〈頭等搭客〉、〈詢問〉、〈村舍〉、〈悒鬱〉、〈樊凱〉、〈寒蟬〉、〈太早了〉、〈錯誤〉、〈活財產〉、〈罪惡〉、〈香檳酒〉、〈一件小事〉等15篇。周瘦鵑譯，《少少許集 俄羅斯名作家柴霍甫氏小小說》（未著錄出版地、出版社，1929年），收〈可愛的人〉、〈歌女〉、〈雨天〉、〈美術家〉、〈書記〉、〈一個紳士的朋友〉6篇。書前有譯者的〈柴霍甫傳略及其文學思想〉（與1921年泰東圖書局篇目相同）。及毛秋萍譯，《柴霍甫評傳》（上海市：開明書店，1924年7月）。陸立之譯，《柴霍甫評傳》（上海市：神州國光社刊，1932年7月）。

[38] 日文作家則直接閱讀日譯本，龍瑛宗〈讀書遍歷記〉回憶其閱讀俄國文學之經驗：「所說俄國則是沙皇時代的文學，普希金、戈果里、屠格涅夫、杜斯妥也夫斯基、柴霍甫、托爾斯泰、高爾基等。其他還有安特列夫、阿志巴綏夫、伊凡諾夫克普林的作家；尤其是克普林的『決鬥』，安特列夫的『赤色的笑』和『七個人的死刑犯』等作品，至今難忘。」刊《民眾日報》，1981年1月28日。廖漢臣曾翻譯早稻田大學講師昇曙夢發表在《東京堂雜誌》一篇介紹蘇俄文學的著作有「新露西亞小冊子，和翻譯露西亞的小說：決鬥，戰爭與和平，托爾斯泰十二講外，還有五卷的露國民眾文學全書。」見廖漢臣，〈最近「蘇維埃文壇」的展望〉，《南音》第5期，1932年3月，頁17。

[39] 許俊雅、楊洽人編，《楊守愚日記》（彰化縣：彰化縣立文化中心，1998年12月），頁59、99。提及的三篇應分別是鄭伯奇撰，羅納卻爾斯基作、秦炳蕃譯，魯迅譯，前兩篇刊《文學》1936年第1～6期，頁328～335，336～341。第三是上海市：文化生活出版社出版，書名原文Русские сказки：據高橋晚成的日譯本轉譯，諷刺性短篇小說集，共收16篇。

[40] 藍博洲，《沉屍‧流亡‧二二八》（臺北市：時報文化，1991年6月），頁130～131。此外，王詩琅自述其文學教育時亦多所提及閱讀日本、俄國文學之經驗。

文藝思想史露西亞》，所作關於蘇聯早期文學的論著如〈新俄羅斯文學的曙光期〉，有畫室（馮雪峰）譯本。契訶夫的作品則是尾崎紅葉的弟子瀨沼夏葉翻譯較多。夏葉在明治三十七年譯有〈月亮與人〉、〈多餘的人〉等，明治四十一年還譯有《契訶夫傑作集》。此外，馬場孤蝶翻譯了〈六號病室〉（明治三十九年），小山內薰翻譯了〈決鬥〉（明治四十年），秦豐吉翻譯了〈三姐妹〉（明治四十四年）等。而契訶夫對藤村、白鳥等人頗有影響是廣為人知之事。當時臺灣新文學作家是從何種角度選擇了契訶夫的作品？契訶夫的作品與當時文壇需求相契合的要素有哪些？在以往的研究中，論者普遍注意到的是契訶夫作品中深厚的人道主義精神、對「小人物」的深度刻畫、鮮明的現實主義色彩、短篇小說的特殊結構等，這些都是促使新文學對契訶夫大力介紹的重要因素，除此之外，我們也看到像王詩琅紹介契訶夫的另一旨意。

　　契訶夫在臺灣被介紹之文獻，似乎很晚，《臺灣日日新報》除翻譯其未發表四幕戲曲外，就沒什麼材料了，到了三〇年代，才稍多了起來。一九三〇年，臺北高等學校教授、學生組成的讀書會評論契訶夫短篇小說，其刊物《翔風》記載了此閱讀狀況[41]。夢華〈人名小字典（外國人之部）〉介紹說：「或譯作契訶夫。一八六〇年～一九〇四年。俄國短篇小說的大家。生長於南俄羅斯、父親做過農奴、後為自由民。小壯時曾做過醫生，因此有接近各階級男女的機會。他善於觀察人生的真相。他的作品沒有那所謂歡樂或喜悅等的華豔分子。他

---

[41] 見志馬陸平（中山侑），〈青年與臺灣（九）──文學運動之變遷〉，《臺灣時報》第205號，1936年12月1日。不過，黃英哲主編，《日治時期臺灣文藝評論集・雜誌篇・第二冊》譯文疏誤未訂正。文中云「15年（1940）5月……，第二次（同年6月）介紹會讀了蕭伯納的《聖約翰》、契訶夫的短篇小說。」（臺南市：國家臺灣文學館籌備處出版，2006年10月），頁226。該文1936年發表，不可能預知1940年之事。其錯誤在於昭和5年誤為15年。

是根據於無果敢的現實的無意識的苦悶與對於人生是病的意識，所流出來的病的情調而給與以一種難堪的印象的。是一個暴露現實的黑暗面的寫實作家。他的代表作品〈黑衣僧〉、〈六號病室〉、〈櫻桃園〉、〈萬尼亞叔父〉、〈伊凡諾夫〉等。」[42]之後是王詩琅在《第一線》發表的〈柴霍甫與其作品〉一文，分別就契訶夫（即「柴霍甫」）所屬的時代背景、成長歷程、文學作品進行詳盡的介紹。此文提到了柴霍甫不少作品，有〈紅襪〉、〈亞娘搭〉、〈無心的悲劇演員〉、〈熊〉、〈道中〉及〈可愛的女人〉、〈女主人〉、〈貞操〉、〈父親〉、〈鄰人〉、〈牧笛〉、〈歌女〉、〈白鳥之歌〉、〈叔父瓦爾耶〉、〈山谿〉、〈婚約者〉、〈紀念祭〉、〈結婚式〉〈三姊妹〉、〈櫻桃園〉等。根據鄒易儒的研究，王詩琅是以追尋知識分子的敗北黯影為主軸，關注契訶夫筆下參與那露彌基運動的俄國知識分子，其從昂揚奮起到敗北幻滅的期間種種幽微混沌的思緒情感，以及在運動挫敗之後迷惘而絕望的知識分子如何面對自身理想的虛妄與現實生活的嘲諷[43]。王詩琅從而在〈柴霍甫與其作品〉中，抒發其對於俄國知識分子的慨嘆：

> 七十年代的文人，思想家，青年智識階級們，以如初戀的男女

---

[42] 刊《曉鐘》，昭和6年（1931）12月8日，頁17～18。

[43] 鄒易儒，《無政府主義與日治時期臺灣新文學──王詩琅之思想前景與文藝活動關係研究》（臺北市：國立政治大學臺灣文學研究所碩士學位論文，2010年7月），頁99。文中並云「或許王詩琅正是藉由觀看其所再現的敗北知識分子之形象，與過去曾從事無政府主義運動的自己展開一場赤裸裸的自我對話與心靈重建，甚且由此確立了王詩琅小說創作中，以最切身的知識分子或運動從事者為主角的書寫基調亦不無可能。」（頁266）更早之前，徐曙在座談會裡即說：「王詩琅在許許多多的作家裡挑柴霍甫來寫，主要的原因是：柴霍甫筆下的知識分子大多屬於灰暗面貌的，他們在沙皇專制統治下，知道現實生活很糟糕，卻無力去改變它，有的人只好消極地躲在小閣樓，終日耽酒，王詩琅寫柴霍甫，寫的實是當時臺灣知識人的悲哀。」見徐曙整理，〈黑色青年「王詩琅」〉，收入張炎憲、翁佳音合編，《陋巷清士──王詩琅選集》（臺北市：弘文館出版社，1986年11月），頁301～302。

的愛和情熱，爭先恐後地追求的「那露彌基」的運動。為其理想主義的內在矛盾，及社會狀態的變遷，當然是不得不破綻而消滅的，經濟地位屬於小資產階級的智識階級，疲憊於過去的沒有功果的爭鬪。到這而纔恍然大悟難以打勝周圍的玩迷的社會。而不得不沉痛傷悲了。以往崇高的努力都付諸流水了。齷齪醜汙的實生活，理想和現實的無限的遠離，實生活的慘澹的敗北，他們都不約而同一齊陷入絕望，空虛，倦怠的境地了。這在歷史的現實的形成裡，必然的會變為自己破滅的兩種意識，一種是無為的生活，如機械的存在，失掉對理想的希求和慾望。一種是成為完全喪失力氣，徒詛咒人生，嘲笑世間的敗殘的憂鬱的厭世[44]。

這一年（1935）似乎契訶夫受到較多關注，高商演劇之夜在六月時演出〈熊〉[45]，石川智一〈新劇通訊〉評介了〈熊〉、〈求婚〉二劇[46]，這段時間契訶夫戲劇被搬上舞臺演出的記載漸多，這與臺灣新劇的發展有關係。緊接著，我們就看到一九三六年巫永福〈眠い春杏〉發表於《臺灣文藝》，此作與契訶夫作品有其相似性。從整個臺灣新文學的宏觀角度來看，巫永福與日本近代文學之間的密切關係，絕不是一

---

[44] 刊《第一線》第 1 期（1935 年 1 月），頁 67。王詩琅可能看過《小說月報》刊登的一些重要的有關契訶夫的評論，如第 17 卷第 10 號上陳著譯的《克魯泡特金的柴霍甫論》，同一期上還有趙景深翻譯的俄國作家蒲寗的回憶文章《柴霍甫》。趙景深還在《小說月報》第 18 卷第 5 號上譯有科普林的《懷柴霍甫》。另汪偶然，〈柴霍甫及其他〉，《俄國文學 ABC》（出版地不詳：ABC 叢書社，1929 年 1 月）。

[45] 見志馬陸平（中山侑），〈青年與臺灣（五）——新劇運動的理想與現實〉，《臺灣時報》第 200 號，1936 年 7 月 1 日。此劇在 1934 年亦曾由臺北演劇團演出，同氏著〈青年與臺灣（四）——新劇運動的理想與現實〉，《臺灣時報》第 199 號，1936 年 6 月 1 日。

[46] 刊《臺灣新文學》第 1 卷第 8 號（1936 年 9 月），頁 53。

種特例現象。臺灣是日本殖民地，透過日文接觸世界文學，本極是普遍。臺灣新文學之新，主要原因就是受到了外國文學的影響，而且臺灣新文學作家的近現代文化菁英和作家中，曾經負笈日本讀書以日本為媒介進一步學習和接受西方現代文化觀念的不少。

　　據《巫永福回憶錄：我的風霜歲月》所述，一九二八年時他認識了臺中一中上級生鹿港人施述天，借讀其藏書日譯本《世界文學全集》，閱讀法國與舊俄作家的小說，如《包華利夫人》、《女人的一生》、《安娜卡列尼娜》、《戰爭與和平》、《罪與罰》、《卡拉馬曹夫兄弟》、《白癡》等大作，深受感動，遂立志將一生行走文學之路。但亦因背逆父親原意，引發一些困擾。一九二九年赴日，進名古屋五中，畢業後，因仰慕明治大學文藝科的教師陣容，於一九三二年考進明治大學文藝科，接受世界文學的學院制度洗禮與薰陶。當時文藝科部長是小說家山本有三[47]，師資都是一時之選，小說師資有：菊池寬、里見敦、橫光利一、舟橋聖一；新詩師資有：室生犀星、萩原朔太郎；戲劇師資有：岸田國士、豐島與志雄；評論師資有：小林秀雄、阿部知二，以及露西亞（俄國）文學研究者米川正夫，法國文學研究者辰野隆，德國文學研究者茅野蕭蕭等人。深受當時現代主義思潮如：象徵主義、新感覺派等的影響[48]。雖然在《巫永福回憶錄：我的風霜歲月》未見特別提到契訶夫的〈渴睡〉，但從其文學閱讀經驗及跟從名師學習的歷程與小說〈眠い春杏〉流露的某些相似性，巫

---

[47] 山本有三（やまもと ゆうぞう，1884～1974）有（「嬰 殺し」，1924），月珠、德音譯為〈慈母溺嬰兒〉，刊《先發部隊》第 1 期（1934 年 7 月 5 日），頁 48～60。譯者即蔡德音（1910～1994）、林月珠（1913～1998）夫婦。

[48] 巫永福，《巫永福回憶錄：我的風霜歲月》（臺北市：望春風出版，2003 年 9 月），頁 40、47、48。類似文學教育養成之自述見諸〈如何自我塑造文學風骨〉，原載於《幼獅文藝》十月號，1991 年 10 月，頁 4～7。收入許俊雅編，《巫永福精選集‧評論卷》（臺北市：富春文化出版，2010 年 12 月），頁 162～163。

永福極有可能閱讀過日譯本的契訶夫之作，或聽過介紹。在〈首與體〉這篇小說就鋪敘了主角與朋友的一段情誼，朋友「是個對文學非常熱衷的青年，所以經常跟我談論著有關文學的事情，他之所以會在最近讀契訶夫的作品，便是因為某一天我倆放學途中發現了一本契訶夫的全集才開始的。」[49]因此想去看帝國飯店東京座開放觀賞的契訶夫的「櫻園」。在〈悼張文環兄回首前塵〉一文，巫永福也提到山本有三很重視實地的教學，在正式的課業時間中常常由教授引導之下去「築地小劇場」，參觀了契訶夫的「櫻園」，菊池寬的「父歸」等的演出，也去看過歌舞技座的「勸進帳」、「忠臣藏」等[50]。由此觀知，巫永福極有可能閱讀過《契訶夫全集》。他的創作深受橫光利一啟發，橫光利一是曾經與川端康成馳名日本文壇的新感覺派小說的重鎮之一。巫永福在〈悼張文環兄回首前塵〉：「在學校的寫作課堂上，橫光利一師曾示意要我訪問他於其寓所，可是由於家父的去世，且要我回臺灣，頓時我意氣消沉不能振作，致不敢訪問老師，實在留下我此生的最遺憾的傷感。」[51]

---

[49] 許俊雅主編，《巫永福精選集·小說卷》（臺北市：富春文化出版公司，2010年12月），頁75、77。

[50] 原載於《笠》第84期（1978年4月），頁14～22。收入許俊雅編，《巫永福精選集·評論卷》，頁58。

[51] 同上注。莫渝，〈散發靜光的銀杏：懷思巫永福先生的「文學之路」〉：「橫光利一創作過〈頭與腹〉（腦袋與肚子），巫永福第一篇小說〈首與體〉，適時出現。或許有標題的模擬，內容純是作者『獨特的感覺』。不論初學或模擬，並無礙有心者的朝前邁進。如果將這兩篇作品，從影響接受說的理論探究，會是比較文學有趣的主題。」收入《巫永福精選集·新詩卷》，頁11。

五　餘論

　　日治臺灣文壇曾發生多起疑似抄襲模仿之爭議，如楊華小詩對謝冰心的模仿，或者李獻璋質疑朱點人〈蟬〉、〈秋信〉為剽竊模仿之爭議，對於作者朱點人而言，實為難以承受之重，他也力予澄清曰：

> 凡是我的作品，無一篇不是從我的經驗中得來的。尤其是「蟬」，是我的孩子入院當時的實記錄，也可說是我做父親的真情底流露。所以，我敢斷言：「蟬」的任那一節絕對不是你所說的什麼剽竊、更不是什麼模仿人家的[52]！

楊守愚在日記表達了他不贊同李獻璋之說，日記有這麼一段話：「臺新十一月號，中有點人君呈給獻璋君的關於剽竊問題的一封公開信。引張資平『三七晚上』和他的『蟬』各一段以對照。讀後，覺得點人君因平時喜讀張氏作品，不知不覺間受其影響。……但，照蟬之主題、結構、技巧，那麼完整的一篇力作，即有一小部分是拾取張氏意，那也無傷於『蟬』之真價，何況是不大重要的部分，何況是拾其意而重新寫過呢？獻璋君也無乃太吹毛求疵了。」[53]其後李獻璋應亦有所理解，因而蒐錄於《臺灣小說選》[54]。臺灣新文學在開始階段，自然有學習之必要，賴和〈一桿『稱仔』〉在後記特別提到「這一幕悲劇，看過好久，每欲描寫出來，但一經回憶，總被悲哀填滿了腦袋，

---

[52] 朱點人，〈關於剽竊問題——給獻璋君的一封公開信〉，《臺灣新文學》第1卷第9號（1936年11月），頁75～77。

[53] 同注36，頁87～88。另頁124對「蟬是否模仿？秋信是否剽竊？」楊守愚亦言「我不視為剽竊」。

[54] 該書原定於1940年12月出版，印刷中被禁止發行。但目前仍可見該書。

不能着筆。近日看到法朗士的克拉格比，纔覺這樣事，不一定在未開的國裡，凡強權行使的地上，總會發生，遂不顧文字的陋劣，就寫出給文家批判。」[55] 林瑞明亦有賴和小說〈一個同志的批信〉是向魯迅〈犧牲謨〉學習「並加以創造性轉化的痕跡」之說，認為「賴和在呈現情節方面，多了一些敘述，而全文有三分之二以上情節皆採用單邊會話體，內容則同樣是同志遺棄同志的情節。」[56] 在這裡，林瑞明「創造性轉化」之評議值得我們留意，對於剛起步的臺灣新文學，向其他國家借鏡學習，毋寧是自然正常現象，動輒以抄襲或剽竊模仿以貶抑作家，誠宜慎重。

巫永福和俄國文學、契訶夫之關係如上所述，其〈眠い春杏〉用了與〈渴睡〉相近似的題材，但不同的地域會展現出完全不一樣的藝術效果和多樣性。臺灣與俄羅斯顯然是不一樣的，從這一點來看，兩者的構思上相近似就變得不重要。由於以往的影響研究，研究者將重點放在考據兩個文本間的「相似」之處，即構成「影響」的事實，而對於受影響者在接受與消化過程中表現出來的獨創性缺乏應有的重視。尤其在世界進入了資訊時代以後，思想文化間的影響可以通過無數有形跡和無形跡的管道發生作用，人們幾乎無時無刻不身處世界資訊的喧囂之中，類似追尋影響痕跡的做法越來越變得不可能或不可靠。陳思和認為在創作過程中必然會調動起大量積澱在意識深層的文化資訊，包括遠期與近期的閱讀資訊。外來影響的某些資訊或許會成為他感情爆發的某種引線，也可能成為某些情節佈局的啟發點，但這對一個卓越的藝術家而言，完全屬於他個人的精神獨創的一部分，因

---

[55] 《臺灣民報》第93號，大正15年（1926）2月14日，頁16。

[56] 林瑞明，〈石在，火種是不會絕的——魯迅與賴和〉，《國文天地》第7卷第4期（1991年10月），頁18～24。然而賴和〈一個同志的批信〉與魯迅〈犧牲謨〉之作手法相似，似乎也可能是因二人都透過翻譯吸收世界文學有關。

為在無數文化資訊共同熔鑄成新的藝術形象的合成過程中，某一個具體的外來影響其實是微不足道的[57]。事實上，〈眠い春杏〉小說從反叛的角度對社會黑暗的揭露；對傳統語言的顛覆；象徵手法、意識流的成功運用等等。所有這些，也是當時世界文學共同嘗試的問題，更是當時歐洲文壇上最流行的創作思潮。世界性因素不僅表現在其反叛思想和反叛精神上，更重要的還在於通過對世界性語言的嫁接和融合上，從主題、藝術構思到表現形式在美學表現價值上有著與世界文學相同的共通性。就此點視之，巫永福創作的接受影響也應放在世界性文學角度觀察。

不過，雖然在相關的回憶錄及其文學教育受容描述裡，似乎未見巫永福特別傾心契訶夫。但這兩篇作品從主題、具體的藝術表現形式、美學追求，以及對人生存在處境等深層意蘊上的表述方式，有著深刻而驚人的共通性。在巫永福的小說中，我們也的確能夠見到契訶夫那種在濃縮的篇幅裡透視人類的靈魂，在平常的現象中發掘深刻的哲理的特點，在接受與影響中的確呈現出一種藝術精神上的默契。兩者在體裁形式（都有受虐、渴睡、嬰孩死亡等）與解剖社會的深刻與尖銳性上都很相似，因此我們很難完全排除巫永福受到過契訶夫的影響，這種影響的途徑可能是多方面的，諸如他在明治大學文藝科受教過程經由橫光利一的教導介紹，或者間接獲知相同的故事內容等等。因而以其豐富的生活經驗與理解想像，創造出一個與自己民族文化血肉相關的藝術品。就像呂赫若、葉石濤、龍瑛宗當時的作品，亦接受了很多世界文學的因子一樣。「接受外來影響」並不否定其獨創性，恰恰相反的是從某一種文學間的接觸能引發出作家勃發的創造力。模仿、影響從本質上來說，表現的是文化上自我更生的能力，它並不是

[57] 陳思和，〈關於20世紀中外文學關係研究中的世界性因素〉，《談虎談兔》，頁54。

亦步亦趨，或者退一步說，即使是亦步亦趨，其中依然隱藏著不易覺察的新東西，這是模仿者會借助於模仿對象而進行的自我改造，成為被模仿者的變異體。這是二十世紀臺灣文學史難以忽略的重要現象。在世界格局下的文學寫作，是否有可能出現純粹「獨創」的個人風格？小說，因為其某種因素（或題材、或結構、或敘事方法、創作風格等）與某部外國作品相類似，是否就能懷疑其獨創性的可靠程度？陳思和特別提出此一觀點，如此看來不能不慎予考量問題所在，因而今日即使得出巫永福〈眠い春杏〉受到〈渴睡〉的影響，仍不妨礙作品的獨創性，作家但並沒有因此喪失了對自己民族文化的最直接最獨特的感受。

引用文獻

一　傳統文獻

（唐）顧況著　王啟興、張虹注　《顧況詩注》　上海市：上海古籍出版社　1994年

（清）張應昌編　《清詩鐸（上、下冊）》　北京市：中華書局　1960年1月

山本有三著　月珠、德音譯　〈慈母溺嬰兒〉《先發部隊》第1期　1934年7月5日　頁48～60

水蔭萍著　皺子譯　〈查媒嫺與花〉《南方》第136期　昭和16年8月15日　頁10

王詩琅　〈柴霍甫與其作品〉《第一線》第1期　1935年1月　頁66～74

石川智一　〈新劇通訊〉《臺灣新文學》第1卷第8號　1936年9月　頁53

加斯特夫著　曇華譯　〈工廠的汽笛〉《赤道》第2號　1930年11月15日　頁2

托爾斯泰著　春薇譯　〈小孩子的智慧〉《臺灣文藝》第2卷第7號　1935年7月　頁215

朱點人　〈關於剽竊問題——給獻璋君的一封公開信〉《臺灣新文學》第1卷第9號　1936年11月　頁75～77

志馬陸平　〈青年與臺灣（四）——新劇運動的理想與現實〉《臺灣時報》第199號　1936年6月1日

志馬陸平　〈青年與臺灣（五）——新劇運動的理想與現實〉《臺灣

時報》第200號 1936年7月1日

志馬陸平 〈青年與臺灣（九）──文學運動之變遷〉《臺灣時報》
　　第205號 1936年12月1日

汪倜然 〈柴霍甫及其他〉《俄國文學ABC》 出版地不詳：ABC叢
　　書社 1929年1月

契訶夫著 汝龍譯 《契訶夫小說全集》（第5冊） 上海市：上海譯
　　文出版社 2008年1月

契訶夫著 宮崎震作譯 〈やくざ者のプラトノフ 未發表四幕戲曲
　　（拔萃）──（全11回）〉《臺灣日日新報》 第3版 1930年8月
　　4日

契訶夫（柴霍甫）著 王靖譯 《柴霍甫小說：漢英合璧》 上海市：
　　泰東圖書局 1921年

契訶夫（柴霍甫）著 耿濟之、耿勉之同譯 《柴霍甫短篇小說集》
　　北京市：共學社 1923年11月

契訶夫（柴霍甫）著 趙景深譯 《柴霍甫短篇小說集》 上海市：開
　　明書店 1927年6月

韋漱園選譯 《最後的光芒》 北京市：商務印書館 1931年6月

高爾基著 宜閑譯 〈鷹的歌〉《臺灣文藝》第2卷第5號 1935年5
　　月 頁29

高爾基著 張露薇譯 〈在輪船上〉《臺灣文藝》第2卷第7號 1935
　　年7月 頁155

張淚痕 〈回憶小時的她〉《臺灣民報》第160號 1927年6月5日
　　頁13～14

屠格涅夫 落合廉一譯 〈夢〉《紅塵》第1期 1915年6月1日 頁
　　2～15

楊守愚 〈生命的價值〉《臺灣民報》第254～256號 1929年3月31

日　4月7、14日

楊守愚　〈冬夜〉《臺灣民報》第311號　1930年5月3、10、17日

楊守愚　〈女丐〉《臺灣民報》第313號　1931年1月10、17日

楊雲萍　〈秋菊的半生〉《臺灣民報》第217號　1928年7月15日

愛羅先珂著　魯迅所譯　〈魚的悲哀〉《臺灣民報》第57號　1925年
　　6月11日

愛羅先珂著　胡愈之譯　〈我的學校生活的一斷片——自敘傳〉《臺
　　灣民報》第59、60、62號　1925年7月1、11、26日

愛羅先珂著　魯迅所譯　〈狹的籠〉《臺灣民報》第69～73號　1925
　　年9月6、13、20、27日　10月4日

愛羅先珂著　魯迅所譯　〈池邊〉《南音》第1卷第5號　1932年3月
　　14日　頁36

葉石濤、鍾肇政主編　《光復前臺灣文學全集》（小說卷）　臺北市：
　　遠景出版社　1979年

趙景深譯作　〈瞌睡來了〉《文學週報》第7卷　上海市：開明書店
　　1929年1月　頁324～333

嘉洵（迦爾洵）著　曇華譯　〈泥水匠〉《赤道》創刊號　1930年10
　　月30日　頁5

夢華　〈人名小字典（外國人之部）〉《曉鐘》　昭和6年（1931）12
　　月8日　頁17～18

劉精民編　《民國畫刊系列 光緒老畫刊——晚清社會的《圖畫新聞》
　　第一輯》　北京市：中國文聯出版社　2005年

賴和　〈一桿『稱仔』〉《臺灣民報》第93號　大正15年（1926）2月
　　14日　頁16

薛瑞麒譯　〈露西亞偶語四則〉《臺灣教育會雜誌》第191號　1928
　　年5月1日　頁9～10

廣東省立中山圖書館編 《舊粵百態・廣東省立中山圖書館藏晚清畫
　　報選輯》 北京市：中國人民大學出版 2008年4月

二 近人論著

巫永福 〈悼張文環兄回首前塵〉《笠》第84期 1978年4月 頁14
　　～22

巫永福 〈如何自我塑造文學風骨〉《幼獅文藝》第10月號 1991年
　　10月 頁4～7

巫永福 《巫永福回憶錄：我的風霜歲月》 臺北市：望春風出版
　　2003年9月

林瑞明 〈石在，火種是不會絕的──魯迅與賴和〉《國文天地》第
　　7卷第4期 1991年10月 頁18～24

契訶夫（柴霍甫）著 毛秋萍譯 《柴霍甫評傳》 上海市：開明書店
　　　1924年7月

契訶夫（柴霍甫）著 陸立之譯 《柴霍甫評傳》 上海市：神州國光
　　社刊 1932年7月

徐曙整理 〈黑色青年「王詩琅」〉 收入張炎憲、翁佳音合編：《陋
　　巷清士──王詩琅選集》 臺北市：弘文館出版社 1986年11月

張恆豪 〈日據末期的三對童眼──以〈感情〉、〈論語與雞〉、〈玉蘭
　　花〉為論析重點〉 陳映真等著：《呂赫若作品研究：臺灣第一
　　才子》 臺北市：行政院文建會、聯合文學出版社 1997年11月
　　　頁79～97

張恆豪 〈探觸臺灣人文的深層記憶──《巫永福全集》出版的寓義
　　與闕失〉《巫永福全集續集・文學會議卷》 臺北市：傳神文化
　　事業有限公司 1999年6月 頁168～169

許俊雅、楊洽人編 《楊守愚日記》 彰化縣：彰化縣立文化中心

1998年12月

許俊雅編　《巫永福精選集‧小說卷》　臺北市：富春文化出版公司
　　2010年12月

許俊雅編　《巫永福精選集‧評論卷》　臺北市：富春文化出版公司
　　2010年12月

許俊雅編　《巫永福精選集‧新詩卷》　臺北市：富春文化出版公司
　　2010年12月

許俊雅、趙勳達策劃　〈散發靜光的銀杏：新譯巫永福作品集〉《文
　　學臺灣》2011年春季號（第77期）　頁235～277

陳思和　《談虎談兔》　桂林市：廣西師範大學出版社　2001年

陳思和、嚴紹璗主編　《跨文化研究：什麼是比較文學》　北京市：北
　　京大學出版社　2007年2月

黃英哲主編　《日治時期臺灣文藝評論集‧雜志篇‧第二冊》　臺南
　　市：國家臺灣文學館籌備處出版　2006年10月

鄒易儒　《無政府主義與日治時期臺灣新文學——王詩琅之思想前景
　　與文藝活動關係研究》　臺北市：國立政治大學臺灣文學研究所
　　碩士學位論文　2010年7月

龍瑛宗　〈讀書遍歷記〉《民眾日報》　1981年1月28日

謝惠貞　〈巫永福「眠い春杏」と橫光利一「時間」——新感覺派模写
　　から「意識」の発見へ——〉《日本台湾学会報》12號　2010年
　　5月31日　頁199～218

藍博洲　《沉屍‧流亡‧二二八》　臺北市：時報文化　1991年6月

翻譯視域、想像中國與建構日本
——從田原天南之《袁世凱》和李逸濤 漢譯的《袁世凱》之比較研究談起

一　前言

　　袁世凱是十九世紀末二十世紀初中國婦孺皆知的人物，一生適逢近代史上多事之秋，多次中國歷史的重大轉折事件幾乎都同袁世凱的名字密不可分。但長期以來，人們認識的袁氏，並非正面人物，從前期戊戌告密、鎮壓義和團，後期篡奪大總統職權、洪憲帝制等，袁氏的種種行為大都不為國人所齒。尤其是其復辟帝制，獨裁專制，更為千夫所指，罵名不絕於耳。直至今日，史學界褒貶不一，爭議不絕。如「袁世凱戊戌告密」，他是否向榮祿洩露維新黨人包圍頤和園的密謀？從而導致了譚嗣同等維新君子血灑燕市、百日維新慘遭失敗之結局，而他自己則取得了慈禧、榮祿等當權派的信任，飛黃騰達，成了聲名顯赫的封疆大吏？此外，如袁世凱與日本的關係，史學界長期以來爭論紛紜，或認為袁、日二者相互勾結，狼狽為奸，也有學者認為日本對袁世凱持打擊立場，袁世凱一向敵視日本，袁有對抗日本的一面。坊間關於袁世凱形形色色的傳記，比比皆是。透過袁氏個案的研究，可以作為中國近代史研究的一個側影，窺映中國近代社會的變化動向，而近十年來，史學界對其思想及生平的研究取得了較為豐富的成果，正反論述俱見，有助於袁世凱研究的進一步深化。

　　二〇〇二年，著名晚清史研究專家孔祥吉教授在東京發掘檔案資

料時，發現了佐藤鐵治郎的《袁世凱》[1]，二〇〇五年孔祥吉、村田雄二郎據此整理翻譯了《一個日本記者筆下的袁世凱》（由天津古籍出版社發行），引發了一股袁世凱研究之風潮，尤其是孔祥吉、村田雄二郎的研究，分析和揭示了此書遭遇背後的深層原因，進而評述了該書的史料真實性、寫作動機以及價值所在，也點明了其侷限性。此後研究者亦留意到關矢越山的《怪傑袁世凱》[2]，是參照了佐藤氏之著作，將佐藤此書與自己寫作的那一部分有機地融合在一起。但佐藤鐵治郎可能是期待中國的讀者，該書全部用漢文寫成；而關矢越山則是將其翻譯成漢文訓讀形式的議論文文體。因佐藤一書當時即被燒毀，僅一冊存藏日本外務省[3]，關矢如何能夠看到這部書，是天津銷毀得不十分徹底，還是來自外務省的檔案，迄今仍是一個謎。竹內實提到關矢著作問世兩個月後，又出版了酒卷貞一的《支那分割論附袁世凱》（袁世凱部分是滿川龜太郎執筆），酒卷、滿川著作出版四個月後，又有內藤順太郎的《袁世凱正傳》（博文館，1913年11月），至

---

[1] 長期以來中日學界並無太多學者知悉佐藤鐵治郎的《袁世凱》（1909），直至上世紀七十年代竹內實先生的文章首次提到並介紹佐藤鐵治郎的《袁世凱》，只是後來就無人用過此書。狹間直樹於1970年代，即已由外務省外交史料館將此書全冊複製，並進行研究。並於1980年代將佐藤氏此書之影本贈給中國社會科學院近代史研究所李宗一教授等人。2004年河南師範大學蘇全有副教授相繼在《歷史教學》與臺灣《近代史研究通訊》等處撰文介紹佐藤之《袁世凱》。

[2] 該書由實業之日本社於大正二年（1913）五月出版發行。該書翔實地描寫了袁世凱在朝鮮的活動，以及袁氏由朝鮮回國後交結慈禧的親信太監李蓮英，在清末政治舞臺上的諸種活動。由於描述具體生動，頗受日本學者關注。竹內實寫了一篇〈大正時期的中國形象和袁世凱之評價〉的文章，具體地記述了當時的情形。

[3] 在該書印刷完畢、即將裝訂成冊之際，袁世凱的長子袁克定以及天津海關道的官員，均認為此書之出版會影響清朝與日本的關係，因此要求停止出版。在他們的強烈要求下，北京的日本駐華公使亦前來干涉，要求妥善處理。此事最終以袁克定用重金全部收買本書印刷物，由袁的代理人作證全部燒毀。當時日本駐天津總領事小幡酉吉為了給日本外務省檢閱此書，保留了一本呈送給外務部。

一九一五年四月，奈良一雄有《中華民國大事件與袁世凱》，內藤、奈良之書以肯定態度記述袁世凱，與酒卷、滿川持批判態度不同[4]。

令人不解的是佐藤鐵治郎的《袁世凱》於一九〇九年出版，但一九〇六年時，日人田原天南的《袁世凱》或者李逸濤漢譯田原的《袁世凱》已經在報刊連載，其後署名「一記者」又譯揭田原《袁世凱》此著之精華（1908），但這種種有關袁世凱形象的敘說之作，迄今並未被關注，他們彼此之間的關係如何，自然也還未被討論。中日臺三地學界迄今不悉田原天南的《袁世凱》早於佐藤鐵治郎的《袁世凱》三年出版，研究者也不清楚關矢越山《怪傑袁世凱》由濤樓翻譯成中文，在一九一六年五月十一日起連載於《臺灣日日新報》，直到一九一八年一月二十三日完結，凡二百二十回，連載時間長達一年八個多月。當我們不禁要問，已經湖邊垂釣的袁世凱及其家人為什麼害怕佐藤鐵治郎《袁世凱》此書的出版，要如此興師動眾，非要銷毀此書不可的同時，我們更好奇的是田原天南何以在一九〇六年寫了《袁世凱》？難道只是袁世凱將訪日這樣的動機嗎？尤其是一九〇六年四月六日該文開始連載《臺灣日日新報》，而李逸濤的譯文，緊接著在四月十八日連載，其翻譯動機難道亦只是「為研究支那近事者之一助云爾」？頗有意思的是這幾本著作的出版時間點，田原天南的《袁世凱》寫於袁氏風發之時，其後為攝政王載灃罷黜、篡奪大總統職權、洪憲帝制等尚未發生。佐藤寫《袁世凱》時，袁世凱已被罷，開缺回籍養疴。關矢越山《怪傑袁世凱》出版時，袁則東山再起，清國辛亥革命成功，清帝於一九一二年二月十二日退位，四月十四日袁就任臨時大總統職。《怪傑袁世凱》由濤樓翻譯成中文，一九一六年五

---

[4]　竹內實著，程麻譯，《竹內實文集——中國歷史與社會評論》（北京市：中國文聯出版社，2006 年 9 月），頁 109～111。

月十一日起連載於《臺灣日日新報》，此時歷經帝制自為，洪憲夢碎的袁氏已病重，乃先連載譯文，至一九一六年六月六日袁氏嗚呼哀哉，則袁世凱傳亦有其滿足時人窺探之需求，因此譯文一直連載到一九一八年一月二十三日完結，將近兩年的時間。

　　長期以來被視為猥瑣、卑劣、昏瞶、顢頇、臭名昭著的賣國賊袁世凱，在田原天南、佐藤鐵治郎、關矢越山的筆下，袁世凱卻呈現深孚眾望，令中外魁首的一面，梟雄、怪傑、人傑之稱遍見報刊，田原且譽其「卓識遠超，有高出于尋常萬萬矣」，日本記者的溢美之詞，呈現了前半生或半個的袁世凱，有其治績的一面，並非後來因忌其晚節不保，而全面否定的歷史反面人物。而近年由於現代性之議題，袁世凱在改革兵制、警務、籌辦農工、提倡立憲、振興教育、經營實業以為富國強種之基礎，對其治績加以肯定，甚至對袁氏早年在朝（鮮）時期的作為有相當高的評價[5]，對袁氏研究的翻案論文日有所見。然則這些評述在田原天南對袁世凱傳的書寫中，卻是最早就提出的[6]。緣此，個人認為臺灣報刊雜誌所刊登的一系列《袁世凱》著作及譯作，將是晚清民初史研究不可多得的材料，也是了解日本當局及日本人士對中國的看法及其政治策略的重要參考文獻。本文因限於聚焦考量，將從日人田原天南的《袁世凱》和李逸濤漢譯的《袁世凱》進行比較研究，討論翻譯視域、想像中國與建構日本諸問題，前述的其他相關的袁世凱論著較詳細的討論則俟諸他日。

5　如認為袁世凱在「甲申政變」所表現出來的果斷幹練，臨危不懼，臨難不驚，勇於承擔責任的魄力和左右逢源、進退裕如的外交才能，在當時因循腐朽的封建官場中卻是難能可貴的。因此李鴻章對袁大加賞識，力為袒庇。

6　田原此作關於袁世凱在朝鮮的活動，及其與當時朝鮮宮廷的關係和袁世凱在直隸推行新政的細節方面提供了十分新鮮的內容，是目前所知最早的一本《袁世凱》傳。

二 「親日改革者」的袁世凱形象

　　作者、譯者、讀者之間的權力關係是日治翻譯研究的主要內容，翻譯目的與翻譯主題的選擇，自然是研究時需面對的議題。此外「現代性」（modernity）對於臺灣文學的影響以及生成，成為近年來臺灣文學領域中多數學者所亟欲探究的課題，日治時期的臺灣處於一個全球化新興的文化場域，各式文本和文化移植跨界進入臺灣文學場域，而透過日文域外的文學也被大量翻譯來臺，並且對於當時文化論述的衝擊、大環境意識型態的形塑有著深刻的影響。日治時期臺灣文學的研究也興起了一股為新時代印記定位的風潮，強調日治時期的知識分子面對「現代性」的適應與演變，將焦點集中於日治時期傳統文人面對現代性所產生的轉型與實踐，在研究上取得很大的進展，此一研究方向側重於考察傳統社群在現代性召喚下的文化視域，及其文學面向的現代性實踐，特別是傳統文人以文言文所寫出的古典文學，如何成為移植現代性的媒介。而近期回應全球文化的流動趨勢與東亞文化的跨界接觸，「跨文化研究」與「翻譯研究」成為學界一種新方法學的取徑，以文化翻譯來呈現跨文化的流動與折衝，進一步呈現臺灣與域外文學之交流、溝通與對話之樣貌，來挖掘出此一互動所產生的「關係性」，並且呈現出文化翻譯之間多元而重層的刺激及影響，而在本文中將選擇一個有趣的切入點來聚焦於文化翻譯的議題，進一步將日治時期的臺灣文學納入一個較為宏觀的翻譯文學範疇來進行探討。田原天南的《袁世凱》發表於一九〇六年《臺灣日日新報》，之後李逸濤立即翻譯成中文，刊於《漢文臺灣日日新報》，在極短時間發佈了兩種語言的版本，可謂罕見。因此就原著者而言，究竟基於何種緣由撰就此傳記？就格外引人遐思，雖然緒言略謂「據近電所報。袁世凱

氏為視察商業。將於近日一游日本。……能執其親日主義。佇見日清
兩國之國交。必加一層親厚。其視察之終。清國之革新事業。亦必別
開一大生面。」然則果真僅如是？而譯者亦僅是欲「以為研究支那近
事者之一助云爾」？

　　學界迄今未討論到田原天南的《袁世凱》傳，而這傳記有可能是
最早出現的袁世凱傳。又由於發表年代是一九〇六年，只寫到前半生
的袁世凱。此後袁世凱在辛亥革命的浪潮中，如何欲壑難填，背信輕
義，拋棄共和，想當皇帝，結果眾叛親離，這都是田原天南《袁世
凱》刊行數年之後才發生的。因此，田原天南所見到的袁世凱，只能
說是半個袁世凱，而且是較高度正面肯定的袁世凱，甚至遠超過佐藤
鐵治郎所寫的《袁世凱》的評價。

　　田原認為袁世凱在北洋練軍之時，廢科舉，並設置完全武備之學
堂，以改革兵制，並訓練軍隊，舉出袁世凱擴張北京之警務學堂，並
促成統轄全國警察事務，為「識時務之俊傑」！而清國之改革警務，
皆取法於日本，一則招聘日本警官以為教習；一則頻設警務學堂。袁
世凱在政治、財政、兵制、法制四者改革之外，還熱心於農事之改
良，推廣直隸省之農務事業。而清國政治家皆忽略農業，只有袁世凱
改革之。認為袁世凱在位直隸總督之六年間的文明改革事業，與李鴻
章相比，有過之而無不及！而日清談判一事，關乎東三省之命運，各
國皆虎視眈眈，總共談判二十回，只有袁世凱交涉大局，展現出一流
外交家之手腕。足見對袁氏之評價甚高。

　　為了知人論世，此處先介紹田原天南，其本名為田原禎次郎，是
日本明治至大正年間有名的國際新聞工作者（ジャーナリスト）。田
原禎次郎系出名門，為西村山郡谷地町之田原家，家中世襲「純達」
之名，為中條派的醫生，其祖父和父親皆為名醫，父親田原大円專供
眼科，能操刀先進的白內障手術，聲名遠播，然而田原禎次郎和其兄

孝太郎都沒有繼承父親的衣鉢，孝太郎成為律師，而禎次郎成為記
者。禎次郎畢業於東京德國協會學校（今獨協大學），主修法律與文
學，才思敏捷，得到同協會會長北白川能久親王的肯定，在政治家後
藤新平於明治二十八年任臺灣明政長官時受邀來臺，來臺後任《臺灣
日日新報》記者，後升任編輯長及主筆。在一九二二年臺灣總督府為
紀念「領臺三十年」而設立臺灣總督府史料編纂會，他被命為編纂部
主查，為史料編纂委員會的中心人物。以東大史料編纂所編輯的《大
日本史料》為其編纂「臺灣史料」之典範，也為此蒐集一八七三年樺
山資紀（1837～1922）至臺灣「探險」時之日記寫本、長崎之鄭成
功、濱田彌兵衛臺灣關係史料等，並且對臺灣關係者進行口述訪問，
然因驟逝未能完成臺灣史料編纂[7]的宏願。[8]

　　田原天南除了長期擔任《臺灣日日新報》的記者之外，另一個
值得特別關注的身分為漢詩人。日本統治之初，為了安撫臺灣的上

---

[7]　大正十一年（1922）4月，當時臺灣第一任文官總督田健治郎為了宣示臺灣治政進
　　入新的階段，並宣揚日本在臺灣之「統治實蹟」，遂設立「臺灣總督府史料編纂委
　　員會」，希望以三年之期間收集、編纂統治臺灣二十五年（1895～1919）之史料，
　　包括《臺灣史料》稿本、《臺灣史料雜纂》，並撰成以日本統治時期史為主的《新
　　臺灣史》（伊能嘉矩也被委託撰寫原來預備作為《新臺灣史》之〈前紀〉的《清朝
　　治下臺灣》）。「臺灣總督府史料」編纂委員會之主要成員有持地六三郎（1867～
　　1923，部長）、田原禎次郎（1868～1923，主查）、尾崎秀真（1874～1949，委
　　員）三人。翌年4月底與8月中，田原、持地相繼罹病去世。見〈田原禎次郎氏永
　　眠〉，《臺灣日日新報》，第8240號（十五），1923年5月2日。〈田原禎次郎（賞
　　與；危篤）〉，《大正12年臺灣總督府公文類纂》，第3750冊，第51號文書（1923
　　年5月3日）。關於臺灣總督府之修史事業，參閱：檜山幸夫，「解說」，在臺灣史
　　料綱文，臺灣史料研究會校訂（中京大學社會科學研究所，1989年）；及吳密察，
　　「臺灣總督府修史事業與臺灣分館館藏」，在館藏與臺灣史研究論文發表研討會彙
　　編，國立中央圖書館臺灣分館編（臺北市：國立中央圖書館臺灣分館，1994年）。
[8]　參見日文資料 http://homepage2.nifty.com/tahara~d-c/teijiro.html 與許雪姬總策劃，
　　《臺灣歷史辭典》（「田原禎次郎」詞條由鍾淑敏撰）（臺北市：遠流出版事業有限
　　公司，2004年5月18日），頁266。

層精英，曾派遣明治時期熟悉漢詩的日本舊式文人，前來任職[9]，例如一八九五年總督府陸軍醫部長森鷗外與軍醫橫川唐陽酬唱[10]，接著一八九六年森槐南隨著伊藤博文首相來臺，其所作的〈丙申六月巡臺篇〉，為日本人漢詩取材於臺灣之巨篇，一八九八年日本漢詩人代表籾山衣洲受聘為《漢文日日新報》漢文主任，受到總督兒玉源太郎的青睞，此外漢詩人還包括來臺的館森鴻、加藤重任、小泉盜泉、尾崎秀真、久保天隨、伊藤貞次郎、水野大路、土居香國、大橋豹軒、豬口鳳菴、鷹取岳陽、三屋清陰、國分青厓、石川柳城、村上淡堂等人[11]，這群熟悉寫作漢詩的日人，其身分以政府官員最多，記者、法官、教師次之，其餘為醫師、僧侶、警察等。據統計日治時期至少有高達兩百位以上的日本漢文人來過臺灣，一般都認為這群漢詩人代表著日本殖民當局的文化位置，藉著漢文之「同文性」與臺人相溝通，不僅以漢詩之互相唱和的方式，來消弭殖民者與被殖民者之間的緊張對立，也拉攏了部分願意與新政府建立良好關係的傳統文人，臺灣傳統文人往往因為與執政者之友好關係，而被賦予殖民者統治臺灣之「協力者」的立場，而這一群日本漢詩人也被視為有助於籠絡臺灣

9　吳密察認為明治維新是日本近代史上一次大變革，變法的結果，薩（摩）長（州）勝過了幕府、佐幕諸藩，成為政治上的勝利者，西南戰爭後，西洋化成為國家政策，與德川幕府相始終的漢學遭到空前的挫敗，在以西洋化為國策的薩長藩閥領導之下，原同盟的東北諸藩和德川幕府系統下的漢學，幾乎全面敗退下來。甲午戰爭後，乙未年割臺，彼輩在日本國內既無發展環境，自然地將目光求諸於仍講漢學儒教的新領土臺灣。這也是理解日本東北人士當初極力主張領有臺灣的原因之一。日本漢詩學者的到來，使總督府揚文籠絡政策得以推進，也左右了臺灣古典文學的發展，尤其是漢詩。參吳密察，〈「歷史」的出現〉，《臺灣史研究一百年：回顧與研究》（臺北市：中研院臺灣史研究所籌備處，1997年），頁16。

10　參照〈征臺戰中的森鷗外〉，《美麗島文學志》（平成7年6月15日）（付錄一）與《森鷗外與漢詩》（藤川正樹、有精堂、1991.9.5）。

11　中村櫻溪有《涉濤集》、《涉濤續集》；館森袖海有《拙存園叢稿》；小泉盜泉有《盜泉詩稿》；土居香國有《征臺集》等。

舊文人，藉此博取其好感的殖民統治者。在反抗史觀的影響之下，眾
多的日本漢詩人群其創作經歷、文學特質的研究與分析，往往少之又
少，也在臺灣文學史中被視為傳統文人群，指稱其畢生文學的表現在
漢詩的寫作上，以傳統文學的成果來作為一生評斷之所繫。

　　然而，曾任《臺灣日日新報》編輯長及主筆之重要職位的田原天
南，不只是偏向於與漢詩交相疊疊的傳統文人行列，而是擁有與「世
界」接觸的多元經驗，是極具影響力的重要媒體人。田原天南藉由翻
譯，發表了對於國際局勢的觀察言談，最受到矚目者為明治三十七
年，於日俄戰爭前夕，他翻譯德國人シダコッフ氏所著的《露国の暗
黒面》[12]一書，隔年又將シダコッフ氏所著的《露国皇室の内幕》[13]翻
譯出版。而後田原天南有感於日華間衝突頻仍，於一九一八年十月在
天津創辦《京津日日新聞》（橘朴任總主筆），在中國的報界有活躍
的表現[14]。並且曾長期滯留於歐洲，明治四十三年（1911）在英國所舉

---

[12] 《露国の暗黒面》為田原天南翻譯自德國人シダコッフ（Sidakov）氏的原著《ニコ
ラス 2 世治下に於ける露国の真相》，明治37年由民友社發行。全書分為四章，分
別為俄帝ニコラス二世陛下（尼古拉二世（Николай II）（Nicholas II）、俄帝顧問
官與俄國革命黨的現狀、はグリムリン大佐的軍機洩漏事件與俄國革命軍內部之腐
敗、彼得大帝的遺言等，以此揭露出俄國內部的黑暗面。

[13] 《露国皇室の内幕》為田原天南翻譯自德國人シダコッフ氏的著作，明治38年由民
友社發行。全書分為四章，分別為俄帝ニコラス二世、俄帝的家庭、俄國的宮廷、
俄國的外國與內政，以此揭開俄國皇室的內情，從政治與軍事等相關之部分進行詳
細的說明。

[14] 田原天南曾編有《現代支那官紳人名錄》（北京市：中日研究會，1918年12月），
有中國筆畫及日文發音次序目錄，臺北文海出版社出版時改名為《清末民初中國官
紳人名錄》。又著有《清国西太后》，臺灣日日新報社，1908。1911年5月18日
《漢文臺灣日日新報》「編輯日錄」載「海沫曩譯田原天南氏所著西太後一書。甫
刊八九篇。忽有閱士來謂海沫曰。曾見昨年出版一書亦名西太后。不知郤此否。海
沫恐有駢枝之謫。因而中止者幾兩月。欲購之又不可得近臺北有購得其書。閱之。
則與田原氏所著者蓋異也。海沫因擬不日重整旗鼓。俾西太后活現於新舞臺。」

辦的萬國博覽會中大力介紹臺灣的政策和產業[15]，大正八年（1919），第一次世界大戰結束後出席凡爾賽會議，報導相關新聞，某種程度上田原天南是擔任將時代風潮引介、移植，甚至傳播至臺灣的中介者，開啟了臺人迎接世界之大門。作為一位新時代的記者，顯然是中介者必要的條件之一，所以田原天南這一位日治時期來臺的日本漢詩人，其身分並非是單一的，而是在發揚傳統文化的漢詩人身分之外，擔任在大眾媒體中引渡世界潮流的先鋒者，透過官方大眾媒體為發聲場域，傳遞世界的想像，有其特殊的身分與發言位置。而身為新時代記者的田原天南到底在引介的過程中，傳達出什麼樣的域外經驗與社會圖譜呢[16]？

田原天南在摹寫《袁世凱》傳的過程中，到底是透過什麼與晚清中國的社會文化體系接軌呢？特別是他如何吸取域外經驗中對於袁世

---

[15] 館森袖海〈送田原天南詞兄〉：「一枝史筆策經綸。西向歐洲著眼新。欲識富強蕃盛處。好觀其政察其人。」石崖有〈送社友田原天南君渡英序〉：「君之於本社。素不獨以文章高妙見稱。且通外事。精外學。良為和文部之巨擘。抑亦本島文陣之雄師者。今文旌遠赴。其於一切事物。自有明晰之頭腦。為之判斷。若電之眼光。為之視察。生花之彩筆。為之傳誌。故君誠為所不能缺。且臺人所望於君尤不少。何則會遠在英京。五湖四海。多不獲往觀者。在文明國之人。雖或憾之。而不如民智尚淺之臺人之憾之之深也。君必不憚揮健筆。使之如身親其地目見其事而無疑者。」《漢文臺灣日日新報》，1910 年 5 月 1 日。

[16] 田原禎次郎也曾著《蒙古征歐史──附羅馬法王遣使始末》，臺灣日日新報發行，1905 年。陳伯與譯序：「是書為本社邦文記者田原天南先生所著。以本年春出版。先生學問淵博。尤長西文。其著作常見本報。其文筆之流暢。議論之精警。久為有目所共賞。可毋庸喋喋。即其翻譯西文諸書。亦多能補著者所未及。且譯其意而不泥其文。誠翻譯中之聖手也。近又有蒙古征歐史之作。乃譯自西文者。書中歷敘蒙古帝國之強盛。震古鑠今。驚歐動亞。允為亞細亞放一絕大之光彩。留一絕大之紀念。雖千載下猶足誇耀於四鄰者。當此清國危亡疲弊之秋。而有是作。使其民族讀之。藉知其屬部之強盛。當時曾亦如斯。而我蹴踏神洲。入主中夏者。尤當何如。則于喚起民族自強之觀念。或不無小補。故特為轉譯云耳。」《漢文臺灣日日新報》1906 年 10 月 21 日。

凱的相關評價並且加以詮釋；田原天南特別提到他是透過大眾傳媒的
中介——內外報紙的報導，而來窺看清朝社會之全貌，也對於袁世凱
有更深入的理解，並以此展現了近代中國一場風雲詭譎的政治與社會
變遷史：「吾人好んで支那の形勢を談じ清國の時事を論ずれども足
未だ中華の地を踏まず口未だ支那語を操らず。而して支那の識者と
相識る者なし。故に其談論する所多くは是れ道聴途説の類にして唯
聊か清國に關する報道に就き稍や信憑力の程度を知り取捨法標準を
解し其系統と脈絡とを分つを得たるのみ。」[17]田原天南著眼於袁世凱
所處的政治局勢，及其所推行的重大事蹟，不僅剖析了袁世凱前半生
的複雜經歷，也呈現出他在清末這一段歷史舞臺中的重要性：

> 吾人は先づ袁氏の少壯時代より筆を起し朝鮮公使時代に及び
> 山東巡撫時代、光緒己亥事變、直隷總督時代、日清談判に於
> ける袁世凱、袁世凱の日本觀、袁世凱の露國觀、改革家とし
> ての袁世凱、清國政界に於ける袁世凱の位置、袁世凱の幕
> 僚、袁世凱の將來を說き傍ら西太后光緒帝との關係、李鴻章
> 榮祿との關係、政敵馬玉崑との關係等を述べんと欲す。[18]

---

[17] 田原天南，〈袁世凱〉（二）〈二、少壯時代〉，《臺灣日日新報》第2377號，明治
39年（1906年）4月7日第3版。參見逸濤漢譯：「吾人固好談支那形勢，與清國時
事矣。然足不及支那之地，口未能操支那之語，又不與支那間之豪俊交游，一切談
論，僅得自道路之傳聞，恐未免隔靴搔癢之誚。乃就關於清國之報道，擇其稍有信
憑者，以略分其統系及脈絡。」參見逸濤譯〈袁世凱〉（二之上）〈二少壯時代〉，
文載《漢文臺灣日日新報》第2388號，明治39年（1906）4月20日第3版。

[18] 田原天南，〈袁世凱〉（二）〈二、少壯時代〉，《臺灣日日新報》第2377號，明治
39年（1906年）4月7日第3版。參見逸濤漢譯：「今試先自袁氏少壯時代起筆，述
其為事如左，即朝鮮公使時代及山東巡撫時代、光緒己亥事變、直隷總督時代、日
清議和之袁世凱、袁世凱之日本觀、袁之俄國觀、為改革家之袁世凱、袁氏在清國
政界之位置、袁世凱之幕僚、傍及袁世凱之將來、西太后及光緒帝之關係、李鴻章
及榮祿之關係、政敵及馬玉崑之關係等事。」參見逸濤譯〈袁世凱〉（二之上）〈二

在追溯袁世凱的生命歷程時，田原天南也著眼於其認同意識之轉折。這部政治人物傳記的撰述，不僅彰顯袁世凱輝煌的事蹟，最重要的是這套詮釋模式也介入袁世凱認同形塑的過程，刻畫出袁世凱覺察日本漸趨文明與進步的體會，在其中感知「現代日本」與中國所顯現的種種差異，並且藉由袁世凱的心路歷程，呈現出他的認同轉折與思維趨向。如果細緻探究《袁世凱》傳中最大的轉折點，以及形成袁世凱認同意識型態的分歧點，剛好是座落在袁世凱任「朝鮮公使」的挫敗與覺醒，顯然撰述者對於《袁世凱》傳的詮釋角度不同，也造成其關注重點之殊異。

田原天南呈現出袁世凱二十六歲成為朝鮮辦理商務委員，這也正是清國勢力跋扈之際，原本態度剛愎傲岸的袁世凱，一方面維持清國之宗主權的地位，一方面排斥日本勢力的入侵，而在傳記中不著痕跡地展現日清戰爭發生期間，因為袁世凱過於自信，於是蔑視日本，輕估日本的戰力，於是有了重大的挫敗：「清國海陸軍の來韓に心益驕り日本の無能卑屈を嘲笑して樂天觀中の人たりし袁世凱は青天霹靂的の我行動を見て其意外に驚かざるを得ず。」[19]《袁世凱》傳中極力鋪陳袁世凱在此一打擊之下，以其聰明英邁之姿，遂有所感悟，而逐漸成為「親日主義者」，這一認同的轉變／形塑主要是與袁世凱所參與的軍事活動有關，其中撰述目的乃是在強化袁世凱對日本軍事武力

少壯時代〉，文載《漢文臺灣日日新報》第2388號，明治39年（1906年）4月20日第3版。

[19] 田原天南，〈袁世凱〉（五）〈三、朝鮮公使時代（下）〉，《臺灣日日新報》第2381號3版，明治39年（1906年）4月12日。參見逸濤漢譯：「當清國陸海軍之初抵韓國也，心益驕、氣益昂，皆嘲笑日本軍無能，勢必至于卑屈而後已，絕不介意，獨有袁世凱者，因見我軍行動，出人意表，正如晴天霹靂，不得不受一驚。」逸濤譯〈袁世凱（十一）朝鮮公使時代〉（下之下），文載《漢文臺灣日日新報》第2396號，明治39年（1906年）4月29日第3版。

的高度認同，也以此為主軸來建構出袁世凱再任山東與直隸巡撫時的
重大改革。

其一，在於袁世凱練兵之改革。文中刻畫出袁世凱任山東巡撫
時，最在意兵制革新，銳意改革其積習，訓練出「洋式訓練之強
兵」，並且由日本聘請兵學教官，由德國購買軍器兵械，使得袁軍精
強，成為可冠冕清國之陸軍[20]，而擁有精練與整齊之軍隊的袁世凱，
逐漸站上清廷政治舞臺的重心，包括在義和團猖獗之時，以山東巡撫
之勢力來嚴行威壓之；也在義和團事變方殷之時，兩宮蒙塵之際，組
織親衛隊，以維持秩序，使得兩宮重入京畿，這一切也使得袁世凱在
李鴻章逝世之後，改任位高權重之直隸總督，而肩負七大權限[21]，登
上了直隸總督兼北洋大臣的顯赫職位。《袁世凱》傳舉出袁世凱兵制
改革最成功，袁氏對兵器之改革、軍服之整備、操演之屬行，無不努
力推行，其所率領的北洋練軍，遂為清國陸軍中最精強者，並以《東
亞內羅報》所刊載的北洋練軍篇以及上諭嘉賞來說明袁氏所率領軍隊
的演習狀況，讚賞袁世凱的精強之兵能禦外侮、防內亂，為富國之所
需，這些都一再地強化成為「親日主義」者的袁世凱，強烈向日本文
化靠攏的傾向，包括聘請日本人為軍事顧問，進一步地引進日本現代

---

[20] 田原天南，〈袁世凱〉（十三）〈六、改革家の袁世凱 二、兵制改革（上）〉，《臺灣
日日新報》第2392號3版，明治39年（1906年）4月25日。其中並舉出西元1898
年10月，英國水師提督（睦禮士華道）卿巡視支那各地，認為袁之軍隊最為精練
與整齊。見逸濤譯〈袁世凱（廿八）／改革家之袁世凱兵制改革（上之下）〉，《漢
文臺灣日日新報》第2417號，明治39年（1906年）5月24日第3版。

[21] 田原天南，〈袁世凱〉（五）〈三、朝鮮公使時代（下）〉，《臺灣日日新報》第2381
號，明治39年（1906年）4月12日第3版。田原天南舉出袁世凱所肩負的七大權限
為：一、省內行政之權；二、對管下陸軍有總指揮之權；三、統率北洋海軍之權；
四、與外國交涉之權；五、造幣之權；六、北洋大臣之權；七、覆審裁判之權。田
原天南〈袁世凱〉（五）〈三、朝鮮公使時代（下）〉《臺灣日日新報》，明治39年
（1906年）4月12日。

的軍事成果，並且藉此振興國力，以新式陸軍為核心，組織起一個龐大的北洋軍事政治集團：

> 袁世凱は多數の日本士官を招聘　北洋軍の參謀即ち參謀處には日本人の軍事顧問が彼れの高級士官等と共に軍事を圖議し總督衙門の附近なる參謀處には袁世凱始終出入して軍議を與かり聽き重要の議事には彼れ自ら議長となりて熱心に討議せり。[22]

田原天南的《袁世凱》傳，展現了袁世凱深感國家積弱的深刻痛苦，進而體認到兵制必經改造，才能適應新時代的需求，尤其與日本新式軍事文明接觸後，更應擷取他人之長以補短，全文彰顯出袁世凱招聘日本士兵對其練兵產生了極大的影響，「日本現代性」也成為袁世凱所統率的北洋練軍最後獲致勝利之主要原因之一，其次也顯示出袁世凱所推行的警務改革，是以日本警官為教習：「北京警務學堂を始め我帝國の制度を模範とし我帝國の警察官を教習とせる警務學堂は續々各省に設立せられ年々多數好警察官吏を出しつゝあれば漸次清國の警察制度と機關とは備具整頓して……」[23]此側重袁世凱改革兵

22　田原天南，〈袁世凱〉（四十二）〈北洋練軍（一）〉，《臺灣日日新報》第2439號，明治39年（1906年）6月19日第3版。參見李逸濤漢譯：「由是袁世凱招聘許多之日本士官，設北洋軍參謀本部（即參謀處）以日本人為軍事顧問，與高級士官等共議軍事，參謀處在總督衙門附近，袁出入必與其議，重要之事，則彼自為議長，熱心討論……」逸濤譯〈袁世凱（八十）北洋練軍（二）〉，文載《漢文臺灣日日新報》第2479號，明治39年（1906年）8月4日第3版。

23　田原天南，〈袁世凱〉（十八）〈六、改革家の袁世凱　六、警務改革〉，《臺灣日日新報》第2401號，明治39年（1906年）5月4日第3版。李逸濤漢譯：「惟自北京警務學堂始，皆能取法于我國，招聘我國警官以為教習，又一面于各省頻設警務學堂，將來若能年年為國家養成多數之好警官，清國之警察制度及機關，必漸次具備而整頓。」參見逸濤譯〈袁世凱（三十八）改革家之袁世凱／警務改革（下）〉，文

制與警務革新時所付出的努力，也彰顯出他是一個能察覺國際局勢，與現代脈動相聯結的改革者。

一般說來，兩岸意識型態各異的史家都對袁世凱評價不高，毋庸諱言，袁世凱是一個頗有爭議的人物，也曾經遭致最惡毒的罵名[24]，然而，在田原天南的《袁世凱》傳中致力刻畫出袁世凱鮮為人所知的「改革者」之形象，指出袁世凱是文明之政治家，有勇氣與活力，以平和秩序來改革清國之制度文物，文中舉出袁世凱在政治、財政、兵制、法制四者之改革，包括率先改革兵制、仿效文明之操練、施行憲政、整理財政、刷新警察、整頓軍備、派遣留學生於各國、謀廢科舉、採阿片漸禁之主義、行阿片專賣之法[25]等，以鋪陳出袁世凱開明的形象，並能夠將文明產物與制度一一輸入中國，以高度肯定袁世凱為國家政事奉獻心力，用心介入國家事務，藉此參與現代文明之改造，而這樣的文明無非是日人所帶來之現代文明：

> 其山東巡撫となり制度の改革に着手するや我帝國を模範としたり。彼が最も成功せる兵制改革に於て舊來の操練を改ため全然之を日本式と為したり。其武器は獨逸より購買せしもの多しと雖も精神的教養は純日本と謂ふも可なり。直隸總督に榮轉するや彼は益革政に銳意し軍事顧問として福島少將を招

載《漢文臺灣日日新報》第2428號，明治39年（1906年）6月6日第3版。

24 諸如嗜血成性的專制暴君、寡廉鮮恥的賣國賊、獨夫民賊、臭名昭著的反對政客等等，不一而足。至於袁世凱為什麼挨罵，究其原因，在於他前期戊戌告密、鎮壓義和團，後期篡奪大總統職權、洪憲帝制等。在非此即彼的二元對立模式下，袁世凱成為被否定的反面人物也就變得十分自然了。

25 認為袁世凱訂出阿片專賣，其用意為二：一、漸禁官民之吸食；二、吸收大量財源，以廣財源、謀自強，並得以救國，並認為袁世凱取法於本島所施行之阿片專賣法。見逸濤譯〈袁世凱（三十四）／改革家之袁世凱・阿片漸禁（下）〉，第2424號，明治39年（1906年）6月1日第3版。

聘せんとして事成らざりしも福島少將の代りに坂西、嘉悦兩
少佐を得て顧問と為し熱心經營の結果彼れの北洋練軍即ち日
本式清國陸軍は精銳悔どるべからざるものとなれり。彼れは
財務顧問として佃一豫氏を招聘し以て財政の改革整理を為し
楠原正三氏を招聘して農政顧問と為し以て農事の改良を試ろ
み其創設せる北洋官報局に我印刷局の技師を招聘して經營の
局に當らしめ我臺灣の阿片制度に倣ふて阿片制度を定立せん
とせり。彼れは家庭教師として數名の外國婦人を雇傭せるの
外總ての改革事業に於て顧問として教師として招聘し信任せ
る者は我帝國人士なり。[26]

而在此刻畫出袁世凱改革者的形象，雖著眼於袁世凱的「改革」與
「創新」，但卻也進一步挖掘袁世凱與維新運動所屬社群相較所出現
的「差異」，而此一「差異」，在於認為袁世凱相較於康梁所提倡的
戊戌政變，是採用「漸進」的手段，且更能關照時代的脈絡與局勢，
符合清國之風俗民情，認為袁世凱為明利害得失、輕重緩急之改革

---

[26] 田原天南，〈袁世凱〉（廿四）〈八、袁世凱と對外關係 一、袁世凱と日本
（上）〉，《臺灣日日新報》第2408號，明治39年（1906年）5月13日第3版。參見
李逸濤漢譯：「故初為山東巡撫，而改革其制度也，事事皆取法于於我國。其最稱
成功之兵制改革，一改舊操，專用日本式，其武器雖多由德國購入，而精神的教
養，卻無一非日本也。及右遷為直隸總督，益銳意于改革，初訂招聘我國福島少將
為軍事顧問，因事不成，以阪西、嘉悅兩少佐，代福島少將應其聘，經熱心經營之
後，北洋練軍（全倣日本式）遂成為不可侵侮之精兵。又招聘佃一豫氏為財務顧
問，專整其財政，招聘楠原正三氏為農政顧問，專改良農事。其創設北洋官報局
也，則招聘我國之技師，以當經營之任。其創定阿片制度也，則模倣我臺灣之措
施，而採漸禁主義。其于家庭也，尤僱傭我國婦人數名，以為家庭之模範，總之，
凡有關於改革事業，不問其為顧問、教師，其蒙信任之者，無一不為我國人士。」
逸濤譯〈袁世凱（四十八）／袁世凱及對外關係／袁世凱及日本（上）〉，文載《漢
文臺灣日日新報》第2439號，明治39年（1906年）6月19日第3版。

家：「彼は革新の政を欲せざるにあらず。然れども清國の國情民度
に適せざる極端突飛の革新に賛ずるものにあらず。彼は利害の機
を見るに敏に去就の決を察すること速なり。」[27]所以，李逸濤翻譯
的《袁世凱》傳中「改革」是一個辯證的層次，與一般抱持著革命／
起義的觀點有異，而是兼染維新與漸進的色彩，《袁世凱》傳中闡示
出兩種改變社會制度的方式：「犁夫可屢苛真」（Revolution）與「犁
須兜那章」（Restanration），前者為「革命」，後者為「改革」：「國
家の腐敗衰弱を救治するの道二あり。一をRevolutionと云ひ一を
Restanrationと云ふ。前者は革命にして前朝を覆へし後朝を起し以
て國家を改造し國家の元氣を振作する簡短直接の荒治療なり。後者
は大改善大刷新にして現朝維持の下に國政の革新改良を為す緩和
的方法なりとす。」[28]在此特別提出日本進入現代化國家的一個重要
時期──明治維新（Meiji Restoration），一般都認為，明治時期在政
治、經濟和社會等方面實行大改革，並促進日本的現代化和西方化，
也使得日本一改十九世紀前期國內秩序瀕臨瓦解、歐美列強環伺的處
境，擺脫淪為半殖民地的危機，一躍成為世界強國，而明治維新被定

27　田原天南，〈袁世凱〉（七）〈四、山東巡撫時代（中）〉，《臺灣日日新報》第2383
　　號3版，明治39年（1906年）4月17日。參見李逸濤漢譯：「然則袁氏不欲維新
　　乎？曰非也。彼以康梁之突飛手段，不合于清國之風俗民情，不肯苟同，其見機
　　之早，去就之決，實有獨到者。」逸濤譯〈袁世凱（十五）／山東巡撫時代（中之
　　下）〉，文載《漢文臺灣日日新報》第2400號，明治39年（1906年）5月4日第3版。
28　田原天南，〈袁世凱〉（十二）〈六、改革家の袁世凱 一、總論〉，《臺灣日日新報》
　　第2391號，明治39年（1906年）4月24日第3版。參見李逸濤漢譯：「國家當腐敗
　　衰弱之秋，救治之法有二，一為『犁夫可屢苛真』，一曰『犁須兜那章』。前之義為
　　革命，即覆前朝，興後朝，以改造山河，以振作元氣，所謂簡單之療法是也；後
　　之義為大改善大刷新，即在本朝維持之下務使國政有改善刷新之機，漸進于治平，
　　所謂緩和之療法是也。」逸濤譯，〈袁世凱（廿五）／改革家之袁世凱總論（上之
　　上）〉，文載《漢文臺灣日日新報》第3版第2414號，明治39年（1906年）5月20
　　日第3版。

義為「犁須兜那章」，是為「王政復古」或是「王政維新」，認為此偏向於日本國政之改善，而非國家之革命，而後並列舉支那研究史為參考，並提出不贊成支那採用革命之途徑，或是瓜分支那一事，認為可舉國政而改善之、刷新之，是為「犁須兜那章」。

三　日本的東洋文化論述：現代性與中日親善

在田原天南的《袁世凱》傳建議清國採用「犁須兜那章」的改革形式來進行社會革新，以這樣「漸進」的改造來促進中國的現代性，接著也點出清國改革可供遵循的方針，認為可以明治革新史為根據，統一標準，首先以明治維新的成功經驗來說服中國仿效，指出清國衰弱的現狀與日本德川幕府之衰弱最為酷似，日本在明治維新前之落後與積弱並不亞於中國，並提出明治維新前的時代背景，以印證出兩國國家局勢的親近性與雷同性：

> 日清の國情民俗は全然同じきにあらずと雖も既に人種を同うし文字を同うし宗教を同うし其他相同じきもの相類せるもの一にして足らず而かも清國の積衰は我德川の積弱と酷似せり。清國たるもの國政の大改革を為さんと欲せば我今上天皇が德川腐敗の後を承け非常の英斷を以て政治の大改革を為し以て今日の盛運を致したる事……。[29]

---

[29] 田原天南，〈袁世凱〉（三十六）〈十、袁世凱の將來　二、改革の將來〉，《臺灣日日新報》第 2431 號，明治 39 年（1906 年）6 月 9 日第 3 版。參見李逸濤漢譯：「日清之國俗民情，雖不全同，然人種同、文字同、宗教同，即其他之相同而相類者，亦不一而足。今日清國之衰弱，與我德川幕末之衰弱最酷似，清國苟欲大改革其國政，必如我今上承德川衰弱之餘，出其非常之英斷，將政治大加改革，以馴致今日之隆盛。逸濤譯〈袁世凱（七十一）／袁世凱之將來／改革之將來〉（下），文載

在此採取亞洲國家內部所具有的同一性，不僅提出日清雖然國情不
同，但是人種和宗教卻是相似，此一與西方國家不同的文化／種族差
異，也藉此將中國與日本界定在文化／種族「同一性」的特殊範疇之
中，以表明兩者屬於亞洲國家的相同體系之中。此外也針對明治維新
以西方文明來進行日本國民性的改造此一說法提出辯駁，認為明治維
新雖然以歐美文化為模仿對象，意識到西方文明移植的重要性，卻也
同時是源自於東方，以東洋國粹為基礎，懂得在傳統東方與歐美文明
之間取得平衡，致力於闡述東方傳統文化內部價值與西方文明相容共
通的意義，並以此形塑日本的獨特現代性，在此清楚的展現日本現
代性為傳統東方與現代西方兼具的文化特質：「其實質は東洋の國粹
の基礎の上に立てられ東西の文明を調和し折衷せしものなるを以
て……」[30]，並以之呼籲袁氏對清國之改革要以日本為標準與憑藉。

　　如果我們對照南博的《日本人論：從明治維新到現代》中剖析不
同社會時代背景下日本人論如何不斷生產與再生產的過程，其中一個
重要的關鍵是西方的對比與鑑照，「日本人論」長期在西方對照下不
停地來回擺盪，南博也認為明治維新使得日本國民性產生根本的變
化，日本面對東方其他各國創造出一套不同的地位優越策略與姿態：

　　　為了建立近代國家，和天皇制並行的是政府強力推行的「文明
　　　開化」與「富國強兵」這兩大政策。這兩大政策讓國民性產生
　　　雙重意識；（一）為了迎頭趕上歐美，日本人產生西方崇拜的

　　《漢文臺灣日日新報》第2466號，明治39年（1906年）7月20日第3版。

[30]　田原天南，〈袁世凱〉（三十六）〈十、袁世凱の將來 二、改革の將來〉，《臺灣日
　　日新報》第2431號，明治39年（1906年）6月9日第3版。參見李逸濤漢譯：「其
　　實際皆以東洋國粹為基礎，于東西兩文明之間，折衷而調和之。」逸濤譯〈袁世
　　凱（七十一）／袁世凱之將來／改革之將來〉（下），文載《漢文臺灣日日新報》第
　　2466號，明治39年（1906年）7月20日第3版。

　　近代情結；（二）天皇崇拜中封建身份意識的抬頭。這裡的西
　　方崇拜，造就了日本的另一種優越意識，即對於中國等東方各
　　國的優越感。[31]

所以，可以看到日本為了確立自身的正當性，往往是透過「西方」來
建構日本這個身分，西方成為日本建構自己民族身分的驅動力，酒井
直樹（Naoki Sakai）認為非西方國家往往對於西方有一種既渴慕又排
斥的複雜情結，他認為日本對於西方有極為矛盾的心理，一方面欠缺
批判性地認同西方，一方面又欠缺批判性地拒斥西方，西方也成為日
本定義自己的他者，既慾望又排斥的對象[32]。對於日本來說，西方所
勾引出的情緒遠比其他非西方國家更為複雜，我們可以看到田原天南
的《袁世凱》傳中是將明治維新運動建立／建構在何種基礎之上？可
以說是頗為調和中西的策略，一方面創造出一套日本地位優越的策
略，一面區隔日本與亞洲各國，將日本與西方文明接合，認為先進的
日本代表西方近代文明，以界定出日本與亞洲其他各國之間的差異，
這樣一個視景，也創造出日本成為「亞洲的西方」這樣的民族神話；
另外一方面將明治維新建構在與中國人種、文字與宗教同一性的「亞
洲內部空間」，表明面對西洋科學技術時雖盡力吸收，卻不是與西方
同一位置，而是突顯出東洋文明的主體性，對東方傳統文化有著更為
慎重的態度，指出日本重視東洋文明，其文化也源自於傳統的東方，
我們可以瞥見這種以日本為本位的東洋文明論述，也在想像中投射中
國與日本的密切關係，以此解消日本帝國殖民侵略者之角色，並讓日

---

[31] 參見南博著，邱琡雯譯，《日本人論——從明治維新到現代》（臺北市：立緒文化
　　事業公司，2003年），頁9。

[32] Sakai,Naoki.1997.*Translation and Subjectivity: On" Japan" and Cultural Nationalism.*
　　Minneapolis and London:U of Minnesota P.

本以亞洲各國的保護者自居，以更加鞏固其在東亞的領導地位，並與西方相抗衡：「終に支那分割の端を開かん。是れ實に東洋の大禍亂にして東洋平和の保護者たる我帝國は斷じて之を防止すべく革命運動の發作を助長すべからず。」[33] 所以，《袁世凱》傳中不僅樹立了日本的東洋文明論述，也鼓吹日本帝國主義「興亞論」的宣傳，然而如何鞏固日本在東亞所位居的領導地位呢？這不僅必須重新調整日本與中國的位置，包括昔日位居邊緣的島國，如何說服中國此一文明古國來「借法自強」呢？另外也必須面對俄國在亞洲圖謀發展之威脅，日本面對俄國在亞洲的勢力之擴張，必得與之進行一場亞洲領導權的爭奪之戰。

在此一方面引導讀者注意到中日親善的關係，舉出日本為中國之親善國，頗為自覺並刻意地將日本定位為清國之故人：「抑日清談判は外觀上容易なるが如しと雖も其實困難の交涉なり。我帝國は清國の為めに露國に對して正義の軍を起し之を東三省より驅逐せり。故に帝國は清國の義人なり。恩人なり。義人恩人に對しては清國たる者大に讓りて我請求を容れざるべからざるも……」[34] 另一方面，也

33　田原天南，〈袁世凱〉（廿一）〈七、外交家の袁世凱 一、日清議約（上）〉，《臺灣日日新報》第2404號第3版，明治39年（1906年）5月9日。參見李逸濤漢譯：「支那既開瓜分之端，東洋亦從此而大亂。我帝國素以保護東洋之平和為己任，豈能一任東亞天地，烽火連天，漠然而不之救？或從而助長其革命運動也乎，雖則怒馬獨出，以任此巨艱，亦事之無可如何者耳！」逸濤譯〈袁世凱（廿五）／改革家之袁世凱總論〉（上之上），文載《漢文臺灣日日新報》，明治39年（1906）5月20日。

34　田原天南，〈袁世凱〉（廿一）〈七、外交家の袁世凱 一、日清議約（上）〉，《臺灣日日新報》第2404號，明治39年（1906年）5月9日第3版。參見李逸濤漢譯：「抑日清談判一事，雖外觀甚易，其實則為困難之交涉也。我國為清國故，興此征俄之義兵，由東三省逐漸驅逐之，是我國乃清國之義人也，恩人也，對義人恩人不可無所報酬，我國茍有所請，清國似不可不大讓步，以相聽命焉。逸濤譯〈袁世凱（四十四）／外交家之袁世凱／日清議約（下）〉，文載《漢文臺灣日日新報》第2414號，明治39年（1906年）6月13日第3版。

剖析沈醉於歷史傳統的古老中國，這個千百年來的「天朝大國」以往都是其他各國學習崇敬的榜樣，而今卻要以蕞爾小國──日本為師，這種因權力位置翻轉所導致的屈辱與不快：「由來清國は世界の古國を以て自ら許し世界の大國中華を以て高く標榜せるを以て今日俄かに節を折りて我帝國に學ぶは心中快からざるの情なきにしもあらざれども是れ迂腐取るに足らざるの見のみ。」[35]為了彌平古老泱泱大國屈居島國日本之下的屈辱心態，日本提出所謂的「報恩說」，強調日本與支那兩地歷史進程的互動，指出日本數千百年前曾以中國為師來開啟其文明視域與各式想像，而今清國為了能在世界強權環伺之中，共躋文明之域，而以日本為師，並無恥辱可言，並且一再強調日本為中國重塑傳統，轉化為現代精魂的重要途徑，這一條途徑無非是通往西方現代文明，闡述出日本現代價值與西方文明相容共通的意義，在「報恩說」中隱含一套日本地位優越的策略：「數百千年前我國の師表たりし清國が今我國に學ぶ何ぞ恥るに足らん。要するに清國改革の適切なる標準と模範とは遠く歐美に在らずして近く我帝國に在り。清國にして我國に學ぶは勞少なくして得る所多し。袁世凱夙に之を知れり。故に彼は兵制を始め諸般の改革に於て我國に學ぶ所少なからざるも……」[36]

35　田原天南，〈袁世凱〉（三十六）〈十、袁世凱の將來 二、改革の將來〉，《臺灣日日新報》第2431號，明治39年（1906年）6月9日第3版。參見李逸濤漢譯：「或曰由來清國以世界之古國深自期許，以中華大國高自標榜，今驟使其折節，而取法于我帝國，其中心不無快快不快，亦情之常，是則迂腐之見而已，不足取也。」逸濤譯〈袁世凱（七十一）／袁世凱之將來／改革之將來〉（下），文載《漢文臺灣日日新報》第2466號，明治39年（1906年）7月20日第3版。

36　田原天南，〈袁世凱〉（三十六），〈十、袁世凱の將來 二、改革の將來〉《臺灣日日新報》第2431號，明治39年（1906年）6月9日第3版。參見李逸濤漢譯：「數千百年以前，我國亦嘗以清國為師表，今清國學于我國，何恥之有？要之，清國之改革標準，最稱適宜者，初非遠在歐美，實近在我帝國也。清國而學于我國，事

　　在討論這些問題之前，吾人有必要先說明日本提倡「日支親善」、「報恩說」之時代背景。一八九五年四月，在俄德法三國的干涉下，日本被迫將甲午戰爭的戰果——遼東半島返還中國。這次屈辱使日本人意識到自身力量的薄弱以及支那的存亡對日本亦有切實之關係。為了維護自身的生存權及對中國的獨佔權，防止其他列強對亞洲的染指，清國乃被視為一個可利用的、不可缺少的盟友。一八九八年一月一日的《太陽》雜誌上，近衛篤麿（このえ あつまろ1863～1904）將「日清同盟」概括為「種族同盟」，將亞洲人與歐美人之間的衝突定義為「黃種人」與「白種人」之間的種族衝突。將幫助支那改革視作是實現亞洲「種族聯盟」途徑之一，通過幫助清政府自強，來獲得日本帝國在亞洲地區的生存權，其主要表現為對清國的文化輸入和人員輸入。這個被粉飾為「互助互利」的政策成為日本全體國民的使命。一八九九年二月十四日，近衛篤麿發表演說，把這種「援助」與日本自身的戰略利益聯繫在一起。

　　而所謂「報恩」心理的影響，溯及甲午戰爭結束後的第三年，即一八九八年六月，隨著大隈重信（1838～1922）的第一次組閣，日本國內興起了「報恩」思潮。其主要觀點是：日本長期從中國文化中獲益良多，是負債者，現在該是日本報恩，「幫助」中國改革與自強的時候了。日本政府提出的「報恩」思想是日本統治階層侵華意圖的偽裝，一八九九年五月五日《太陽》發表了前駐華公使大鳥圭介（1833～1911）〈對清國今昔感情之變化〉的講演詞，聲稱要「以酬彼昔師導之恩義」。一八九九年十月二十七日，日本新任參謀總長大山岩（1842～1916）在會見丁鴻臣（1845～1904）、沈翊清（1855

半功倍，遠過于歐美諸國，袁世凱夙見及此，故自兵制始，凡百改革，學于我國者不少焉。」逸濤譯〈袁世凱（七十一）／袁世凱之將來／改革之將來〉（下），文載《漢文臺灣日日新報》第2466號，明治39年（1906年）7月20日第3版。

～1928）兩位四川省文武官員時，也表明了類似的態度。丁鴻臣在日記中寫道：「拜參謀總長大山元帥，言今日協力之事，謂唐以來，日本飲食、衣服、起居、學問之事，皆中國贈之。今日之願助力者，不唯輔車唇齒之義，亦以報往日之賜。意至謙篤。」[37]沈翊清亦記道：「……大山總長云：『漢唐以來，中國以漢文為日本開風氣，茲日本所講求各國武備，如可采擇，亦所以報中國也。』大山元帥魁梧奇偉，談吐亦溫雅。」[38]「報恩」思想、「生存危機」論以及「東西文明融合」論，未必體現日本政府所宣揚的對華「親善」政策的本質，而是推進日本勢力「悄然滲透於東亞大陸」[39]。

　　《袁世凱》傳中除了提出中日親善與「報恩說」來說服中國此一文明古國以日為師，以「借法自強」，還大力批判時人所熟悉的「聯俄制日」說，認為俄國往往以威脅、恫嚇、金錢政策、欺瞞等外交手段對中國進行種種壓迫，也抨擊以親俄出名李鴻章在甲午戰後走親俄路線，收受俄人賄賂，於德國佔領膠州灣時幫助俄國佔領旅大，甚至差點釀成瓜分中國的巨大災難，並開啟八國聯軍各國敢於動用軍隊的心理，親俄派的李鴻章被評判為操守有瑕疵，也未能知曉世界局勢：

　　　　彼の李伯は一代の外交家たること言を待たずと雖も其操守と
　　　　定見とに至りては吾人の疑ふ所なり。……露國公使カシニ
　　　　ー、ハヴロフ等に籠絡せられて親露黨となりたるを以て證す

---

[37] 丁鴻臣，《四川派赴東瀛游力閱操日記》，收入王寶平主編，《晚清東遊日記彙編2日本軍事考察記》（上海市：上海古籍出版社，2004年12月），頁309～352。

[38] 沈翊清，《東游日記》，同上，頁385～422。

[39] 以上參引自：（美）任達（Douglas R. Reynolds）著，李仲賢譯，《新政革命與日本中國，1898～1912 China》（南京市：江蘇人民出版社，2006年），頁33～34。董說平，《晚清時期日文史書在中國的翻譯與傳播》（北京師範大學中國近現代史學博士論文，2004年5月），頁18～19。（日）實藤惠秀著，譚汝謙、林啟彥譯，《中國人留學日本史》（北京市：生活・讀書・新知三聯書店，1983年），頁175、176。

べし。……彼は世界の大勢、四圍の事情に於て共に深く通曉
せざりき。其我日本と露國との國情とに通せずして彼れが如
き大なる失敗を為したる以て徵すべし[40]

親俄派的李鴻章會招致惡評，最大的關鍵因素實為日本與俄國角逐其
主導地位，並進而鞏固其在中國的主流位置，而對李鴻章的評價涉及
日本對異己勢力的排斥與壓抑。而以排俄聞名的袁世凱自然受其青
睞，親日派的袁世凱在任山東巡撫之時，即反對李鴻章所訂之俄清密
約，任直隸總督之時，更堅持俄必撤去滿州之兵，為了防止俄國之南
下，而經營張家口之鐵道，以防俄國併吞蒙古，相較於崇尚日本現代
文明的袁世凱，主張「聯俄制日」的李鴻章確實有令日本帝國主義不
安之處，也難以收編進以日本東洋文明為本位所撰述的《袁世凱》傳
中：「絕對なる排日主義より豹變革面して純粹なる親日主義となり
我帝國人士を顧問とし我帝國制度を模範として着々革政に從事し
將來益々我帝國と親善し信賴せんとす卓拔なる識見確乎たる操守
の遠く時流に出るものなくんば安んぞ斯くの如きを得ん。」[41]而這一

---

[40] 田原天南，〈袁世凱〉（廿一）〈七、外交家の袁世凱 一、日清議約（上）〉，《臺灣
日日新報》第2404號，明治39年（1906年）5月9日第3版。參見逸濤譯：「李伯
為一代之外交家，雖不待言，然其操守與定見，則吾人不能無所疑焉。……觀其一
受俄國公使『葛西尼』、『沙夏老夫』等之援，遽為親俄黨，可以知之矣。……奈
于世界之大勢、四圍之事情，皆未甚通曉，卒以不知我國與俄國國情之故，致有大
失敗，不亦宜乎！」李逸濤譯，〈袁世凱（四十四）／外交家之袁世凱／日清議約
（下）〉，文載《漢文臺灣日日新報》第2414號，明治39年（1906年）6月13日第3
版。

[41] 田原天南，〈袁世凱〉（廿五）〈八、袁世凱と對外關係 一、袁世凱と日本
（下）〉，《臺灣日日新報》第2409號，明治39年（1906年）5月15日第3版。參見
李逸濤漢譯：「彼固由絕對之排日主義，一變為純粹之親日主義，以我國人士為其
顧問，以我國制度為其模範。日從事于改革事業，將來必與我國益加親善、益加信
賴，如輔車相依然，無可疑也。則其卓識遠操，有高出于尋常萬萬矣！」參見逸濤

部《袁世凱》傳呈現出日本的現代性論述，也突顯出東洋文明的主體性，及日本統治階層侵華意圖的偽裝。

在此可以看到田原天南透過報紙等大眾媒體的資料建構出「親日改革者」的袁世凱形象，以及樹立了以日本為本位的東洋文明論述，並且刻意強調中日親善的關係。底下將針對李逸濤的譯文與田原天南的原文進行比較研究，首先先釐清李逸濤的《袁世凱》中對於袁世凱的再現與評價此一重要議題，到底在臺灣傳統文人李逸濤的漢文翻譯當中，袁世凱的形象歷經何種文化翻譯的過程？而這樣的文化翻譯如何呈現出日本殖民統治下的臺灣對於中國的想像，也涉及對日本甚麼樣的建構？

四　跨文化翻譯中的國族與政治：以李逸濤漢譯《袁世凱》為例

李逸濤翻譯田原天南的《袁世凱》之作，全文在明治三十九年（1906）四月至八月間發表在《漢文臺灣日日新報》，共八十四回[42]。經筆者對於李逸濤的譯文與田原天南之原文進行比對研究，可以得知李逸濤的翻譯基本上是忠於原著，所採取的編譯方式是以原著為中心的傳統文本翻譯方式，努力地追求與原著相同之忠實性，僅在正文文末有「記者曰」呈現出譯者的話語，可以看出譯者翻譯田原天南的《袁世凱》之作時肩負的實際功能。文中李逸濤描繪縱橫於晚清政局

譯〈袁世凱（五十）／袁世凱及對外關係／袁世凱及日本（下之下）〉，文載《漢文臺灣日日新報》第2421號第3版，明治39年（1906年）6月21日。

[42] 田原《袁世凱》有46回，與李逸濤的84回作品相較，似份量上有差距，然其翻譯尚稱忠實，文本差異性不大。唯譯者李逸濤會適時加上自己的意見與看法，或引用他所聽聞到的說詞，譬如章太炎如何說等事例，這些地方正流露其個人思想感情所在。

的重要人物袁世凱，如何在晚清憲政改革中極力施行新政，並揭開中國近代化的序幕，展示出晚清政治風雲的波詭雲譎中袁世凱所扮演的推手之角色。李逸濤也大致遵循田原天南所撰述的傳記中「編年體」的體例，首先追溯袁世凱的成長歷程，包括幼年家庭的薰陶與父執輩的經驗傳承，家族背景對其官僚生涯的影響，其後更把袁世凱置於清末新政的大背景下，刻畫出袁世凱如何在歷史的機會點上，手握重權，晉升於成為屢有建樹的英雄人物，在此將討論李逸濤翻譯實踐的迂迴路徑。李逸濤何以在一九〇六年翻譯了《袁世凱》傳？李逸濤到底透過田原天南對於外在世界的摹寫與刻畫，翻譯出什麼？以下首先揭示李逸濤如何通過翻譯田原天南的著作來與外在世界接軌、交流與對話，並形塑對於世界的接受圖譜。

　　李逸濤除了翻譯田原天南之《袁世凱》，也在一九〇六年九月間翻譯田原天南之〈救俄策〉一至十回發表於《漢文臺灣日日新報》，李逸濤提及此譯文翻譯至田原天南的《俄國之疾病及其救治策》一書，此書為森孝三教官贈送給天南子，天南子認為此可供研究俄國者之參考，然而李逸濤卻將焦點轉向中國，認為：「不佞則以為支那人不可無是書，尤有甚於邦人者，何則？清俄國一專制政體，為俄國對症之藥，則清國對症之藥，爰撮取其大意，從而漢譯之，並改為今名云。」[43] 換句話說，李逸濤認為，他翻譯的重點並不在於如何讓俄國國勢起死回生、對症下藥，他感興趣之處在於，如何提供與俄國相似政體結構之清朝吸取經驗，所以李逸濤翻譯〈救俄策〉背後最重要的母題之一即是對中國前途的關心，想要探索積弱的中國如何向現代國家過渡的重要議題，中國成為〈救俄策〉中一個強而有力的潛在文本

---

[43]　參見逸濤譯，〈救俄策〉（一），文載《漢文臺灣日日新報》，明治39年（1906年）9月16日第3版。

（subtext）。

荊子馨（Leo Ching）認為中國在臺灣自我意識的形塑和變形，以及臺灣與日本的曖昧關係中一直扮演重要的角色，也指出殖民地臺灣、帝國日本以及民族主義中國之間的三角關係中構成了一個場域，各種矛盾、衝突的和順服的慾望與認同都在其間迸射、妥協與克服：

> 另一個了解日本殖民主義在臺灣的重要面向，是中國的存在與幻影。在整個殖民時期，中國在臺灣知識分子的意識中，一直以一種文化與政治的意象不斷顯現。從最初將臺灣與南中國之間的經濟活動轉向日本，到皇民化時期的去漢化政策，日本殖民主義在界定中國大陸與殖民地臺灣的關係上起了很大的作用。[44]

而荊子馨從文化與政治認同的角度分析殖民地認同想像和再現方式，一方面他認為臺灣意識無法簡單化約，而是建立在民族主義中國、殖民地臺灣以及帝國日本之間的複雜網絡之中，一方面他也提出不應該將中國意識視為族群文化認同的自然結果，而是一種「政治投射」：「反映了殖民地臺灣對社會經濟狀況以及日益縮減的政治可能性的不滿。」[45]因此荊子馨將中國視為一個論述的空間，「中國」所呈現的面貌依論述脈絡的不同而有所改變。以殖民地臺灣所呈現的「中國」為例，必須關注此一階段的殖民情境對「中國」論述的形塑，所以描繪此一時期的「中國」，往往還需要一個關鍵性的切入點，即是日本殖民主義對中國圖像之勾勒發揮了極為深遠的影響力，而使得中國身處

---

44 參見荊子馨著，鄭力軒譯，〈導論：那些曾經是「日本人」的人們〉，《成為「日本人」：殖民地臺灣與認同政治》（臺北市：麥田出版股份有限公司，2006年），頁24。

45 參見荊子馨著，鄭力軒譯，〈糾結的對立〉，《成為「日本人」：殖民地臺灣與認同政治》（臺北市：麥田出版股份有限公司，2006年），頁112。

於與日本殖民主義糾葛牽連的現實場域之中,產生了具體的政治與文化效應。參考荊子馨對於中國在日治時期存在意象的相關討論,我們再回到李逸濤翻譯田原天南之《袁世凱》的脈絡中,我們想問李逸濤透過翻譯田原天南的袁世凱傳呈現出某種「中國」[46],到底主要對話的對象是什麼?企圖達到什麼樣的效應?我們應該採納荊子馨的建言,同時分析多元文化之間的角力與權力關係,以及將其建立在民族主義中國、殖民地臺灣以及帝國日本之間的複雜網絡。

所以李逸濤翻譯田原天南之《袁世凱》的關鍵議題在於其究竟出自於何種實踐的目的或者需要,才會如此迅速地從事文化的翻譯?我們先談李逸濤的文化位置:身處於舊文人群中,發表眾多通俗的漢文小說的李逸濤,掌握殖民地語言及擔任新式記者,明顯地橫跨雙重文化資本,也透過官方報紙《臺灣日日新報》中對於對岸「清國」有一定程度地了解[47],而饒富趣味的是,李逸濤不僅藉由小說書寫來抒發對於中國革命運動的看法,也在翻譯田原天南的《袁世凱》傳中,移植/傳播對中國的想像視域,然而值得觀察的是,常與中國文人交往(最著名者章太炎)和三度回返中國之經驗的李逸濤,雖然對於中國當時風起雲湧的時代劇變有親身體會,亦曾充分閱讀過晚清當代的各式作品,中國通俗小說也對其小說創作有極為深刻的影響,但是為何李逸濤卻是透過其新文化資源——日文閱讀能力來「翻譯」晚清的中

---

[46] 當時中華民國尚未成立,明確用詞應是「清國」、「支那」,但論述的時間脈絡有時也含括了中國之稱呼,因此本文行文以「想像中國」統稱之。

[47] 林以衡透過李逸濤所發表一連串與革命有關的文章,來釐清李逸濤對於革命的見解,以及闡述出李逸濤藉由革命想要「革誰的命」這樣對中國革命的看法,見〈革誰的命?——日治時期臺灣文人李逸濤對革命思潮的接受與想像〉第八屆國際青年學者漢學會議近現代報刊與文化研究學術討論會哈佛大學東亞語言及文明系、海德堡大學東亞所、海德堡大學漢學系、政治大學中國文學系、政治大學文學院「近現代報刊與文化研究室」主辦,2009年3月14~16日。

國局勢成為「漢文」？這其中涉及兩個關鍵的命題，一是擁有跨文化資本的傳統文人李逸濤如何藉由田原之作呈現「袁世凱」，以及藉由「袁世凱」之呈現，如何詮釋「晚清中國」？二是李逸濤在中、日文嫺熟的情況之下，翻譯給什麼樣的讀者閱讀？

李逸濤是以田原天南仿效西人傳記體例之袁世凱傳，來窺看光緒年間的清國大事，他認為《袁世凱》傳具有「支那近事」之雛形，透過袁世凱活躍於中國政壇的種種形跡，李逸濤認為田原天南刻畫的是晚清中國近代史，也提供臺人「想像中國」的一種方式，打開了一個嶄新的社會空間：

> 近日田原天南子，有袁世凱之作，全做西人傳記之體，臚載袁氏一生行事。夾敘夾議，深中肯綮，雖為光緒十年來之大事記可也。爰取而譯之，以為研究支那近事者之一助云爾。[48]

所以李逸濤譯介袁世凱這一位在晚清政壇叱吒風雲的人物傳記，主要是關心支那形勢與清國時事，而在此我們必須回到上述的討論，即是李逸濤透過翻譯來呈現誰定義的「中國」，以及誰詮釋的「中國」？這樣的解讀究竟投射出什麼樣的中國想像？

首先，中國的時局被「翻譯」而流傳在臺灣境內，而這些中國圖像大都經過日本的媒介，而被擇取中譯的部分也展現出日本文明的形式，其中不容忽視的是「現代化」敘事。日本相關的新式兵制與練兵方法成功地化身為模範，擁有令人讚嘆的具體成果，也成為李逸濤漢譯之《袁世凱》傳記敘事的重要「結構」，建構出對於日本軍事武器的現代文明想像。李逸濤也傳達了田原天南展現日本文明如何說服中

---

48 參見逸濤譯〈袁世凱〉（一之上），文載《漢文臺灣日日新報》第2386號，明治39年（1906年）4月18日第3版。

國此一「泱泱大國」，進而予以馴服的收編過程，以此對照出日本的文明與進步，其中也可見日本殖民主義對中國之貶抑，有一種隱含可見的等級制，以先進／落後、現代／傳統來確認彼此之定位。日本殖民主義和帝國主義發展過程中往往透過「再現」來加深中國之刻板印象，因而成為「落後中國」對比「文明開化之日本」，在隱含二元對立的思維之中，將中國視為固陋或是退化。

　　另一方面，對當時的中國而言，日本就好比西方殖民國家一樣，毫無疑問地代表了現代的文明境域，日本也成為晚清時期積弱中國的「現代性視野」。劉學照與方大倫論述出從十九世紀中葉到五四運動前後中國人對日本的看法經歷了錯綜複雜的變化，從某種意義上來說兩國近代化歷程的強烈反差，也是中國人對日心態曲折的投影，劉學照與方大倫認為甲午戰爭之前，中國人的「羨日」思想與「防日」思想是交織在一起，目睹日本在明治維新之後在富國強兵、文明開化等方面皆取得具體成效，也使得中國人的洋務新政相形見絀，中國人欽羨日本的心態也增強，卻也發展成為普遍的防日心態，而在中國近代歷史進程的重要轉折點──甲午戰後，中國戰敗使得全國產生強烈的震動，也引發了中國日本觀的微妙變化：

> 社會輿論一收防日、仇日情緒，把在洋務運動中逐漸形成的羨贊日本的心態迅速昇華為「不妨以強敵為師資」的學習日本的思想。這就是甲午戰後中國人日本觀的最大變化。[49]

而中國學習日本思想背後最重要的關鍵是把日本視為中國吸取西學的途徑，主張「假途於日」，以吸取西洋文化，然而，李逸濤「假途於

49　劉學照、方大倫，〈清末民初中國人對日觀的演變〉，《近代史研究》第六期（中國社會科學院近代史研究所出版，1989 年），頁135。

日」和中國日本觀變化之最大的不同在於李逸濤呈現出日本殖民主義對於中國的再現形式，突顯出先進的日本與落後的中國兩極對立的情況，無非演繹了殖民語言與意象中再現的權力位置，另一方面，李逸濤所翻譯的《袁世凱》傳對《漢文臺灣日日新報》的廣大閱讀漢文的讀者而言，不只是讓讀者對於中國的現況有所瞭解與認知，也使得中國成為一個論述的空間，為了避免臺人將中國視為解放之動力，並且在「中國」身上投射過多的希望與想像，李逸濤透過田原之作顯豁日本的文明與進步，向讀者傳達日本新式文明的價值，促使臺灣民眾進一步肯定日本現代性的成就。

　　長期擔任《臺灣日日新報》記者的李逸濤，由於他的特殊身分與發言位置，遂使這些在該報上所發表的袁世凱傳記不無為日本官方發聲的意味，所以日治時期的官方媒體在界定中國時扮演非常關鍵性的角色。荊子馨認為從十九世紀末以來，日本殖民主義特別透過其發展論述，對所謂的臺灣有別於中國的種種差異，發揮過深遠的影響力[50]，而這種差異的描述也指向文化與政治認同層面，這種日本殖民統治者帶有支配性的「殖民現代性」，不僅在日本治臺時引進現代性傳播與移植，也透過文化翻譯，建構出殖民地臺灣文化身分塑造，袁世凱傳中從「日文」到「漢文」的翻譯現象，絕對不僅僅是跨文化的翻譯現象，也引發了國族與政治議題。

　　這樣的翻譯實踐其實探觸到一個相當重要的問題，即是由權力／知識實踐建構而成的「殖民主體」（the colonial subject）。如果我們從Tejawini Niranjana提出有關於「文化翻譯」（culture translation）的概念進行剖析，Tejawini Niranjana從殖民主義歷史中心來討論翻譯問

---

[50] 參見荊子馨著，鄭力軒譯，〈糾結的對立〉，《成為「日本人」：殖民地臺灣與認同政治》（臺北市：麥田出版股份有限公司，2006年），頁95。

題，關注於引發有關再現、權力以及歷史性這諸多問題重大場域——後殖民情境下翻譯問題[51]，Tejawini Niranjana特別留意於殖民地印度經驗中，他指出翻譯不僅強化了對被殖民者所做的統識性（hegemonic）描述，也經由一系列的話語，參與了對殖民文化的定型過程，使得翻譯成為殖民地東方主義話語的一部分，成為英國用來掌握東印度公司商人統馭的重要場所：

> 通過解讀形形色色殖民譯者的文本，我要表明它們是如何把對非西方他者的統識性的描述製造出來的。由於有了強有力的翻譯理論學說為根基，這些描述即便在後殖民情境下，也仍然被視為是對我們土著民衰敗或墮落的真實寫照。[52]

此種帶有帝國之眼的觀看方式，強調殖民者的統治技術，是由上而下所建構出來的論述觀點，在語言與文化翻譯過程當中，被殖民者的書寫中無法避免地滲透著殖民者的民族偏見與意識型態，而使得翻譯成為殖民壓迫的一種手段：

> 在製造連貫又明晰的文本和主體的過程中，翻譯經由一系列的話語，參與了對殖民文化的定型過程，使其看上去不是歷史的產物，而似乎是靜止不變的東西。翻譯的功用在於透明地表現一個業已存在的東西，不過「本原」實際卻是由翻譯而帶出來的。弔詭的是，翻譯也還為被殖民者在歷史裡提供了一席之地。……翻譯就是這樣為不同話語——哲學、歷史編纂學、教育、傳教士的著述以及遊記——所遣，以為延續和保持殖民統

51　Tejawini Niranjana著，袁偉譯，許寶強、黃德興校，〈為翻譯定位〉，許寶強、袁偉選編《語言與翻譯的政治》（北京市：中央編譯，2001年），頁117。

52　同前注，頁118～119。

治之用。[53]

Tejawini Niranjana從後殖民角度對於翻譯進行反思，也質疑翻譯用以
建構或是駕馭殖民話語的那套知識、再現方式、權力策略以及法律、
規訓，強調殖民者所做的民俗研究只不過是強調殖民者的統治技術，
並且提出了另一套「後殖民的翻譯實踐」對前述的文化翻譯提出深刻
的質疑與顛覆。

　　然而，李逸濤的文化翻譯，顯然是第一種由上而下，帶有帝國之
眼的論述觀，李逸濤文學之譯介，形塑出日本殖民宗主國對於域外的
接受圖譜，在翻譯實踐的過程中，不僅符合殖民權力體制的利益，並
有助於馴化臺人國族認同的主體建構，再現主導性的民族敘事，以收
編入帝國民族文化的序列之中，強化文化生產與帝國主體間共生共謀
的關係。但是具體比對李逸濤的漢譯本與田原天南的原著，李逸濤的
漢譯本無論是在語彙或是在表述模式上，都必須放置於漢語的翻譯脈
絡進行理解，如同劉禾在《跨語際實踐》中指出翻譯並非技術意義上
的翻譯，而應該著重於翻譯的歷史條件，以及由不同語言間最初的接
觸而引發的話語實踐：

> 跨語際實踐的關鍵並不是去研究翻譯的歷史，也不是去探討翻
> 譯的技術層面，儘管當我們涉及這兩個層面的任何一個時，都
> 能夠有所助益。我所感興趣的是這樣一些理論問題，它們可以
> 導致對翻譯條件以及不同語言之間最初的語際接觸所產生的話
> 語實踐進行研究。[54]

---

[53] 同前注，頁118。

[54] 劉禾著，宋偉杰等譯，〈跨文化研究的語言問題〉，《跨語際實踐──文學，民族文
化與被譯介的現代性（中國，1900～1937）》（北京市：生活‧讀書‧新知三聯書
店，2002年6月），頁36。

劉禾關心的不僅是文學、歷史或是思想的問題，而是跨語際實踐中話語的借用、挪用甚至是生成的重要議題：

> 跨文化研究必須考察其本身的可能條件。這種研究作為一種跨語際的行為，其本身便跨入了詞語、概念、範疇和話語關係的動態歷史之中，而不是凌駕於其上。要想弄清楚這些關係，就必須在常識、辭典的定義甚至歷史語言學的範圍之外，嚴格對待這些詞語、概念、範疇和話語。[55]

劉禾的看法也引導我們從漢語自身脈絡，來處理李逸濤翻譯遣辭的理論問題。以下茲舉數例說明，如田原天南原著所述：「……故に其談論する所多くは是れ道聽途說の類にして唯聊か清國に關する報道に就き稍や信憑力の程度を知り取捨法標準を解し其系統と脈絡とを分つを得たるのみ。」[56]與原著比對，可知李逸濤之漢譯並非原著所言：

> ……一切談論，僅得自道路之傳聞，恐未免隔靴搔癢之誚。乃就關於清國之報道，擇其稍有信焉者，以略分其統系及脈絡。[57]

而李逸濤譯「李鴻章及榮祿之關係、政敵及馬玉崑之關係等事」[58]原

---

55 同前注，頁27。

56 田原天南原文中譯如下：「因此其談論大多屬於道聽塗說，唯有關於清國的報導，才略知其可信度，了解取捨法的標準，分得清其系統與脈絡而已。」田原天南〈袁世凱〉（二）〈二、少壯時代〉，《臺灣日日新報》第2377號，明治39年（1906年）4月7日第3版。感謝成功大學歷史所博士班日籍同學杉森藍協助校譯。

57 逸濤譯，〈袁世凱〉（二之上）〈二少壯時代〉，文載《漢文臺灣日日新報》第2388號，明治39年（1906）4月20日第3版。

58 同前注。

著則為「李鴻章榮祿との關係、政敵馬玉崑との關係等を述べんと欲す」[59]可見李逸濤對於袁世凱與馬玉崑是否為政敵保持殊異的看法，所以李逸濤的漢譯雖然是從日語挪用過程當中形成的，但是在翻譯的遣辭與語彙上，也可以觀察到韋努蒂（Lawrence Venuti）在〈翻譯與文化身分的塑造〉中歸化（domestication）此一的翻譯策略，李逸濤的漢譯本有其獨特的話語呈現方式，但是從大的層面來說李逸濤在文化翻譯的過程之應變形式，並未有韋努蒂所言從本土方言和話語改寫異域文本此一翻譯策略的制定[60]。李逸濤對田原之作亦步亦趨，似乎也說明了當時臺灣傳統文人有迎合日本之一面，李逸濤文學之傳記撰述背後隱含著論述權力之議題，傳達出田原天南《袁世凱》傳中日本殖民者意識型態立場的價值，不斷強調日本近代文明所具有的優越性，而闡述中國此一模式則在這些跨界的翻譯迴路中，再現日本殖民者主導性的民族敘事，中國在日治時期的詮釋圖像與精神面貌也符合日本文化群體所認可的利益，進而形塑集團與民族一致的文化身分塑造，也突顯出文化翻譯與身分認同、民族建構等議題相互鑲嵌的複雜關係。

五　結語

田原天南非常清楚時人對袁之評論，有是之者及非之者兩派，非之者認為袁乃大橫逆大狡獪血性無忠實之政治家，是之者認為袁為大

---

[59] 田原天南，〈袁世凱〉（二）〈二、少壯時代〉，《臺灣日日新報》第2377號，明治39年（1906年）4月7日第3版。

[60] 韋努蒂（Lawrence Venuti）著，查正賢譯，劉健芝校，〈翻譯與文化身分的塑造〉，許寶強、袁偉選編《語言與翻譯的政治》（北京市：中央編譯，2001年），頁358～382。

度量大識力大決斷之大政治家，顯然田原站在是之者這一邊，他稱
讚袁世凱與美之「屢茹衛汝羅」、英之「張伯倫」、德之威廉二世皇
帝、俄之「謂低」五人，齊呼為天下五傑。他筆下的袁世凱是政治、
財政、兵制、法制的改革家，有相當的治績可言，田原何以選擇如此
之視角？從文中可知，他認為袁世凱有今日之重要地位，乃在於獲致
西太后之信任，而西太后之權全歸袁世凱一人，清國內外國政，皆向
袁世凱諮詢，他舉東亞內羅報之說以證之。正因田原天南認定袁氏握
有支那政界所有兵馬、外交、財政、警察、教育之大權，在中央與地
方皆有極大之權勢，其門下多材，且人物配置於要津。袁如與日本親
善，對日本有大助力，同時不願袁世凱與俄德法親善，而與日英美睽
離。文中一再陳述日清關係密切，應該利害一致，如輔車相依，他以
北京警務學堂監督川島之解雇一事，與禁止北京外商之營業，指出
清國百年之憂在於俄德法，以此警示袁世凱，不與日親善將影響其
大好前途，而與日親善，內得信用，外亦得到各國之歡心，並比之為
歐洲之「師至理和」[61]。本論文已述田原天南所建構之袁世凱乃是以日
為師，是親善日本主義者，田原固然願意袁世凱採取路線，但同時
也透露出他的憂心：「擁有四萬萬人口之大支那，若益以強大精銳之
陸軍，將來必為日本之患。」[62]凡此皆可見其執筆袁世凱傳，不僅僅是
因袁世凱近日將來游日本，以有求智識於世界，為袁總督及清國慶矣
之簡單動機，背後實別有用心，所謂的協助清政府「新政」，日支親
善，輔車相依，互為提攜，對抗俄德法入侵者，只是實現其對華侵略

---

61 舉上海已發行二十年之《東亞內羅報》之袁世凱報導以證。見譯〈袁世凱
　（七十五）／結論／東亞內羅報之袁世凱評〉，《漢文臺灣日日新報》第2472號，
　1906年7月27日第3版。

62 逸濤譯，〈袁世凱（八十四）／北洋練軍（六）〉，《漢文臺灣日日新報》第2488
　號，1906年8月15日第3版。

的第一步。而才連載七回（凡46回，至1906年6月23日止），僅半個月時間，李逸濤即迫不及待翻譯田原天南的《袁世凱》之作，亦是相當奇特引人遐思的一件事。

　　本論述回應目前學界的新方法學「跨文化研究」與「翻譯研究」，以日人田原天南的《袁世凱》和李逸濤漢譯的《袁世凱》進行比較研究，探討田原天南如何藉由《袁世凱》來想像中國與建構日本，並且進一步探討臺灣傳統文人李逸濤其文化翻譯背後的需求以及目的，也涉及翻譯迴路中田原天南和李逸濤所扮演的位置，以及論述權力之重大議題。田原天南的《袁世凱》傳中極力鋪陳袁世凱逐漸成為「親日主義者」的轉變，其中撰述目的乃是在強化袁世凱對日本軍事武力的高度認同，並將袁世凱塑造為與現代脈動相聯結的改革者。《袁世凱》傳流露出日本重視東洋文明，這種以日本為本位的東洋文明論述，鞏固日本在東亞的領導地位，也往往透過「再現」來加深中國之刻板印象，創造出一套日本地位優越的策略。李逸濤對田原之作亦步亦趨，袁世凱傳中從「日文」到「漢文」的翻譯現象，絕對不僅僅是跨文化的翻譯現象，也引發了國族與政治議題。李逸濤傳達出田原天南《袁世凱》傳中日本殖民者意識型態立場的價值，不斷強調日本近代文明所具有的優越性，而闡述中國此一模式則在這些跨界的翻譯迴路中，再現日本殖民者主導性的民族敘事，也突顯出文化翻譯與身分認同、民族建構等議題相互鑲嵌的複雜關係，呈現出文化翻譯之間重層的影響。

引用文獻

一　傳統文獻

一記者　〈袁世凱〉（一）至（二十一）《臺灣日日新報》　明治42年
　　　（1909年）1月21日至3月9日

內藤順太郎著　范石渠譯　《袁世凱》　文匯圖書局　1914年

內藤順太郎著　張振秋譯　《袁世凱正傳》　廣益書局　1914年

不著撰者　《袁世凱全傳》　上海市：文藝編譯社　1916年

北洋軍閥史料編委會　《北洋軍閥檔案史料‧袁世凱卷2》　天津古籍
　　　出版社　1992年

民心社編輯　《最新袁世凱》　泰東圖書局　1916年6月

田原天南　〈袁世凱〉（一）至（四十六）《臺灣日日新報》　明治39
　　　年（1906年）4月6日至6月23日

佐藤鐵治郎著　孔祥吉、村田雄二郎整理　《一個日本記者筆下的袁
　　　世凱》　天津古籍出版社　2005年

佚名撰　《中日交涉紀事本末》　臺北市：文海出版社　1987年

李逸濤譯　〈袁世凱（一之上）／一、緒言〉至〈袁世凱（八十四）／
　　　北洋練軍（六）〉《漢文臺灣日日新報》　明治39年（1906年）4
　　　月18日至8月15日

沈雲龍輯　《袁世凱史料彙刊》（影印本）　臺北市：文海出版社
　　　1966年

谷壽夫　《機密日露戰史》　東京原書房　昭和41年版

野史氏輯　《袁世凱軼事》　上海市：文藝編譯社　1916年

野史氏輯　《袁世凱軼事續錄》　上海市：文藝編譯社　1916年

陳瑞芳、王會娟編輯　《北洋軍閥史料‧袁世凱卷》　天津市：天津古
　　籍出版社　1996年

越山著　濤樓譯　〈怪傑袁世凱〉（一）至（二二〇）《臺灣日日新
　　報》　大正5年（1916年）5月11日至大正7年（1918）1月23日

雲南政報發行所　《袁世凱偽造民意紀實》　雲南政報發行所　1916
　　年

關矢越山（關矢充郎）《怪傑袁世凱》　實業之日本社　大正2年
　　（1913年）五月

二　近人論著

王芸生　《六十年來中國與日本》　北京市：生活‧讀書‧新知三聯書
　　店　1981年

南博著　邱琡雯譯　《日本人論──從明治維新到現代》　臺北市：立
　　緒文化事業公司　2003年

竹內實著　程麻譯　《竹內實文集──中國歷史與社會評論》　中國文
　　聯出版社　2006年9月

荊子馨著　鄭力軒譯　《成為「日本人」：殖民地臺灣與認同政治》
　　臺北市：麥田出版股份有限公司　2006年

許雪姬總策劃　《臺灣歷史辭典》　臺北市：遠流出版公司　2004年5
　　月18日

許寶強、袁偉選編　《語言與翻譯的政治》　北京市：中央編譯　2001
　　年

劉學照、方大倫　〈清末民初中國人對日觀的演變〉《近代史研究》
　　第6期　中國社會科學院近代史研究所出版　1989年

孔祥吉　〈甲午戰後是誰密保了袁世凱〉《歷史教學》第4期　2005
　　年

孔祥吉、村田雄二郎 〈大火焚燒後遺留的珍貴史料——評佐藤鐵治郎的《袁世凱》〉《福建論壇・人文社會科學版》第7期 2005年

王颺 〈袁世凱與近代巡警制度〉《湖北公安高等專科學校學報》第13卷第5期 2001年

同書琴 〈袁世凱、張之洞與北洋、湖北新軍異化比較研究〉《武漢大學學報》第58卷第5期 2005年

竹內實 〈大正時期的中國形象及袁世凱之評價〉 見陳志讓、守田正道 《袁世凱與近代中國》 東京岩波書店 1980年8月

汪婉 〈附錄：清末中國對日視察一覽表〉《清末中國對日教育視察的研究》 汲古書院 1998年版

吳元康、高紅 〈一部精心整理的民國史專題資料庫——《中日二十一條交涉史料全編（1915～1923）》評介〉《安徽農業大學學報》第1期 2003年

林以衡 〈革誰的命？——日治時期臺灣文人李逸濤對革命思潮的接受與想像〉「第八屆國際青年學者漢學會議・近現代報刊與文化研究學術研討會」 哈佛大學東亞語言及文明系、海德堡大學東亞所、海德堡大學漢學系、政治大學中國文學系、政治大學文學院「近現代報刊與文化研究室」主辦 2009年3月14～16日

金在善 〈袁世凱與十九世紀末的朝鮮〉《社會科學研究》第6期 1997年

侯宜傑 〈袁世凱早期史事訂誤〉《近代史研究》第1期 1999年

柳衛民 〈略述袁世凱的員警教育思想〉《湖北員警學院學報》第2期 2006年

紀能文 〈關於袁世凱在朝鮮活動的歷史考察〉《安陽師範學院學報》第1期 2001年

張神根　〈對國內外袁世凱研究的分析與思考〉《史學月刊》第3期　1993年

張華騰　〈袁世凱甲午陳條與練兵權的獲得〉《周口師範學院學報》第23卷第6期　2006年

梁義群　〈袁世凱與日本〉《歷史教學》第7期　1991年

莊洪鑄　〈袁世凱與日本帝國主義的關係及其實質〉《新疆大學學報》第4期　1982年

郭玉富、張根生　〈也談中日二十一條交涉與袁世凱帝制的關係〉《雲南民族大學學報（哲學社會科學版）》第23卷第6期　2006年11月

郭衛東　〈再論戊戌政變中袁世凱的「告密」問題〉《清史研究》第1期　2002年

陳桂芝　曹萬利　〈袁世凱與中國近代軍制改革〉《吉林師範學院學報》第18卷第4期　1997年

陳鵬　〈清末新政時期袁世凱的軍校教育思想探〉《理論月刊》第2期　2006年

傅德華　〈臺灣袁世凱研究概述〉《安徽大學學報（哲學社會科學版）》第28卷第4期　2004年7月

黃震南　〈袁氏評價又一說——簡介《袁世凱與中國近代說》〉《安陽師範學院學報》第1期　2000年

楊海岩　〈袁世凱與中國近代化研究綜述〉《巢湖學院學報》第7卷第5期　2005年

楊學新　〈袁世凱教育思想及其實踐活動述評〉《歷史教學》第4期　2003年

董瓊、俞祖華　〈近十年袁世凱生平及思想研究綜述〉《樂山師範學院學報》第24卷第1期　2009年1月

管書合 〈袁世凱對日外交述論〉《史學集刊》第 1 期 2007 年 1 月

趙立人 〈袁世凱告密與戊戌政變關係新證──以譚嗣同被捕時間為中心〉《廣東社會科學》第 3 期 2006 年

劉啟強 〈矛盾角色的嬗換──袁世凱與 20 世紀初的中國鐵路建設〉《保山師專學報》第 23 卷第 3 期 2004 年

劉路生 〈袁世凱辛亥復出條件考〉《廣東社會科學》第 4 期 2003 年

劉路生 〈李鴻章遺片保薦袁世凱說質疑〉《史學月刊》第 11 期 2004 年

劉路生 〈戊戌政變袁世凱初四告密說不能成立〉《清史研究》第 1 期 2005 年

鄧亦武 〈洪憲帝制前袁世凱與部屬的關係──兼論袁世凱的用人術〉《武漢理工大學學報》第 17 卷第 6 期 2004 年

劉禾著 《跨語際實踐──文學，民族文化與被譯介的現代性（中國 1900～1937）》 北京市：生活‧讀書‧新知三聯書店 2002 年

冀滿紅 〈試論晚清時期袁世凱幕府的特色〉《安徽史學》第 3 期 2006 年

蘇全有 〈袁世凱與維新運動關係再認識〉《許昌師專學報》第 21 卷第 3 期 2002 年

蘇全有、景東升 〈論袁世凱的仇日政策及實踐〉《歷史教學》第 5 期（總第 486 期） 2004 年

蘇全有 〈袁世凱與直隸工業〉《歷史檔案》第 1 期 2005 年

蘇全有 殷國輝 〈近年來關於袁世凱與中國近代化研究綜述〉《商丘職業技術學院學報》第 4 卷第 6 期 2005 年

（本文合撰者 清華大學臺灣文學研究所王鈺婷助理教授）

朝鮮作家朴潤元在臺作品
及其臺灣紀行析論[*]

一　前言

　　施懿琳在〈臺灣文社初探——以1919～1923《臺灣文藝叢誌》為對象〉[1]一文裡提到《臺灣文藝叢誌》（1921年3月15日）三年三號刊載的〈堅忍論（二）〉與〈史前人類論（續）〉兩篇文章的作家朴潤元「疑為韓國人」。這是學界首次談到「朴潤元」，在東亞研究課題日漸受重視的此時，特別具有時代意義。本文因之以朴潤元做為繼續討論的對象。從種種跡象視之，朴潤元確實是韓國作家，在韓國言論雜誌月刊《開闢》[2]第十五期及第二十期刊載以「朴潤元」為名的兩篇文章。其中一篇是〈臺遊雜感〉[3]，另外一篇是〈在臺灣居住的我

[*]　感謝匿名審查委員提供的寶貴意見，及博士候選人黃善美女士將韓文翻譯為中文。沒有他們的協助，本論文無法完成，尚此謹致最高謝忱。

[1]　施懿琳，〈臺灣文社初探——以1919～1923《臺灣文藝叢誌》為對象〉（櫟社百年學術研討會，臺中縣：臺中縣文化局，2001年12月8～9日），頁1～24。

[2]　《開闢》是朝鮮最初的綜合月刊雜誌，1920年朝鮮天道教開始發行，1949年停刊。1920年11月號到次年2月號分四次連載了日本學者青木正兒所寫的〈以胡適為中心打漩的文學革命〉，介紹了不少中國現代文學作家作品，尤其是五四運動的新文學作家。另詳下文「三、臺遊雜感」。

[3]　朴潤元，〈臺遊雜感〉，《開闢》通卷第9號（1921年3月），頁93～100。

國（韓國）同胞現況〉[4]。此外在《東亞日報》[5]以〈臺灣蕃族與朝鮮〉為題之作亦署名「朴潤元」，此文自一九三〇年十二月十日至十二日共連續刊登了三天。由這幾篇刊登在朝鮮報刊的文章，可得知朴潤元曾居留臺灣一段時間。〈臺遊雜感〉後面的附記是一封編輯者給朴潤元的書信，信上說：「很謝謝您在繁忙的異國生活當中，為讀者在臺灣投稿寶貴的文章（이역생활이 바쁘심에도 불구하고，특별히 본 잡지의 독자들을 위하여 대만에서 원고를 투고하여 주시고）」[6]，在〈在臺灣居住的我國（韓國）同胞現況〉文末寫有原稿的日期：「一九二一、四、二〇夜在臺灣（一九二一、四、二〇夜 臺灣에서）」[7]。更確定的根據是一九三〇年十二月十日刊登於《東亞日報》的原稿，即「臺灣蕃族與朝鮮（上）」提及他曾在臺灣待了約三年的時間。「我從一九一九年到一九二一年約三年間，受到某種環境的影響，曾居留在臺灣。」（나는 1919년으로부터 1921년까지 약 3년간이나 어떤 환경에 억매여 대만에 체류한 적이 있었다.）[8]朴潤元刊於《臺灣文藝叢誌》的〈堅忍論（二）〉與〈史前人類論〉的時間即是一九二一年，亦是朴潤元在臺時間。

　　一九三〇年十二月三十日的《東亞日報》又記載朴潤元：「任記者，昭和五年十二月二十七日，東亞日報社義州支局。」、〈在臺灣居住的我國（韓國）同胞現況〉云：「崔兄是為了跟我在一起，從義

4　朴潤元，〈在臺灣居住的我國（韓國）同胞現況〉，《開闢》通卷第13號創刊一周年紀念號（1921年7月）。

5　《東亞日報》（韓文：동아일보）是大韓民國的一家報紙。由韓國的言論人金性洙、宋鎮宇創刊於1920年4月1日，迄今仍發行中。該報版式與日本報紙風格接近，圖文並茂，筆鋒犀利，較多地反映了韓國在野人士和知識界的呼聲。

6　同注3，頁100。

7　朴潤元，〈臺灣蕃族與朝鮮〉，《東亞日報》（1930年12月10日），頁80。

8　同前注。

州到臺灣來的我的朋友。（나의 친구 崔형은 나와 함께 있기 위하여 멀리 義州로부터 대만으로 건너온 사람이었다．）」，可得知朴潤元與義州的地緣關係，一九三〇年代時已回國，並任職於東亞日報社義州分局。觀其在臺三篇文章〈國教宗教辨〉刊登《崇文社文集》（1920），〈堅忍論〉及〈史前人類論〉刊登《臺灣文藝叢誌》（1921），皆是臺灣中部的刊物，其人「似乎」與臺中彰化一帶臺灣文人較熟識，而工作性質也可能是記者身分[9]。

二 譯作〈堅忍論（二）〉與〈史前人類論〉及徵文〈國教宗教辨〉

　　如前述朴潤元兩篇文章〈堅忍論（二）〉及〈史前人類論〉在一九二一年刊登於《臺灣文藝叢誌》，但他與臺灣文社、《臺灣文藝叢誌》的關係如何，目前仍無法掌握到更多文獻，進一步獲知，其人其事在韓國似亦湮沒不彰。因此從當時為數不多的臺灣、朝鮮的交流文獻考察朴潤元之作，也就顯得必要及重要。《臺灣文藝叢誌》刊登此二文時，並未標示是翻譯之作，自然也就不可能有譯文出處的交代，何況當時的譯作也幾乎不標示原作來源的。〈堅忍論（二）〉述說成功是源自忍耐與毅力，永恆的成功秘訣就在於努力。並以林肯、格蘭特、拿破崙等人物為例，說明他們就是因著堅毅不拔的忍耐方能成功。〈史前人類論〉則是敘述紀元前人類歷史的人類學文章，文中

9　中部的《臺灣新聞》不可得，《新高新報》亦未查得朴潤元蛛絲馬跡，因此進一步線索仍闕如。本文初宣讀於國立清華大學臺灣文學研究所主辦之「跨國的殖民記憶與冷戰經驗：臺灣文學的比較文學研究」國際學術研討會，特約討論人施懿琳教授提醒《崇文社文集》、《臺灣文藝叢誌》雖是中部刊物，但內部成員（含顧問）及稿源不限中部。因可知的朴潤元資料極少，無法肯定當時他在何處？這裡考量他會把作品投給《崇文社文集》、《臺灣文藝叢誌》，應當與兩社的人熟悉。

從古石器時代、新石器時代到銅器時代，敘述人類的言語、器械、家屋制度、畜牧與生產活動，火的發現到文字發明、城市建設等，對人類的起源、文明的發展與過程、人類進化等一一敘說。經過查證，此二文與一九一六年發行的朝鮮國語教科書《時文讀本》所錄相同。

刊載於《臺灣文藝叢誌》的〈堅忍論（二）〉是《時文讀本》第三卷第十一課〈堅忍論（下）〉，〈堅忍論（上）〉為第三卷第十課，但《臺灣文藝叢誌》的〈堅忍論（一）〉今未見[10]。〈堅忍論〉的來源出處為「自助論」弁言，原是在日本留過學的崔南善所譯《西國立志編》（《自助論》）部分[11]。而〈史前人類論〉以「史前之人類」這個題目被收錄在《時文讀本》第四卷第二十一課，其為崔南善本身的作品。所以〈堅忍論（二）〉與〈史前人類論〉並非朴潤元的創作，而是他將崔南善《時文讀本》裡刊載的文章翻譯成中文之譯作[12]。此二文是《臺灣文藝叢誌》的邀稿還是他主動投稿，他與臺灣文人的往返

---

[10] 〈史前人類論〉見《臺灣文藝叢誌》第3卷第2期，照理而言，〈堅忍論一〉宜見此卷期，但遍查此卷及前面諸期均未見，未悉何故？尋找過程，感謝施懿琳、林淑慧教授的協助，謹此致謝。

[11] 崔南善譯，《自助論》（京城：新文館，1918年）。*Self-help* 是一本闡揚英國十九世紀倫理思想（Victorian virtues）的勵志書，1859年11月出版，11年後，中村正直（1832～1891）的日譯本於明治三年（1870）初版，名《西國立志編》（又名《自助論》），在明治時代幾乎成了知識青年的聖經，受到熱烈的歡迎。《西國立志編》並非單純翻譯，而是在譯者中村正直消化吸收後，加上了自己的感言以及借助假名、漢字、旁注等手段，努力使文章變得通俗易懂。1906年畔上賢造再翻譯為《自助論》。流亡日本的梁啟超亦在1899年稱：「日本中村正直者，維新之大儒也。嘗譯英國斯邁爾斯氏所著書，名曰《西國立志編》，又名之為《自助論》。其振起國民志氣，使日本青年人人有自立自重之志氣，功不在吉田西鄉下矣」《清議報》第28冊，光緒25年歲次己亥（臺北市：成文出版社，1967年），頁1803～1806。

[12] 相關論述請見筆者〈朝鮮作家朴潤元在臺的譯作——並論《西國立志編》在中韓的譯本〉，收入陳建忠主編，《跨國的殖民記憶與冷戰經驗：臺灣文學的比較文學研究》（新竹市：國立清華大學，2011年6月），頁105～134。

互動如何？迄今仍是空白，一無所悉。朴潤元另有〈國教宗教辨〉一文，刊《崇文社文集》卷三，這是目前僅見的三篇在臺作品，悉與文社有關，一是「臺灣文社」，一是「崇文社」，其人似乎以文見長，未參與詩社活動，亦未見到相關詩作，加以停留時間僅兩三年，因此要從臺灣詩人的詩文集或詩刊上的酬應唱和之作找到蛛絲馬跡，有所困難。

　　朴潤元〈國教宗教辨〉一文，是目前可見最早發表的作品，較前述二篇早約兩三個月，但彼此依舊有關係脈絡可循，臺灣文社、崇文社都在一九一九年關注起孔教（儒教）之問題，一九一九年《臺灣文藝叢誌》第壹號刊載了二十二篇的〈孔教論〉[13]，一九一九年十二月崇文社第二十四期的徵文〈國教宗教辨〉[14]亦有九篇徵文（來年方刊登）。朴氏此文非翻譯之作，可觀知他對傳統儒釋道三教的看法。當時對孔教（儒教）應否為國教？孔學（儒學）是否為宗教？有過論辯，其背景自然與日治時期的政治文化發展密切相關[15]。對於儒學是不是儒教？清末民初的學者多有討論，此問題多少受到西方思潮的影響，清末國事衰微，門戶洞開，西方傳教士挾其本國船堅砲利的威風與資本主義科學技術，在治外法權的保護下，大舉傳教。雖然亦曾遭逢反對，但天主教或基督教的清晰宗教組織與立場，對於儒學與儒

---

[13] 《臺灣文藝叢誌》第 1 號（臺灣文社發行，1919 年 1 月），頁 40～77。

[14] 1920 年方刊登，見黃臥松編，《崇文社文集》卷三（彰化市：崇文社，1920 年 1 月），頁 217～219。

[15] 川路祥代認為 1919 年殖民地臺灣所產生的〈孔教論〉反映當時臺灣社會所面臨的矛盾與痛苦。殖民地臺灣之「孔教」，已經成為一種「對抗意識形態＝counterideology」，來打破殖民者所提倡「日人為本」之統合意識形態，而開始展開「臺人為本」之「地方自治」構想。氏著《殖民地臺灣文化統合與臺灣傳統儒學社會（1895～1919）》（臺南市：成功大學中國文學系碩士論文，2001）。及川路祥代〈1919 年日本殖民地臺灣之〈孔教論〉〉，《成大宗教與文化學報》第 1 期（2001 年 12 月），頁 1～32。

教之爭也產生了某種催化的作用與影響。近代孔教運動的由來可上溯維新時期康有為（1858～1927）、譚嗣同（1865～1898）等所倡導的孔教運動[16]，與陳煥章（1880～1933）鼓吹定孔教為國教，另一方面，章太炎（1869～1936）、蔡元培（1869～1940）、胡適（1891～1962）、陳獨秀（1879～1942）、吳虞（1871～1949）等五四新文化運動的新潮人士，不僅不承認儒家是一種宗教，也不應該定為國教，甚至在一九一一年到一九二八年發生了反儒教的運動。章太炎不只非議「孔教會」的設立，且說：「孔子於中國，為保民開化之宗，不為教主」，「以宗教，則孔子所棄。」所以那些尊奉孔教者，「適足以玷闕里之堂，污泰山之跡耳。」[17]蔡元培不但認為儒家不是宗教，就算宗教本身，也已經被時代淘汰了，蔡元培說：「宗教之為物，在彼歐西各國，已為過去問題。蓋宗教之內容，現皆經學者以科學的研究解決之矣。」[18]這些言論對反孔教（儒教）、反宗教達到了最高潮，甚至對後來的局勢有極大的影響。

　　一九一一年辛亥革命推翻了清朝統治，一九一二年中華民國臨時政府成立，取代了清朝政府。一九一五年起草中華民國憲法時，康有為的追隨者曾要求以孔教為國教，引起了越來越多的激烈爭論，孔教是不是宗教、孔教在現實生活中將起到何種作用、孔教是否可定為國

---

[16] 康有為是清代今文學派的領袖，他從古代文獻裡找出許多材料，力圖把儒家建立為一種宗教，將孔子視同宗教的教主，把孔子的學說當成宗教，和佛教、道教並列，並鼓吹以孔子配天，提出「孔子創教」的說法。見氏著《孔子改制考》（臺北市：臺灣商務印書館，2011年2月）。

[17] 章太炎，〈駁建立孔教議〉，原收入《太炎文錄初編》文錄卷二（1913年），見姜玢編選《革故鼎新的哲理——章太炎文選》（上海市：上海遠東出版社，1996年），頁496。

[18] 蔡元培，〈以美育代宗教說——在北京神州學會上的演說〉，收入費泉京編著，《中外名人演講精粹1》（北京市：中國書籍出版社，1998年1月），頁70。

教，以及孔教與帝制復辟之間是否存有必然之聯繫等等問題皆浮出檯面。一九一六年陳獨秀在《新青年》上發表〈憲法與孔教〉一文，對孔學進行了批判。最後達成了一個妥協方案，在憲法草案中寫入「中華民國以儒家思想為倫理道德的基本準則」，但這個憲法從未付諸實施。

　　一九一九年在臺灣的論辯情況又如何？依據翁聖峰之研究，他認為「〈國教宗教辨〉徵文多主張帝制時代孔教有國教的角色及功能，但應順應宗教自由的世界時勢，不當定孔教為國教，當時的統治者是日本，如有所謂的國教則應為日本的神道教，而非孔教」，從論辯言論大抵可知李石鯨、陳錫如、黃臥松等人的考量：信教自由時代如仍訂立國教將紛爭不休，故不可行。倡孔教為國教恐妨礙信教之自由，影響其他宗教派別的存在和發展，將紛爭不休，是不識時務之舉。林維朝則「對孔教無法訂為國教感到無奈，由康有為到孔教、國教、宗教的定位，他們四人在兩篇文章及評點出現紛歧不一的觀點，可視為思想混雜時代的一種反映。」[19]朴潤元該文云：「東西交通。日益頻繁。文明方面。日以漸開。至於今日之萬國平和。而圖人類之幸福。莫不有信教之自由。」又云「今則世界大通。人民自由信教。此所以為宗教。而非為國教者也。」提出信教之自由，而在諸教義中，又獨宗儒教，「儒教之知仁勇並進，而參酌時勢，有所進化。於戲美哉！政治學術、道德倫理，合一爐而冶之，匯萬流而濟之。」之後以政治、學術、道德、倫理四方面言其自小康而至大同，啟發材能，養成有用之人，萬物並育而不相害等功效，突顯「真孔教之超越乎耶之求永生，願樂園。釋之禁茹葷斷昏嫁，道之業懺醮尚虛無。而講

道德說仁義，致知力行，量時執中。內可為聖，外可為王。前千載而為國教，後萬代而為宗教者也。」由此文可以看出朴潤元主張順應時代潮流，自由信教，但孔教（儒教）在政治學術、道德倫理上超越耶教、釋教、道教。至於所謂國教宗教之辨，他認為二者可以互相為體為用，並行不悖，何必論駁優劣？對之前反對、贊成二方似有調和之意。

三 〈臺遊雜感〉〈在臺灣居住的我國（韓國）同胞現況〉〈臺灣蕃族與朝鮮〉的內容

朴潤元之作除刊於臺灣外，尚有〈臺遊雜感〉（1921年3月1日）、〈在臺灣居住的我國（韓國）同胞現況〉（1921年7月1日）兩篇散文形式的臺灣紀行文，另一篇是一九三〇年的〈臺灣蕃族與朝鮮（上、中、下）〉（1930年12月10日～1930年12月12日）刊登於韓國報紙的《東亞日報》。不僅是單方面將朝鮮介紹給臺灣讀者，亦將臺灣的社會與文化介紹給韓國（朝鮮）讀者，為朝鮮讀者打開了認識與親近臺灣的機會。

（一）〈臺遊雜感〉

〈臺遊雜感〉刊載於《開闢》通卷第九號，〈在臺灣居住的我國同胞現況〉刊載於《開闢》通卷第十三號創刊一周年紀念號。《開闢》是朝鮮一九二〇年代最具代表性的文藝同人誌，一九二〇年六月創刊，一九二六年八月遭日本當局強制停刊，凡七十二期。編輯由李敦化（1884～？），發行人是李斗星（1877～？），印刷由閔泳純（？～1929）負責，印刷所是「新文館」，印刷體裁是菊版，一百六十頁左右，韓漢文混用。《開闢》是以韓國的民族宗教天道教

為背景的言論雜誌，帶有明顯的民族主義傾向，其內容走向必然是對日本帝國的抗爭傾向，為了讓抗爭有效率的實行，標榜以平等主義立足的社會構造與興隆的民族文化，因此自創刊號始，即受到日本總督嚴酷的彈壓，甫出刊就被下令查收，兩天後發行的號外亦再度遭查收的命運，三天後第三度發行了臨時號，但是同樣經歷了坎坷的試煉，然而卻因讀者的好評，成就了一九二〇年八月十七日發行臨時號第二版的盛況，在歷經各種苦難的出刊期間，極力鼓吹朝鮮民眾的自主意識、自由思想、獨立精神，同時亦刊載了在韓國文學史上重要的作品，奠定了韓國文學之傳統基石。[20]

從篇名看〈臺遊雜感〉，可能以為是朴潤元旅游臺灣各地的心得感想，出乎意料的是他只以行旅蕃族（原住民）之地為敘述對象，那是與所謂的文明社會完全不同的——既陌生又神祕的原住民社會。

前兩篇文章皆發表於二十世紀的二十年代，而此一時期的時代氣氛是美國總統威爾遜提出民族自決的設想及俄國十月革命成功、中國大陸五四運動、日本大正民主運動、朝鮮三一運動等進步思潮風起雲湧，臺灣、朝鮮受新式教育的知識分子也身受大時代氣氛的感染，面對日本殖民者所帶來的現代性知識體系與現代生活方式，有著相當複雜的心情，他們對於西方與日本所建立的現代文明有著深切的憧憬，並期待「文明社會」的出現，以通過文明的啟蒙來追尋自我民族的地位提昇。但也有一些知識人跳出現代文明的迷思，將目光轉向腳下的土地，關注受剝削的被殖民者。朴潤元將目光凝視在地位更卑下，剝削更嚴重的蕃族身上，因此〈臺遊雜感〉一文，他詳細的介紹了臺灣原住民文化，而且在作品中批判與原住民相較之下因物質文明較為發

---

[20] 《斗山世界大百科事典（電子資料）》，首爾：斗山東　，1997 年。網址：www.doopedia.co.kr（2011 年 7 月 22 日上網）

達，然而卻逐漸精神疲憊的現代人。在文章進入正文之前，他先提及書寫此文的態度：「我並非要針對此（蕃人）問題以日記或遊記來書寫，我只從我所見所聞之中，所得到的感想，既沒有次序也沒有系統地記錄，欲貢獻我們所敬愛的身在遠處的同胞們。」此文明白突顯了朴潤元書寫的用意，他要藉蕃人的生活面相批判當時殖民者日本的現代性文明，並且鼓勵民族意識（抗日意識）。朝鮮、臺灣的知識分子在被殖民統治的環境下，不約而同對現代性有所反思，特別的是，朴潤元以臺灣原住民為參照點予以反襯統治者的不文明，他幾乎在敘述每件事情之後給予讚揚。

　　文中說：「遭到滅亡的原住民會下定決心，即使世上只剩下一個自己的族人留在世上，直到那天為止，也要殺掉使自己部落滅亡的敵人，不只是當事人，在自己的子孫出生時，也會傳授其經歷，傳承其精神給自己的子孫，讓子孫可以一報滅族之仇。這要說是野蠻還是文明？這是值得去研究的問題，他們這種強烈的民族性不得不令我佩服。」又說「（原住民）與敵軍堅守信義，維持著朋友間單純的和平，這一點著實不得不讓人讚揚與誇獎。」鈴木作太郎〈臺灣蕃族概觀〉一文也說「（蕃人）相信土地為祖先之遺寶，子子孫孫世世傳之勿替。他們迷信若許他種族侵入，必觸祖先之怒，致降疫癘及不慮之災厄，故有侵害之者，必蹶然起而防範。」[21] 這一段話恰巧可將此文另一疫病的敘述連結來看，疫病的發生讓蕃族悔悟過錯，自責因為懶惰，「無法承襲祖先的精神，無法永遠殲滅我們的敵人，而震怒了祖先的靈魂。」「所以如果看到原住民出去戰爭，就可以推測出原住民社會目前正在流行傳染病，不過他們絕對不殺害私下供給他們物品的商人與協助他們翻譯的人。這就像是一種迷信的概念，同時又有研

21　王興瑞譯，刊《民俗》1937年第2期，頁71。

究價值，不失承襲祖先精神的意志與根本，其精神實在不亞於文明社會。」對照於鈴木的「迷信」之說，朴潤元對蕃民承襲祖先精神的作為以「文明社會」看待，不能不說是一種遠見與對多元文化的尊重。

　　文中一再讚美原住民對領土被侵略所表現的「對死亡有所覺悟」、「不惜犧牲生命的勇氣」，反對是愚蠢行為之說。原住民也會區分對象，絕對不殺害強制勞役者，不過如果那個人手上拿著武器就絕對不會放過，由此可知，「原住民對於不得已必須跟隨官兵一起來到這險峻之處的強制勞役者，懷有惻隱之心。」朴潤元於此說明蕃族對同在困厄患難中被迫勞役的臺灣人表現出同理心及正義良心。統治者以所謂文明進步便利的工具，如電網、炸彈、飛機等威脅與壓迫蕃族，兩相對照下，究竟誰才是文明者呢？作者意旨顯而可見，所以他又說「他們社會上的趣味與共同生活是不能被說成是現代的落伍者的。」蕃族本性儉樸、有耐心、純真，過著一個有趣的共同生活。產婦分娩用非常冷且清澈的冷水洗剛出生寶寶的頭，因此嬰兒體質的虛弱與堅實在出生當天就能一判究明，因為這固有的習慣，似乎造就了健全人種的遺傳。作者通過其習俗，有所啟悟地說：「這世上惡毒的遺傳性疾病者被社會看成是惡魔時，他們的愚昧反而可說是明智的。」對於婚姻習俗，作者亦指出蕃族女子比男子更受到優待與重視，婚姻是神聖且自由的，然而現今社會仍有不少人把人格與知識擺最後，只看金錢與家境好壞，此「賣身求生活的惡習與強制結婚」讓他感到難過。那麼蕃族的婚姻習俗與當今文明社會相較，「其距離的遠近又是如何呢？」此文處處可見朴潤元獨特的眼界。最後他指出蕃族習俗，男子們搬運東西時，綁在背部使用的繩子，與女子汲水的用具接在頭上使用的東西，與朝鮮的風俗類似。此文無意中保留了不少如今已失傳的原住民習俗的記載，如「人的舌頭做成的戎衣」、挖洞深埋大石頭以締結合約的作法。

當日本以通過戰爭（1894年的中日甲午戰爭、1905年的日俄戰爭）來進行擴張，並視作現代化成功的證明時，文明與非文明的二元架構便成為日本與亞洲其他國家的分辨關係，也成為殖民者與被殖民者的分界水嶺。日本所帶來的文明震驚，甚至使一些被殖民者出現認同的分裂與危機及臣服的態度。面對「文明」的巨大衝擊，朴潤元卻透過對日本的文明發展的觀察，轉而以對蕃族之介紹，一一以土地、戰爭、婚姻、習俗等面向，重新評估所謂的「文明社會」，表現了他個人的睿智。

（二）〈在臺灣居住的我國（韓國）同胞現況〉

四個月後，朴潤元又發表了〈在臺灣居住的我國（韓國）同胞現況〉一文，他提及自己在韓國會好奇在海外的同胞，他們的生活過得如何，相同地，也會有人像自己一樣。為了解開這個好奇感，遂寫下該文。此文是有關移民的變遷與現況、韓國人移居臺灣的時間與居住地等，作品中詳細記載著在臺灣生活的韓國人生活概況。文章主要精神是將過去朝鮮人的良好的移民生活與現在墮落的移民生活作對比，慨嘆現在移民於臺灣的朝鮮人的生活面相。其次是以韓材龍先生為例再度強調在臺朝鮮人的不義與墮落。最後是自嘲在臺的朝鮮人根本沒有抗日精神，然而被臺灣當局視為抗日的人士反而受苦的狀況[22]。

透過此文可以了解朝鮮移民臺灣是以販售人參為移民之始，大多是朝鮮西邊的人們，經過中國，環繞南洋各群島來到臺灣。但約在一九一五、一九一六年前開始，朝鮮南邊的人們經由日本來臺灣的人越來越多，可是和以前不同的是，人心世態已變，道德淪喪，人性變

---

22 感謝匿名審查人所提供的意見：「（此文）展現自省性的性格和修養，他從韓人抗日精神、酒店、妓女行業加以批判，這看法在現在的韓國人觀念上仍保存了一部分，跟他強烈的民族自尊心有關。」

得刻薄、醜陋，曾經是和平、正直、溫順、慈善、純真等良風美俗語
與傳統美德，卻變成競爭、謊言、糾紛、賭博、流浪等，朴潤元認為
是一大災難，以之為國人警惕。來臺的朝鮮人士大約有百名左右，多
數是慶尚道的人，接著是平安道、全羅道與京畿道的人，其中女子佔
有二十名以上。所從事工作，有大規模從事人參販售的，此外有以私
立醫院的牙醫師、煤炭公司的銷售員、水產公司的船員、鹽公司的工
人，防疫公會的監督員、鐵路部的驛夫、餐廳服務員等，也有經營酒
店的人、從事鐵舖的人，也有從大連與武漢等地來經營餐廳的人，除
此之外，各種形形色色的職業都有。對於在臺朝鮮人來臺之目的及工
作性質，提供了很寶貴的社會史料。

　　朝鮮人在臺從事人參販售的記載在《臺灣日日新報》不少，早在
一八九九年即有「韓人販參」之報導：「年來高麗人多攜參枝渡臺販
賣，已不止一人，亦不止一次，大約獲利頗多，故不惜重洋跋涉也。
如近日又有兩人云係叔侄仍帶高麗參從上海買棹赴廈，由廈乘輪至臺
北也。」[23]洪棄生〈紀遊雞籠〉亦云：「朝鮮高冠而賣藥，琉球裸體以
摸魚；同是流離瑣尾，失國堪嗟。」[24]對韓國商人高冠賣藥（宜是指高
麗人參）印象深刻。其時朝鮮人參已有「拔倫超群」之美譽，臺灣人
愛用之滋補藥，一九二〇年的報導則可見大稻埕李金燦所營之老山
高麗參莊，銷路極廣的消息。在臺朝鮮商人韓材龍經營「鮮興社參

---

[23] 《臺灣日日新報》第427號，明治32年（1899年）10月3日第4版。至於《漢文臺
　　灣日日新報》則報導了一則販賣人參後有餘裕代為娼妓脫籍之事。「阿笑元愉快樓
　　之娼妓，性野淫，有狐意，遊客多被其所迷。此番高麗人某渡臺販賣高麗為業，
　　稍有餘裕，與之度夜，笑款納之。某被其所迷，代為脫籍，護花有主，亦一時之幸
　　也。」第3343號，1909年6月23日第4版。
[24] 《寄鶴齋駢文集》（南投市：臺灣省文獻委員會，1993年5月），頁15。並見《寄鶴
　　齋選集》（臺灣文獻史料叢刊，大通書局，1987年），頁129。

莊」，地址在臺北市上奎府町一七[25]，朴潤元譽其為真正的慈善家與公益家，為了別人，忘卻自己的事業，竭盡所能幫助越洋來臺灣的同胞，其經營的鮮興社參莊，成了同胞兄弟的收容所。以致身陷經濟困難，因此朴潤元感慨受其幫助的朝鮮同胞缺乏義理良心，同時呼籲在臺灣的朝鮮人能組織青年會，一個有組織的，可以從外糾正行為、由內統一思想的機關。

對於朝鮮女子從事賣笑行業[26]，朴潤元期期以為不可，「這樣的趨勢持續下去的話，會受到鄙視，只會遭到謾罵，是件令人震驚嘆息的事情啊！」他翻譯了當時臺灣機關新報「朝鮮妓生物語」的長篇記事：「『追隨妓女的臀部，從朝鮮到大連，從大連到臺灣的他，其實本身是此妓女的丈夫，有時還幫她拉客人淨做些不倫、羞恥的事情，為了事業，來臺灣的所有朝鮮人當中，約二十名左右，百分之八十的利益消費在酒與妓女身上，就這樣即使他們買春的對象有萬華的日本女子或大稻埕的臺灣女子，然而在臺北沒有來自同一個故鄉，沒有相同習俗背景的女子，在臺北他們的生活是寂寞的，因此當有消息說，有從大連來的娼女、妓女，他們便會開心地到基隆迎接，當妓女一行人抵達臺北後，他們就會像螞蟻群聚在砂糖周邊一樣，不分晝夜地玩耍，女子迷惑男子的力量有多麼強大由此可知，這就是亡國奴本性的顯現。……』要向女子的父母忠告一句話，古代賢人曰：『即使再貧困，也會提醒自己不可忘記義理』，期許的是不管再怎麼貧苦，也不要賣身求謀生，不要把它視為是不得已且無能為力的問題，那些受到

25　上奎府町（かみけいふちょう）分一～四丁目，在建成町之南，建成國中所在地，今鄭州路、華陰街、太原路、承德路、重慶北路一段之一部均在町內，為大稻埕迪化街腹地。該町名因平埔族奎武卒社而得名。參日據時期與光復後街名對照表網站，網址：http://www.cchr.taipei.gov.tw/（2010 年 10 月 16 日上網）。

26　相關朝鮮娼妓之研究，可參見陳姃湲〈在殖民地臺灣社會夾縫中的朝鮮人娼妓業〉，《臺灣史研究》第 17 卷第 3 期，2000 年 9 月，頁 107～149。

蔑視、遭到謾罵的人不就是我們的同胞嗎？」[27]他甚至憤慨地說賣笑遍佈臺灣中南北部，致使幾十年以來聞名的朝鮮人參史就此告一個段落，開啟了繁華情色世界的一頁。朴潤元說法自非危言聳聽，就在此文發表前一個多月，《臺灣日日新報》報導「艋舺朝鮮妓樓」云「風傳朝鮮人李清萬者將於艋舺建設妓樓。嗣聞決定在原千代家之後，招致朝鮮婦女數名，別張豔熾，取名為鮮花樓。」[28]三個多月後，赤崁特訊「鮮娼開業」亦載：「鮮人李榮華，前對當局申請，建築家屋於前町，以營貸座敷業，者番經已竣工，按十一月一日開業。就中鮮娼一行，約十餘名，服飾概從事鮮裝，應接均操國語。……島人好奇，屆期往遊者，或如蟻赴羶，亦未可知。」[29]隔年（1922）諸羅特訊「鮮妓繁昌」同樣記述：「客冬有朝鮮人，開設旗亭（按、誤為停）於嘉義遊廓，十數朝鮮妓女，皆在破瓜摽梅之年，大張艷幟，走馬王孫，墜鞭公子，好奇者爭往問津，以故神女生涯，頗不寂寞。反是，內地人及本島各家青樓，門前冷落，車馬當稀，數百妓女，徒傷老大，紛紛嫁作商人婦去，昨年來已減數十名云。」[30]遍佈北中南之情況，確實相當普遍，難怪朴潤元為此憂心疾呼。然而一直到一九三四年江亢虎《臺游追記》仍云：「經過所謂游廓者。即古教坊之別名也。粉白黛綠。列屋間居。日本人朝鮮人本島人各等皆備。顧客亦憧憧往來不絕。」[31]不過問題似乎亦隨之而來，當妓女被視為惡鴇眼中的商品，淫

---

27 文中提到「臺灣機關新報『朝鮮妓生物語』的長篇記事」，筆者遍查目前可見之日治報刊，未能查得，謹此說明。

28 《臺灣日日新報》1921年5月11日第6版。

29 《臺灣日日新報》1921年10月31日第6版。文中云有妓生學校栽培妓女，此另見異史譯〈參觀平壤妓生學校〉，《臺灣日日新報》1910年4月24日第5版。

30 《臺灣日日新報》第7813號，1922年3月1日第6版。

31 另〈王詩琅先生口述回憶錄〉講到與平山勳之間的小故事，提到貴陽路醫院旁邊有一家朝鮮人開的酒店。見下村作次郎編，蔡義達譯，〈王詩琅先生口述回憶錄——

客心中的玩物時，一九三四年時有鮮妓自殺、鮮妓投河的新聞也就不足為奇了。

〈在臺灣居住的我國（韓國）同胞現況〉一文也反映了當時朝鮮的抗日運動，一九二〇年十一月在臺灣發生突如其來的爆炸事件，使得朝鮮同胞在嚴密的警戒網下行動極為困難，當時中南北的各機關報，大致記載內容說：

> 從門司越洋來到臺灣的不速之客朝鮮人，搭著亞美利加丸號三等席在五日清晨進港，穿著深藍色西裝，手提皮箱，一眼看來，帶有中國商人的風采，日語雖不熟練，英文與馬來語卻很精通，又雖然總是默默地低著頭，但與人對話時，眼睛發亮，注視對談的另一方，看起來陰險，但也有溫和柔軟的態度，出身在京畿道金浦郡，名叫沈顯澤，有人說他以朝鮮人參商人的身分在臺灣中南部各地行商，把賺得的錢當作資本，往南洋的方向去了；根據某位船員的說法，則是在前往門司的船上，帶著炸藥四處去；又根據門司刑警的情報，臺北的孫某某（鮮興社的店員）有暗號電報；而根據基隆警察局的審訊，無法發現他是否為危險人物……；又有在他的手冊上紀錄著：「並非時勢造英雄，而是英雄創造時勢，努力就能讓天下掌握在自己手中」，如上述這些胡說八道的傳言有好一段時間到處沸騰著，

以文學為中心〉，收入張炎憲、翁佳音合編，《陋巷清士——王詩琅選集》（臺北市：弘文館出版社，1986 年 11 月初版），頁 239。此外，王一剛（詩琅）〈萬華遊里滄桑錄〉，《臺北文物》第 1 卷第 2 期，1953 年 4 月。張達修《醉草園詩集・臺北橋晚眺》：「鼇梁隱隱跨江頭，策杖人來散旅愁。北里胭脂明夕照，西風簫管起中流。」另見《臺北市志稿：卷十雜錄文徵篇》（臺北市：臺北市文獻委員會，1959），頁 33。北里為妓院代稱，可知臺北橋附近在戰後仍見娼樓，與江亢虎過臺北橋時所見同。

但事實上都是幾近虛構的，這一大騷動也不過是神經敏感者一
時的胡言亂語，沈先生在臺灣各地行商，數十天前就前往南洋
了，這事件不過只是個傳聞。

對照「 地電報／不逞鮮人逮捕」、「爆彈を盜む 朝鮮に賣らんと」之
報導，或者「日兵慘殺韓人之報告書」（1920）、「日警又捕入籍之韓
人」（1921）、「日人越境搜捕韓黨」（1921）等[32]，可以了解當時韓人
在中國、日本時有反抗運動而遭拘捕殺害之事。也因此從朝鮮吹來的
火苗讓在臺灣的朝鮮同胞受無妄的嫌疑猜測之災。從義州越洋來到臺
灣的作者的朋友崔氏，即因與朝鮮的某位抗日派人士外表相似，在六
月大熱天裡，冤枉被關進牢中四十天，聽著看守的兇狠聲音，與一群
語言不通的流氓關在一起，在異地拘留所，經受各種苦痛的遭遇。而
這種空穴來風的無理壓迫樣的事不只一兩件，因此當務之急要組織一
個機構推廣，為在臺朝鮮人爭取權益。

（三）〈臺灣蕃族與朝鮮〉

〈臺灣蕃族與朝鮮〉一文的寫作時間是一九三〇年，距前兩文有
九年之久，朴潤元當時應該已回到韓國，而這一年十月廿七日正是臺
灣爆發霧社事件，日本統治者屠殺原住民族泰雅族的行徑，震驚國
際。立即反映霧社事件之文不多見，在朝鮮有這麼一篇文章刊出，
其意義重大。編者說「本稿雖是臺灣事件爆發時的投稿，但由於版面
的關係現在（按、12月10日）才能夠刊登。」或許不是版面關係，

---

[32] 「內地電報／不逞鮮人逮捕」：「吉林及上海方面の不逞鮮人多數爆彈を携帶し朝鮮
に潛入し齋藤總督、木野總鹽以下大宮を暗殺」，《臺灣日日新報》1920年8月1日
第2版。『爆彈を盜む 朝鮮に賣らんと』《臺灣日日新報》1920年12月20日第7版。
另見大韓民國臨時政府舊址管理處編，石源華主編，《申報有關韓國獨立運動暨中
韓關係史料選編1910～1949》（北京市：人民文學出版社，2000年），頁522、523。

而是文中觸及較敏感的霧社事件問題。朴潤元認為引起蕃族動亂的原因之一是對日本男人娶蕃族女人為妻後不久將她們拋棄感到非常憤怒。況且蕃族動亂中在與討伐隊的決戰之前，「馬赫坡社」百八蕃女都選擇了自殺，她們為了男人做出的果斷選擇就像百八明珠一般使人感念。霧社事件之起因，確實關涉到婚姻問題，日本領臺之初，鼓勵日本警察娶各社頭目或有地位者之女為妻，但有些警察於日本內地早有妻室，來臺後復娶原住民女子為妻，她們往往在日警離開之後被遺棄。霧社事件領導頭目莫那魯道之妹即是嫁給日本巡查，數年後被棄，貴為頭目之女竟遭拋棄，族人當然不滿。

朴潤元在文中以蕃族「領袖」、「頭目」、「元首」、「酋長」只盡職盡責而並無上下貴賤之階級，呼應〈許生傳〉所謂「我們新國家裡沒有大王也沒有小人，長輩就是長兄，晚輩就是弟弟，所有的男人都是該社會的兒子而所有的女人都是該社會的女兒。」或「丈夫應敬愛妻子，妻子也應協助丈夫一起流汗生活。」蕃族之作物、錢財按家人數公平地分配，同許生傳裡的內容，從「在這地方不應該讓有的人擁有更多的或讓有的人擁有更少的，也不應讓富者歧視窮人或讓窮人嫉妒富者來防止產生衝突。而且在這新的國家裡不應該有人只懂白吃白喝。人們應該以流汗勞動維持生活。如果有人白吃白喝就會出現兩班與小人，出現兩班與小人就會產生貧富差距，貧富間有了差距就會出現官吏和盜賊導致民不可聊生。」這些文字見諸朴趾源（燕巖）小說中最得意之作〈許生傳〉[33]，一個居住在漢城墨積洞的清貧書生許生，

---

33 載於朴趾源所寫的《熱河日記》卷10《玉匣夜話》。《玉匣夜話》，亦稱《進德齋夜話》，論述關於洪純彥、鄭世泰之傳聞，並載所創之小說《許生傳》，原文沒有題目，後人命名。此作頗有《水滸傳》中梁山泊和《洪吉童傳》中碓島國等千古奇人奇事之翻版，朴趾源在小說中對人才問題和經濟問題的重視，對官僚體制的批評，以及對社會改革的理想，宜有寄託之意，許生的經商致富手段是囤積居奇的壟斷手段，小說中許生自己也對此進行了批判。韓國與臺灣之關係，在朴趾源〈書李邦翼

他向漢城有名的大財閥卞氏借錢，發現海上一座無人獨島，將橫行於
海上的盜賊逐入空島，改造群盜而在海島建立了一個理想社會，人人
平等，個個勞動，是一個以小農經濟為基礎的桃花源式的理想王國。
朴潤元引用了這些文字，主要是藉霧社事件迫合〈許生傳〉，來談論
臺灣蕃族與朝鮮的關係。作者從「臺灣是什麼樣的地方」、「蕃族的
來歷」、「與朝鮮的關係」、「政治角度上的關係」、「倫理角度上的關
係」、「宗教角度上的關係」、「生活角度上的關係」幾個面向予以闡
述，其觀點奇特，尤其是他認為臺灣曾受到許鎬（字京遠，朝鮮人，
燕巖朴趾源的《熱河日記》中提及到的許生）的教導，甚至以在花蓮
附近與蕃族生活數年的我輩所講，謂蕃族的語言有很多地方類似於
朝鮮語，而且他們所用的工具或風俗習慣中常常可以發現很多共同
之處。男人在搬移東西時所用的背夾（機械）、女人挑水時用的洋鐵
桶（盆）、脫粒時用的捶棒子或過江河時乘坐的木船等，它們的製作
模樣與使用方式和我們（朝鮮）非常相似。拜天拜日拜祖的思想與以
往的朝鮮毫無二致。因此推斷朝鮮的種族被混化了不少。朴潤元引用
許生傳連結蕃族、朝鮮之淵源關係，在臺灣開發史上未曾聽聞，許生
是確有其人還是虛構的人物，仍是個謎，但作者朴潤元強調從許鎬的
「臥龍先生遺事」，可以明確知道許鎬跟《熱河日記》的許生是一人
一事。許生在最後回國朝鮮時說的「所有男女都已配對兒，剩下的寡

事〉倒是有所述及，文云：「上之二十年（清嘉慶元年）九月二十一日，濟州人前
忠懋將李邦翼覲其父於京師，舟遇大風，至十月初六日泊于澎湖，官給衣食，留
十餘日，護送至臺灣，抵廈門，歷福建浙江江南山東諸省，達于北京。……上特召
見邦翼問以所經山川風俗。」見（朝）朴趾源撰，《熱河日記 外一種》（北京市：
北京圖書館出版社，1996 年）。另參衣若芬，〈漂流到澎湖：朝鮮人李邦翼的意外
之旅及其相關書寫〉，收入張伯偉編，《域外漢籍研究集刊第 4 輯》（北京市：中華
書局，2008 年），頁 131～156。葛振家著，《崔溥《漂海錄》評注》（北京市：線
裝書局，2002 年），頁 243。

婦三十人已帶到本國。」此文即多處以之強調朝鮮和臺灣蕃族之間的
關係密切，蕃族社會就是一個小朝鮮。也因為這樣的特殊關係，朴潤
元對臺灣原住民的關懷更甚於一般人，觀點也較特殊，但蕃族與朝鮮
之淵源關係，已有民族主義的過度擴張之嫌疑，這與近年若干起（如
端午節、漢字）申請世界遺產的舉動和孔子是韓國人之說，如出一
轍，此自然與韓國強烈的民族自尊心有關，但爭議也大，論證不足。

四　臺鮮文藝交流情況

　　臺灣人作家與朝鮮文壇（作家）交流的情況，目前可知者極少，
一九〇六年李逸濤譯寫〈春香傳〉，作家魏清德、謝雪漁、謝春木
（1902～1969）、葉榮鐘（1900～1978）、鍾理和（1915～1960）等
記錄了遊朝鮮考察之作。一九二三年至一九二四年間，韓國抗日志士
吳基星與就讀北京世界語專科學校的臺灣學生張鳴（原名張鐘鈴，
肄業北京時，與洪炎秋、張我軍交稱莫逆）共同發起抗日組織「韓
臺革命同志會」[34]，後因財務困難而解散。到了一九二六年，陳後生寫
了〈遊朝鮮所感〉[35]，就朝鮮家屋矮小，提及原因有二，冬天寒冷，小
屋取暖較便利，另一緣由可能是避免家屋豪華，為官吏橫暴剝奪。
讚美其服飾文明，設備清潔，文化發達，交通建設較臺灣便利，教
育機關、新聞雜誌也較臺灣發達，究其因在於臺灣文人多習艱澀的
漢字，不如朝鮮人用及簡單之鮮字，因此提倡講習白話文，普及白話

---

[34] 何標，《蕃薯藤繫兩岸情》（北京市：臺海出版社，2003 年 1 月），頁 375。據秦賢
　　 次研究，張鐘鈴（1906～1951），1920 年 3 月與陳逸松同自羅東公學校畢業，後經
　　 淡水中學、廈門英華書院，於 1923 年秋入學新創辦的世界語專科學校。翌年春，
　　 又轉學東京明治大學。肄業北京時，與洪炎秋、張我軍交稱莫逆。見〈張我軍及其
　　 同時代的北京臺灣籍學生〉（《北京檔案史料》1996 年第 5 期），頁 59。

[35] 刊《臺灣民報》第 132 號，大正 15 年（1926）年 11 月 21 日，頁 14～15。

字。而臺灣朝鮮相同之處都是鸚鵡教育、蝙蝠教育，經濟受殖民統治之剝削，就文化而言，朝鮮有獨立之可能，經濟卻無法維持之，國內失業投江者不少，他舉出一個很好笑的語句，京城漢江之鐵橋中央所豎之木牌，寫著「少等候咧！來警察署商量，則必有助力。」此文是陳後生旅居朝鮮兩個多月的記遊文，與朴潤元一九二一年對臺灣之觀察的文章相較，各有各的觀察重點，都是難得的史料。一九三四年《臺灣文藝》刊載了舞蹈家崔承喜來臺演出盛況[36]。到了四〇年代，一九四一年龍瑛宗與朝鮮作家金史良通信[37]，張赫宙與內地人作家回答各雜誌詢問的問題刊《文藝臺灣》[38]。〈三人座談──濱田隼雄・龍瑛宗・西川滿〉，濱田談私小說時：「林房雄在朝鮮最感動的事情，據說是聽到朝鮮的青年說，如果現在的朝鮮人不死掉的話，真正的文學就不會出現」[39]。《臺灣公論》策劃了「朝鮮專輯」，張文環寫了一篇〈寄給朝鮮作家〉[40]，同時他對朝鮮作品亦有所涉獵，推介了藤野菊

---

[36] 曾石火，〈舞蹈與文學──歡迎崔承喜〉，吳天賞，〈崔承喜的舞蹈〉，《臺灣文藝》第 3 卷第 7、8 號合刊，1936 年 8 月。中譯見《日治時期臺灣文藝評論集（雜誌篇）第二冊》（國家臺灣文學館籌備處，2006 年 10 月），頁 130～138。

[37] 下村作次郎著，劉惠禎譯，〈關於龍瑛宗的〈宵月〉──從《文藝首都》同人、金史良的信談起〉，《第二屆臺灣本土文化學術研討會──臺灣文學與社會論文集》（臺灣師範大學國文系、人文教育研究中心出版，1996 年 5 月），頁 155～165。

[38] 《文藝臺灣》第 7 號，1940 年 3 月，頁 34。

[39] 〈三人座談──濱田隼雄・龍瑛宗・西川滿〉，濱田談私小說時：「林房雄在朝鮮最感動的事情，據說是聽到朝鮮的青年說，如果現在的朝鮮人不死掉的話，真正的文學就不會出現。」陳萬益編：《龍瑛宗全集》第 8 冊文獻集（臺南市：國家臺灣文學館籌備處，2006 年 10 月），頁 32～33。

[40] 張文環，〈朝鮮の作家に寄せて〉，《臺灣公論》第 8 卷第 1 號，1943 年 12 月，頁 82～84。譯文見陳萬益主編，《張文環全集》（臺中市：臺中文化中心，2002 年 3 月），卷六，頁 189。

治[41]讀朝鮮作家韓植的詩集《高麗村》[42]。不過從〈寄給朝鮮作家〉一文亦可看到臺灣人對朝鮮的典型印象，不外是白色的服裝、高麗人參、阿里郎[43]等。臺灣對朝鮮的文化文學情況，多半是模糊不清的。張文環說當時「朝鮮在各方面比臺灣較前進，──就只模糊地知道這些。」綜觀之，臺灣對朝鮮的認知、交流，確實不很清晰及頻繁，大抵就是一些遊記介紹，如魏潤菴《滿鮮吟草》或者石川欽一郎（1871～1945）〈朝鮮の旅より〉及金丸秀子〈朝・滿・支に遊ぶの記〉[44]，但在皇民化運動及特別志願兵推行時期，臺灣表現了與朝鮮競爭的現象，而在文學界為了刺激臺灣作家，也不時提起朝鮮的情況，與之作比較[45]。

---

[41] 藤野菊治與新原保夫、藤原泉三郎皆日文詩歌雜誌《圓桌子》同人，該誌於昭和六年（1931）2月創刊於臺北，編輯是上清哉，《無軌道時代》後身。昭和八年（1933）9月創辦《南海文學》日文文學專刊，至昭和九年（1934）2月出第2卷第1期後終刊，同人與雜誌《圓桌子》相近。

[42] 藤野菊治聲明推薦他讀韓植的詩集《高麗村》的，是張文環兄，……千叮萬囑，要我一定得讀這本詩集。藤野菊治〈讀詩集《高麗村》有感〉，韓植詩集《高麗村》，東京：汎東洋社，1942年。張文環〈藤野菊治〈詩集「高麗村」を讀んで〉〉（《臺灣文學》第3卷第3號，1943年7月），頁15～17。中譯本見黃英哲主編，《日治時期臺灣文藝評論集（雜誌篇）第四冊》（國家臺灣文學館籌備處，2006年10月），頁246。

[43] 阿里郎是朝鮮最具代表性的民歌，參宮家利雄，《阿里朗的誕生》（創智社1995年版，頁49。

[44] 魏潤庵，《滿鮮吟草》（出版資訊不詳，1935年）。石川欽一郎〈朝鮮の旅より〉，《臺灣時報》第170期，1934年1月，頁74～78。金丸秀子〈朝・滿・支に遊ぶの記〉，《臺灣公論》第2卷第8號，頁14。日人之作稍多，但亦有限，〈朝鮮所感〉、〈旅行中の所見と雜感〉、〈鮮滿支那の旅より〉、〈鮮滿かけある記〉、〈臺鮮八日の旅〉、〈朝鮮十日觀〉、〈鮮滿瞥見記〉、〈鮮滿支驅けある記〉、〈朝鮮及び滿洲視察談〉等，刊登於《臺灣教育會雜誌》《臺灣警察協會雜誌》、《臺灣警察時報》、《臺灣遞信協會雜誌》上。

[45] 張文環〈規定的課題〉：「我們臺灣作家離中央文壇的水準愈來愈近，但不能說已經到達中央文壇的水準，所以我想直言：『朝鮮作家也捲土重來如何？』」《日治時

　　在中國則比較有作品關注朝鮮，如突薇（1927～1981）譯朴能〈你們不是日本人，是兄弟！〉、王笛譯張赫宙〈被驅逐的人們〉、馬士翻譯張赫宙〈朝鮮文學近狀〉，蔣俊儒譯張赫宙〈朝鮮文壇的作家和作品〉[46]，朝鮮方面與中國亦有消息相通，一九二〇年代，丁來東（1903～？）發表了兩篇有關中國現代文學的文章，其中〈中國現代文學概觀〉[47]尤為稱道，三〇年代又介紹了不少。在一九二四年十二月至一九二五年一月，《開闢》刊登了郭沫若（1892～1978）之作。擔任朝鮮《東亞日報》駐中國特派記者申俊彥（1904～1938），通過蔡元培介紹，於一九三三年五月二十二日在上海內山書店與魯迅見面，撰寫〈魯迅訪問記〉（《新東亞》雜誌1934年第4期）。李大釗（1889～1927）、胡適、歐陽予倩（1889～1962）、蔣夢麟（1886～1964）等與朝鮮友人交往，溝通了中朝文化界人士之聯繫，並開拓中朝兩國現代文化文學之交流。郭沫若、巴金（1904～2005）、蔣光慈（1901～1931）、殷夫（1909～1931）、群舒等，創作以朝鮮為題材的文學作品中，揭露並斥責日本侵略之罪行。然而中臺韓三方在中臺、臺韓兩方面的交流顯然極為有限[48]。

期臺灣文藝評論集（雜誌篇）第二冊》（國家臺灣文學館籌備處，2006年10月），頁43。原刊《臺灣文藝》3卷6號，1936年5月，頁46～50。

[46] 此五文分別刊登《文學雜誌》1933年第2期，頁101～106（此文譯自1932年9月號《普羅文學》）。《文學雜誌》1933年第3～4期，頁79～97。《客觀》第1卷，1935年7月，頁14。《文海》第1卷第1期，1936年，頁56～58。《抗戰文藝》1940年第1期，頁12。

[47] 刊《朝鮮日報》1928年7月26日。

[48] 中國譯介臺灣作家作品有限，臺灣刊物倒是轉載了極多中國的文學作品。

五　結語

　　朴潤元在臺作品與回國之後的作品各有三篇，是極少數在臺灣留下文字記載的朝鮮作家，他還參加了崇文社的徵文，討論國教與宗教的熱門議題，返國之後又將在臺灣旅居時，親眼所見、親耳所聽、所感受到的一切事物，沒有過多的修飾與誇大，率直坦白地予以陳述。寫過〈臺遊雜感〉、〈在臺灣居住的我國（韓國）同胞現況〉、〈臺灣蕃族與朝鮮〉等作品。也在《臺灣文藝叢誌》發表了翻譯之作〈堅忍論〉與〈史前人類論〉，此二文是崔南善《時文讀本》裡的作品，尤其是日本統治下在韓國展開獨立運動之際，〈堅忍論〉針對當時黑暗的韓國情勢，作為國民啟蒙的作品，朴潤元把這個作品介紹給面臨類似困境的臺灣人民，在冷酷的現實生活中，也要以堅忍的精神，克服苦痛與擔憂，而〈史前人類論〉則是傳達給讀者文明的產生與人類智慧的重要性。讀者透過〈臺遊雜感〉、〈在臺灣居住的我國（韓國）同胞現況〉、〈臺灣蕃族與朝鮮〉等作品，對臺灣原住民文化有了初步的了解與概念，這正是朴潤元想要對韓國讀者傳達的訊息。藉由其作使韓國人對臺灣從原本的陌生，昇華到熟悉，因此他扮演了搭起連接韓國與臺灣橋樑的角色，也提供了臺灣難得的史料，如對於高麗人參、鮮妓生活或朝鮮移民等訊息。

　　至於朴潤元所依據的崔南善譯文，筆者研究結果是根據畔上賢造《自助論》為多，讓人出乎意料的是《西國立志編》（《自助論》）譯本的旅行，在清國、朝鮮有不同的發展，在中國幾乎看不到畔上賢造的譯本，這或許是中村正直在中國尚有其他著作被譯為中文的關係，其人於中國影響力較大。文學的越境所形成的文化流動，讓日、中、韓、臺有了相互的影響，而朴潤元的翻譯無意中促成了共同的話題。

在東亞跨文化研究受到重視的今日，本文或可填補過去臺灣、朝鮮比較研究之不足，並做為一個參考的係數。

附錄

壹　朴潤元臺灣紀行之譯作三篇

一　臺遊雜感
朴潤元作　黃善美譯

　　我並非要針對此問題寫下日誌或是遊記，而是就我所看到、聽到、感受到的東西，以片斷的、無前後順序與體系方式，在此獻給我們所敬愛的身在遠處的同胞們。

（一）有趣的蕃人生活

　　蕃人大概擁有約三百年以上的悠久歷史，但是他們似乎予人才經歷過石器時代，剛進入鐵器時代的感覺，至今仍然保有酋長制度與部落生活，相互間的語言與風俗都各自不同，他們每天從事的業種，實際上可分為農業、狩獵、漁業等三種。原住民與原住民之間還是各自有其生活區域，超出自己的區域與範圍是不被允許的，若是相信自己的勢力，或是在某種情況下超越了警戒線，或是在其他原住民社會的限定區域內，種植穀食、射獵禽獸，捕捉魚類的話，在那擁有持有權的原住民社會就會極為憤怒，斥責對方的無禮行為，彼此間的衝突便一觸即發，引發爭鬥，而犧牲無數的生命，即使要耗費很長的歲月，也要堅持到最後的決勝負一刻，假使一邊的原住民部落取得勝利，另一方的原住民就得滅亡，不過這只是形式上的滅亡，而非精神上的滅亡，遭到滅亡的原住民會下定決心，即使只剩下一個自己的族人留在世上，直到那天為止，也要殺掉使自己部落滅亡的敵人，不只是當事人，在自己的子孫出生時，也會傳授其經歷，傳承其精神給自己的子孫，讓子孫可以一報滅族之仇。這要說是野蠻還是文明？這是個值得去研究的問題，他們這種強烈的民族性不得不令我佩服。

（二）奇特的締結合約法

說到戰爭，不論是什麼戰爭，經歷一段時間的激烈廝殺後，雙方在和解上，也是會有問題發生，在締結合約時（除此之外，還有某些合約），不用文字紀錄（文字的創作直到現在也還是沒有），也沒有另外約定期限，但對他們來說有個自古以來留傳下來的奇特法則，依照這個法則，需要雙方互相合作，他們挖一個很深的洞，然後再把一個大石頭埋進去，就算完成合約的締結。但是經過長期的歲月流逝，或是其他原因導致那顆大石頭自然地露出地面，就是解除合約的日子到來了。把石頭埋進所挖的洞裡，就算是締結合約，而石頭露出地面被看見，之前締結過的合約就變無效，這就像在草繩上打個結，記錄事情一樣，雖然不知道會不會被視為野蠻的行為，不過他們與敵軍堅守信義，維持著朋友間單純的和平，這一點著實不得不讓人讚揚與誇獎。

（三）人的舌頭做成的戎衣

他們的歷史是戰爭的歷史，說是殺戮的生活一點也不為過，所以能成為他們酋長的人自然也是殺人無數者，酋長的服裝尤其令人吃驚，當他殺死敵人，會砍下對方的腦袋，取出舌頭，把敵人的舌頭懸掛胸前，象徵著在戰場上歷經九死一生後活著回來，高唱著凱旋歌的勇將勳章，所以愈是百戰百勝的優秀酋長，就會穿著用人的舌頭做成的戎衣。各位！他威風凜凜的氣勢與理直氣壯的威嚴是我微不足道的文筆無法形容的。由於持續不斷的官兵交戰，幾乎沒有太平的日子，在前清時代，是採用懷柔政策，提供食品中重要的鹽巴與醬油，以及打獵時最重要的子彈等，那官兵們就會往山中逃跑，可是野蠻不文明的原住民，把打獵當作武藝練習，一年會有個一兩次大型的打獵行動，弒人無數，官兵與原住民間的衝突就此而生，直到近代，沒有獻給官兵任何東西。在文明上，便利的工具如電網、炸彈、飛機等，其

威脅與壓迫日益嚴重，再者，其龐大的領土也日益縮小，對此，憤怒的他們，其對抗的策略是用以卵擊石的方式，似乎對死亡有所覺悟。再說果斷性與耐性是原住民特色的同時，也不得不對他們自己天生素質的發揮讚美一番。

（四）可怕的鳥糞

說到戰爭的故事，他們自己種族間也有許多激烈的戰鬥與爭吵，但是直到有無數的生命因為那可怕的電網犧牲後，才挖掘了地下的路；看到在空中飛行的飛機意外爆炸，他們吃驚的說這是可怕的鳥糞。雖然即使他們之間有不顧代價的復仇，但是同樣把官兵當成敵人，彼此的心與力量結合在一起防禦敵軍，他們會把個人自身的食糧與子彈協力於戰爭上，還有他們的行為真的很敏捷，假如東邊有原住民出現，同時在西、南、北也會出現，在西邊有鬥爭發生，同時東、南北也會同時應和，就像是麻葉繡球樹的蝮蛇一樣，打牠的頭，尾巴就會出現，打尾巴的話，頭就會出現。他們不只有過人的智力，在道義上，也不顧及個人恩怨，展現在戰場上的不惜犧牲生命的勇氣，怎麼能說是原住民愚蠢的行為啊。

（五）神出鬼沒的策略

居住在地形險固的他們，過著出外戰鬥，回來安居的生活，他們具有頑固、天賦的才能與單純的天性，擁有神出鬼沒的本領，他們會把握適當時機，剪斷電線，伺機而動，取走子彈，所以當時有關他們的事情，也時常被刊載在新報，引起一片騷動，在政治界的理蕃也覺得傷腦筋。加上他們相信險峻的地理環境佔有很大的優勢，如果遇到官兵（溪谷間是樹木蔥鬱，暗礁重疊之處），交戰到一半，會假裝戰敗，脫掉鎧甲，拖著武器逃跑，因以為戰勝而得意洋洋的官兵趕緊隨後追趕，對於重山峻嶺有如猴子一樣，能輕鬆自如往返的原住民們，會趕緊藏匿，而這些乘勝追擊的官兵，卻因危險重重的山路而受苦，

當官兵走到一條死路，早就躲在那裡等候他們的原住民，從四面攻擊，砍下官兵的腦袋，不過並非無計畫地隨意屠殺，但原住民會區分對象，絕對不殺害強制勞役者，不過如果那個人手上拿著武器就絕對不會放過，由此可知，原住民對於不得已必須跟隨官兵一起來到這險峻之處的強制勞役者，懷有惻隱之心。於此可清楚窺見他們自然表露出來的良心，在困難患難中表現出的義理。

（六）共產主義的開始

他們過著一個有趣的共同生活，就是共產主義。沒有商業的發達，不管是從事農業或其他事情，全是公有的財產，酋長會斟酌原住民的人口數分發田地，假如家中有五名人口，會給予相當於五名的分量，不管是低於三名或是多於十名的，都會根據適當的標準分發，即使是比較親近的原住民也沒有例外。不管是勞動問題，還是其他各種領域的問題，得到的工資全是由酋長來管理，平均分配食品與日用品，且會全部撫養老弱者或有疾病的人，但是像這樣共同生活的概念，會導致產生懶惰者，以及一些可惡之徒，只能惋惜這是在人類社會中無法阻止的事實，不過他們本性儉樸、有耐心、純樸，像這樣懶惰且可惡的人是不會把他們當人看待，也不認同他們存在這個世界上。他們的生活雖然沒有像我們一樣歷練成熟，但他們社會上的趣味與共同生活是不能被說成是現代的落伍者的。

他們的人格頑固，行為野蠻，但另一方面，卻是強壯健全的人種，雖然不懂得衛生概念，但是卻很長壽，都能活到超過七、八十歲，甚至連疾病是什麼都不知道，高山峻嶺有如曠野一樣來去自如地跳躍奔跑，在冷風與大雪的嚴苛氣候下，一點也不怕冷，只是穿著單薄的一件衣服，他們血氣之健康真的足以稱他們為地上的神仙。對他們來說，有個先天性的好習慣，產婦分娩，會用非常冷且清澈的冷水洗剛出生嬰兒的頭，因此嬰兒體質的虛弱與堅實在出生當天就能一判

究明，因為這固有的習慣，似乎造就了健全人種的遺傳。這世上惡毒的遺傳性疾病者被社會看成是惡魔時，他們的愚昧反而可說是明智的。

（七）婚姻與其他的風俗

他們也和我們一樣無法避免生活在世上會有的疾病，但是他們連可以接受醫療這件事都不知道，只是向水、火、樹木與石頭等東西祈禱，然後還是無法避免死亡時，男子會被送回自己的家（蕃人的婚姻風俗，男子是到女子家中入贅的），如果沒有可回的家，以女子為例，是前往非自己住所的其他住家移動，沒有人照顧他們，但給他們食物，即使不吃的情況下，仍然每天三次依照自家的風俗準備食物。萬一有人生病好了，就感謝神明的保佑，或者即使過世了，就讓他交給大自然，並不會特別傷心難過。綜合這些以前留傳下來的故事，可得知他們是有追悼祖先的概念，當流行性感冒盛行時，會令他們感到非常擔心害怕，他們會去默想並研究其原因，因此他們的疑惑開始用迷信的方式去解題，並悔悟過錯、自責，「事實上，是因為我們懶惰，無法承襲祖先的精神，無法永遠殲滅我們的敵人，而震怒了祖先的靈魂。」有這樣想法的他們於是盛大了精神武裝，無論官民，開始了大屠殺，所以如果看到原住民出去戰爭，就可以推測出原住民社會目前正在流行傳染病，不過他們絕對不殺害私下供給他們物品的商人與協助他們翻譯的人。這就像是一種迷信的概念，同時又有研究價值，不失承襲祖先精神的意志與根本，其精神實在不亞於文明社會。

針對風俗來說，人類社會中有好人、壞人、小偷，也有受害者，假如有出現偷東西的小偷，他們會先從鄰居（品行不端正的人）開始打量，然後邀請村落裡年紀較大的長者與志士，說明事由後，彼此開始縝密的議論，等大家都同意後，如果確信這個人就是偷東西的人，就會逮捕他，雖然會審問這個小偷，但大多數不會認罪，每件事情真

的就只是假設，也沒有任何證據可以證明這個人有偷東西，這時依據他們留傳下來的習慣性法律，就會給那個有偷東西嫌疑的人一定的期限，免罪的方式就是命令他去把敵人的頭砍下帶回來，他就會開始積極展開獵殺，成功的話就會被宣告無罪釋放，萬一失敗了，他就得對被偷了東西的人有所補償。這該說是法律上的效果呢？還是說習慣上的一種妄想呢？無論如何，都可說是勸善厭惡的道理。

既然有法律的字眼出現，他們的政治可說是立憲主義，或者說是共和主義，根本上也不為過。以文明社會角度而言，他們算是個原始的集團，而且生活單純，這不光只是我這樣想，他們自己看來，跟之前比較起來，感覺到多少有所發展，而且也變複雜了，他們不管是分食穀糧，或是殺害別人，或是讓兵士出戰，無論是簡單的、複雜的大小事，召集自己部落所有老練的議員與其他志士等所有人，每件事在很多人的同意下表決通過後，就會實施，即使酋長本人認為可行，但是如果有好幾位議員不答應的話，也是無法實行的。這才叫做美好的政治，雖然是酋長制度，但非專制主義，生活原始，同時也是共和主義，雖然還有很多不足的地方，但對於此點還是給予肯定的。

他們的婚姻法則是採取神聖的自由結婚，家庭制度與我們完全相反，因此女子比男子更受到優待與重視，不管是誰，生兒子就是變成別人家的女婿，生女兒則是多了一個別人家的兒子，有以養子制度延續家族的風俗，不過取得養子的法律（即招贅女婿的法律），可看出是極為可笑，卻也天真浪漫又神聖，今天如果有到了適婚年紀的美女，村莊裡的青年們就會聚集到那戶人家，幫忙做那戶人家的家事，再說得更詳細一點的話，有耕田、餵牛、打柴、挑水等工作，盡可能地要表現給女子看，自己的衣服和食物也都努力著自己解決，也因為這樣，女子的家中也因此變得富有一點，像這樣過了半年以上或一年左右，女子會從中挑選一名男子，告知自己的父母，讓父母允許這檔

婚事，接著婚約成立，那位被選中的男子就會如磨了十年刀，終於在一夕之間成功地那樣歡喜不已，但是落選的其他男子們也不會有所不滿或憤怒，在現代眼光看來以為會引起騷動，不會就這樣睜一隻眼、閉一隻眼，但是他們本來就品行端正，這樣的風俗悠久，也會忘卻這一路來的努力又回到原點，自我反省，責怪自己的不足，並能恭喜雀屏中選的男子。看到他們神聖且自由的婚姻風俗，即使文明社會的成員，其一有著堂堂名聲，但是一想到那些賣身求生活的惡習與強制結婚為常事的人們，我便感到難過，而流下淚水來。

另外，他們一部分人當中，流行著斬首的結婚風俗，假設男子有交往的對象，不會經由媒人，本人直接向女子的父母請求見面，父母如果覺得適合的話，就會命令男子去砍下敵軍的腦袋，男子就會趕緊去準備斬首的事情，往山裡去，如果見到那些惡行昭彰的日本敵軍，就會用樹木或石頭將對方擲死，百發百中，成功了之後，就會馬上告知女子還有她的父母，從此婚約成立，之後從男子那邊得來的聘禮，是如生命般珍貴的鐵砲，象徵文明的「絲綢」布種類，與可稱為藝術元祖的動物骨頭等雕刻品，另外，結婚當天會釀酒、煎煎餅，還有射獵，舉行盛大的宴會，那天來參與宴會的人當中，即使有仇人前來，也不會拒絕，會真心寬容、親切且平等的招待，還有，他們的歌舞非常壯觀，女子們手中拿著木頭棒子，敲打石頭，搭配著敲打石頭發出的聲音歌唱，男子們則是在一旁愉快地跳著舞。他們的斬首結婚也算是一種可笑的風俗，崇尚武術的他們選擇了入贅女婿的制度，可說是真正的活路，而且在現今社會中，看看那些把人格與知識擺最後，只看金錢與家境好壞的人，其距離的遠近又是如何呢？

（八）服侍一夫的女子

女子們德性端正與老實，品行良好、不淫亂，結了婚的女子為了自己的丈夫，不惜生命，堅守貞操，即使只與丈夫過短短一天相處的

時間，丈夫就過世，她們還是會一輩子不改嫁。這是多麼美麗的情操，原住民社會中女子實在是值得欽佩，看著這些現代社會只求在樂天地裡追求一時快樂的年輕男女們，就不得不讓人讚賞原住民的女子。

另外，他們的日用工具也讓人大為吃驚，男子們搬運東西時，綁在背部使用的繩子，與女子汲水的用具接在頭上使用的東西，與朝鮮的風俗類似，還有，打作米粒的捶平棒子（有木制與骨制），跨越江河時搭的木船等東西也都做得不錯。我們的社會沒有什麼發展，就這樣過了好長一段時間，他們編織的帽子，布的編織精密且漂亮，作為武器的刀與槍的紋路雖然普通卻端雅。他們雖然無法脫離野蠻的氣質，有很許多傑出的價值存在，雖然他們也是有美麗的房屋，雄偉的建築，但是現今有人還是住在自己蓋的石窟或樹屋裡，有著把從前留傳下來的紋路，用紋身的方式打扮自己的習慣，這就是所謂的原住民。

綜合以上記錄的事情，他們的宗教是斬首的宗教，不論是祭祀、婚姻、疾病，還是其他任何地方，斬首是他們的目的，也是特色，自己的名譽與富貴上的名譽都可以從那裡獲得，子孫們興旺盛衰的命運由宗教決定，化解頑固，也能治癒很深的傷口，在領導一事上，其方針是讓愚昧的疾病痊癒，教化是指導他們不要做白日夢，讓他們從幼稚的原住民（生蕃），成長為成熟的原住民（熟蕃），這些歷經一世代或二、三世代，反映在文學、宗教、職業等各種領域上，在面對現代有名的人物時，也會為了他們，毫不猶豫的給予讚揚與佩服。

附錄

不管異地生活多麼忙碌，還是特別為了本雜誌的讀者，在臺灣投寄原稿。為了告知大家往後也會繼續投稿的朴先生近況，在此附錄朴先生寄來信件中的一部分。………編輯者

在此煩請編輯的前輩指正小弟不才的文章，您能把如此重大的責任賦予年幼無經驗的晚輩，讓小弟遵照您的大力指教，以淺薄的見識執筆，文章內容粗糙不流暢，自己也感到羞愧，而礙於生活的困難與時間的壓迫，也無餘力再次潤稿，不得已寄給您初稿，還望煩請給予指正與修改，在此先致上萬分感謝，貴雜誌能留下一個空間給小弟發揮，同時能讓小弟敬愛的遠在祖國的同胞們能閱讀到小弟的文章，著實感到萬分的榮幸。………以下省略[49]。

二　在臺灣居住的韓國同胞現況　　　朴潤元作　黃善美譯

（一）移民沿革與現況

韓國同胞與臺灣開始有往來，起自何時？由於沒有足以參考推測的資料，因此很難準確的得知。不過還是可參考記錄於富豪家中堂清楚的筆跡，或是自古流傳下來的臺灣島人民的故事，綜合上述兩者，可以肯定的是，約在五十年前就開始了。他們來到臺灣的目的全是因為受到生活之苦的煎熬，對於金錢富有的新金山（與南洋群島相連的臺灣等地），抱著能一獲千金的欲望，離鄉背井，離開心愛的家人，不怕當異鄉客的辛酸翻山越海，以販售人參，作為停留在臺灣移民的開始。當中有人勤儉節約，賺了許多錢後衣錦還鄉；也有不少人與臺灣女子結婚，忘卻祖國，不再回去韓國；另外，與白色海鷗一同享受遊覽的樂趣，帶著書畫，拜訪詩人與高官富豪，就這樣自由度過一生的人也有，總之，在朝鮮開城生產的人參擁有著很大的權威。說它是萬能的也並不為過，有人因人參之名，從窮人變富人；它使外表不起眼的人變得俐落成熟；不過也有人因它就此沉迷酒色，虛度光陰，浪費金錢，變成一個無能的人；也開始有人為了香煙與女人等一時的快

---

[49] 朴潤元，〈臺遊雜感〉，《開闢》通卷第9號（1921年3月），頁93～100。

樂，而斷送美好前程。在當時，他們大多是朝鮮西邊的人們，經過中國，環繞南洋各群島來到臺灣。個性敦厚、明確清楚的判斷力是韓國同胞的特色，重禮儀，守信用，即使是衣著顏色不同，使用不同的語言的異國，也能受到優越的待遇與溫暖的同情，且處處受到好評，有口皆碑。彼此之間，能互相合作幫助，互補不足的地方，金錢上不分你我，如果路過新來的同胞家中，不計較經費的多少與路程的遠近，都一定會登門造訪，儘管是初次見面，都能真誠以對，並慰勞這些異鄉客的辛酸，而打聽遠在萬里家鄉的新友們的消息，也自然地成為他們的習俗。就這樣過了幾十年，最近約五、六年前開始，朝鮮南邊的人們經由日本來臺灣的人越來越多，但是和以前不同的是，人心世態已經改變，道德心淪喪，人性變得刻薄，醜陋之處不單只有一兩個而已，再說得詳細一點，曾經是和平、正直、溫順、慈善、純真等良風美俗語與傳統美德，現在卻變成競爭、謊言、糾紛、賭博、流浪等，說這是一大災難也不為過，再者，今日處於經濟恐慌的我們，生活上的困難也是自己招來的，也是自己毀了自己一生的命運，目擊此景的我在寫此文時，禁不住內心的傷感，而流下難過的淚水。

就如我在祖國時一樣，也有人想聽聽我們在外地求生的同胞們所經歷的各種事情。或許近來都稱臺灣為新金山，但是居住在臺灣的韓國同胞到底有多少人？又大多集中在哪個區域？西部的人有多少？中部的人有多少？南部的人又有多少呢？他們都做些什麼工作？收入與支出如何？他們生活的現況、想法與人格又如何？是否有親睦？以及其他很多還想知道的事情，現在我就對想知道海外同胞事情的祖國同胞們，大致紀錄我所知道的事情如下。

現在對於居住在臺灣各地的韓國同胞各有多少，並無一個統計出來的數據，也無法一一造訪統計，根據在《臺灣新報》發表的內容，與我親耳聽到的數字，斟酌的估量的話，大約有百名左右，依照區域分

的話，來自朝鮮各地區的人都有（曾與江原道的同胞直接見面過），另外，多數是慶尚道的人，接著是平安道、全羅道與京畿道的同胞也不少，其中女子佔有二十名以上，那些人的事業有大規模從事人參販售的，此外有以私立醫院的牙醫師、煤炭公司的銷售員、水產公司的船員、鹽公司的工人，防疫公會的監督員、鐵路部的驛夫、餐廳服務員等，也有經營酒店的人、從事鐵舖的人，最近也有從大連與武漢等地來經營餐廳的人，除此之外，各種形形色色的職業都有，再加上我們的同胞缺乏凝聚力，為了圖謀一時的個人私慾，而損害到公共利益。不只如此，自尊心還很強，即使目不識丁，也要說自己去過東京留學，自負已經領悟到世上的道理，可是卻不分日夜，時常出入酒店，也有一些人時常被刊載在《臺灣新報》上，來臺灣的女子中有不少都是來這裡賣笑的（到現在還是一直有女子來臺灣從事此行業），因而遍佈中南北部，著實厲害，幾十年以來聞名的我國人參史就此告一個段落，開啟了繁華情色世界的一頁。這樣的趨勢持續下去的話，只會受到鄙視及謾罵，是件令人震驚嘆息的事情啊！

當時臺灣機關新報「朝鮮妓生物語」的長篇記事中，有個令人無法用眼去看、用耳去聽的論評，我在這裡翻譯其中的一小段如下：

　　追隨妓女的臀部，從朝鮮到大連，從大連到臺灣的他，其實本身是此妓女的丈夫，有時還幫她拉客人淨做些不倫、羞恥的事情，為了事業，來臺灣的所有朝鮮人當中，約二十名左右，百分之八十的利益消費在酒與妓女身上，就這樣即使他們買春的對象有萬華的日本女子或大稻埕的臺灣女子，然而在臺北沒有來自同一個故鄉，沒有相同習俗背景的女子，在臺北他們的生活是寂寞的，因此當有消息說，有從大連來的娼女、妓女，他們便會開心地到基隆迎接，當妓女一行人抵達臺北後，他們

　　就會像螞蟻群聚在砂糖周邊一樣，不分晝夜地玩耍，女子迷
　　惑男子的力量有多麼強大由此可知，這就是亡國奴本性的顯
　　現。……

事實就是事實，然而在公正的批論家眼中，毫不猶豫地下這樣的結
論，就太過於惡言評論了，但這就是臺灣人的特質。如果大概調查一
下那些女子們的出生地，除了平南一名，京畿道兩名，全羅道幾名，
剩下的全是慶尚道人，所以要向女子的父母忠告一句話，古代賢人
曰：「即使再貧困，也會提醒自己不可忘記義理」，期許的是不管再
怎麼貧苦，也不要賣身求謀生，不要把它視為是不得已且無能為力的
問題，那些受到蔑視、遭到謾罵的人不就是我們的同胞嗎，別說是目
擊此景的我了，閱讀此文章的各位讀者們，也必定會感到嘆恨，更何
況是那些人的親生父母呢？貧窮能使英雄落淚真的就是此一寫照，總
歸一句話，若非海市蜃樓，就像清晨的露水毫無用處。因此若要說我
們同胞的現況，便是生活困苦、事業衰退、思想腐敗、行為卑劣，對
我們來說，也是有許多發光的星星，有著各種卓越傑出的價值存在。

（二）慈善家韓材龍先生

　　韓材龍先生的祖籍在平北義州，如獻身一般，遠離世俗，他很早
就來到南方各地遊覽，約十九年前來到臺灣，事實上籌備的錢有數萬
元韓幣，充滿公益心的他，將這數萬的財產都花在救濟同胞上，說他
奉獻了自己的全部一點都不為過。但是顧得了其一，顧不到其二，因
此他就無法照顧到在祖國艱苦生活的家人。說得更詳細一點的話，同
胞當中來臺灣的，沒有一個有著富裕的財富，雖然有幾個可能錢財比
較充裕，但也僅只小康而已，不過也都全花費在來臺灣的交通費用上
了，為了這些遭遇困難的同胞們，他盡可能捐出自己的衣服與食物，
使盡全力指導，分配衣物，供給商品，所以他所經營的鮮興社人參

店，可說是同胞兄弟的收容所。

為了別人，忘卻自己的事業，竭盡忠誠是他的能耐，越洋來到臺灣的同胞當中有誰沒得到過他的幫助！與他相遇的百人之中就有百人受過他的恩惠，千人之中就有千人得過他的幫助，然而世上難以推測的就是人心。為了在語言與風俗不同的異國下的四處流浪的同胞，舉起雙手頂著天，付出辛勞，典當數百元的資本金（也非自己的，是向別人借來的），指導同胞讓他們充分有能力開始做生意，但是對於那些沒有義理、沒有道德心的人來說，不要說報答恩情了，反而以極低的廉價私下販售，然後逃往外地，十個當中就有六個人是這樣，甚至有不少人沉迷於酒色或賭博，甚者，有許多人一直累積自己的財富，擴張事業，但對於曾是自己生命、給予自己福利的資本主們，一點所謂的義理也沒有，然而，他不改初衷，幫忙要往南洋或祖國的同胞支付船資，因此他的支出額已超過收入的幾倍了，但是卻沒一個人同情身陷經濟困難的韓先生，別提同情了，全是些要依靠他的人，總之，在臺灣的同胞們的生活裡並沒有一個有組織的——一個可以從外糾正行為、由內統一思想的機關，其風氣可說是亂七八糟，參與這所有事情的韓先生，可說是位真正的慈善家與公益家，為了在臺灣的同胞，多擴張自己經營的人參店，決定永遠繼續救濟同胞，但是因為財源的不足而陷入苦思中，另外，每當看到報紙介紹在朝鮮各地的青年會有如雨後春筍般盛行時，想到對於在臺灣的同胞來說，並沒有一個可以組成任何社團的機構，就會感到相當遺憾，即使已經落伍，也要組織一個機構，在文明地區推廣，不正就是我們的當務之急，但是光靠一兩個志同道合的人，是無法影響一百多位的人，於是只有悲嘆，毫無價值地，虛度有如黃金的歲月，對於當地的朝鮮人的關心反而比實際上有更多的負面影響，現在就讓我來舉一兩個例子，「假爆炸與假監禁」。

　　自前年以來，在朝鮮人居住的地方當中，沒有不發生過獨立運動的地方，不過在臺灣事實上並沒有，然而總是有例外中的例外，去年十一月左右，在臺灣發生突如其來的爆炸事件，因為是第一次發生的事情，引起報紙報導的一陣騷動，我們同胞在嚴密的警戒網下行動極為困難，當時，中南北的各機關報統一來看，大致上記載的內容如下：「從門司越洋來到臺灣的不速之客朝鮮人，搭著亞美利加丸號三等席在五日清晨進港，穿著深藍色西裝，手提皮箱，一眼看來，帶有中國商人的風采，日語雖不熟練，英文與馬來語卻很精通，又雖然總是默默地低著頭，但與人對話時，眼睛發亮，注視對談的另一方，看起來陰險，但也有溫和柔軟的態度，出身在京畿道金浦郡，名叫沈顯澤，有人說他以朝鮮人參商人的身分在臺灣中南部各地行商，把賺得的錢當作資本，往南洋的方向去了；根據某位船員的說法，則是在前往門司的船上，帶著炸藥四處去；又根據門司刑警的情報，臺北的孫某某（鮮興社的店員）有暗號電報；而根據基隆警察局的審訊，無法發現他是否為危險人物⋯⋯（中間省略）；又有在他的手冊上記錄著：「並非時勢造英雄，而是英雄創造時勢，努力就能讓天下掌握在自己手中」，如上述這些胡說八道的傳言有好一段時間到處沸騰著，但事實上都是幾近虛構的，這一大騷動也不過是神經敏感者一時的胡言亂語，沈先生在臺灣各地行商，數十天前就前往南洋了，這事件不過只是個傳聞，也有從朝鮮吹來的火苗讓我們在臺灣的同胞受災受難。

　　就在去年七月左右，我的朋友崔兄為了跟我在一起，遠從義州越洋來到臺灣，然而來到臺灣不到一個星期，因為與朝鮮的某位抗日派人士外表相似的嫌疑，意外地落入法網，關進牢中，不甘心地吃了頓沒犯錯卻要吃的牢飯，聽著看守的兇狠聲音，與一群語言不通的流氓關在一起，在六月大熱天裡，留著滿身大汗，在異地拘留所，忍受各種苦痛，遭遇到各式悲哀，度過了四十天漫長的歲月，除此之外，這

樣的事情還不只一兩件，有對於無理壓迫的憤恨，也有對於如惡作劇般問題的可笑事情，然而懷疑在臺灣居住的朝鮮同胞們的那些人的想法，一點也都不一致，這該說是不幸，還是有幸，就留給睿智的讀者們自行判斷了，關於臺灣的敘述就到此結束。

（一九二一，四，二十夜，臺灣）[50]

三　臺灣蕃族與朝鮮　　　　　　　　　　朴潤元作　黃善美譯

（一）序言

我從一九一九年到一九二一年的三年間因某種情況在臺灣逗留過。我在當時生活不是很寬綽，沒有專門地研究有關蕃族的問題，但一直對臺灣和蕃族非常關心。我想藉臺灣「蕃族暴亂事件」之機，圍繞著以前所寫過的草稿內容介紹一下臺灣。

（二）臺灣是什麼樣的地方

臺灣是東支那海上的南北長一千里、東西長四百里長圓形的一個島。有常夏美島之稱的臺灣，那長春與無秋的小草在秀麗的山野上相互協調著，很早以前就有仙境之評。據《列子‧湯問篇》所說：「勃海的東邊有一個大溝，不知多少億萬里，真是無底的山溝。山溝的中間有五個山，各稱作岱輿、員嶠，方壺，瀛洲，蓬萊。」有的史家主張堆員是臺灣，方壺是澎湖，也似乎有一定的道理。總之，花木自己生長而果實自己熟透，即使不耕地也能吃飽，不織布也不會著涼。見花草開而成長可估計歲月，觀察日月的出落可分辨晝夜。居住在岩谷與鹿群遊玩就不會有人事之苦惱，唯生活樂趣無窮無盡、無拘無束是這裡的民情。而且古人稱讚說是民情仙境，仙人可能與這個地方來歷

---

[50] 朴潤元，〈在臺灣居住的韓國同胞現況〉，《開闢》通卷第 13 號創刊一周年紀念號（1921 年 7 月），頁 76～80。

有關。因此估計秦始皇、漢武帝派人尋找仙人不老長生，可能也是這個地方。簡單講一下臺灣的歷史沿革。臺灣曾受到荷蘭的啟發教育、許鎬（字京遠，朝鮮人，燕岩朴趾源的《熱河日記》中提及到的許生）的教導、鄭成功的佔領與清朝的經營以及日本的統治。

（三）蕃族的來歷

蕃族又稱為馬來西亞。雖很難了解那麼遙遠的過去，但據史料上所說，貞觀時期（西元630年）馬來西亞群島上洪水泛濫，漂流的人們失去了生活的根據地而好不容易乘竹船漂流到臺灣。據臺灣志，蕃族的語言六分之一是類似於馬來西亞語，十分之一是類似於呂宋語，而北部的十七村是類似於菲律賓語。從這可以看出蕃族確實是來源於南洋群島的。然而據在花蓮附近與蕃族生活數年的我輩所講，蕃族的語言也有很多地方類似於我們朝鮮語，而且在他們所用的工具或風俗習慣中常常可以發現很多共同之處。因此稱為臥龍先生的許鎬偉大的開拓與教導更加使我們敬慕，也可推斷我們的種族被混化了不少。

（四）與朝鮮的關係

像這樣臺灣的蕃族在常夏美島上享福享樂與大自然中，卻隨著時間的推移，他們的生活環境也發生了變化，以致不能只依靠自然果實和漁獵過安定的生活。況且荷蘭人總是到臺灣的南端安平來，在土地上建立城牆，將蕃族攆出到臺灣的中部，並天天依靠掠奪維持生活。這時蕃族當中有一位恩人登臺，也就是上面提到的許鎬先生。朴燕岩的《熱河日記》中的〈許生傳〉寫道：「許生在濟州島的時候，聽到老練的船夫說他被一場猛烈的暴風漂流三天，到西南時看見位廈門和長綺之間可以起居的一個空島，許鎬先生就駛到那個島仔細觀察那裡的情況。見到土地肥沃，泉水又甜，氣候很熱，種地一年可獲兩次秋收，許鎬先生就認為可以居住在島上，就把邊山的強盜說服將他們定居在那裡。」就是說明當時的情況。《許后山文集》中的〈臥龍先生

遺事〉（許生諱鎬，字京遠，姓許氏，金海人。滄州先生諱炖之孫，
道庵公諱埥之子，臺溪河先生諱溍之外孫也。生而英秀峻拔。既長，
沈潛好讀書，而不屑為舉子事。痛國家丙丁之恥，常有有直搗燕雲之
志。自號臥龍，蓋有感於朱夫子臥龍庵古事也。公弱冠時，遊湖西一
寺，乃有一老僧，以勇力自負，多不法事，而官吏畏不敢捕。公至，
僧易其年少也，甚無禮。公數其罪而椎殺之。聞者莫不快之，以為古
之許慎也。惟童行輩數人為敵，幾不測，公遂避身海島中。既歸，僦
居終南山下。席門土屋，霜雪凜如，而弊衣冠，讀中庸不撤也。時朝
廷密議北學，搜訪人才，時將臣某，聞公之為人，異之，夜屏趨從至
門，與論天下事，公說三策以詰之，將臣以為難。公正色曰：「如此
尚可有為乎？」將臣逡巡而退。公亦明日拔宅而去。）[51] 從許鎬的〈臥
龍先生遺事〉也可以明確知道他跟《熱河日記》的許生是一人一事。
同時也告訴我們朝鮮和蕃族之間的關係。

（五）政治角度上的關係

　　蕃族的政治制度是社聯邦制度的同時也是村落共產制度。也就
是說他們居住的村落有統治該村落的羅多夫社（領導人），而且幾個
村落聯合成蕃社而蕃社一定有土岡社（頭目），若干蕃社中有馬赫坡
（元首），而馬赫坡下面就有西袍社（酋長）。從這一蕃族動亂為核心
的霧社事件就可以看出有十二個蕃社聯合而成，其中馬赫坡社為原
社，而馬赫坡社是指統治同血統家族的十二個蕃社。西袍社的地區內
的土地是該全社的公有財產，所有收穫也是該全社的公有收穫，那個
地方的農作物、漁獵獲得的魚和獸類以及一個居民幫助他人獲取的錢
都按家人數公平地分配。這就是〈許生傳〉裡的內容，從「在這地方
不應該讓有的人擁有更多的或讓有的人擁有更少的，也不應讓富者歧

51　按原文即為漢字，但無標點，標點為筆者所加。

視窮人或讓窮人嫉妒富者來防止產生衝突。而且在這新的國家裡不應
該有人只懂白吃白喝。人們應該以流汗勞動維持生活。如果有人白吃
白喝就會出現兩班與小人，出現兩班與小人就會產生貧富差距，貧富
間有了差距就會出現官吏和盜賊，導致民不聊生。」以上的告誡中可
以估摸到該社會的一個局面。

（六）倫理角度上的關係

　　蕃族的倫理非常簡單。應該尊老愛幼，男女間應該要守禮，嚴守
一夫一妻制，女人應該堅守貞操而不應淫亂。女人不應向男人露出半
點皮膚，男人不應偷看女人的房間。互助互愛是他們的特徵，也有以
母系為中心的蕃社，但大部分持平等主義。他們只有名字而並沒有姓
的區分，而且他們能夠自由結婚，在文明社會實在讓人敬仰。男人為
了女人什麼事都不會嫌棄。女人一旦許身，哪怕是短短一天的同居也
終生不改嫁。也有從一而終的美德。引起蕃族動亂的原因之一，是對
日本男人娶蕃族女人為妻後，不久將她們拋棄，感到非常憤怒。況且
蕃族動亂中在與討伐隊的決戰之前，「馬赫坡社」百八蕃女都選擇了
自殺，她們為了男人做出的果斷選擇就像百八明珠一般使人陷入感念
之中。因官民間不存在階級區分，因此不管在社內分配庄稼、殺人、
或派兵士出動等大大小小的事情，都應召集社區內經驗豐富的議員，
在眾人的同意下通過才可以實行。如果酋長自己認為可以而所有議
員堅決反對的話，該案件就不能通過。因此「領袖」、「頭目」、「元
首」、「酋長」只盡職盡責而並無上下貴賤之階級。這就是許生傳所
謂「我們新國家裡沒有大王也沒有小人，長輩就是長兄，晚輩就是
弟弟，所有的男人都是該社會的兒子而所有的女人都是該社會的女
兒。」或「丈夫應敬愛妻子，妻子也應協助丈夫一起流汗生活。」或
許生在最後年老回朝鮮時說的「所有男女都已配對，剩下的寡婦三十
人已帶到本國。」由此可看出他們間的關係如何。

（七）宗教角度上的關係

　　如果在朝鮮古時代考慮宗教史的話，最濃厚的可能是拜天拜日拜祖的宗教觀。蕃族也是對這宗教概念有深厚的了解。在社會的不明文法律上，即使他們再能夠自由結婚但未經父母的同意就不能上床。如果純真無邪的蕃女上外人的當，被他們污辱時，就應一輩子生活在痛苦之中，同時也要在神（即天和日）與父母面前供認此一不義的行為，以為贖罪。如果流行性感冒漫延以至很多人得病而夭折時，他們就會感到非常害怕，因此考慮並研究其原因。因而得到的結果在我們看來是不過是一種迷信，但他們卻認為這是因為上天先祖憤怒的緣故。身為先祖精神的繼承人使先祖受辱，怎麼不會得到這樣的覺悟呢。他們在上天、先祖面前發誓，全社會武裝傾巢出動並向敵人開始屠殺。這時如果發生意外戰爭，他們就會懷疑在蕃地是否流行感冒之類的。總之，拜天拜日拜祖的思想與我們以往的朝鮮毫無二致。

（八）生活角度上的關係

　　很難一一查看蕃族生活上的日用工具，但只看幾種日常生活上用的工具就能明白他們與我們朝鮮有密切的關係。男人在搬移東西時所用的背夾（機械）、女人挑水時用的洋鐵桶（盆）、脫粒時用的捶棒子或過江河時乘坐的木船等，它們的製作模樣與使用方式和我們非常相似。彷彿臺灣那裡就是如今的朝鮮一般，離將近三百年的過去反而讓人有新鮮感。

（九）最後

　　有關臺灣的蕃族與朝鮮的關係，怎可能以一句話來概括呢。首先，我對在語言上沒有對它們的關係進行實質上的研究感到遺憾。但不難推斷「許生傳」是反映臺灣歷史的，而且在許鎬先生在臺灣北部開拓並訓導後，名醫鄭成功於一六六一年趕走荷蘭人以至鄭克塽的二十二年間統治，但因敗於清和康熙，清日戰爭中又被打敗而將臺灣

割讓給日本，許生卻把臺灣說成是新朝鮮，從這可以明顯看出蕃族社
會是一個小朝鮮。而且他們維持固有的社會性及傳統，人格上也能足
夠地培養體、知、德。總而言之，與我們有密切相關的蕃族從今往後
會怎樣呢？[52]

貳　崔南善《時文讀本》書影

參　〈臺灣蕃族與朝鮮〉圖影

韓國《東亞日報》，一九三〇年十二月十日。

---

[52] 刊韓國《東亞日報》，1930年12月10日，第4版。

引用文獻

一　原典文獻

朴潤元　〈國教宗教辨〉《崇文社文集》卷3　彰化市：崇文社
　　　1920年1月

朴潤元　〈史前人類論〉《臺灣文藝叢誌》第3卷第2、3號　臺灣文
　　　社發行　1921年2、3月

朴潤元　〈堅忍論（二）〉《臺灣文藝叢誌》第3卷第3號　臺灣文社
　　　發行　1921年3月

朴潤元　〈臺遊雜感〉《開闢》　通卷第9號　1921年3月

朴潤元　〈在臺灣居住的我國（韓國）同胞現況〉《開闢》　通卷第
　　　13號創刊一周年紀念號　1921年7月

朴潤元　〈臺灣蕃族與朝鮮〉《東亞日報》　1930年12月10日

《臺灣日日新報》　1898年5月～1944年3月　線上索引系統　大鐸版

崔南善　《時文讀本》　京城：新文館　1916年　玄岩社　1973年

崔南善譯　《自助論》　京城：新文館　1918年

陳萬益編　《龍瑛宗全集》第8卷文獻集　國家臺灣文學館籌備處
　　　2005年

二　近人論著

《斗山世界大百科詞典（電子資料）》　首爾：斗山東亞　1997年

下村作次郎（編）、蔡義達（譯）：〈王詩琅先生口述回憶錄——以文
　　　學為中心〉　收於張炎憲、翁佳音（編）《陋巷清士——王詩琅
　　　選集》　臺北市：弘文館出版社　1986年

大韓民國臨時政府舊址管理處編　石源華主編　《申報有關韓國獨立
　　運動暨中韓關係史料選編 1910～1949》　北京市：人民文學出版
　　社　2000年

王一剛　〈萬華遊里滄桑錄〉《臺北文物》　第4卷第2期　1953年4
　　月

朴趾源撰　《熱河日記 外一種》　北京市：北京圖書館出版社　1996
　　年

金柄珉、吳紹釚　〈梁啟超與朝鮮近代小說〉《延邊大學學報》　第4
　　期　1992年

施懿琳　〈臺灣文社初探──以1919～1923《臺灣文藝叢誌》為對象〉
　　櫟社百年學術研討會　臺中縣：臺中縣文化局　2001年

洪棄生　〈紀遊雞籠〉　收於《寄鶴齋駢文集》。南投縣：臺灣省文獻
　　委員會　1993年

秦賢次　〈張我軍及其同時代的北京臺灣籍學生〉《北京檔案史料》
　　第5期　1996年

翁聖峯　〈日治時期臺灣孔教宗教辨──以臺灣文社及崇文社為論述
　　中心〉「淡江大學12屆社會與文化國際學術研討會」　2008年5
　　月23日

陳後生　〈遊朝鮮所感〉《臺灣民報》第132號　大正15（1926）年
　　11月21日

陳姃湲　〈在殖民地臺灣社會夾縫中的朝鮮人娼妓業〉《臺灣史研究》
　　第17卷第3期　2000年9月

章太炎　〈駁建立孔教議〉　姜玢編選《革故鼎新的哲理：章太炎文
　　選》　上海市：上海遠東出版社　1996年

黃英哲主編　《日治時期臺灣文藝評論集（雜誌篇）》　臺南市：國家
　　臺灣文學館籌備處　2006年10月

葛振家著 《崔溥《漂海錄》評注》 北京市：線裝書局 2002年

鈴木作太郎撰、王興瑞譯 〈臺灣蕃族概觀〉《民俗》 第2期 1937年

蔡元培 〈以美育代宗教說——在北京神州學會上的演說〉 收入費泉京編著 《中外名人演講精粹1》 北京市：中國書籍出版社 1998年1月

최희정（Choe Huijeong） 〈韓國近代知識人與「自助論」〉 西江大學研究所史學科 韓國史專攻博士學位論文 2004年

류시현（Ryu Sihyeon） 〈崔南善的近代認識與朝鮮學研究〉 高麗大學研究所 史學科博士學位論文 2005年

김지영（Kim Chi-young）（金智英） 〈崔南善之《時文讀本》研究——以近代寫作的形成過程為主〉《韓國現代文學會》 韓國現代文學研究第23集 2007年12月

輯二

《臺灣文藝》與臺灣新文學的發展

一　臺灣文藝聯盟的成立和《臺灣文藝》

（一）日治時期第一個全島性的文藝團體

　　臺灣新文學運動肇始於一九二〇年代，經過新舊文學論爭、鄉土文學與臺灣話文論戰後，新文學雖取得了主流地位，但社會與政治運動卻在一九三〇年受到日本當局的強力打壓，紛紛成立的文學組織，大多屬於區域性的同人性質，參與人員有限，經費人力不足，以致刊物無法長期發行，也無法發揮影響力，有鑒於此，為了促進全島文學界的團結，有識之士乃倡議組織全島性的文藝團體，臺灣文藝聯盟即是臺灣第一次全島文藝大結合的組織。在此之前，臺灣新文學活動，皆是地域性活動。《人人》、《先發部隊》、《第一線》等團體偏重北部。「南音」屬北、中部組成，「臺灣文藝協會」是北部的組織，「臺灣藝術研究會」則是海外組織。直至一九三四年五月，臺灣文藝聯盟以「推翻腐敗文學，實現文藝大眾化」，突破地方界線，聯合海外組織，發起空前的文藝大團結。

　　根據《第一回臺灣全島文藝大會記錄》，一九三四年五月六日，於日警戒備下在臺中市小西湖咖啡館二樓舉行全臺文藝大會，集結了全臺重要的作家、漢詩人、畫家、音樂家等文化菁英組成聲勢浩大的統一陣線，成立「臺灣文藝聯盟」，出席者來自全省各地凡八十二

名。這是臺灣文學界首次全島性大會[1]。由賴明弘、張深切等人歷經三個月籌備發起。臺灣文藝聯盟成立宗旨為：「聯絡臺灣文藝同志，互相圖謀親睦，以振興臺灣文藝。」至於其成立之動機，據張深切在其自傳《里程碑》回憶道：

> ……這次標榜的文藝運動，骨子裡是帶有政治性的，所以我不願意輕輕放棄這一運動的領導權，我們痛感過去臺灣的社會運動，常因領導者固執主觀，未能建立正確的路線，徒使親痛仇快，實際上未能給予敵人多大的損傷，是以同志間意見分歧，內醜外揚，甚則有的背叛而走入敵人的第五縱隊，形成可怕的對立，自腐、自侮、自辱，給予敵人有可乘的機會。……一九三四年五月六日是臺灣文藝運動史上一個值得紀念的日子，這一天誕生了臺灣文藝聯盟，同時懷胎了「臺灣文藝」月刊雜誌，並註定了幾位作家爬上日本文壇的命運。

政治運動的挫折，迫使知識分子改弦更張，從事較溫和的文藝活動。文聯成立當日最重要的提案有：「文藝團體組織案」、「機關雜誌案」，這兩案經過一番熱烈的討論後通過，席間並擬定臺灣文藝聯盟章程、大會宣言；同時選出委員，名單如後：一、北部有：黃純青、黃得時、林克夫、廖毓文、吳逸生、趙櫪馬、吳希聖、徐瓊二。二、中部有：有賴慶、賴明弘、賴品、何集璧、張深切。三、南部有：郭水潭、蔡秋桐二人。而賴和、賴慶、賴明弘、何集璧、張深切五位為常務委員，並公推賴和為常務委員長，後以賴和堅辭，旋改推張深切任常務委員長。又根據章程第二條「……認必要之時得設地方支

---

[1] 1940年代在日籍作家或官方統制團體臺灣文學奉公會上主導及策畫下，尚有幾次全島文藝家大會，但是以本土作家為主體者已不復見。

部」，不久，在一九三四年八月二十六日、一九三五年二月一日、三月十六日、六月一日、一九三六年五月二十三日分別在嘉義、東京、埔里、佳里、臺北成立支部，藉以推展文學運動，其中東京臺籍留日學生所組成的「臺灣藝術研究會」在賴明弘等人奔走之下，成為支部之一[2]，也是對文聯本部最為支持者。此後盟員紛紛舉行座談會，並設立文學獎金。甚至亦影響到上海與廈門，舉行座談會響應臺灣[3]。

　　為了貫徹該聯盟之總旨，故創辦以下四項事業（章程第3條）：「一、發刊雜誌；二、刊行書冊；三、開文藝講演會；四、開文藝座談會」，經過六個月的籌備，於十一月五日創刊中日文並行之機關雜誌《臺灣文藝》[4]。創刊號並沒有發刊詞，僅卷頭刊印近似口號的標語（「熱語」）十四則。其中有「我們以其有偽路線不如寧無路線！」「我們的方針不偏不黨」等話，此外在二卷一號新年賀詞說：「我們的聯盟絕不是一個有為的行動團體，同時也絕不是一個無為的無行動

---

[2] 巫永福：「1933年秋在臺灣文藝聯盟發起之前，而其發起人之一賴明弘來東京與蘇維熊、張文環、巫永福會面，要求臺灣文藝聯盟成立之後，臺灣藝術研究會可否與之同流，以壯大文藝陣營之氣勢，共同對抗日本，其時我們也贊成統一陣線，認為學業完成後可以合流，乃於1935年後，臺灣藝術研究會成為臺灣文藝聯盟東京支部，我在臺灣即加入臺灣文藝聯盟。」見〈臺灣文學的回顧與前瞻〉，《巫永福全集‧評論卷Ⅰ》，（臺北市：傳神福音事業有限公司，1996年5月），頁172。

[3] 張深切〈「臺灣文藝」的使命〉：「最近上海又決定組織支部，以王白淵、張慶璋、張芳洲諸同志為中心，在進行活活潑潑地活躍，臺南方面也開始著手組織支部，廈門方面已有幾位同志來函要求本部准許設置支部，咱們的工作漸由文墨運動而進展於行動運動了。」《臺灣文藝》第2卷第5號，1935年5月5日，頁19。至於戰後吳濁流所創辦的《臺灣文藝》，其淵源亦正直接承續於此。

[4] 此為月刊雜誌，1934年11月1日發行創刊號，先由張深切編輯兼發行，第二號開始由張星建接手，至1936年8月停刊，共發行15期，臺中中央書局（張星建主持）發賣，起初每一期的頁數尚能達百頁。《臺灣文藝》一詞數見，在1944年5月，由「臺灣文學奉公會」會聚雙方成員，發行《臺灣文藝》。1964年吳濁流亦創辦《臺灣文藝》。

團體，我們是無為而有為，無行動而有行動的集團！況且我們的雜誌
並不是『為藝術的藝術』的藝術至上派，『我們正是為人生的藝術』
的藝術創造派。」「不偏不黨」、「無為而有為」、「為人生的藝術」，
冠冕堂皇，頗為超然，故能將全省藝術主張不同、意識形態不同的作
家熔於一爐。

（二）創設的艱辛歷程及與《臺灣新民報》的齟齬

　　「臺灣文藝聯盟」雖然締造空前文藝團結，但仍不免有意識形態
分歧問題，當時臺灣文藝協會會員可自由參加該聯盟，但王詩琅、郭
秋生等人幾乎都拒絕與會，他們認為「要談文藝的話，非堅守自己
的立場不可，持這樣統一的立場是毫無道理的。」另外「彰化的會員
故意集體遲到」[5]，文聯的成立似乎並不順利，成員意識型態也不盡相
同。會議過程中，張維賢更進一步提出反對文藝聯盟的成立，引發
三十分鐘的熱烈討論。足見當時左翼人士對籌組臺灣文藝聯盟的遲疑
態度[6]。臺灣文藝聯盟成立當日，議案也未能獲得一致通過，是日討論
的議案包括文藝團體組織案、機關雜誌發刊案、演劇改革案、與漢詩
人合作案、作品獎勵案、文藝大眾化案、漢字音改讀案等。文藝團體
組織案先遭文友反對，後才通過；演劇改革案因經費耗費較多，保
留未提交討論；吳宗敬提議的漢字音改讀案未通過；「與漢詩人聯絡
案」是張深切特別提出來的，他認為臺灣客觀現階段之情勢，新舊文

5　1931年臺灣社會運動漸受壓制，文化協會的分裂促使左右翼間的意識形態更加分
　　歧，文聯的委員長張深切與「大東亞共榮協會」往來密切，1931年更被視為「資
　　產階級代言人」，文聯不少自治聯盟成員在政治立場上亦被視為資產階級的改良主
　　義者，以致一向激進的彰化地區成員對其組織有所疑懼。參張志相《張深切及其著
　　作研究》（成功大學歷史語言研究所碩士論文，1992年6月），頁76。
6　臺灣文藝聯盟的成立，賴明弘（傾向左翼）居中調和左右翼間的差距、緊迫的時局
　　等因素，左翼人士後亦多人加入，但也為日後文聯的發展、分裂埋下了根源。

學家要共體時艱，捐棄成見，以擴大文學陣營，經過一番辯論之後，此提案仍未通過；乃至經費問題都是發展上必須克服的困境。張深切回憶此一過程：

> 常務委員會誰也不肯承擔主任委員兼雜誌出版負責人。會散了，大家各自回鄉了，所留下的只有一個空招牌，人在哪裡？錢在哪裡？會務如何執行？常務委員一共五人，賴和住彰化，賴慶在北屯，賴明弘豐原，臺中只有我和何集璧兩個人。召集了幾次會議，出席者都超不過半數，既不能議事，更不能執行[7]。

由於聯盟本身財力不夠，於業務推展上，殊多困難，因此鹿港、豐原、嘉義等地要求創設支部，都「以辭延緩」。一九三四年八月二十六日，嘉義的一群新文學同好聲明財政獨立，並宣告支部成立，聯盟總部乃派張深切前往道賀與協助。在《灌園先生日記》中也可以看到張深切為經費奔波的情況。《灌園先生日記（七）》一九三四年新十二月十五日（舊十一月九日）載「張深切、楊桂【貴】來大東信託會余，請補助《臺灣文藝》費用，每月十元，以六個月為限，許之。」[8]新十二月十七日（舊十一月十一日）載「張深切、楊桂【貴】來領《臺灣文藝》補助金二十元，並贈余徽章。余非文藝聯盟員，因其好意而收之。」[9]新十二月十九日（舊十一月十三日）載「張深切、張星建來勸誘攀龍補助《臺灣文藝》每月五元（六個月）。」[10]每隔兩

7　《里程碑──又名：黑色的太陽（四）》，七七〈冷戰〉，頁481。

8　許雪姬、呂紹理編輯，《灌園先生日記（七）一九三四年》（臺北市：中央研究院臺灣史研究所籌備處、近代史研究所出版，2003年7月），頁465。

9　同前注，頁468。另《臺灣文藝》二卷二號：「本部所定文聯徽章──黑底金英文字──業已製畢，若有希望者，可向本部定購，每個連郵費五十二錢，但須文聯員方允佩用。」1935年1月，頁94。

10　同注8，頁470。

天即奔走霧峰一趟，可見確有經費之沉重負擔，後經奔走，才得以突
破困窘的吧？《臺灣文藝》二卷二號「文聯啟事」：「林獻堂先生、陳
忻先生、林階堂先生、張煥珪先生、林資彬先生、林攀龍先生、何赤
城先生、黃火定先生，等亦咸樂為本文聯固定贊助員，本部的補強工
作，可謂略告成功，深望同志們倍加努力。」[11]證諸《里程碑》所述，
確是如此。為了不讓轟轟烈烈成立的臺灣文藝聯盟曇花一現，張深切
向陳忻、張星建、黃再添、林幼春、林獻堂、漢詩人、地方仕紳請求
贊助，幸而獲得他們的慷慨解囊，張氏妻子亦以手鐲、金戒指資助，
因此《臺灣文藝》才得以順利創刊。[12]

然則事情仍一波三折，臺灣文藝聯盟，起初期望於《臺灣新民
報》的地方很大，其一系列活動需報紙為之報導宣傳，才能引起讀
者的注意，但《臺灣新民報》卻不悅於文聯的依賴態度，對之不理
不睬，且發出通告：「民報非文聯之宣傳機關」，使文聯立場更為困
難[13]。為此張深切在「文聯報告書」裡頭有所說明：「自《臺灣文藝》
出版前後，因消息間斷，乃致許多同志頗疑聯盟與民報發生齟齬，頻
有來訊或直接前來詢問，初時聯盟極力否認其事實。及至最近，民報
對聯盟之壓迫愈加露現，似乎無可隱諱的情勢了。然而本部始終鎮
靜，極力迴避衝突，例如前次本人曾草一篇〈文藝聯盟抗新民報檄〉
也終於秘而不表，祇草一張書信向羅專務和林主筆抗議而已。本部對

---

[11] 1935 年 2 月 1 日，頁 128。後來巫永福謂《臺灣文藝》的財務，一直由張星建獨
擔，財務並無困難，重要的支持者包括「大東信託公司」的陳忻和一些臺灣人辯護
士、開業醫師、代書及有識之士。

[12] 《里程碑——又名：黑色的太陽（四）》，七七〈冷戰〉，頁 481、482。

[13] 據《張深切全集》卷二，張深切認為同是臺灣人經營的言論機關，需站在同一戰
線，做臺灣民眾的喉舌，但當時《新民報》的一些老幹部嫉視少壯派的發展，不肯
以老大哥的風度提拔後進，甚且竟說該報不是文聯的宣傳機關，經張深切幾次交涉
亦無結果。《里程碑——又名：黑色的太陽（四）》，七七〈冷戰〉，頁 493。

民報之誠意，自敢信無失禮地方，而且『臺文』出版時便隨刻遞送民
報八冊以表殷懃，詎料民報不但受而不謝，反謂『民報非文聯之宣傳
機關』責難備至，對『臺文』之各同志批評原稿聽說略時吞沒，吾人
固知此罪並非民報本身應負的，但是辦事員的驕傲與專橫似乎已與吾
人難能再隱忍的田地了。本部擬再向民報叩詢真意，如果仍執迷不
悟，或許吾人將要對它不住吧。」[14]林獻堂在一九三四年日記，說「深
切言《新民報》文藝部長李金鐘不肯登載文藝協會之記事，甚為不
平。」[15]可知《臺灣新民報》當時對臺灣文藝聯盟及其活動甚為冷淡，
張深切為此忿忿不平。此事緣由細節，尚待新資料說明。[16]

二　文藝大眾化與民間文學的討論

　　一九三四年五月，第一回全島文藝大會在臺中召開，決議通過

14　張深切〈文聯報告書〉，《臺灣文藝》（臺中市：臺灣文藝聯盟）第2卷第1號，
　　1934年12月18日，頁9。

15　「新十一月九日 舊十月三日」日記，見《灌園先生日記》（七），頁425。

16　《臺灣新民報》是臺灣人唯一的日刊報紙，又是臺灣新文學運動以來發展的據點，
　　其態度何以如此？溯自1932年元月創刊的《南音》，其同仁曾有與日刊的《臺灣新
　　民報》同流之思，也具現了其時的《臺灣新民報》予人相當高的期望。然而《南
　　音》第1卷第11號〈糞屑船〉即批評嘲諷道：「『日刊新民報』了，這來就彫起西
　　米駱，變做一個瀟洒漂亮的會社員風，也凜然是個時代尖端的摩登男了。若再帶
　　起眼光鏡，準是紳章賜佩的候補者。」言論中的譏諷如此明顯。何以做為臺灣人唯
　　一喉舌的言論報紙，搖身一變為摩登男？問題或與其編輯理念與態度或避免麻煩
　　有關。1934年11月創刊的《臺灣文藝》似乎亦對此有所不滿。次年的《臺灣文藝》
　　〈二言‧三言〉專欄中，出現了如下的評論（譯文）：「新民報的學藝欄愈來愈寂寞
　　了。從前以島上唯一的文藝舞臺而誇耀的榮譽，於今安在？悲哉！相反地，中報的
　　文藝欄越來越顯活躍。真叫人欣喜。」新民報不能滿足大多數文藝工作者的滿足，
　　似乎已是很明顯的事了。許俊雅，〈鳥瞰日治時期臺灣報紙副刊──以《臺灣新民
　　報》系統為分析場域〉，收入《島嶼容顏──臺灣文學評論集》（臺北縣：臺北縣
　　政府文化局出版，2000年12月），頁35～65。

「文藝大眾化」案。由於這個號召全島文藝同好者的文學會議通過此一提案，別具意義。此一提案首次具體地提出如何使文藝大眾化的方法：「一、描寫與大眾生活有密切關係之作品。二、文體與文字宜用一般讀者容易理解程度。三、對一般大眾喚醒他們的藝術趣味。」提案獲得通過，除了有助於凝聚「文藝大眾化」的共識之外，最大意義在於大眾化的方法獲得一定程度的認同。描寫須「與生活有關係」，指的是作品內容須反映大眾生活。這點承繼了文學反映人生的觀念，只是對象具體化為大眾。值得注意的是，提案提供了另一個原則，即「文體與文字宜用一般讀者容易理解程度」。文體與文字屬於形式問題，顯示知識青年已意識到若以大眾為對象，則不僅內容，連形式亦須能被大眾接受並理解。

與「文藝大眾化」此決議相呼應者，堅如、林克夫、芥舟（郭秋生）、楊逵、徐玉書、及張深切等人相繼在《臺灣文藝》上，專文討論此一問題。林克夫〈清算過去的誤謬──確立大眾化的根本問題〉、芥舟的〈文藝大眾化〉、張深切〈小評文藝大眾化〉[17]等，說明了「文藝大眾化」是臺灣文藝聯盟、《臺灣文藝》關注的目標。如果綜合各家說法來看，各家理論所認知的「大眾」不盡相同；姑且不論此一現象的意義，但各家對此一差異並未呈現針鋒相對的討論，顯示知識青年的肯定「文藝大眾化」議題的必要性[18]。從黃石輝、《南

---

[17] 徐玉書，〈文藝大眾化論〉，《臺灣文藝》第2卷第2號，今景印本不見此文。堅如，〈文藝大眾化〉，《臺灣文藝》創刊號，1934年11月5日，頁22。林克夫，〈清算過去的誤謬──確立大眾化的根本問題〉，《臺灣文藝》第2卷第1號，1934年12月18日，頁1。芥舟（郭秋生），〈文藝大眾化〉，《臺灣文藝》第2卷第1號，1934年12月18日，頁22。

[18] 堅如〈文藝大眾化〉一文相當夾纏不清，但基本上認為：「假使其基本觀念。若扞格了大眾的生活。則其文藝作品。雖是多麼奇觀。也不能算做是有文藝的生命了。畢竟文藝的生命。完全是在于大眾的生活。」林克夫〈清算過去的誤謬──確立大

音》、全島文藝大會，一直到楊逵等人，均肯定「文藝大眾化」。
回想鄉土文學論爭當時，論爭未朝向大眾化的方向進行，或許正是
因為知識青年早已形成文藝大眾化的共識，因而沒有論爭的必要，
一九三四年年底，《臺灣文藝》在臺北舉辦北部同好者座談會，「大
眾化問題」為討論主題之一[19]主持人劉捷將此一問題集中在「如何大
眾化」層面上，正顯示由於共識早已形成，「文藝大眾化」議題在三
〇年代的實質意義，已不是該不該大眾化的問題，而是如何大眾化的
探討了。

　　張深切在〈「臺灣文藝」的使命〉中，就《臺灣文藝》發行量低
的事實，反省臺灣文學碰壁的原因：

> 究竟還是咱們的宣傳努力仍未徹底，所以一般大眾未能知道新
> 藝術的價值、新藝術和大眾之間，猶有一條很廣闊的溝壑，咱
> 們苟非趕快築一個鞏固壯麗的大橋、給與一般大眾當作途徑，
> 一般大眾是絕不敢向前問津的。[20]

眾化的根本問題〉，指出大眾和在政治經濟方面一樣：「他們在文化方面也要求自
己的文化、自己的藝術、自己的文學——普通文學應該是這樣發生的。這樣發生的
普羅文學，才是真正的大眾文藝。」（《臺灣文藝》第2卷第1號，1934年12月18
日，頁1。）但由於無產大眾以不識字居多，因此他認為所謂大眾文藝的對象應是
智識階級及小資產階級，以培養先覺者。芥舟（郭秋生）則以中國「文藝大眾化」
問題的發展為例，認為若非經過一番變革，「文藝大眾化」只是空談，只是表現自
由市民的口氣而已。因而在臺灣的新文學之外：「如有兒童文學的存在必要一樣，
有大眾文學的存在必要而已。（《臺灣文藝》第2卷第1號，1934年12月18日，頁
22。）楊逵〈藝術是大眾的所有物〉，引用日本權五郎建議將文學批評由專門批評
家擴及職業代表的說，再將所謂的職業代表擴大為自耕農、小商人、主婦及勞動者
之妻：「眾是真正鑑賞藝術者。僅有少數人能理解的作品不是藝術。真正的藝術是
撥惹大眾的心、激動其心的作品。（《臺灣文藝》第2卷第2號，1935年2月1日），
頁12。
[19] 《臺灣文藝》第2卷第2號，1935年2月1日，頁4。
[20] 《臺灣文藝》第2卷第5號，1935年5月5日，頁20。

具體地從「翻案舊文學」與「創作新文學」兩方面討論如何喚醒大眾的興趣。張深切認為筆墨工作層面：

> 例如創作「陳三五娘」「三伯英台」啦「三國志」「列國志」
> 等相關作品，從最親近大眾的讀物中，譬如創作以「趙子龍」
> 為題的作品，相信會廣被閱讀。

以「最親近大眾」為取捨標準，「陳三五娘」、「三伯英台」、「三國志」、「列國志」等均是合乎標準的選擇。換句話說，張深切認為最適合大眾的題材，就是存在大眾生活中的民間文學。為貫徹已通過決議之提案，臺灣文藝聯盟之機關報《臺灣文藝》在其社告〈懸賞募集〉，提出其徵稿原則：

> 以臺灣人的生活為中心，或以臺灣的傳說史實為材料，以及刺激臺灣生活的作品。

「文藝大眾化」議題未經論爭便達成共識，固然體現了知識青年在社會主義思潮風行下，形成以無產大眾為中心的思維方式，然而共識形成，並不代表沒有歧見。吾人可以發現最大的分歧來自於「大眾化」對象不同。林克夫、張深切所訴求的對象是識字階級；而楊逵所訴求的對象是勞動大眾。之所以造成這樣的分歧，原因在於對待無產大眾的態度不一致。楊逵，出身工人家庭，參與農民組合，其「藝術是大眾的所有物」的說法，展現其以無產大眾的價值觀為價值觀，其對待無產大眾的態度和黃石輝一致，是平等對待，認同大眾的態度。張深切，出身草屯士紳家庭。早年在東京和上海時，即已接觸社會主義。他雖然意識到新文學與大眾之間的距離，但其提倡文藝大眾的目的，在於「把大眾為對象、來完成咱們的啟蒙工作」，基本上是一個啟蒙者的角色，顯示其對無產大眾是一種上對下的同情態度。林克夫雖主

張大眾文藝即是普羅文學，卻將大眾化對象置於智識階級及小資產階級。林克夫與張深切雖然同是將大眾化對象置於識字階級，但張深切，在「一般的文藝大眾化」之外，又針對不識字大眾的需要提倡演劇，視之為「實現藝術大眾化的最有力的藝術」。相較之下，張深切更接近大眾。如此的分歧，卻含藏在共識的表象下，使得大眾化問題形成各說各話的局面，未曾發展出一套理論系統來。當時文學界對左翼路線的看法十分分歧，其中郭秋生、楊逵是比較堅持左翼路線的，即主「藉由東京文壇為掩護，以繼承三〇年代前後的左翼文學運動為目標的路線」；另外葉榮鐘、張深切是「反對套用任何主義，以真實呈現臺灣現實為目標的路線」。由於左翼路線的看法分歧，觀察較不具左翼色彩的葉榮鐘、張深切的言論，更能窺知整個文學新階段，文壇對文藝大眾化的態度取向[21]。《臺灣文藝》二卷二號「文聯啟事」：「對文藝大眾化的問題，諸同志的議論，異常真摯，這是很可喜的現象，此後請仍踴躍參加熱烈討論。」[22]隨著文藝大眾化議題一步步的落實，採用民間文學為題材的原則逐漸浮現，文藝大眾化成為民間文學採集的契機之一。

民間文學採集，本即意謂著對其價值的肯定。從文藝大眾化角度推動民間文學採集，除了肯定其來自大眾的特質之外，更蘊含著積極的意義。李獻璋在《臺灣民間文學集》中說明民間文學對文學家的意

---

[21] 深切言論見〈「臺灣文藝」的使命〉，《臺灣文藝》第2卷第6號；葉榮鐘（筆名「奇」）言論見〈「大眾文藝」待望〉〈第三文學提倡〉〈再論「第三文學」〉等，分別見《南音》第1卷第2號，8號，9、10合併號。相關討論參柳書琴〈戰爭與文壇——日據末期臺灣的文學活動（1937.7～1945.8）〉，1994年臺大歷史所碩士論文，第二章第一節〈八面碰壁——事變前臺灣新文學運動的危機〉，頁17～27。及參黃琪椿〈日治時期臺灣新文學運動與社會主義思潮之關係初探（1927～1937）〉（清大文學所1994年7月碩士論文）第四章第二～四節，頁120～153。

[22] 1935年2月1日，頁128。

義：「文學家之所以要拉長了面孔——的推究，原因實在乎牠為最可靠最可貴的材料的緣故。」文學家既是將民間文學視為材料，即隱含了利用民間文學再創作的企圖。李獻璋曾指出《第一線》「臺灣民間故事特輯」刊出後，曾引起不少反對者的謾罵。據立場與李獻璋相同的廖漢臣的回憶，當時他、李獻璋和張深切間，就民間文學的價值問題，引發一場論爭。三人在《臺灣新民報》、《臺灣新聞》、《東亞新報》展開了為時數月的筆戰，雙方觀點的差異在於：「我和獻璋是站在民俗學的立場，張深切是站在文學的立場」[23]而張深切的疑慮在於提倡臺灣民間文學有「助長迷信」之缺失，這從後來張深切提倡民間文學的改寫、創作可以得知其立場[24]。夜郎在《臺灣文藝》上發表〈讀「第一線」小感〉，其立場與張深切相近，文中說道：

> 特輯民間故事……從藝術價值看來、多遜於民間的口傳、從意義價值看來，好一本宣傳迷信的「有字天書」。得時氏在卷頭言裡說「整理和研究是我們後代人該做的義務」、不錯、然而陳列的那些作品何嘗整理、研究？橫豎是反動、「畫虎不成」

---

23 廖毓文（漢臣），〈臺灣文藝協會的回憶〉，《臺北文物》第 3 卷第 2 期，1954 年 8 月，頁 75。收入李南衡編，《日據下臺灣新文學明集 5：文獻資料選集》（臺北市：明潭出版社，1979 年 3 月），頁 368、369。

24 張深切的新劇劇作〈落陰〉和戰後的電影劇作《邱罔舍》、《人間與地獄——李世民遊地府》、《荔鏡傳——陳三五娘》等，大多取材自民間故事、話本小說、傳統戲曲，正是經由戲劇的演出，傳達其社會理念，體現其「文藝大眾化」的主張，並透過創作改寫破除迷信。尤其是 1935 年〈落陰〉劇作（刊《臺灣文藝》第 2 卷第 7 號，1935 年 7 月），其創作緣由應是就讀「草鞋墩公學校」期間，養祖母去世，養父（張玉書）為盡最後孝道，延長守喪時間，導致地理師及其助手長住家中詐財行騙，養母亦因疑神疑鬼而生病，並希望藉由觀落音、牽亡等儀式解除病痛，結果又讓神棍乘機恐嚇敲詐，這長達七八個月的驚心紛擾，讓張深切印象極為惡劣，以此作揭露觀落陰之秘密及破除迷信。1932 年其養母過世，他返臺奔喪之際，亦主張改革治喪陋習，後因母舅家反對而未果。

的反動！[25]

夜郎又建議以ＨＴ生（林克夫）〈傳說的取材及其描寫的諸問題〉一文所主張的以歷史唯物論為根據，再創作民間文學。此一看法，頗具普羅文學理論色彩。張深切亦主張民間文學再創作，他在〈「臺灣文藝」的使命〉中，具體提出創作方法：

> 如擇三國演義的一節寫一節，擇東周列國的一節寫一節，以現代的藝術意象和描寫法去翻案創作——纔能喚起多數讀者的興味[26]。

黃琪椿在其碩論就說：「不論是ＨＴ生用科學方法把握題材，或是夜郎從歷史唯物論角度切入，或是張深切『翻案舊文學』的主張，均顯示知識青年將民間文學視為一舊有的，大眾的形式；採集民間文學，除了保存民俗外，更企圖用來承載新的思想方法，落實文藝大眾化。……知識青年推動民間文學採集，乃是欲落實『文藝大眾化』議題，積極創造新文學。」[27]但就《臺灣文藝》領導人的想法，顯然如僅是採集、保存民間文學，恐有無形中鼓吹迷信思想之疑慮，因而要求作家創作或改編民間文學[28]，在《臺灣文藝》二卷一號即可看到賴和

25　夜郎，〈讀「第一線」小感〉，《臺灣文藝》第2卷第2號，1935年2月1日，頁95。

26　張深切，〈「臺灣文藝」的使命〉，《臺灣文藝》第2卷第5號，1935年5月5日，頁21。

27　黃琪椿，〈日治時期臺灣新文學運動與社會主義思潮之關係初探（1927～1937）〉（清華大學文學所1994年7月碩論）。

28　對民間文學唯恐其迷信或不道德的疑慮所在多有，如周定山1924年間採編《鄉土文藝初稿》，收152首情歌，內容以煙花女子為主角的篇幅極多，而這本冊子一直未公開發表，施懿琳推測，可能是周定山保守的態度所致。類似例子如李獻璋《臺灣民間文學集》序言中，提及張淑子《教化三昧集》收錄標準，乃是「若視為不道德的情歌概不採錄」，這些疑慮恐是當時不少人共有，必須面對的心理障礙。民間

（懶雲）的創作〈善訟的人的故事〉[29]，根據該期〈編輯後記〉記載，〈善訟的人的故事〉取材自滿清時代臺灣三大訴訟案之一。因此，此篇作品借用民間文學的形式，殆無疑義。但誠如黃琪椿所說〈善訟的人的故事〉不應只被視民間故事，它仍是現代文學的作品，因其中仍蘊含了賴和個人的思考。林先生，可視為知識分子的化身。當他面對志舍跋扈時，心中有著生存與理念的掙扎，呈顯出知識階級的動搖性。林先生循體制告官卻遭挫敗；反而在無產大眾團結示威下，獲得釋放。而後林先生又在大眾支持下，決定抗爭到底，上省城抗告。到了省城，林先生仍無法寫出狀紙，最後是在一「似乞食」的異人援助下，才寫出：「生人無路、死人無土、牧羊無埔、耕牛無草。」象徵著知識階級即使心懷同情，仍無法對大眾生活感同身受，只有無產者才能寫出無產者的生活。就這個層面來看，賴和無言地表示對知識分子的批評，及對大眾文藝的思考。表面上看來，林先生是主角，是英雄；但事實上，背後的大眾群體才是主角，才是情節推衍的操控者。三〇年代知識青年在社會主義思潮影響下，開始思索文藝和無產大眾的關係。

不過在《臺灣文藝》領導者的思維背景下，這份雜誌在民間文學的採集上明顯是不積極的，亦未延續前此既有的採集成果，陳建忠在《書寫臺灣‧臺灣書寫：賴和的文學與思想研究》說《臺灣文藝》：「以更強烈的『啟蒙思想』試圖推行『文藝大眾化』的課題。」[30]從對民間文學的態度，亦可看出「文藝大眾化」雖是共識，但對大眾的定義或態度，其實是各自表述。夜郎、張深切是一種「由上對下」的俯視、啟蒙的角度，因此要求具批判性的改編、創作，李獻璋、廖漢臣

文學的複雜性於此可窺一二。

[29] 《臺灣文藝》第2卷第1號，1934年12月18日，頁60～69。

[30] 高雄市：春暉出版社，2004年1月，頁419。

是「平等對待」的平行角度，因此著重強調採集以保存，對民間文學的功能、評價因之不同，這些不僅影響《臺灣文藝》與其前後雜誌的差異性，也因同夢異床而最後導致同人的分離，同時也隨著漢文的弱勢而無法持續下去。不過《臺灣文藝》仍是有一些兒歌、童謠、童話之作[31]，較諸其他刊物，仍是一個特色。

三　《臺灣文藝》的內容及其意義

《臺灣文藝》成員與撰稿陣容網羅了《フォルモサ》、《南音》、臺灣文藝協會、鹽分地帶及其他作家，對於當時散漫缺少組織的知識分子，建立了一個堅強的精神堡壘，將新文學運動更推向本格化高潮。文聯的成員囊括了當時全臺最活躍的新文學作家，諸如吳天賞、劉捷、張文環、巫永福、張星建、楊逵、朱點人、郭秋生、王詩琅、廖漢臣、楊守愚、蔡秋桐、吳新榮、郭水潭等，都是文聯的重要成員，至於加入文聯之全島文學同好亦有百餘人之多。在一九三五年底楊逵離開文聯、繼而發行《臺灣新文學》之後，東京支部成為《臺灣文藝》最可靠的稿源，並適時扮演起中流砥柱的角色，張深切所謂的「文聯四大天王」吳天賞、劉捷、張文環、巫永福等四人，都是東京支部的成員。該誌刊載計有：創作、評論、童謠、童話、中外文學譯著、劇本、學術研究等，也吸引島內外日籍作家投稿，文聯設置文學獎鼓勵創作，提倡戲劇，邀請韓國人崔承喜（女）、江文也等藝壇名人來臺演出，各地盟員經常舉行座談會，東京支部亦協助文聯與中國左聯東京支部及日本左翼詩壇交流。

31　如甫三（賴和）〈采囝仔（獻給我的小女阿玉）〉、Y生（楊守愚）〈拜月娘〉及謝萬安兒歌、譯介托爾斯泰童話等等。

　　《臺灣文藝》後來誠然有些「為藝術而藝術」，甚至描寫風花雪月的遊戲文章，不過就其壽命之長，網羅作家之多而言，《臺灣文藝》在臺灣新文學史上自有其輝煌的一頁。在《臺灣文藝》上所發表的小說，其數量品質較之前此之刊物，皆有長足進步。略舉作品如下：懶雲（賴和）的〈善訟的人的故事〉（2卷2號），張深切的〈鴨母〉（創刊號）；林越峰的〈到城裡去〉（創刊號）、〈好年光〉（2卷7號）、〈紅蘿蔔〉（2卷9號）；楊華的〈一個勞動者的死〉（2卷2號）、〈薄命〉（2卷3號）；王錦江的〈青春〉（2卷4號）、〈沒落〉（2卷9號）；蔡德音的〈補運〉（2卷8號）；毓文的〈玉兒的悲哀〉（2卷9號）；繪聲的〈秋兒〉（2卷2號）、〈像我秋華的一個女郎〉（2卷3號）；謝萬安的〈老婆到手苦事臨頭〉（2卷4號）、〈五谷王〉（2卷6號）；李泰國的〈分家〉（2卷10號）、〈細雨霏霏的一天〉（3卷4、5號）等，都是用中文（白話文）寫的。用日文寫的有吳希聖的〈乞食夫妻〉（2卷1號）、〈人間楊兆佳〉（2卷3號）；張文環的〈泣いてゐた女〉（2卷5號）、〈父の要求〉（2卷10號）、〈部落の元老〉（3卷4號）；翁鬧的〈歌時計〉（2卷6號）、〈戇爺さん〉（2卷7號）、〈殘雪〉（2卷8號）、〈哀れなルイ婆さん〉（3卷6號）；巫永福諸作等等。

　　詩作方面發表最多的作者有：楊華、夢湘、陳遜仁、楊啟東、守真、甫三、浪鷗、郭水潭、垂映、翁鬧、史民、林精繆、張慶堂等。尤其是楊華、翁鬧、守真詩作，評價都不低。同時吾人可以發現詩誌上的作品喜以動物（鴨、狗、蒼蠅、虎狼、害蟲）為題材或意象，背後有其批判殖民者意謂，當然也有不少表現內心的苦悶，或是描寫綺麗的本地風光。《臺灣文藝》自創刊以來，即重視評論，當時最活躍的文學評論者為：張深切、黃得時、夢湘、芥舟、曾石火、

吳鴻爐[32]、張星建、吳天賞、劉捷、謝萬安、堅如、ＨＴ生等。學術論著如：洪耀勳的〈悲劇の哲學〉（2卷3號），〈藝術と哲學〉（3卷3號）；陳紹馨的〈西洋文獻に現はれたる臺灣〉（2卷3號）〈性格の魅力〉（3卷3號）；楊杏庭的〈無限否定と創造性〉（2卷6號）；郭一舟（即郭明昆）的〈北京語〉，〈福佬語〉（3卷4、5、6號）、〈北京雜話〉（3卷7號）等等皆屬學術文章。

　　一般而言，《臺灣文藝》時期的小說創作評價遠勝白話新詩，詩作在量的方面儘管發達，質的方面仍然有待提升。張深切曾提出呼籲：

> 其實現在的所謂新詩也許還不能夠說是詩吧。因為新詩的文字很沒有洗鍊，句節多缺律韻。讀後不僅沒能記憶，連印象也很難保留，咱們此後當有義務改革新詩。[33]

---

[32] 此人著述多抄襲。《楊守愚日記》1936年11月5日：「吾人所應加以痛擊的，即如吳鴻爐者耳。」許俊雅、楊洽人編，（彰化縣立文化中心出版，1998年12月），頁88。1937年1月7日：「抄了小說月報叢刊的『創作討論』在臺灣文藝以自己的名義發表；經我發見，而經一吼在東亞鐵甲車暴露的抄字大仙吳鴻爐，今天又在新民報發表諺語的研究了。讀此文，不免又叫我起了疑心，隨手把小說月報叢刊底『諺語的研究』取下來一翻，又給我捉住了。……像這樣一個欺世盜名的無恥漢，真是臺灣文學界的一種害蟲，為肅清此種惡質的文賊，為向上創作精神起見，非再加以一大鐵錘不可。因此，我便將這報告給臺新的編者王詩琅君。」（頁122、123）吳鴻爐〈斷腸聲〉一作亦是敘說為同志密告，犧牲生命之故事，揭露了人性之醜惡面。〈斷腸聲〉之作，刊1931年2月21日《臺灣新民報》第352號，故事內容、背景皆以中國大陸為主，文字不似出自臺灣人之手，筆者對吳氏之作頗存疑，因為吳氏在當時可說是「文抄公」。其所抄襲之作如〈誠實的自己的話〉，刊《臺灣文藝》創刊號；〈創作與哲學〉，同上，第2卷第1號；〈文藝的真實性〉，同上，第4、5號；〈諺語的研究〉，《臺灣新民報》1937年1月7日起，以上諸文皆出自1925年《小說月報叢刊》第13種（前三文）及第15種，作者分別為葉聖陶、瞿世英、佩弦（朱自清）、郭紹虞。筆者對〈斷〉一作不敢肯定其為抄襲之作，故暫附之。

[33] 張深切〈「臺灣文藝」的使命〉，《臺灣文藝》第2卷第5號，1935年5月5日，頁21。

　　東京左聯的雷石榆基於左翼文學理念，在《臺灣文藝》上對臺灣詩壇發出的批評，隨即引發吳坤煌回應。八月吳坤煌在《詩歌》上發表〈現在的臺灣詩壇〉一文。他略有反駁之意地表示臺灣除了無病呻吟的詩人之外，並不是完全沒有凝視歷史進展，深入枷鎖下的大眾生活，企圖從社會矛盾中把握臺灣現實的詩人。譬如王白淵和他自己便是。對於王白淵，吳尤其推崇。不過他也承認整體而言，臺灣詩壇確實必須從困於現實泥沼翻身不能的懦弱醜態中掙出，停止長吁短歎，積極以世界性的普遍矛盾來掌握和表現現實才對[34]。受此刺激，九月吳坤煌進而在《臺灣新民報》文藝欄中，對本土詩評界提出批判，因而引發了島內文壇的一些迴響。[35]他山之石雷石榆對臺灣詩壇的關心和批評引發的影響，可見一斑[36]。

　　《臺灣文藝》創刊不久，即刊載有關魯迅、高爾基、托爾斯泰等人的研究或作品的中譯稿，中西方文學方面的影響隱隱可見，如楚女（張深切）〈評先發部隊〉評周定山氏：「標題『還是烏煙瘴氣蒙蔽文壇當待此後』，這篇文章最合吾意，文章很美麗，內容很充實，針針見血令人一讀為之三嘆。他所用的文字很妥當，筆法稍近魯迅的體式。很好！」[37]評朱點人〈紀念樹〉，說：「手法及組織有帶一些張資

34　文藝聯盟東京支部在 1935 年 4 月 14 日的第三次座談會上也作成提案，要求臺灣文藝聯盟總會對於「感傷的、呼號的無聊詩歌加以整頓，希望重質而不重量。」吳坤煌〈東京支部の提案〉，《臺灣文藝》第 2 卷第 6 號，1935 年 6 月 5 日，頁 30。

35　吳坤煌〈現在的臺灣詩壇〉，前揭文。吳在《臺灣新民報》上發表的批評筆者未見，此係他在〈現在的臺灣詩壇〉一文中所提及。文載：「九月『新民報』底文藝欄，吳坤煌所投的巨彈，動亂了詩底評論界，一些無定見的詩人們，提出反省和再出發，那是頗值得討論的問題。」

36　柳書琴，〈臺灣文學的邊緣戰鬥：跨域左翼文學運動中的旅日作家〉，Conference of Taiwan Literature and World Literature in Chinese（March 26～27,2002），*Forum for the Study of World Literatures in Chinese*，UCSB，California, USA.

37　《臺灣文藝》創刊號，1934 年 11 月 5 日，頁 7。

平式的骨格，手法卻比他柔軟一點，風格稍近似周作人那樣的平凡而耐人玩味。」[38]評廖毓文〈創痕〉說：「比較的稍近於徐志摩的風格，並且富有詩才的。」[39]賴明弘翻譯森次勳〈中國文壇的近況〉也多次提到魯迅。

　　葉榮鐘在《南音》半月刊上曾署名「擎雲」，發表〈文藝時評——關於魯迅的消息〉說明魯迅的亡命生活「是用手寫還不及用腳跑的忙」：「我很希望在不遠的將來能夠接到左傾以後的魯迅的作品，但這或者是很難的是吧。據林守仁氏的報告，現在的魯迅『是用手寫還不及用腳跑的忙』（這是魯迅對他講的）哩。他老人家的亡命生活不知到甚麼時候才能休止，實在令人記掛也令人可惜，同時也是使我感到壓迫言論之可惡，因為言論的壓迫不知要推（催）殘多小（少）的天才，減殺了幾多的好作品呀。」[40]《臺灣文藝》二卷一號連載增田涉〈魯迅傳〉，提及魯迅因攻擊國民黨政府被追殺，生活在「以

38　同前注，頁9。

39　同前注，頁10。

40　《南音》第1卷第3期，1932年2月1日。又收入《葉榮鐘早年文學》，見《葉榮鐘全集》，2002年，頁273～275。文中的「林守仁」即是日本進步記者山上正義的中文筆名。此句出自其譯著《支那小說集——阿Q正傳》的介紹文〈關於魯迅及其作品〉。根據丸山昇〈魯迅與山上正義〉一文，推測山上正義1896年生於鹿兒島。1926年10月任新聞聯合通訊社的特派員到達廣州，1927年4月12日，「在上海發生了蔣介石的反共武裝政變。擔任國民革命軍總司令的蔣介石轉向反共，開始大量屠殺共產黨員及其外圍的學生、工人、農民。三天後的4月15日，李濟琛在廣東發動了武裝政變。據記載廣工因政變而被殺害的共產黨和工人達二千一百多人，被解職的鐵路工人達二千餘人以上。中山大學的學生也有四十多人被捕。」山上正義在《新潮》雜誌上分別發表了〈南中國的文學家們〉（1927年2月）、〈談魯迅〉（1928年3月），見證當時情況。丸山昇認為山上正義在廣東「和郁達夫、成仿吾等創造社的成員交游，還見到了魯迅。」（原載《海》，日本中央公論社出版，1975年9月號，收入劉獻彪、林治廣編，李凡譯，《魯迅與中日文化交流》，長沙市：湖南人民出版社，1981年8月），頁272～284。另參徐秀慧〈戰後初期臺灣的文化場域與文學思潮的考察（1945～1949）〉（清華中文所博論，2004年7月），頁205。

腳逃亡甚忙於以手寫」的情境，此句因文中二次引用而著名，後來王
詩琅、黃得時及入田春彥、楊逵、龍瑛宗都曾有類似的話語[41]，而戰
後楊逵譯介了魯迅《阿Q正傳》的原因，增田涉〈魯迅傳〉也提供了
一些線索。

　　一九三六年二月郁達夫來臺訪問，其時林文騰、郁達夫、張星
建、張深切、李獻璋都與之見面。一九三六年十二月五日《楊守愚日
記》：「臺灣日日新聞載著郁達夫先生廿二日來臺的消息。郁先生雖
然不是怎麼值得崇拜的作家，但，也還算事出了名的作家，尤其是創
造攝成立當時底他那勇往直前的精神，更是垂範。由於郁先生的來
臺，予與一點新的鼓勵，注入一點新的活氣，那麼，奄奄一息的臺灣
文學界底漢文陣，或將藉此稍微振作一下吧？」[42]

---

[41] 王詩琅〈悼魯迅〉：「逃避徘徊的腳比執筆的手更忙碌」，《陋巷清士——王詩琅選
集》（頁148）。黃得時〈大文豪魯迅逝世——回顧其生涯與作品〉：「有一次林守
仁（把《阿Q正傳》譯為日文的人），問了魯迅為什麼最近作品很少時，魯迅回答
說：『比之用手去寫，倒不如用腳逃亡來得忙』。」（葉石濤譯，改題為〈回顧魯迅
的生涯與作品〉，《臺灣文學集2：日文作品選集》（高雄市：春暉出版社，1999年
2月），頁114。入田春彥讀書札記手稿（楊逵生前保存）：「魯迅晚年在蔣介石政權
的嚴密追捕之下，以他的話來形容，就是：與其說是過著執筆寫書的日子，倒不如
說是過著忙於拔腿逃命的日子來得恰當。」楊逵〈魯迅先生〉：「他經常作為受害者
與被壓迫階級的朋友，重複血淋淋的戰鬥生活，固然忙於用手筆耕，有時更忙於
用腳逃命。」（原發表於東華版《阿Q正傳》，引自《楊逵全集・第三卷翻譯卷》，
頁31。）龍瑛宗〈中國新文學の動向〉：「用手寫還不及用腳跑得忙。」（《中華日
報》，1946年8月15日）增田涉〈魯迅傳（三）〉中「以腳逃亡甚忙於以手寫」一
句，在《臺灣文藝》第2卷第3號出現過兩次，頁6、7。另參黃惠禎「楊逵與魯
迅文學的在臺傳播」，《左翼批判精神的鍛接：四〇年代楊逵文學與思想的歷史研
究》，政治大學中國文學系93學年度博論（指導教授：李豐楙），2005年7月，頁
246～251。

[42] 1936年12月5日《楊守愚日記》，許俊雅、楊洽人編，彰化縣立文化中心出版，
1998年12月，頁100。1936年10月20日日記對魯迅則多推崇：「阿Q正傳的作者
魯迅先生，十九日午前五時廿五分逝世了。……我於十八九歲時，就讀到先生的作
品，覺得他的作品，是平淡裡藏著一股強烈的反抗力。其冷誚，直比之所謂革命文

該誌對綜合藝術也有較多關注，一九三六年三月，有畫家、音樂家、書法家、演劇研究家、作曲家等開討論會，如鄧雨賢在此次座談會中，對未來創作臺語歌謠的走向提出了個人深切之感想與檢討，同時也開始更加努力地實踐其對音樂的理想，積極致力於採集整理〈艋舺新背調〉、〈番婆調〉、〈七家調〉、〈客人調〉、〈新雪梅思君〉等歌謠。聯盟亦邀請過臺籍旅日音樂家江文也、韓國人崔承喜等藝壇名人來臺演出。而刊物「感想‧書信」欄、「意見‧批評」欄，同時照應到讀者，供讀者投書發表感言、評論

《臺灣文藝》的編輯方針不斷調整，起先以中文為主，後來東京支部的日文作品接踵而來，中文作品相形之下，不免失色。然而，《臺灣文藝》終究是白話文稿件漸少「常比和文稿件少而稍有遜色？確實遺憾，咱們何不更奮發努力一點呢？」[43]《臺灣文藝》二卷四號「編輯後記」：「嘉義市一讀者來信：『白話文的作品未免太過少呵。豈編輯者的偏重所致嗎？又者希望作家再較大膽的勇氣一點。黑暗中的讀者是要藉你們的健筆來發洩他慰積的悶氣。』」[44]對漢文作品的重視、呼籲可以想見。其實，從三〇年代初期到戰事發生前的文學刊物，可以發現日文作品不斷擴大，漸取代漢文之作，《南音》、《福爾摩沙》、《第一線》都加入了大量的日文創作，改為日刊後的《臺灣新民報》也幾乎是日文，《臺灣文藝》、《臺灣新文學》也就乾脆分為和文、漢文（白話文）兩種，殖民地臺灣至此已經很難看到一種完全

學家之熱罵，還要來得深刻有力。滿期待他再為文學運動、文化運動，放一道燦爛的異彩，詎料於此短短的五十六年，便完了他的一生，那是多可惜的！細心檢點生前跡，我道先生死若生。單使阿Q存正傳，已堪文史永留名。——悼周樹人文豪。」頁81。

[43] 1935年2月1日，頁128。

[44] 1935年4月1日，頁34。

以漢文為主的刊物[45]。張深切回憶道：

> 臺文的編輯方針，在實力對比之下，不得不自動轉變由民族性
> 轉向於政治性，再由政治性轉向於純文藝性，初創的主旨逐漸
> 無法維持下去了。

文鷗在「遠望臺」說：「漢文方面的文學作品怎麼漸漸衰退下去了
呢？……你們需再執起鋼筆，喚起心靈的叫聲，去完成你們的重大職
責呵！」[46]後來張深切在《里程碑》也同樣說明了漢文的衰弱不振，
較之東京方面的日文作品，不免是要相形見絀，因此不得不改變編輯
方針：

> 《臺文》出版初期，以中文為主，把中文排在前面，中日文各
> 編一半，計畫逐漸減少日文，改變為中文雜誌；但中文作家
> 少，作品質量都比不上日文，由於讀者的要求，和時潮的影
> 響，中文終於佔不住主要地位。我雖然站在總編輯的立場，有
> 權可以左右稿件，但終於愛莫能助，只有任它讓讀者淘汰。[47]

觀諸《楊守愚日記》，亦可理解中文之作真是稿源不足。一九三六年

---

45 〈王詩琅先生口述回憶錄──以文學為中心〉：「賴銘煌，這位到東京學習戲劇的朋
   友曾經對我說，老王呀，我們想用漢文寫作的東西太多了，可是又逐漸遠離中國的
   新文化，隔閡愈來愈大，雖然不想用日文寫作，癡學得了許多日文字彙，結果，又
   不得不使用日文來表達。誠哉斯言，真是一針見血的感慨。……於是，在文藝聯盟
   成立之後，日文作家開始佔了上風。」（蔡易達譯，下村作次郎編）收入張炎憲、
   翁佳音合編，《陋巷清士──王詩琅選集》（臺北市：弘文館出版社），頁229。

46 《臺灣文藝》第2卷第7號，1935年7月，頁21。王錦江（詩琅）也說：「最近漢文
   的這樣可悲傷的不振的傾向，更為顯著了。」〈一個試評──以「臺灣新文學」為
   中心〉，《臺灣新文學》第1卷第4號，1936年5月，頁94。

47 張深切，《里程碑──又名黑色的太陽（下）》（臺北市：文經社出版有限公司，
   1998年1月），頁622、623。

六月九日日記載:「臺灣新文學界之漢文陣,很不幸的,執筆者十之七八都是徬徨於飢餓線上,為追逐麵包,以致無心執筆。因此漢文陣之微微不振,也就成為不可避免的了,況乎又是處在禁止漢文這一個大統治方針之下。每一回想起十年前在週刊民報學藝面縱橫馳騁時之氣概,不無令我感慨系之矣。」(頁27、28)一九三七年一月四日:「點人君來信要稿,說臺新二月號漢文方,到現時還沒一篇。詩琅君很著急。這樣現象,實在很夠痛心,但,也不自今日始。我們去年當編輯時,也就時時碰到了。今年之所以辭退,便是為此。要是詩琅君再不能開拓新方面,獲得新同好者,這著急,怕還長著呢。唉!臺灣文學界的漢文陣,已經是像十五後的月亮,漸次消失其光鳴了。可歎!」(頁120、121)在一月二十一日日記:「詩琅君來信,說臺新二月號竟無一篇漢文小說可登。可以說是消沉達於極點了。宜乎他有「這樣看來,也不消什麼人禁止,也自會消滅」之歎!更無怪乎當年點人君有『漢文無出路』之悲鳴了!」(頁130)二月三日:「晚,接到臺新二月號。一見漢文面真是貧弱到可憐,不惟量這一方面減少,就是質這一方面,也沒有一些叫人滿意。無聊之餘,只得把日裡由舊書攤買來的玉田恨史、海上花列傳拿過來翻閱翻閱。」(頁136)

　　《臺灣文藝》,自一九三四年十一月五日創刊,至一九三六年八月二十八日停刊,一共出了十五期之多,《臺灣文藝》不再發行,無形中等於宣佈「臺灣文藝聯盟」的瓦解。這個曾經網羅一百多名全臺灣各地作家參加的空前文學組織,象徵三〇年代臺灣新文學運動的高峰,它的解散、消失,與經濟條件的不良、內部意見不齊、漢文日消、東京支部衰落、殖民統治者的壓迫干預,以及其他各種因素,雖意圖振作,但終究欲振乏力,雜誌業務不得不停擺。

四 文聯東京支部、中國左聯東京支盟、日本左翼文化界 的交流

　　臺灣做為日本的殖民地，臺灣並沒有像日共之於「納普」或中共之於「左聯」，指導無產階級文藝團體的聯合會，成為黨的外圍團體，左翼團體也沒有「作同」的任務存在，「臺灣文藝聯盟」既非左翼組織，自然也無執行共黨指令的任務，聯盟是以臺灣人作家為主，不限其階級、立場，與無產階級「作同」有相當大的差距，但「臺灣文藝聯盟」東京支部與左聯東京支盟、日本左翼文化界的交流，使得《臺灣文藝》與中日作家有比較多的接觸，尤其是中國方面的作家，這在其他刊物是少見的。

　　「文聯東京支部」與「左聯東京支盟」的交流中，以吳坤煌（臺灣）與雷石榆（中國）的交流最為頻繁，他們的交流建構了臺灣文壇、東京左翼詩壇及旅日中國左翼文學者之間的互動。據雷石榆〈我所切望的詩歌〉所載，他在一九三四年十月三日，參加遠地輝武的《近代日本詩的史之展望》出版紀念會時，認識了來自殖民地臺灣的吳坤煌以後，才和《臺灣文藝》「親熱地訂了姻緣」的[48]。一九三四年十一月五日，「臺灣文藝聯盟」的機關誌《臺灣文藝》創刊；吳坤煌與賴明弘是東京支部的負責人。吳坤煌將《臺灣文藝》創刊介紹給雷石榆之後，一九三五年二月五日晚上，由吳氏引介，雷石榆應邀參加了在東京新宿ERTEL舉行的「臺灣文聯東京支部第一回茶話會」，並作了文藝發言，向臺灣同好報告了中國文藝界的動態，當時日文還不甚流利的雷石榆，由賴明弘協助翻譯，發表了感想：

---

[48] 發表在1935年6月發行的《臺灣文藝》第2卷第6號。

　　《臺灣文藝》這本雜誌我翻了，但沒有全部看完。我很敬佩各
　　位的努力。臺灣現在的文藝雜誌跟以往不同，有新的意識，
　　立場也不限於臺灣，需要跟中國合作，事實也在互相合作前
　　進。[49]

雷石榆是當時唯一的中國詩人出席了茶話會，當時他也指出雜誌文體
不統一，文言白話文混雜的現象。賴明弘問他用何文體統一。他回
答：應是白話文。[50]一九九三年，《新文學史料》第四期刊載雷石榆的
〈舊夢依稀話寶島——寄情臺灣〉一文，其中提到：「在東京編刊的
《臺灣文藝》，和我主編的『左聯』東京分盟刊物《詩歌》，以及我參
加的日本左翼詩人雜誌《詩精神》，結成了戰鬥的友誼。」雷石榆與
臺灣作家的交流，或者說「文聯東京支部」與「左聯東京支盟」的交
流，於此展開，建構了臺灣文壇、東京左翼詩壇及旅日中國左翼作家
之間的互動[51]。

　　接著，從茶話會之後[52]，雷石榆就開始在《臺灣文藝》上不斷發
表了中、日文的詩作、評論或散文（或歸類為小說），總計有詩作
四篇、詩評二篇、通信一篇、小說一篇。如日文詩作〈顫抖的大地〉
（2卷4期，1935年4月）和〈饑饉〉（2卷5期，1935年5月）；中文

---

[49]　〈臺灣文聯東京支部第一回茶話會〉，《臺灣文藝》第2卷第4號，1935年4月1日，
　　頁27。第一回茶話會出席者有：顏水龍、賴貴富、雷石榆、張文環、楊杏庭、陳
　　傳纘、吳天賞、翁鬧、吳坤煌、賴明弘十位。

[50]　同前注，頁29。

[51]　柳書琴博論〈荊棘的道路：旅日青年的文學活動與文化抗爭——以《福爾摩沙》
　　系統作家為中心〉，討論了吳坤煌與東京左聯刊物《詩歌》，以及和日本左翼詩刊
　　《詩精神》、《詩人》的同仁有交流，並考察了吳坤煌、張文環與中國旅日青年的文
　　學、戲劇交流。（清華大學中文系，2001年，頁224～248）

[52]　如日文詩作〈顫抖的大地〉雖刊於第2卷第4期，1935年4月1日，但寫於1935年2
　　月12日，即茶話會之後的一週。

評論〈我所切望的詩歌——批評四月號的詩〉（2卷6期，1935年6
月）和〈詩的創作問題〉（2卷8、9期合刊，1935年8月）；小說〈和
一個異國婦人的對話及其他〉（3卷2期，1936年1月）；中文詩〈磨
碎可憐的靈魂〉（3卷3期，1936年2月）等等[53]，可見當時雷石榆與文
聯東京支部關係相當密切，他也透過《臺灣文藝》提出個人對該刊作
品的建議。〈我所切望的詩歌——批評四月號的詩〉即是針對《臺灣
文藝》四月號詩作加以批評，首先他就自己寫作這篇文章的心情作了
說明，他認為《臺灣文藝》前面幾期所發表的詩歌，充斥著「悲觀、
傷感、戀愛的醉吟、身邊瑣事雜唱等」，實在和他「所切望的距離很
遠」。然而，「大概由於有過幾篇對於詩歌的批評的影響所致」，「最
近幾號裡，較有意義的作品卻漸漸出現了」；因為這樣，他那「熱望
的火燄隨著愈益明耀起來」，於是「在這樣的情緒緊張中」，針對四
月號的詩歌，寫了這篇批評文章。他先批判逃避現實的「布爾喬亞」
作家的世界觀，說：「在猛進著的歷史輪下顛簸、呻吟、殘喘地呼吸
著的布爾喬亞的小說家和詩人們，早已喪失了資本主義初期的活生生
的魄力，他們的運命已在新的現實的洪爐的烈燄中葬送了。所以生命
還沒終結的現有一般布爾（喬亞）作家們，或逃避現實或作長噓短嘆
的呻吟，或作『玩物喪志』以消遣無聊的什麼屁句。更有一部分是反
動的，為持續自階級的殘喘中的運命而蒙蔽現實，麻醉大眾，作統治
者的獵犬或看門狗了。」雷石榆認為這樣的現象有它歷史發展的必然
性，並不是「偶然的」。

53　後來因故於1935年冬回到上海（據筆者訪談賈植芳先生所言為「桃色事件」），繼
　　續從事左翼文學活動；在當時文藝界的「國防文學」與「民族革命戰爭的大眾文
　　學」爭鬥中，贊同「國防文學」口號，提倡「國防詩歌」。《臺灣文藝》後來也很
　　快停刊，因此不再看到雷石榆相關文章。有關雷石榆部分，可另參藍博洲《消失在
　　歷史迷霧中的作家身影》（臺北市：聯合文學出版，2001年6月15日）。

　　接著，雷石榆指出「臺灣的作家們啊！詩人們啊，體諒得比我觀察更明晰的壓在你們的頭上的現實的枷鎖，和在那枷鎖下的大眾生活，以及和世界的矛盾尖銳化的現階段的種種關係不可分離性底諸樣事象不是清清楚楚的纏在你們的身邊麼？然而作為詩人的你們、為什麼在無數的現實的題材的棚下隱著身低唱著時代無關痛癢的調子呢？」他明白地宣稱自己「所切望的詩歌」是「大眾的生活」、「社會的事件」、「表現時代的現實作品」，他鼓舞臺灣詩人在寫作時要「那就是現實地寫，在大眾生活中擇出所要表現的主題，藝術的形象化地，言語的簡明地，用鼓動的情熱，流貫於詩的行句之間。」因此，「也可盡力點應用革命的浪漫主義的表現」。最後，他認為「寫詩是不能這麼機械地在理論的形式上去兜圈子」，「藝術家依各個的才能、經驗、知識程度和各個特殊性的差異……所表現主題的方法也各不相同」。但是，只要是「通過一致的世界觀」所「產生出來的作品，都持有歷史的現實價值的」。此文說明了自己的詩觀，也具體地分析了發表在《臺灣文藝》四月號的詩歌，除了吳坤煌〈陳在葵君を悼む〉這首詩獲得出色的肯定外，餘如楊守愚、巫永福、翁鬧、楊華、子敬、管頂等作者們的詩作，則多委婉批評，提出建言，鼓勵臺灣詩人們能夠「不絕地努力產生有意義的詩歌」。

　　從文獻上來看，雷石榆在一九三五年四月十二日寫就〈我所切望的詩歌──批評四月號的詩〉，過兩天，文藝聯盟東京支部在十四日的第三次座談會上也作成提案，紀錄由吳坤煌在十六日整理完成，提案要求臺灣文藝聯盟總會對於「感傷的、呼號的無聊詩歌加以整頓，希望重質而不重量。」[54]雷石榆在寄出稿件同時，同時也有書信表達

---

[54] 〈東京支部の提案──臺灣文藝聯盟總會に呈す〉，刊《臺灣文藝》第2卷第6號，1935年6月，頁30。

他的意見，謂：「貴刊四月號裡，載了許多詩歌，這，這令我很高興的。但教我滿意的卻不多。此後甚希望編輯先生嚴格些選擇，同時要求作者諸君，以社會事象、大眾生活……為題材，多多產生有意義的作品。」[55]我們無法確切的說吳坤煌參與此次座談，同人的提案（或者就是吳氏所提）是否與雷石榆交往的關係，受到其看法的影響，但對現時詩歌的不滿意，希冀能提升應是共識。其實雷石榆所批評的四月號《臺灣文藝》，就有一篇林克夫對之前詩作的批評：「十之七八，若不是歌失戀的，就是失望，在這種的現像（象）的臺灣獨自悲傷是無益於世，而且是有害的。」[56]後來張深切也在形式上提出呼籲：「現在的所謂新詩也許還不能夠說是詩吧。因為新詩的文字很沒有洗煉（練），句節多缺律韻。讀後不僅沒能記憶，連印象也很難保留（恐怕沒有人能夠暗誦五首以上的新詩吧），咱們此後當有義務改革新詩。」[57]

一九三五年的四月份，吳坤煌與雷石榆交流活動密切，除前述之外，早在四月七日夜，在東京新宿的白十字就召開了雷石榆詩集《沙漠之歌》的出版紀念會，左聯東京分盟、詩歌社同人凡七位參加：林林、駱駝聲、魏晉、蒲風、陳子鵠、林煥平及雷石榆，臺灣出席的即是文聯東京支部的吳坤煌，當時還有日本左翼的詩人、評論家多位。〈我所切望的詩歌──批評四月號的詩〉發表以後，緊接著，雷石榆

---

55 見「書信」欄，刊《臺灣文藝》第2卷第6號，1935年6月，頁43。

56 HT生，〈詩歌的批評及其問題的二、三〉，《臺灣文藝》第2卷第4號，1935年4月1日，頁101。該誌之發行時間註明4月1日，但林克夫在文末寫下的文章完成時間是「1935、4、11脫稿」，可能四月號未能如期出刊，但從雷石榆4月12日完成的〈我所切望的詩歌──批評四月號的詩〉似乎如期出刊，有可能是林克夫把3月寫成了4月。

57 張深切，〈「臺灣文藝」的使命〉，《臺灣文藝》第2卷第5號，1935年5月5日，頁21。筆者案：當時臺灣新文學的發展，小說遠較白話新詩成熟。

又再寫了一篇〈詩的創作問題〉[58]，在這篇詩論當中，雷石榆指出詩創作時所要面對的四個問題：「詩人必要把握的前提」、「創作的客觀認識」、「創作的實踐」和「創作的修養」。

雷石榆這兩篇關於詩的評論，對殖民地臺灣的詩壇及詩人們應產生相當的回應。吳坤煌立即在《詩歌》發表〈現在的臺灣詩壇〉[59]一文，吳氏此文發表不久，復於《臺灣新民報》學藝欄，對本土詩評界提出批判，因而引發了島內文壇的一些迴響，他在〈現在的臺灣詩壇〉一文中提及「九月新民報底文藝欄，吳坤煌所投的巨彈，動亂了詩底評論界，一些無定見的詩人們，提出反省和再出發，那是頗值得討論的問題。」[60]此外，賴明弘在《臺灣文藝》的〈編輯後記〉指出：「雷石榆氏的〈詩的創作問題〉，對一般詩人給予許多啟發」之外；「對臺灣的詩抱持著疑問」的呂赫若，也在讀過之後，有感而發地寫了一篇〈關於詩的感想〉，針對島內詩人所作的「虛無」的詩，再引森山啟的文學理論指出詩的「現實性」與「階級性」；最後，他感慨地說：「儘管偉大的詩人雷石榆氏在百忙中，針對關於『詩』的諸論作評語，發表於《臺灣文藝》上，作為指導，島上的詩卻依然呈現充滿感傷、虛無等錯誤的狀態⋯⋯。」[61]

---

[58] 《臺灣文藝》第2卷第8、9號合刊，1934年8月4日，頁117、118。

[59] 雷石榆主編東京左聯刊物《詩歌》第1卷1至3號（1935年5月10日創刊）。吳文刊《詩歌》第1卷第2號，1935年8月3日；第1卷第4號，1935年10月10日。

[60] 參柳書琴〈荊棘的道路：旅日青年的文學活動與文化抗爭——以福爾摩沙系統作家為中心〉，清華大學博士論文，2001年7月，頁243。論文已由聯經出版社出版。1935年的《臺灣新民報》仍未出土，當時實際情況無法得知，僅能據吳文略知此事。

[61] 《臺灣文藝》第3卷第2號，1936年1月。另見筆者〈冷筆寫熱腸——論呂赫若的小說〉，《臺灣文學散論》（臺北市：文史哲出版社）。總括雷石榆1934年至1936年的文學活動，大抵如下：1934年10月3日，在遠地輝武的《近代日本詩的史之展望》出版紀念會中，認識了來自殖民地臺灣的「臺灣文藝聯盟」東京支部負責人之

　　吳坤煌除了促成雷石榆與《臺灣文藝》集團交流，還介紹支盟另
一位重要成員魏晉投稿。雷石榆詩集《沙漠之歌》出版後不久，魏晉
便將詩集中〈給某詩人們（祖國的感想之一）〉譯為中文，隨後又發
表〈最近中國文壇上的大眾語〉一篇。兩文分別刊載於《臺灣文藝》
二卷六號、二卷七號上。[62]魏晉〈最近中國文壇上的大眾語〉：「承吳
君的盛意，我像在夢中似的，讀到了『臺灣文藝』。真的，對於吳君

一的吳坤煌。1935年主編東京左聯刊物《詩歌》第1卷1至3期（五月十日創刊）。
2月5日晚上，應邀參加「臺灣文聯東京支部第一回茶語會」，並作了文藝發言。四
月，在《臺灣文藝》第2卷第4號，發表日文詩作〈顫抖的大地〉。5月，在《臺灣
文藝》二卷五期，發表日文詩作〈饑饉〉。6月，在《臺灣文藝》第2卷第6號，發
表中文評論〈我所切望的詩歌〉。8月，在《臺灣文藝》第2卷8、9號合刊，發表
中文評論〈詩的創作問題〉。1936年1月，在《臺灣文藝》第3卷第2號，發表中文
散文〈和一個異國婦人的對話及其他〉。2月，在《臺灣文藝》第3卷第3號，發表
中文詩〈磨碎可憐的靈魂〉。上半年回到上海，繼續從事左翼文學活動；在當時文
藝界的「國防文學」與「民族革命戰爭的大眾文學」誇爭中，贊同「國防文學」口
號，積極提倡「國防詩歌」。3月5日，上海的左聯文學月刊《夜鶯》創刊，發表
〈我仍要歌唱〉一詩（一月十九日夜作），表示要以「馬耶闊夫斯基的毅力和勇氣」
「粉碎現實生活的鐐銬」。5月2日，作論文〈國防詩歌應走的路線〉，10月發表於
《詩歌》雜誌創刊號。雷石榆被日本驅逐出境緣由，據賈植芳先生所言：「當時東
京左聯的發起人是謝冰瑩。有胡風、任鈞（筆名是羅聲堡）等，都是詩人，是當時
很多留學生的文藝團體。雷石榆的詩刊登在當時的一些報紙上，大概有不少讀者，
日本公司女職員文化程度比較高的都喜歡他的詩，有個在公司上班的女職員，文化
水準還算比較高，喜歡看文藝報刊。她讀了雷石榆的詩歌後，產生愛慕之心，就給
雷石榆寫信。兩個人因此成了朋友，後來同居一處，女職員用她每個月的工資養活
雷石榆。後來雷石榆又與另位女性交往，臨結婚前夕，雷石榆逃走了，女方留下遺
書自殺。但沒死成。東京警察看了她的遺書說是受一位中國詩人雷石榆的欺騙。後
來警察到雷石榆住處去查，裡頭有很多日本小姑娘的照片。雷石榆不需工作，靠
這些日本小姑娘養活他。最後員警把雷石榆抓走，驅逐出境，罪名是「桃色支那
人」。2004年8月30日訪談，地點：上海市國順路650弄13號。

62　雷石榆（作）、魏晉（譯）〈給某詩人們（祖國的感想之一）〉，《臺灣文藝》第2卷
　　第6號，1935年6月，頁131。魏晉〈最近中國文壇上的大眾語〉，《臺灣文藝》第
　　2卷第7號，1935年7月1日，頁193～194。

的盛意應該感激，我和《臺灣文藝》接近的愉快，實在說不出來。」
文章對目前中國提倡的大眾語，不完全表示同意，因其非農工大眾的
語言、是逃避現實的隱身法。他批駁傅東華在《文學》上的說法：
「我們所提倡的大眾語，並不是農工大眾的語言，而卻應該是創造的
（大意如此）」他認為「語言離開農工，還能說是大眾的語言，這實
在是奇妙極了的高見，何況還說是創造的哩。——由生活創生的語言
不提倡，卻提倡生活以外的語言，我相信，如果真那樣的『大眾語』
寫著，不獨大眾不能懂，恐怕還是大書吧。」[63]吳君即是吳坤煌，他以
《臺灣文藝》為舞臺致力於中臺作家交流的努力，可見一斑。

　　中國青年雷石榆、魏晉等人熱情參與文聯東京支部，相對地臺灣
青年也可能參與了他們的座談會或其他活動。張文環〈臺灣文壇之
創作問題〉發表於《雜文》，吳坤煌〈現在的臺灣詩壇〉刊載於《詩
歌》。臺灣作家於兩刊初創之際便有意從小說和詩方面分別介紹臺灣
文壇現狀，可見彼此交流之積極。以當時的情況推測，張文環在《雜
文》上有目無文的稿子，極可能是吳居中介紹的，此一殘跡多少也為
中臺青年的異域交流作了見證[64]。柳書琴復提到除了誌面上清楚可見
的吳坤煌與雷石榆、魏晉等人的交流，以及吳於憶往中提及與林煥
平、蒲風等人的合作之外，臺灣文藝聯盟與左聯東京支盟可能還有其
他一些互動。《臺灣文藝》創刊不久，不斷刊載有關魯迅、高爾基、
托爾斯泰等人的研究或作品的中譯稿。如：增田涉著、頑銕譯〈魯迅
傳〉（連載4期）；高爾基著、宜閑譯〈鷹之歌〉；高爾基著、張露薇
譯〈在輪船上〉；托爾斯泰著、春薇譯〈小孩子的智慧〉等。這些稿
件似乎不盡出自臺灣青年之手，其來源不得不令人聯想到在左翼文學

---

63 《臺灣文藝》第2卷第7號，1935年7月1日，頁193～194。
64 見柳書琴，〈臺灣文學的邊緣戰鬥：跨域左翼文學運動中的旅日作家〉。

譯介交流上貢獻頗多的東京支盟中國青年們[65]。

　　《臺灣文藝》對左聯作家介紹方面，亦值得注意。自二卷一號至四號（1934年12月至1935年4月），分四次連載了頑銕譯自魯迅弟子增田涉[66]所作的〈魯迅傳〉，原文刊登在一九三二年四月三十日於東京出版的《改造》四月特別號，本文內容主要在介紹魯迅（1881～1936）的學習、創作歷程及其作品，二卷一號的〈編輯後記〉即推崇魯迅：「是中國的偉大作家，他的傳記也是中國文學史上的重要部分。」

　　〈魯迅傳〉第一篇刊出後，郭沫若隨即來函指稱該文部分內容與事實有所出入。而以〈魯迅傳中的誤謬〉為題，刊於二卷二號的《臺灣文藝》上[67]。緊接著原作者日人增田涉也於次號（三號）上發表〈〈魯迅傳〉についての言分〉（〈關於〈魯迅傳〉的說明〉），一者，

65　同前注。

66　增田涉，日本中國文學研究者，1929年畢業於東京帝國大學文學部中國文學科。大學時因為學習過《中國小說史略》而知道了魯迅。1931年來到上海，在拜訪內山完造的時候認識了魯迅。從此增田涉開始研讀魯迅小說，並著手翻譯《中國小說史略》。魯迅沒有擺出一副導師的面孔高高在上，而是「和藹可親，完全可以信賴，因此能夠隨便地說話，毫不感到威嚴之類的重壓……我日常接觸的他，是一個好叔叔，連那漆黑的髭鬚，也增加他幽默的可愛。」翻譯《中國小說史略》是，魯迅和增田涉並坐在書桌邊，由增田涉把原文逐字翻譯成日文念出來，念不好的地方由魯迅加以指教，倘若有不明白處，由魯迅詳加解釋。這樣的翻譯，在今天是罕見了罷？在上海的日子裡，他們一起看電影，一起看繪畫展覽，一起進啤酒店，後來增田涉離開中國，回憶起魯迅仍是無比崇敬地說「我的恩師魯迅先生」，他說：「總之，就我個人來說，直到現在所接觸過的人——當然包括日本人，和魯迅先生比較起來，在為人上我最尊敬他，對他感到親愛……我是那樣的依靠著他。」（引號內摘自增田涉著《魯迅印象記》）

67　郭沫若的投書，係就譯文所指法國大文豪羅曼羅蘭（Romain Rolland,1866~1944）翻譯登載魯迅的〈阿Q正傳〉於其主編的《歐羅巴》雜誌後，曾寫了一篇很感激的批評寄到中國，但信卻不幸落於和魯迅抗爭的「創造社」手裡而被毀棄一節，提出辯駁說：「創造社決不曾接受過羅蘭的那篇歷史的批評文學」。

回應郭沫若的質疑，再者，就〈魯迅傳〉的若干內容立意提出解釋。

除了魯迅之外，作為「創作社」巨擘的郭沫若（1891～1978），文聯人士曾拜訪過他。郭沫若流亡蟄居日本期間，旅居東京的文聯委員賴明弘於一九三四年十一月十九日函致敬仰之忱，並請求惠賜佳稿，以光篇幅。郭沫若也隨即於十一月二十一日覆信表示：「臺灣有《臺灣文藝》誕生真是極可慶賀的消息，我是渴望著拜讀。臺灣的自然、風俗、社會、生活……須得有新鮮的觀察來表現出來。」[68]在郭沫若的好意邀請下，賴明弘便偕同蔡嵩林，在一九三四年十二月二日前往東京市郊的郭沫若寓所拜訪請益。賴明弘在〈郭沫若先生的信〉有這一段話：

> 如上言我們現在祇痛感缺乏優秀之指導者，我們委員學識未宏，經驗又少，是以此後很盼望先輩諸公之指導和鞭撻。尤其是對素為我們崇仰之先生，我們很伏望多指示開拓臺灣新文學之處女地的方法和出路，使我們同一民族之文學能夠伸展而且能盡夠歷史的底任務！那麼，我們的任務之一，可謂完成了。[69]

柳書琴依據信函內容指出「信函顯示文聯常委賴明弘往見郭沫若乃為取得中國左翼作家的指導或建言，以便讓『同一民族的文學』能夠交流、聯繫、拓展，從而恪盡『歷史的任務』。『歷史使命』或『歷史任務』等詞，為當時左翼人士的慣用語。賴明弘所謂的「文聯的歷史任務」和吳坤煌『東京支部的歷史使命』，都隱含藉文學活動促進臺灣解殖、復歸祖國或建立社會主義國際等等涵意。以當時情況而

---

68 賴明弘，〈郭沫若先生的信〉，《臺灣文藝》第2卷第2號，1935年2月，頁98。
69 同前註，頁99。

言，『同一民族的文學』之聯繫伸展，較安全、便利的方式不外藉東京相對自由之便與中國旅京作家先取得交流。以文聯東京支部的活動來看，東京支部確實在這個方向上努力甚多。」[70]透過賴明弘等積極牽線，東京留學生的合流使文聯的聲勢愈益浩大，而位於「文學帝都膝前」而備受矚目的臺灣文聯東京支部，在《臺灣文藝》的誌面上也表現了充滿自信，積極而活躍。[71]但是面對日本內地對社會主義運動的打壓，連帶地也影響了旅日青年的活動。

在談論大陸文壇現況之餘，對於臺灣文學今後的取向，郭沫若也提出了他的看法：

> 我想還是以寫實主義，把臺灣特有的自然、風俗，以及社會一般和民眾的生活，積極的而大膽地描寫表現出來。臺灣的特殊環境，我們是不能夠知道的，只好廣泛而率直地表現出來，別抱什麼難解的觀念，盡量去努力。[72]

上述賴明弘與郭沫若之間的來往信函以及訪問紀錄，全刊登於《臺灣文藝》二卷二號上，郭沫若對《臺灣文藝》態度較友善，魯迅對於《臺灣文藝》的批評則是負面的。一九三五年二月六日，魯迅在給增田涉的信中說：「《臺灣文藝》我覺得乏味。」[73]從時間點來看，此時《臺灣文藝》已出版三期，頑銕翻譯增田涉的〈魯迅傳〉也刊登兩回，魯迅何以如此評述？陳芳明說「對於這樣重要的文學刊物，魯迅

---

70 柳書琴，〈臺灣文學的邊緣戰鬥：跨域左翼文學運動中的旅日作家〉，前揭文，頁20。

71 柳書琴，《荊棘的道路：旅日青年的文學活動與文化抗爭》，前揭書，頁207～210。

72 賴明弘，〈訪問郭沫若先生〉，《臺灣文藝》第2卷第2號，頁110。

73 署名「洛文」，收於《魯迅書簡──致日本友人增田涉》（西安市：陝西人民出版社，1973年2月），頁67。

都覺得乏味的話，那麼可以想像的，魯迅對當時臺灣文學的評價並不
是很高。他會有如此的評語，可能是對臺灣社會與臺灣文學並不熟
悉；而更重要的，他對生活在日本殖民地的臺灣人的心情是相當隔閡
的。」[74]我個人倒覺得其中因素，除了魯迅不以為然的批評：「這位先
生是盡力保衛自己光榮的舊旗幟的豪傑。」或許還有最近的一期（2
卷2號）刊登了賴明弘兩篇文章〈郭沫若先生的信〉、〈訪問郭沫若先
生〉，文中對郭氏推崇備至，可能使魯迅不悅，加上同期有郭沫若的
〈魯迅傳中的謬誤〉指稱〈魯迅傳〉部分內容與事實有所出入。郭文
說：

> 他的阿Q正傳被翻譯於法國，而登載在羅曼盧蘭所主宰的歐羅
> 巴……這一個大文豪的盧蘭，對他──魯迅特地寫了一篇很感
> 激的批評，寄給中國去。然而很不幸，那篇歷史的的批評文
> 字，因為落於和魯迅抗爭之「創造社」的手裡，所以受他毀
> 棄，那就不得發表了。這一節話真是莫須有的一段奇談。據我
> 所知道的魯迅的阿Q正傳是創造社的敬隱漁君（四川人）替他
> 翻譯介紹的，同時還介紹過我的幾篇東西，時候是在一九二五
> 年。那時候的盧蘭、創造社、魯迅，都還不是左翼，創造社和
> 魯迅的抗爭是在一九二八年，其中相隔了三年，怎麼會扯得出
> 這樣的一個奇謊？我現在敢以全人格來保障著說一句話「創造
> 社絕不曾接受過盧蘭的『那篇歷史的的批評文字。』」盧蘭和
> 敬隱漁君都還現存著，可以質證。還有諸君要知道一九二三年
> 前後的創造社，它是受著語絲系，文學研究會系的刊物所挾
> 攻的，盧蘭批評魯迅，為甚寄到創造社？創造社沒發表，為甚

---

[74] 陳芳明，〈魯迅在臺灣〉，收入中島利郎編《臺灣新文學與魯迅》（臺北市：前衛出版社，2000年5月），頁10。

盧蘭不說話？魯迅們的這一套消息又從何處得來？只稍略加思
索，便知道是天大的奇事。將來我另有機會要來弄個水落石出
的，現刻寫這幾句來報告諸位，可見得所謂傳記歷史是怎樣靠
不住的東西。[75]

對於郭沫若的反駁，增田涉寫了〈關於〈魯迅傳〉的指摘〉一文加
以回應，但郭沫若未再反駁，〈魯迅傳〉在第二卷四號刊出完結後，
「編輯後記」：「受到爭議的〈魯迅傳〉在本期結束。讀者希望郭沫若
先生寄來水落石出的原稿。」不過這一眾人期待的論爭並未延續，隨
著刊登的完結，論爭也自然結束，但《臺灣文藝》在對中國作家（尤
其是魯迅、郭沫若）、文壇的引介上，幫助臺灣讀者的理解，這一點
多少也發揮了作用。

　　賴明弘返臺次月（1935年4月），《臺灣文藝》四月號隨即刊出
了「文聯東京支部第一回茶話會」紀錄，以及左聯東京支盟成員雷石
榆的詩〈顫動的大地〉（〈顫へる大地〉）。這是「左聯東京支盟」分
子首次公開參與《臺灣文藝》，格外有其意義。五月號刊載的一些文
稿，也處處流露受激勵之情。賴明弘翻譯了森次勳於日本《文藝》上
發表的〈中國文壇的近況〉一文。譯文前有一小則譯序，言：「中國
文學是臺灣文學的母體，也是有著不解之緣。攝取消化中國文學之精
粹，是我們的共同欲求。可惜！近年我們離開中國文學太遙太遠了，
因為種種的情勢。譯者本想寫一篇較詳細的中國文學之近況，但為歸
來匆匆便臥病旬餘，虛弱異常，故祇能譯此篇簡單之介紹，請諸君諒
察。（本篇譯自《文藝》四月號）賴明弘」）[76]另外，賴明弘還發表了

---

[75] 刊《臺灣文藝》第2卷第2號，1935年2月1日，頁87、88。

[76] 森次勳（著）、賴明弘（譯），〈中國文壇的近況〉，《臺灣文藝》第2卷第5號，
　　1935年5月5日，頁22～24。

〈我們目前的任務〉，反覆強調文藝運動深入大眾、愛民眾、反映民眾心聲的重要性，並標舉文聯成員「親近讀者，和大眾握手」、「超越個性，提攜前進」、「支持文聯，擁護臺文」的三大任務。不過，賴明弘曾興奮地強調「與中日競賽」、「與世界文學比肩」的目標。他說：

> 能夠和中國文學比拳，和日本文學競賽，和世界文學並肩，路途遙遠，當待死狂般地奮鬥而奮鬥，努力又努力，拚命再拚命之後。……誰說臺灣人是劣種？誰說臺灣人不能產生睥睨於世界學的大文學出來？誰說臺灣文學不能咆哮宇宙呢！……我們相信「文聯」是臺灣人個個的精神的集團，「臺文」就是臺灣人個個心血的結晶。「文聯」是和島民不能有一刻的游離，「臺文」是帶著重大使命──就是大眾從自己的體內，迸出來的誠摯的心聲了。……使我們「臺文」更沒入於大眾裡頭，更使其融合於大眾，此亦緊急事之一。離開大眾的呼喊，無異空雷無雨。並不是拿大眾兩字做招牌，因為祇立腳於同大眾的立場，纔有正當的出發。………親近讀者，和大眾握手。超越個性，提攜行進。支持「文聯」，擁護「臺文」。這就是我們目前的任務啦！[77]

由此可見，賴明弘在呼籲島內文藝者接受文聯領導，注重群眾，精誠團結的前列「三大任務」之外，似乎還熱衷另一不便過度強調的任務。那就是──與中日作家合作。

同號刊載的張深切〈「臺灣文藝」的使命〉一文，顯示深入群

---

[77] 賴明弘，〈我們目前的任務〉，《臺灣文藝》第 2 卷第 5 號，1935 年 5 月 5 日，頁 65、66。

眾、與中日作家交流、積極大膽展開文藝活動等，此時已是文聯核心
人士之共同希望。《臺灣文藝》二卷七期（七月號）以後賴明弘加入
編輯陣營，該號刊出了陪同他拜訪郭老的蔡嵩林〈中國文學的近況〉
一稿，內容也在介紹中國現代文壇的動態。編輯張深切在編後記中也
說：「咱們機關誌受了重大的刺激，開始奮鬥的躍進了。由保守的而
跑進擴大化，由消極的而進出積極化，由敷衍的而演進戰鬥化了。」[78]
誌面上文稿顯示，隨著跨域交流的展開，《臺灣文藝》深受激勵，從
而躍躍欲試。

　　臺中日左翼文學者、文化人的跨域交流，也是一九三五年十一月
創刊的《臺灣新文學》的重點經營之一。左翼旗手楊逵在《臺灣文
藝》跨域交流的基礎上，與日本左翼文士進行的互動絲毫不遜色，不
過在爭取中國旅日作家方面不免落後文聯許多。在跨域交流方面，文
聯東京支部與推動各式活動的左聯東京支盟相較未免稚嫩。但是比起
高達萬餘的旅京中國學生和僑民以及不下五百名的進步分子，文聯東
京支部以寥寥十數人卻能共襄交流盛舉，實在相當不容易。誠如吳坤
煌所言，文聯東京支部締造的跨域交流，在臺灣文學史上確實是絕無
僅有的。

五　臺灣文藝聯盟分裂始末

　　三〇年代「臺灣文藝聯盟」的成立以及機關誌《臺灣文藝》的發
刊顯現出臺灣知識分子對於文學運動的使命感與熱情。階級意識與民
族意識在日治時期的臺灣是民眾相當切身的經驗與熱門的話題。任何
一種正式組織團體，內部有非正式團體的出現是無可厚非的，畢竟每

---

[78] 張深切，〈編輯後記〉，《臺灣文藝》第2卷第7號，1935年7月1日。

個人都是一個個體，大家都會有自己的主張與意見，組織中倘若有不
同意見時，一旦得不到調適或協調以取得共識的話，分化甚而分裂也
就是必然的情況了。

　　趙勳達〈《臺灣新文學 1935～1937》的定位及其抵殖民精神研究
研究〉碩論，資料蒐羅豐富，有新穎的創見，檢視楊逵離開臺灣文藝
聯盟，創立臺灣新文學社，發行《臺灣新文學》雜誌的前因後果，並
由臺灣文藝聯盟內部的文學路線之矛盾點出發，闡釋楊逵與文聯負責
人張深切之間的衝突，進而以此延伸至小說〈邁向紳士之道〉的刊載
爭議，說明楊逵是在巨大的衝突底下離開臺灣文藝聯盟，最後以〈邁
向紳士之道〉在《臺灣新文學》上刊載後所獲致的一致好評，來檢證
此次衝突的孰是孰非。論文主要在於釐清楊逵離開臺灣文藝聯盟一
事，並非是破壞文壇團結之舉。論文同時引賴明弘〈臺灣文藝聯盟創
立的斷片回憶〉部分話語：「文藝聯盟成立後不久，雖有楊逵先生等
少數人以提議擴大組織為藉口，高唱異調幾趨分裂，但全島的文學同
路者，深感團結力量與鞏固組織之必要，均摒棄偏見不予重視才不致
分裂，仍能一直支持下去。」[79]並進一步指出賴明弘本身即為臺灣新文
學社同仁，與該文指控楊逵當年致使文聯分裂的矛盾性。趙勳達引此
段文字考察賴明弘與臺灣新文學社的深密關係，確是卓見。但就全書

---

[79] 又收入《日據下臺灣新文學明集 5・文獻資料選集》，明譚出版社，頁 388。賴明弘
被稱為臺灣文藝聯盟三劍客之一，張星建在〈文聯的公賊〉中責備楊逵及賴明弘故
意撒謊，毒害文聯，顯見當年楊、賴二人同一戰線，共同對抗張深切、張星建。賴
明弘的「階級意識」在〈訪問郭沫若先生〉一文可知：「孩子們一往一來，以流暢
的日語很可愛的談著，孩子們也許不會說中國話了，他們將要日本的教育洗禮，同
化為日人了吧。然而，日人華人現在我們不成問題，民族的如何，現社會己是談不
到了，比民族問題，更重要的是階級的問題，只要其夠為自己被踐踏的階級盡忠與
否罷了。」（《臺灣文藝》第 2 卷第 2 號，1935 年 2 月），頁 108。何以戰後他反指楊
逵高唱異調，其緣由仍有待新資料解釋。

立場、措辭來看，也不免令人些許不安，張星建、張深切諸氏似乎都理虧了。

對於臺灣文藝聯盟的分裂史話，張深切《里程碑》：

> 《臺文》的編輯偏重日文之後，便有一部分民族主義作家不滿意張星建的編輯方針，有一個進入日本文壇的日文作家某生（案：指楊逵），為爭取編輯權，趁此機會，對張星建加以猛烈的攻擊，進而標榜主義問題向我和編輯委員會挑戰。我以為事屬思想問題，而《臺文》係以無黨無派無色彩的姿態出版的，如果公開討論主義思想，恐會惹起日本當局的干預，無異於引火自焚，我苦口婆心要求他顧全大局，息事寧人，然而他口是心非，實際上卻大佈筆陣，表示非打到你死我活，不肯罷休。（中略）星建奠定了《臺文》的基礎，而某作家不顧大局，為固執己見，不恤文聯分裂，儼然替日本當局效忠，打擊文聯，這一過錯實在難能輕恕[80]。

巫永福亦多次現身說法，撰文提及。他認為：「是時臺灣文藝雜誌是走民族主義路線，中產意識較濃，對待日本人是平等，故日本人的投稿也較少，臺灣新文學雜誌即走國際路線，無產意識較濃，對待日本人較為優厚，故日本人的投稿也較多。所以由日本政府的眼光看來，臺灣文藝聯盟是最大、最可怕的組織，而臺灣新文學雜誌是個小單位，所以局勢緊迫的時候，日本政府以各個擊破的方式，先對臺灣

80　見張深切《里程碑》。張氏批評非文聯的人對文聯會內之事說了些有的沒的話。據巫永福所述，張深切生前有撰寫《黎明前》時代小說之意，惜壯志未酬。但生前曾送巫氏該小說之目錄（署名雲羽），其一即有「臺灣文藝聯盟◎文人相輕自侮自辱」、「文聯的臺柱◎張星建被圍攻激起四大天王」（巫永福〈未寫的「黎明前」〉，原刊《臺灣文藝》第93號，1985年3月15日，收入氏著《巫永福全集‧評論卷I》（臺北市：傳神福音事業有限公司，1996年5月），頁197。

文藝聯盟下手強迫其解散，……《臺灣文藝》雜誌停刊瓦解。後來也迫使……張深切遠走北京。」[81]並說臺灣文藝聯盟包容各階級的臺灣作家，稿件取捨標準自然不免產生相左意見，張深切極力主張兼容並蓄，楊逵憤而退出，另立門戶。由於「臺灣文藝聯盟」是當時臺灣文學運動最大團體，故為日人所忌，而企圖加以破壞，製造分裂以削弱反抗力量。像文化協會和農民組合都是由於分裂而削弱反抗力量。巫老認為楊逵可能並未自覺到日人此一企圖，以致扮演了分裂者的角色。

　　回到當時筆戰情形，楊逵說：「如今，有許多人都不樂為《臺灣文藝》寫稿，而且眼前就有某些一直被積壓的稿件，不見得比向來獲得刊載的某些文章遜色。看到這些現象，我想要強調一件事：為了『臺灣文藝聯盟』的發展，也為了開拓臺灣文學，現在絕對有出現新雜誌的必要。」[82]楊逵在〈不必打燈籠——文聯團體的組織問題〉一文，主張文聯的組織型態必須有能力反映出臺灣現實的作品在質量的

81　巫永福，〈日據時代臺灣新文學運動與楊逵〉，《巫永福全集・評論卷Ⅰ》（臺北市：傳神福音事業有限公司，1996 年 5 月），頁 224、225。在〈臺灣文學與中央書局〉一文裡，巫永福說楊逵、張星建的筆戰，「被王拓等說成派別之爭，實在有點不類。……是兩方意識型態所引起的看法差異，……當時『臺灣文藝』最大的目標是臺灣的作家團結一致，以求平等的人權，所以十花五色的人都有，並沒有什麼派別。……楊逵創刊『臺灣新文學』之後，張星建還是給他廣告，可見張星建相當有風度，……我是不贊成楊逵較絕的作法，因此，我不曾投稿給『臺灣新文學』。……臺灣新聞副刊主任日人田中保男與我同事，楊逵與他走得很近。田中與一般日人一樣，尤其是日本政府，不喜歡臺灣文藝聯盟勢力過大，此時趁虛而入，企圖有所掌握，弄得喜歡樹立一幟的楊逵不自覺，實在可惜。」《巫永福全集・評論卷Ⅱ》，頁 32、33。葉石濤《楊逵的「臺灣新文學」》對分裂此事亦有所論述。

82　涂翠花譯，〈臺灣文學運動的現況〉，《楊逵全集》第 9 卷詩文卷（上），2001 年 12 月，頁 174。原作日文，刊《文學案內》第 1 卷第 5 號，1935 年 11 月。戰後楊逵對訪談者談及的經過，可參林載爵〈訪問楊逵先生——東海花園的主人〉、宋澤萊〈不朽的老兵——與楊逵論文學〉。

提昇，要在大眾中培育作家、喚起成名作家對臺灣現實面的注意。具
體作法即是創設一個合乎需求的機構，正確運動，安插適當人選、正
常召開會議，並提出編輯、選稿方面的客觀作法。[83] 有關作品篩選的
具體作法在〈團體與個人——幾點具體的提案〉一文又有說明[84]。

　　張星建在《臺灣新聞》發表文章（文聯「公賊」）指責楊逵，賴
明弘中傷文聯；楊逵也發表〈提燈無益——文聯團體的組織問題〉與
〈楊逵撒謊還是張深切撒謊？〉為自己辯護，「在八月十一日的第二
屆文藝大會上，甚至採納了要求全島各報開放文藝版的決議，可見發
表原地的不足已經成為全島作家關心的事，這是掩藏不住的事實。」[85]

　　當時擁護及批評兩方人馬皆有。賴貴富即曾多次撰文批評《臺灣
文藝》乏善可陳，缺乏刺激性、吸引力和幽默感，批評旅京的文藝青
年缺乏積極的生活態度及深入現實生活的勇氣，以致成為知識遊民，
在不景氣的世局中長吁短嘆，如乞食者般沒有骨氣，對於迫切的社會
問題與時勢動向也缺乏掌握。[86] 風車詩社因主為藝術而藝術之立場，
對楊逵階級藝術之理論較有微詞，如李張瑞認為楊逵「真正鑑賞藝術
的是大眾，只有少數人理解的不是藝術！真正的藝術是擄獲大眾的
感情，撼動他們的心靈的作品。」此一說是「根據普羅意識而來的大
膽說法」，遂在《臺灣新聞》提出質疑：「可是普羅文學卻是因為知
識分子的支持，才有過去的盛況，這是多麼諷刺啊！還有，優秀的藝
術作品通常都會凌越大眾，也就和（同時代的）大眾所思所想相去

83　涂翠花譯，《楊逵全集》第9卷詩文卷（上），2001年12月，頁247。
84　林信甫譯，《楊逵全集》第9卷詩文卷（上），2001年12月，頁264），目的是「防
　　止派系化帶來的危機，也要防止自以為是的橫行。」
85　涂翠花譯，〈臺灣文壇近況〉，《楊逵全集》第9卷詩文卷（上），2001年12月，頁
　　411。原作日文，刊《文學評論》第2卷第12號，1935年11月。
86　陳鈍也，〈陳鈍也信箱の開店廣告〉、〈文學界の「敵」として立つ〉等，V2卷10
　　號，1935年9月，頁85。柳書琴博士論文，頁218。

甚遠，楊逵先生要如何看待這個事實呢？」[87]楊熾昌反對「臺灣新文
學」的立場在《土人的嘴唇》、《回溯》二文尤為明顯，在《土人的
嘴唇》一文中：「現實文學或現實批評精神，激烈地出現於一九三三
年之後，好像世代混迷的大戰線。當『臺灣文藝』首先發行在飛躍的
臺灣文壇，『臺灣新文學』亦呈現，這二個雜誌之間所產生的作品內
容，大致相同，對於殖民地的文學建設，具有極重大的意義。但是當
今的新文學，思想陳腐，思考通俗，表現的祇是滿腹感歎，饒舌的文
字，內容空洞，希望能再加強。」[88]他並說：「我認為在臺灣，新文學
這個詞是不能使用的吧，進一步說，《臺灣新文學》雜誌上出現的作
品有值得上這個新文學的存在的嗎？……當然其所意圖的是所謂殖民
地文學的建設吧。可是它是什麼意義呢？實際上在臺灣建設得了殖民
地文學嗎？」[89]楊氏認為形式與方法論的貧困，詩論的混亂、詩人墮
落與缺乏自覺，甚至是充斥戴了詩人的假面具之詩人，和憧憬著詩人
這個名稱的鸚鵡似的亞流之輩」[90]。臺灣新文學的流弊已然面臨改革的
需求，唯有「為文學而文學」，在臺人團結的基礎下才能讓新文學的
薪火得到賡續，而這也是楊熾昌在三〇年代倡導超現實主義的要因之

---

[87] 涂翠花譯，〈摒棄高級的藝術觀〉，《楊逵全集》第9卷詩文卷（上），2001年12
月，頁174。原作日文，刊《文學評論》第2卷第5號，1935年5月。

[88] 《土人的嘴唇》原發表於1936年《臺南新報》，月日不詳，戰後已作過大幅度的修
改，此處引言與下注《土人的嘴唇》係屬不同篇。

[89] 參見楊熾昌前揭書，頁136～137。

[90] 參見楊熾昌前揭書，《土人的嘴唇》，頁135～139。戰後楊熾昌〈回溯〉一文曾
說：「最使筆者感慨的是，臺省同胞每每缺乏團結意識，雖然對於暴政具有同仇敵
愾之心，可是流於相互排斥，臺灣俗諺說得好『臺灣人放尿混沙不溶合』，……。
『臺灣文藝』（藝，訛為學）的分裂，其主因也是出於此，文人相輕，自古而然，
要想取得意見一致，似是奢想，是故一個道地的文學工作者，必須有容納他人批
評的雅量，純粹為文學而文學，團結力量，把箭頭指向日人才是。豈料窩裡反之
後，一些意氣用事之徒便憤然離開『臺灣文藝』另起爐灶，真是親者痛仇者快的憾
事。」

一。

吳坤煌在「感想通信」欄寫了一文〈臺灣文聯東京支部〉（署名
梧葉生），對臺灣文聯內訌一事表達了他的關切，他期許文聯能「努
力充實內容」、「強化其他文化事業」，以擺脫眼前危機，同時也強調
了東京支部的責任：

> 我東京支部雖力量微薄，但是也召開了三次座談會，另外在個
> 人方面也以《福爾摩沙》傳統培育出的力量，提供了許多創
> 作。這一年大家都拼命努力奮鬥過來了。

巫永福先生也以實際的創作支持《臺灣文藝》，並對張星建頗多瑜
揚，謂：「臺灣文藝聯盟《臺灣文藝》雜誌能繼續發行的最大功臣是
張星建一手掌財物。他為發行資金，第一，遠赴日本邀請日本舞踊界
最有名的韓國人崔承喜來臺在臺中座的大舞臺盛大表演，場場客滿非
常成功；第二、請大東信託株式會社陳炘總經理每月以全版廣告費大
力支持；第三、不辭勞苦請臺中市內辯護士（律師）、醫院以廣告支
助，或請林幼春資助。」[91]

文聯獨裁或許有之，就少數幾人支撐編輯刊物，每月要出刊，不
免是我輩數人定則定矣。張志相：「在文聯成立初期時，由於盟員散
居臺灣南北，即使是常委彼此間也缺乏長時的聯繫，一切活動都得由
張深切自行處理。資金的籌措、機關刊物的編輯，在在使張深切疲於
奔命，張星建、黃再添等人的鼎力相助，才使文聯得以維持。因此無
形中原有的編輯小組會較具權威性，且以自己的喜好主導了刊物方
向。」[92] 過分龐大的組織，加上意識型態格格不入，分裂終究是難以避

---

[91] 巫永福，《我的風霜歲月——巫永福回憶錄》（臺北市：望春風文化事業股份有限
公司，2003年9月），頁73。

[92] 《張深切及其著作研究》碩論，頁79。同時見於氏著〈張深切與臺灣文藝〉，《新生

免的。

　　然而楊逵所指責文聯之處，後來在他分離之後創辦《臺灣新文學》，也很難完全避免，楊守愚也在日記上多次記載著不滿、疑惑之意。在《臺灣新文學》創刊號發行之前，《臺灣新聞》已於一九三五年十一月十三日刊登〈「臺灣新文學社」創立宣言〉，對「臺灣新文學社」的經營理念和活動方針有具體的說明，提出四項方針，大意為：一、不拘泥一黨一派的主張，不渲染情緒中傷某作家。二、經濟上不依賴少數人援助，要貫徹全體作家及文學愛好者共同經營的方針。三、不讓兩、三人獨攬編輯，要委託全島作家，同時也要積極採納讀者意見。四、給予文學研究者或愛好者充分的讀書研究機會。其中具體作法如由文學愛好者信賴的人負責他們擅長部門的編輯，像漢文、詩、小說由賴和、楊守愚等人負責，和文詩由文聯家裡分會同人負責，和文小說評論可拜託日本文壇關心臺灣文學的作家、評論家幫忙或委託島內適當的人選等等[93]，都可看出這些方針，顯然是楊逵認為臺灣文藝聯盟內部有路線之爭與派別化傾向，因此需檢討革新以避免重蹈覆轍而提出的，但實際執行時，總不免遭遇現實上的困難。楊守愚日記披露此一情況：

　　1.《楊守愚日記》一九三六年四月十一日：

　　　　今天葉陶女士來要新文學五月號的稿子，使我有點不快，為甚？我總覺得逵君近來倒有些和文聯的深切君相像啦。像前二期的稿子，這裡送去的稿件，他偏把一部份抑留著，而把他接到的別的原稿刊上去。其實，他既然將漢文稿囑托這裡審查，

代臺灣文學研究的面向論文集》（礦溪文化學會編印，1995年6月），頁155。
[93] 《楊逵全集·詩文卷（上）》（國立文化資產保存中心籌備處，2001年12月），頁420～423。

本該把一切原轉送這裡來，可是他竟連通知也不通知一聲，這叫我們怎樣把稿件備妥？何怪獻璋君要說他「獨斷」呢。（頁3）

2.《楊守愚日記》一九三六年四月二十二日：

早上朱點人君寄來勸告我「捨小我而就大我」不要和楊逵君傷了和氣的信，使我覺得啞然。逵君把這裡送去的稿件任意取捨，這裡當然是很不滿，也的確是嚴重地向他抗議過，這不消說是怕的編輯上生出阻礙，致什誌誘致惡影響。哪有什麼牽涉到感情上來？這或因讀到我寄與獻璋君信而生誤會吧。（頁7）

3.《楊守愚日記》一九三六年五月八日：

今天逵君來取稿，並告訴病夫說文學社的經費，每月需兩百元，卻沒有告訴他詳細的用路。雜誌印了幾部？既不知道；出張費、通信費若干，也不明白；到底兩百元怎樣開法？不過，要是費用這麼大，能否永遠維持，不無疑問？

為著六月號沒接到小說，我又不得不拚老命了，這日，興致總算好些，執起筆來寫「移溪」，絞了一天腦汁，居然也寫了三千字，內容好壞不論，單這樣一種興致，也足自慰了。（頁14）

4.《楊守愚日記》一九三六年五月十四日：

逵君寄來漁光曲的招待券。前聞此片上映料和舞台稅，二日共四百八拾元，但，能否保得不折本？能否達到擴大讀者網的目的？不消說那是疑問，就他那擅自裁斷，已喚起幾多人不滿了。在綜合了幾多同人的意見，漢文部已決定寄信去要求貴君將會計事務，在六月號誌上公表了。（頁16、17）（筆者按：六月號仍未公布會計收支等細節）

5.《楊守愚日記》一九三五年六月二十二日：

> 莊松林君來信，說他向楊逵君提議收支報告在誌上公表事，逵
> 君倒說那會影響同人費的集金，不能同意。我不明白逵君的意
> 思，除掉有不正開銷，或無謂浪費之外，我想把收支清清楚楚
> 地公表出來，是會叫同人等信賴才是，集金也會容易一點才
> 對，「影響集金」云云，不知道他是什麼道理？（頁33）

6.《楊守愚日記》一九三六年五月十八日：

> 錦江也說，深切君告訴他，文聯東京支部，絕對不寄稿給臺
> 新。聲明書早已寄來了。這到底玩的什麼巴戲？但，逵君竟一
> 字也不曾提起。（頁18）

7.《楊守愚日記》一九三六年十二月二日：

> 公私易淆的臺灣人，實在是幹不來的事。逵君之於新文學社
> 然，獻璋君之於民文集亦然。在他人視為一種文化事業，而予
> 以極力援助；發行之日，彼竟視為私有物、營利品，……這裡
> 主張的，為普及文化之對於臺新同人讀者之優待購讀法，自然
> 沒有實現之望了。（頁98、99）

從以上幾則日記觀之，楊守愚字裡行間對刊載文章最後的取決權仍由
楊逵一人獨攬，以及經費不公開有著不滿的情緒，此一情形對照王詩
琅的說法似乎也是有跡可尋。從以上記載來看，楊逵對稿件應是又做
了最後的篩選，仍然無可避免將雜誌做為貫徹其個人的文學理念與
意志力之實踐作為[94]。楊守愚個性處事稱溫和，不致強烈反映個人不

---

94 王詩琅：「關於這雜誌（按、指臺灣新文學）的編輯工作，前述『漢文創作特輯』

滿，頂多在日記上發發牢騷宣洩情緒，不滿之餘，也未四處投稿說臺新的不是，仍然拚老命補稿件之不足。然則「稿件任意取捨」、「擅自裁斷」措辭，已可見楊守愚內心強烈的不滿，如果互易其身分職責，爭執恐亦將難免。

　　或許這種種因素（加上過去楊逵加入其他組織隨即分裂出走的紀錄），因此文聯的分裂不免導致後來有些人認為楊逵不能相忍為重，為大局著想。筆者並無非難楊逵之意，這是先天個性使然，擇善而固執。放諸現在各團體的運作來看，幾乎也是千古一律，如何在現實、理念、情義（誼）兼顧，實在有其困難，而分裂也未必是壞事，只要不惡意中傷，理念愈辯愈明，也能因此有反省再出發的機會，事實也證明《臺灣文藝》、《臺灣新文學》都各自擁有一片藍天，成為臺灣新文學史上重要的刊物。

六　結語

　　臺灣文藝聯盟的成立，標誌著臺灣文學家由過去個別的文學活動，轉而變成有組織性的集體運動，而其成員清一色為臺灣人，「文藝」含括了文學與藝術，因此對綜合藝術也有較多關注，曾邀請臺籍

是在我的企畫之下，按照我的構想所完成的。除此之外，我都沒有參與邀稿，所有稿件都是楊逵所約，刊登的也是楊逵送來的稿件。像藤森成吉、窪川鶴次郎等，眾所皆知，都是刊載了『文學評論』現成的稿件。因此，有一段時間，『臺灣新文學』被批評為『文學評論』的分店。」（下村作次郎編、蔡易達譯，〈王詩琅先生口述回憶錄——以文學為中心〉，收入張炎憲、翁佳音編，《陋巷清士——王詩琅選集》，1986 年 11 月初版，頁230。不同於臺灣文藝聯盟的民族立場，臺新社與日人合作的色彩較為強烈，除了先後延攬田中保男、高橋正雄、藤原泉三郎、藤野雄士、黑木謳子等日人作家進入編輯部，臺新社與日本左翼文壇也過從甚密，甚至被葉石濤戲稱為那烏卡社（發行《文學評論》）與文學案內社（發行《文學案內》）的臺灣支社。

旅日音樂家江文也、韓國人崔承喜等藝壇名人來臺演出。黃得時認為「臺灣文學運動到這時期，已漸漸脫去政治上的聯繫，而走向文學獨自的境地了」。三〇年代臺灣文學之蔚為風氣，作家輩出，各顯風騷，不能不說是臺灣文藝聯盟的刺激所致。其成立使臺灣文藝協會「同人們都受到一種微妙的感觸，也許是為了一種無謂的競爭心所驅使，大家都自勉勵，致力於第二號的出版。」[95]

《臺灣文藝》並不強調主義、主張或路線，因此得以結合全島作家，共同創作，這是臺灣文學雜誌多元典範的開始[96]。此一全島性文學活動，無疑是三〇年代被打壓的政治社會運動之後的延伸與再發展，其影響是有目共睹的。賴明弘說：「由於這客觀情勢的要求，臺灣的智識分子自然而然的對建立新文學這一條路認真的站起來，大家並且認為有組織文學團體的必要，所以才很快的就能成立臺灣文藝聯盟。……由於臺灣文藝聯盟的成立，才確立了文學運動的第一步，才起了領導臺灣文學運動的作用，文聯團結了作家，團結了智識分子，……我敢說這是臺灣智識分子的重大表現，其所留下來的足跡是具有歷史性的。」[97]

　　一九三六年七月，朝鮮愛國舞蹈家崔承喜來臺公演，張深切代

---

[95] 廖毓文（漢臣），〈臺灣文藝協會的回憶〉，《臺北文物》第3卷第2期，1954年8月20日，頁75。第一號指《先發部隊》，第二號改稱《第一線》。

[96] 張深切提出跨越階級、跨越意識形態的文學主張，在左翼文學高張的年代，他文學觀有其獨到之處。他希望團結一切可以團結的力量，結合全體作家，對日本殖民體制展開密集而細緻的批判。作為聯盟機關刊物的《臺灣文藝》，基本上對左右兩翼的文學作品均採取相容並蓄的態度。

[97] 賴明弘〈臺灣文藝聯盟創立的斷片回憶〉，《臺北文物》第3卷第3期，1953年12月，頁63。陳芳明說：這個文學團體的出現，即是「確保臺灣精神文化的基礎」，也是「對異族表示堅毅不移的抵抗」。凡是對臺灣文學史稍有涉獵的人都知道，這個組織是臺灣作家陣容最為整齊的結合，其目的在於創造具備臺灣特殊性格的文學作品。這項團結所做的努力，證明是成功的。

表「臺灣文藝聯盟」出面接待，招致殖民政府的不滿，而陳忻、楊肇嘉、日人宮原武熊等人共同組織的「東亞共榮協會」，因主導權落入臺灣人之手，「臺中州政府」及日本當局不斷施壓，劫收該協會機關刊物《東亞新報》，臺灣文藝聯盟頓失盟友[98]。在內憂外患加上財務困難[99]，九月以後，張文環、劉捷、吳坤煌三人，又因日本政府掃蕩人民戰線運動關係者及其他因素先後下獄。漢文幾乎不振，稿源缺乏情況，失去東京這一批文學青年的挹注加持，加上時局動盪，控管愈嚴苛，欲從事文學活動已是備加困躓難行，《臺灣文藝》不得不在一九三六年八月二十八日出版第三卷第七、八號之後停刊。

然而就像楊逵說的「相信無論哪一方面都會做得更認真」[100]《文學案內》的出現，多少影響《文學評論》的讀者，但也因此能使雙方更加努力，產生良性競爭，使文學有更大發展，就如同《臺灣新文學》的創刊，應該也是使《臺灣文藝》求進步的動力。《臺灣文藝》的確也做了努力，尤其文聯東京支部與中國左聯東京支部及日本左翼詩壇的交流，都使《臺灣文藝》深受激勵，從而躍躍欲試。就左翼文學的譯介及中日臺三方跨域的交流上，在臺灣文學史上是絕無僅有的，而部分成員也成為四〇年代及其後臺灣文壇或藝壇之重要人物。

---

[98] 張深切，《里程碑──又名：黑色的太陽（四）》，七七〈冷戰〉，頁495。

[99] 張深切在〈文聯報告書〉即說：「惟聯盟本無資金，兼之諸委員住處異常邈遠，何同志又很難見面，而且本人力薄而不德，祗孤守聯盟姑延喘息而已。及至八月初旬，中央書局的張星建同志毅然挺身臂助聯盟各項工作，因此聯盟復開始活動起來⋯⋯。聯盟本部財政固無隱蔽，現在且把它公開給諸同志知道，聯盟自成立當初本無資金，已如上述，此間費用悉由大會遺下一些剩餘金與星建同志中央書局及本人融通，僅維持現狀耳。今後倘仍不能求諸同志鼎力與援助，繼續工作當不堪設想歟。」《臺灣文藝》第2卷第1號，1934年12月18日。

[100] 涂翠花譯，〈臺灣文壇近況〉，《楊逵全集》第9卷詩文卷（上），2001年12月，頁410。原作日文，刊《文學評論》第2卷第12號，1935年11月。

附錄：臺灣文藝聯盟及《臺灣文藝》相關紀事表

西元	月份	紀事	備註
1934	5	・6日，張深切任臺灣文藝聯盟常務委員長。 ・6日，由賴明弘、張深切發起的全島文藝大會於臺中召開，會中決議成立全島性的文藝團體，名為「臺灣文藝聯盟」，原公推賴和任委員長，不就，改推張深切。 ・楊逵經何集璧介紹會見張深切，成為《臺灣文藝》的編輯委員，負責日文版編輯，月薪十五元。並在賴和的安排下，舉家遷往彰化。	
	8	・26日，嘉義的一群新文學同好聲明財政獨立，並宣告支部成立，張深切代表聯盟總部前往道賀與協助，會中並發言呼籲共同努力開拓一個繁榮的臺灣文藝園地。	
	10	・10日，徐玉書、鄭盤銘、林快青等成立「臺灣文藝聯盟」嘉義支部。	
	11	・5日，臺灣文藝聯盟機關誌《臺灣文藝》創刊號發行，由張星建擔任發行人兼編輯。發行所是臺灣文藝聯盟（臺中市初音町二丁目十三番地），發賣所：中央書局（臺中市寶町三丁目十五番地）。	・1日，賴明弘〈讀者評壇──殖民地文學指導せよ！〉刊東京：《文學評論》第1卷第9號。

（續）

西元	月份	紀事	備註
	12	・2日，賴明弘與蔡嵩林訪問郭沫若於東京。 ・18日，《臺灣文藝》第2卷第1號發刊。 ・《臺灣文藝》第2卷第1號刊載「臺灣文藝聯盟嘉義支部宣言」，文內說明了「嘉義支部」成立的原因。 ・23日，臺灣文藝北部同好者座談會召開，與會人士有黃純青、黃得時、吳希聖、朱點人、林克夫、王詩琅、劉捷、張深切、張星建等臺籍25人，另一名日本作家光明靜夫。	
1935	2	・楊逵〈時代の前進の為あに〉，《行動》（東京）。 ・1日，《臺灣文藝》第2卷第2號發刊。 ・1日，楊逵〈艺术は大众のものである〉（藝術是大眾的），《臺灣文藝》第2卷第2號。 ・1日，張深切〈對臺灣新文學路線的一提案〉，《臺灣文藝》第2卷第2號（批判楊逵〈就革新與臺灣文藝而言〉） ・1日，張深切在「北部同好座談會」中的發言，討論文藝大眾化的方法為提倡演劇及通俗文學，載於《臺灣文藝》第2卷第2號。 ・5日，文聯東京支部於新宿舉辦第一回茶話會並宣告成立，吳坤煌、吳天賞、賴富貴、賴水龍、賴明弘等人參加。 ・17日，文聯臺中本部舉辦第一回座談會。 ・23日，文聯在臺北舉辦第二回文藝座談會。	・1日，賴明弘〈郭沫若先生的信〉、〈訪問郭沫若先生〉，《臺灣文藝》第2卷第2號。 ・1日，《臺灣文藝》第2卷第2號起特設通信票附夾志內，以供讀者發表意見。

（續）

西元	月份	紀事	備註
	3	・5日，《臺灣文藝》第2卷第3號發刊。 ・5日，楊逵〈行動主義檢討〉，《臺灣文藝》第2卷第3號。 ・16日，文聯埔里支部成立並召開第一次座談會，呼籲推廣《臺灣文藝》成為本島人士的聖經。 ・28日，東京臺灣藝術研究會宣佈與文聯合流，以一切力量支持《臺灣文藝》，共謀臺灣文化之提升。（《臺灣文藝》於5月號刊出來信） ・31日，文聯在臺北舉辦第三回文藝座談會。	・賴明弘東京返臺，再任《新高新報》漢文總支社記者。
	4	・1日，《臺灣文藝》第2卷第4號發刊。 ・1日，楊逵〈文藝批評の基準〉，《臺灣文藝》第2卷第4號(批判張深切〈對臺灣新文學路線的一提案〉) ・1日，張深切〈對臺灣新文學路線的一提案（續篇）〉，《臺灣文藝》第2卷第4號【批判楊逵〈藝術は大眾のものである〉、〈行動主義檢討〉】 ・14日，文聯東京支部舉辦第三次座談會。對封面及目次編排設計提出建議，並提案提升新詩水準。	・賴明弘依舊身體不適，再辭《新高新報》職。 ・1日，《臺灣文藝》第2卷第4號起特增設「感想・書信」欄。

（續）

西元	月份	紀事	備註
	5	‧1日，楊逵〈上品な藝術觀を排？〉，《文學評論》第2卷第5號（東京） ‧惡龍之助〔田中保男〕在《臺灣新聞》上批評文聯內部有階級性的與民族性的派系之分。 ‧5日，《臺灣文藝》第2卷第5號發刊。 ‧5日，張深切〈「臺灣文藝」的使命〉，《臺灣文藝》第2卷第5號。 ‧5日，賴明弘譯，森次勳著，〈中國文壇的近況〉。賴明弘〈感想‧書信——我們目前的任務〉，《臺灣文藝》第2卷第5號。 ‧19日，嘉義文藝座談會召開。 ‧19日，張星建在嘉義座談會上聲稱「常委認為絕無派系的事實」。 ‧楊逵不滿張星建干涉編輯事物，要求履行編輯委員會決議，未獲滿意，文聯內部宗派論的論爭開始在《臺灣新聞》上展開。	
	6	‧1日，楊逵支持惡龍之助的說法。 ‧1日，文聯佳里支部經吳新榮、郭水潭的奔走而成立，成員有王登山、莊培切、林精鏐（芳年）等15人，致賀者有林茂生、楊熾昌等南部三十多人，張深切、葉陶代表文聯本部南下參加。座談會氣氛熱烈，林茂生主張「藝術是澈底為藝術的藝術」與張深切「藝術是為人生而藝術」相互辯論。支部的成立使鹽分地帶納入了整個臺灣的文化運動系統中。	

（續）

西元	月份	紀事	備註
		・8日，惡龍之助認為張深切與楊逵之間是「兩個指導者的對立」，並主張日後應對文聯的缺點狠狠地批評。 ・8日，張深切否認惡龍之助與楊逵指責文聯「搞派系」的說法。 ・10日，《臺灣文藝》第2卷第6號發刊。 ・12日，SP（楊逵）認為文聯的派系問題指的是張深切、張星建兩人的專權獨斷，未必是指階級立場或民族立場的對立。 ・19日，楊逵支持惡龍之助與SP的說法，並批評文聯的組織過於鬆散，而且質疑6月8日張深切「否認派系化的存在」的說法，認為張深切否認的派系是指階級立場與民族立場的對立，卻避談「專權獨斷」的指控。 ・22日，楊逵承認他是SP，並認為他的忠言若不能成為良藥，願意被文聯除名。 ・26日，楊逵否認批評文聯是為了沽名釣譽，他承認有過度的人身攻擊，但並非本意，此外，他更提出了改進文聯組織的具體提案，這是在6月19日批評文聯組織鬆散之後，希望文聯進步的象徵。 ・26日，文聯下午4時於本部召開常委會。 ・30日，第二次嘉義文藝座談會召開。	

（續）

西元	月份	紀事	備註
	7	・1日，《臺灣文藝》第2卷第7號發刊。 ・9日，文聯佳里支部在佳里公會堂支持由《臺灣民報》主辦的新竹臺中大震災義捐音樂會，與會音樂家有林秋錦、高慈美、陳阿貞諸女士。 ・27日，張深切認為批評文聯的人「無一是文聯成員」。 ・29～8．14楊逵〈新文學管見〉，《臺灣新聞》（批判張深切〈對臺灣新文學路線的一提案（續篇）〉） ・31日，楊逵反對張深切所說批評文聯的人「無一是文聯成員」，並以黃病夫、楊守愚、賴和、賴慶、賴明弘等都對文聯的現狀不滿，他們都是文聯的重要成員為例反擊張深切。	・1日，《臺灣文藝》第2卷第4號起特增設「意見・批評」欄，供讀者投書發表感言、評論。
	8	・4日，《臺灣文藝》第2卷第8、9號合刊發刊。 ・11日，臺灣文藝聯盟大會上午10時於臺中市民館召開、第二回全島文藝大會於下午2時同地點召開。討論促進全臺藝術團體合同、要求各報文藝面的解放。 ・11日，文聯大會上，劉捷提議「將楊逵除名」，最後劉捷和楊逵在惡龍之助（田中保男）的斡旋下握手言和。 ・17、21日，劉捷發表〈何謂文藝上的大眾〉，質疑楊逵的「大眾」太過偏頗。	

（續）

西元	月份	紀事	備註
	9	·4、7日，楊逵回應劉捷對他「大眾」定義的質疑，並批評劉捷將「大眾」（第四階級）解釋為「民眾」（第三階級）是知識淺薄。 ·6日，《三六九小報》停刊（創刊於1930年9月）。 ·24日，《臺灣文藝》第2卷第10號發刊後即進入歇版狀態，至12月《臺灣文藝》3卷1號發刊為止。	
	11	·楊逵在〈臺灣文學運動的現況〉（〈臺灣文學運動の現狀〉，《文學案內》第1卷第5號）、〈臺灣文壇的近況〉（〈臺灣文壇の近情〉，《文學評論》第2卷第12號）、）指陳文聯種種弊端，批評張深切承諾改進文聯的問題卻又做不到等等，使原本不睦的雙方更加雪上加霜。 ·楊逵發表〈臺灣新文學社創立宣言〉，退出《臺灣文藝》編輯行列，臺灣文藝聯盟宣告分裂。 ·9日，文聯佳里支部（鹽分地帶作家）討論可否加入「臺灣新文學社」，並對臺灣新文學的發展應該有更多的發表園地產生了共識。	·16日，楊逵訪問文聯佳里支部，討論「臺灣新文學社」成立的問題，文聯佳里支部（鹽分地帶作家）認為臺新社並非「反文聯」，因此決定予以支持。
1936	1	·28日，《臺灣文藝》第3卷第2號發刊。	

（續）

西元	月份	紀事	備註
	2	・8日，文聯於臺北朝日小會館召開綜合藝術討論會（有畫家、音樂家、書法家、演劇研究家、作曲家、律師、記者等），出席者有楊佐三郎、陳運旺、林錦鴻、葉榮鍾、張星建、陳澄波、郭天留（劉捷）、陳梅溪、曹秋圃、張維賢、鄧雨賢、許炎亭、陳逸松等13人。 ・23日，文聯東京支部為朝鮮舞蹈家崔承喜舉辦歡迎晚餐會。 ・29日，《臺灣文藝》第3卷第3號發刊。	・4日，臺南市風車詩社的水蔭萍（楊熾昌）與利野倉（李張瑞）訪問鹽分地帶作家。
	3	・15日，文聯東京支部召開例行會議，討論文聯分裂的相關問題，出席的有吳坤煌、張文環、鄭永言、郭明昆、郭明欽。	
	4	・月初，劉捷辭去文聯工作，前往東京。 ・20日，《臺灣文藝》第3卷第4、5合併號發刊。	・15日，臺南召開文藝座談會，由《東亞新報》臺南支局長楊景雲、「臺新社」臺南代表莊松林主辦，與會者有代表文聯本部的張星建、代表臺新社本部的賴明弘、代表未完成藝術社的葉紫都、代表《赤道報》的趙櫨馬，以及代表鹽分地帶的吳新榮、郭水潭、王登山、林精鏐，會中決議臺南將另組文藝團體。

（續）

西元	月份	紀事	備註
	5	・1日，張星建拜訪鹽分地帶。 ・9日，鹽分地帶召例會，決議改組。改組後繼續參加者有莊培初、曾對、郭水潭、鄭國津、王登山、徐清吉、吳新榮，並推徐清吉、郭水潭、吳新榮分任庶務、編輯、財政委員。 ・23日，文聯臺北支部此時才正式成立。 ・29日，《臺灣文藝》第3卷第6號發刊。	
	6	・7日，臺灣文藝聯盟東京支持部在東京新宿舉辦「臺灣文學當前的諸問題」座談會，與會人士計有莊天祿、賴富貴、田島讓、張星建、曾石火、翁鬧、陳遜仁、溫兆滿、陳瑞榮、陳遜章、吳天賞、顏水龍、郭一舟、鄭永言、張文環、楊機椿、吳坤煌等十八人。討論邀請崔承喜訪臺公演，及小說、詩歌本質的探討、文學用語問題、大眾化問題與鄉土文學、報告文學、殖民地文學界定等問題。	
	7	・2～14日，文聯因兩周年紀念音樂會之故，邀請朝鮮舞蹈家崔承喜來臺表演。 ・10日，臺南於鐵路飯店舉辦崔承喜歡迎座談會，鹽分地帶同人獲邀參加。座談會後，眾人又至宮古座欣賞其舞藝。	

（續）

西元	月份	紀事	備註
	8	・25日,吳新榮決定放棄文聯佳里支部的工作。 ・28日,《臺灣文藝》第3卷第7、8合併號發行。之後即告停刊。	
	12	・26日,文聯佳里支部宣佈解散,但仍稱為「鹽分地帶同人」。	

《臺灣文藝》重要臺灣作家作品篇目表（以篇數多寡為序）

姓名	筆名字號	籍貫	參加社團	作品篇目	署名	卷號	刊出時間	作品別	語文別
巫永福 （1913～ 2008）	號永州， 筆名田子 浩、EF生	南投縣埔 里鎮	臺灣藝術 研究會 臺灣文藝 聯盟東京 支部會員 臺灣文學 社	吾吾の創作問題	巫永福	創刊號	1934.11.5	評論	日文
				河邊の女房達	巫永福	2卷2號	1935.2.1	小說	日文
				山茶花	巫永福	2卷4號	1935.4.1	小說	日文
				道者	巫永福	2卷4號	1935.4.1	詩歌	日文
				春と夏の中間	巫永福	2卷4號	1935.4.1	詩歌	日文
				紙魚	巫永福	2卷4號	1935.4.1	詩歌	日文
				橋の上	巫永福	2卷4號	1935.4.1	詩歌	日文
				守錢奴の唄	巫永福	2卷5號	1935.5.5	詩歌	日文
				靜かなる濱	巫永福	2卷5號	1935.5.5	詩歌	日文
				新しい道	巫永福	2卷5號	1935.5.5	詩歌	日文
				空間	巫永福	2卷5號	1935.5.5	詩歌	日文
				煙	巫永福	2卷5號	1935.5.5	詩歌	日文
				光	巫永福	2卷6號	1935.6.10	詩歌	日文
				愛の矛盾	巫永福	2卷6號	1935.6.10	詩歌	日文
				歌つくり	巫永福	2卷6號	1935.6.10	詩歌	日文
				水仙花	巫永福	2卷6號	1935.6.10	詩歌	日文
				靜かな濱の冥想	巫永福	2卷6號	1935.6.10	詩歌	日文
				阿煌と父	巫永福	2卷10號	1935.9.24	小說	日文
				眠 春杏	巫永福	3卷2號	1936.1.28	小說	日文
翁鬧 （1910～ 1940）		彰化縣社 頭鄉	臺灣藝術 研究會	東京郊外浪人 街－高圓寺界隈	翁鬧	2卷4號	1935.4.1	隨筆	日文
				跛の詩	翁鬧	2卷4號	1935.4.1	隨筆	日文
				異鄉にて	翁鬧	2卷4號	1935.4.1	詩歌	日文
				現代英詩抄	翁鬧	2卷5號	1935.5.5	譯詩	日文
				ふるさとの丘	翁鬧	2卷6號	1935.6.10	詩歌	日文
				詩人の戀人	翁鬧	2卷6號	1935.6.10	詩歌	日文
				鳥ノ歌	翁鬧	2卷6號	1935.6.10	詩歌	日文

（續）

姓名	筆名字號	籍貫	參加社團	作品篇目	署名	卷號	刊出時間	作品別	語文別
				詩に關するノオト	翁　鬧	2卷6號	1935.6.10	隨筆	日文
				歌時計	翁　鬧	2卷6號	1935.6.10	小說	日文
				戀爺さん	翁　鬧	2卷7號	1935.7.1	小說	日文
				殘雪	翁　鬧	2卷8、9合併號	1935.8.4	小說	日文
				石を運ぶ人	翁　鬧	3卷2號	1936.1.28	小說	日文
				哀れなルイ婆さん	翁　鬧	3卷6號	1936.5.29	小說	日文
吳坤煌（1909～1989）	梧葉生	南投	臺灣藝術研究會、臺灣文藝聯盟	旅路雜詠の一部	吳坤煌	2卷3號	1934.12.18	隨筆	日文
				東京支部設立について	吳坤煌	2卷3號	1935.3.5	隨筆	日文
				陳在葵君を悼む	吳坤煌	2卷4號	1935.4.1	詩歌	日文
				南蠻茶房	吳坤煌	2卷6號	1935.6.10	詩歌	日文
				貧乏賦	吳坤煌	2卷8、9合併號	1935.8.4	詩歌	日文
				冬の詩集（1）	吳坤煌	3卷3號	1936.2.29	詩歌	日文
				來る七月來台する舞姫崔承喜孃を團み東京支部で歡迎會	梧葉生	3卷4、5合併號	1936.4.20	隨筆	日文
				臺灣文聯東京支部	梧葉生	3卷4、5合併號	1936.4.20	隨筆	日文
				東京支部例會報告書	吳坤煌梧葉生（並存）	3卷6號	1936.5.29	報告書	日文
				曉の夢	吳坤煌	3卷6號	1936.5.29	詩歌	日文
				冬の詩集（二）	吳坤煌	3卷7、8合併號	1936.8.28	詩歌	日文
吳天賞（1909～1947）	吳鬱三	臺中市	臺灣藝術研究會臺灣文藝聯盟東京支部會員	音乐感 ―鄉土訪問音樂演奏會を聽きて	吳天賞	創刊號	1934.11.5	隨筆	日文
				蜘蛛	吳鬱三	2卷3號	1935.3.5	小說	日文
				繪畫巡禮	吳天賞	2卷5號	1935.3.5	隨筆	日文

（續）

姓名	筆名字號	籍貫	參加社團	作品篇目	署名	卷號	刊出時間	作品別	語文別
				顏	吳天賞	2卷6號	1935.6.10	詩歌	日文
				吃茶店の花	吳天賞	2卷6號	1935.6.10	詩歌	日文
				愛	吳天賞	2卷6號	1935.6.10	詩歌	日文
				野雲雀	吳鬱三	2卷8、9合併號	1935.8.4	小說	日文
				鹽分地帶の春に寄せて	吳天賞	3卷2號	1936.1.28	隨筆	日文
				名優ベルグナー一	吳天賞	3卷3號	1936.2.29	譯作	日文
				崔承喜の舞踊	吳天賞	3卷7、8合併號	1936.8.28	隨筆	日文
楊松茂（1905～1959）	守愚、村老、洋、翔、靜香軒主人、瘦鶴、Y生	彰化市	臺灣文藝聯盟彰化應社	兩對摩登夫妻	守愚	創刊號	1934.11.5	戲曲	中文
				難兄難弟	村老	2卷2號	1935.2.1	小說	中文
				拜月娘	Y生	2卷2號	1935.2.1	詩歌	中文
				一對情侶	Y生	2卷3號	1935.3.5	詩歌	中文
				賣花女之歌	Y生	2卷3號	1935.3.5	詩歌	中文
				女性悲曲	Y生	2卷3號	1935.3.5	詩歌	中文
				農忙	守愚生	2卷4號	1935.4.1	詩歌	中文
				癡人之愛	Y生	2卷4號	1935.4.1	詩歌	中文
				暴風警報	Y生	2卷5號	1935.5.5	詩歌	中文
吳新榮（1907～1967）	號震瀛、夢鶴，筆名史民、兆行	臺南縣佳里鎮	臺灣文藝聯盟臺灣新文學社臺灣文藝家協會臺灣文學社	生れ裡と春の祭	史民	2卷6號	1935.6.10	詩歌	日文
				煙突	史民	2卷8、9合併號	1935.8.4	詩歌	日文
				佳里支部發會式通信	新榮	2卷8、9合併號	1935.8.4	隨筆	日文
				四月廿六日—南鯤身廟	史民	2卷10號	1935.9.24	詩歌	日文
				世界の良心	史民	3卷2號	1936.1.28	詩歌	日文
				思想	吳史民	3卷3號	1936.2.29	詩歌	日文
				冬の朝夕	吳史民	3卷3號	1936.2.29	詩歌	日文
				第二回文藝大會の憶出—文聯の人人	吳史民	3卷6號	1936.5.29	隨筆	日文

（續）

姓名	筆名字號	籍貫	參加社團	作品篇目	署名	卷號	刊出時間	作品別	語文別
林越峰 （1909 ～？）	本名 林海成	臺中縣豐 原鎮	臺灣文化 協會 臺灣文藝 聯盟	到城市去	林越峰	創刊號	1934.11.5	小說	中文
				無題	林越峰	2卷1號	1934.12.18	小說	中文
				雷	林越峰	2卷2號	1935.2.1	童話	中文
				好年光	林越峰	2卷7號	1935.7.1	小說	中文
				紅蘿蔔	林越峰	2卷8、9 合併號	1935.8.4	小說	中文
				米	林越峰	2卷8、9 合併號	1935.8.4	童話	中文
郭水潭 （1908～ 1995）	郭千尺	臺南縣佳 里鎮	南溟藝園 臺灣文藝 聯盟 臺灣新文 學社 臺灣文藝 家協會 臺灣文學 社	オルモサ序文	郭水潭	2卷2號	1935.2.1	小說	日文
				農村文化	郭水潭	2卷3號	1935.3.5	詩歌	日文
				酒場風景	郭水潭	2卷3號	1935.3.5	詩歌	日文
				靜寂	郭水潭	2卷3號	1935.3.5	詩歌	日文
				臺灣文藝聯盟佳 里支部宣言	郭水潭	2卷8、9 合併號	1935.8.4	散文	日文
				山鳩と廟宇―め る風景―	郭水潭	3卷3號	1936.2.29	詩歌	日文
				窮迫せる日	郭水潭	3卷3號	1936.2.29	詩歌	日文
劉　捷 （1911～ 2004）	郭天留 張猛三	屏東縣萬 丹縣	臺灣藝術 研究會 臺灣文藝 聯盟東京 支部會員	臺灣文學の鳥瞰	劉　捷	創刊號	1934.11.5	評論	日文
				創作方法に對す る斷想	郭天留	2卷2號	1935.2.1	評論	日文
				續臺灣文學鳥瞰	劉　捷	2卷3號	1935.3.5	評論	日文
				臺灣文學に關す る覺え書	郭天留	2卷5號	1935.5.5	評論	日文
				民間文學の整理 及びその方法論	劉　捷	2卷7號	1935.7.1	評論	日文
				藝姐	劉　捷	3卷2號	1936.1.28	小說	日文
楊　逵 （1906～ 1985）	本名楊貴 、又名楊 建文	臺南縣新 化鎮	臺灣文藝 聯盟 臺灣新文 學社	難產	楊　逵	2卷1號至 2卷4號	1934.11.5～ 1935.4.1	小說	日文
				臺灣文壇1934 年の回顧	楊　逵	2卷1號	1934.12.18	評論	日文
				藝術は大眾のも のである	楊　逵	2卷2號	1935.2.1	評論	日文
				行動主義檢討	楊　逵	2卷3號	1935.3.5	評論	日文
				文藝批評の基準	楊　逵	2卷4號	1935.4.1	評論	日文
				臺灣大震災 記―感想二三	楊　逵	2卷6號	1935.6.10	隨筆	日文

（續）

姓名	筆名字號	籍貫	參加社團	作品篇目	署名	卷號	刊出時間	作品別	語文別
呂赫若 （1914～ 1951）	原名 呂石堆	臺中縣潭 子鄉	厚生演劇 研究社 臺灣文學 社	嵐の物語	呂赫若	2卷5號	1935.5.5	小說	日文
				婚約奇談	呂赫若	2卷7號	1935.7.1	小說	日文
				詩についての感想	呂赫若	3卷2號	1936.1.28	評論	日文
				文學雜感―二つの空氣	呂赫若	3卷6號	1936.5.29	評論	日文
				文學雜感―古い新らしいこと	呂赫若	3卷7、8合併號	1936.8.28	評論	日文
				女の場合	呂赫若	3卷7、8合併號	1936.8.28	小說	日文
張文環 （1909～ 1978）		嘉義縣梅 山鄉	臺灣藝術 研究會 臺灣文藝 聯盟東京 支部會員 臺灣文學 社	自分の惡口	張文環	2卷3號	1935.3.5	隨筆	日文
				泣いてゐた女	張文環	2卷5號	1935.5.5	小說	日文
				父の要求	張文環	2卷十號	1935.9.24	小說	日文
				部落の元老	張文環	3卷4、5合併號	1936.4.20	小說	日文
				強ひらられた題目	張文環	3卷6號	1936.5.29	隨筆	日文
楊顯達 （1900～ 1936）	一名楊 建，字敬 亭，筆名 楊華、 楊花、 楊器人	屏東市		燕子去了後的秋光	楊　華	創刊號	1934.11.5	詩歌	中文
				晨光集	楊　華	2卷1號至2卷5號	1934.12.18～1935.5.5	詩歌	中文
				一個勞動者的死	楊　華	2卷2號	1935.2.1	小說	中文
				薄命	楊　華	2卷3號	1935.3.5	小說	中文
				女工悲曲	楊　華	2卷7號	1935.7.1	詩歌	中文
廖漢臣 （1912～ 1980）	毓文、文 瀾、H.C 生	臺北市萬 華	臺灣文藝 協會 臺灣文藝 聯盟	諸同好者的面影	毓　文	2卷1號、2卷2號	1934.12.18～1935.2.1	隨筆	中文
				就暗合和剽竊說幾句	毓　文	2卷7號	1935.7.1	評論	中文
				玉兒的悲哀	毓　文	2卷8、9合併號	1935.8.4	小說	中文
蔡秋桐 （1900～ 1984）	愁洞、 匡人也、 秋洞、 元寮、 蔡落葉	雲林縣元 長鄉	臺灣文化 協會 臺灣文藝 聯盟 曉鐘雜誌 社 褒忠吟社	興兒	愁　洞	2卷4號	1935.4.1	小說	中文
				理想鄉	秋　闊	2卷6號	1935.6.10	小說	中文
				媒婆	秋　洞	2卷10號	1935.9.24	小說	中文

（續）

姓名	筆名字號	籍貫	參加社團	作品篇目	署名	卷號	刊出時間	作品別	語文別
賴明弘 （1915～ 1958）	本名 賴銘煌	臺中豐原	臺灣文藝 聯盟 臺灣新文 學社	訪問郭沫若先生	賴明弘	2卷2號	1935.2.1	隨筆	中文
				郭沫若先生的信	賴明弘	2卷2號	1935.2.1	隨筆	中文
				中國文壇的近況 （森次 勳原著）	賴明弘	2卷5號	1935.5.5	翻譯	中文
				感想‧書信—我 們目前的任務	賴明弘	2卷5號	1935.5.5	隨筆	中文
郭秋生 （1904～ 1980）	舟、芥舟 、街頭寫 生師、TP 生、KS.	臺北縣新 莊市	臺灣文藝 協會 臺灣文藝 聯盟 南音社	熱鬧中珍風景	街頭寫 真師	2卷1號、 2卷2號	1934.12.18 ～1935.2.1	小說	中文
				文藝大眾化	芥 舟	2卷1號	1934.12.18	評論	中文
賴 和 （1894～ 1943）	本名賴 河，筆名 懶雲、 甫三、 走街先、 安都生、 灰	彰化市	臺灣文化 協會 臺灣文藝 聯盟 南音社 彰化應社	善訟的人的故事	懶 雲	2卷1號	1934.12.18	小說	中文
				呆囝仔	甫 三	2卷2號	1935.2.1	詩歌	中文
王詩琅 （1908～ 1984）	王錦江、 王一剛、 嗣郎、 榮峰	臺北市萬 華	臺灣文藝 協會 臺灣黑色 青年聯盟	青春	王錦江	2卷4號	1935.4.1	小說	中文
				沒落	王錦江	2卷8、9 合併號	1935.8.4	小說	中文

記憶與認同
──臺灣小說的二戰經驗書寫

一　前言

　　對於戰爭，五〇年之後出生的一代，除了從父祖輩的口述閒聊得知，多半是從螢幕上認知的，電視影集與電影及CNN等電子媒體與衛星科技之賜，烽火畫面不斷播送；另方面在電腦遊戲上，千古英雄人物、各種戰役、武器，在鍵盤與滑鼠之間，一一上場亮相，空氣中沒有血腥的味道，也沒有兵士與難民綿延不絕的痛苦呻吟，殺敵只是螢幕電子光點的倏然消逝。臺灣──這座島嶼的戰爭記憶，因而往往籠罩在虛擬實境的架構底下，戰爭看似都是在異邦他鄉展開，殺戮與自身無關，對於切身的歷史情境與社會關係的態度漠然以對。似乎，這個島嶼，缺乏一種機制，去回顧、咀嚼戰爭的歷程；我們多的是不斷進口的戰爭記憶，而沒有屬於自己的書寫與反省，真正將戰爭文學視為特殊文類予以探討的論著也不多見。然而弔詭的是，從一九四五年之後，半個多世紀的臺灣雖然沒有實質戰爭，戰爭的威脅與陰影，卻是長期籠罩在臺灣上空，多數人心理上沒有可供依賴的和平。戰爭心理成為臺灣人生活中的一部分，戰爭一觸即發的媒體推銷，到後來演變成對戰爭的極端恐慌與極端麻木，相較於世界很多國家早已脫離戰爭的威脅來看，臺灣與戰爭的存在反倒鮮明了。

　　到了二十一世紀的今天，海峽兩岸仍瀰漫著煙硝戰火的訊息，但就在我們對自己二十世紀的戰爭記憶還來不及整理時，就已經硬生生地被拖進二十一世紀了，在極度資本消費時代，這類戰爭文學的題材

甚至連被做為消費的情況都難得一見，它並未成為作家關注的熱點（陳映真《忠孝公園》之作，算是較特殊之例）。

　　把「人」作為價值尺度，用人道、人性、人情來審視戰爭，在臺灣文學作品的表現，大約始於六〇年代，文學中戰爭經驗的作品則多數完成於九〇年代前。觸及戰爭題材或以之為背景的小說，數量還真不少，只是在現階段臺灣文學史的建構過程中，它普遍沒有受到重視，在臺灣文學史的書寫上，他們分散於反共文學、懷鄉文學、眷村文學或反殖民文學、皇民文學的論述裡頭，很少單獨被突顯為一類做為探討的對象，或特別以之反省終戰後臺灣人的戰爭經驗與記憶。[1]不過，沒有受到重視並不代表戰後臺灣文學作品中的戰爭經驗不夠豐富，這些小說的人物影像是既多且清晰的，從呂赫若的〈故鄉的戰事——一個獎〉到太平洋戰爭下的陳千武《活著回來》、鄭清文小說〈二十年〉、〈寄草〉、陳映真〈鄉村的教師〉、《忠孝公園》、李喬《孤燈》，以至四〇年代末國共內戰，那群剛從八年浴血抗戰、三年剿共的敗仗中生還，悽悽惶惶、襤褸狼狽東渡來臺的少壯兵。當時他們都還不是老兵，三四十年後，在張大春、苦苓、黃克全、履彊、張啟疆筆下，這批生不逢辰的漂泊者，垂垂老矣，其悲酸的人生情景，總是讓人涕淚交零。白先勇〈那片血一般紅的杜鵑花〉、丁亞

---

[1] 歷史學界顯然較文學研究的探討重視，目前陸續完成的成果有：鄭麗玲採訪撰述，《臺灣人日本兵的「戰爭經驗」》（臺北縣：臺北縣立文化中心，1995 年 8 月）。鄭麗玲，《國共戰爭下的悲劇：臺灣軍人回憶錄》（臺北縣：臺北縣立文化中心，1996 年）。蔡慧玉編著、吳玲青整理，《走過兩個時代的人——臺籍日本兵》（臺北市：中央研究院臺灣史研究所籌備處）。文學方面，僅有兩本碩士論文，一是筆者指導的：莊嘉玲，〈臺灣小說殖民地戰爭經驗之研究〉（臺北市：國立臺灣師範大學國文系教學碩士班碩士論文，2002 年 5 月）；另一本同是臺灣師大的碩論，但出自歷史研究所：吳智偉，〈戰爭、回憶與政治——戰後臺灣本省籍人士的戰爭書寫〉，2003 年 7 月。

民〈冬祭〉、廖蕾夫〈見習官〉、張大春〈雞翎圖〉、吳錦發〈大橋下的海龜〉、履彊〈兩岸〉、〈信〉、〈老楊和他的女人〉，鄭清文〈楓樹下〉、萬吉祥（李喬筆名）〈回家的方式〉、張啟彊〈故事＝一個無稽可考的大刀隊傳奇〉等，或是思念父母，或是夢回家鄉，或惦念妻兒，家鄉一切人事物畢竟在陌生且以為暫居的臺灣，故鄉所存有的記憶才熟悉親切。戰爭帶來的流離遷徙，「家」的不可取代，可見是一群體所形成的社會意識，懷鄉主題便與「流亡」、「漂泊」形成作品中一體兩面的心靈經驗。離鄉的因素中，以戰爭和羈遊而形成的懷鄉作品數量最多，因此戰爭帶來的流徙，在臺灣文學作品討論中被置於反共懷鄉的敘述脈絡裡。等到「反攻復國」大業的聖戰使命已然不可能，原是陽剛豪邁，雄赳赳氣昂昂，沙場上拋頭顱灑熱血，這個浪漫的軍人形象逐漸模糊變形，人老體衰，戰場何在？解甲歸田的故居何在？老兵、榮民的孤悽潦倒，形成原本雄壯豪放形象的反諷（如蕭颯《走過從前》即體現此一現實），老兵堪憐的處境成為老兵文學書寫的基調。至於未直接以戰爭為題材的小說，如白先勇之作，但他的《臺北人》十四篇中至少有五篇是以軍人為中心人物，〈遊園驚夢〉的今昔之夢圍繞幾位將軍而生滅，〈思舊賦〉、〈梁父吟〉、〈國葬〉裡的將軍已是老驥伏櫪，千里之志磨蝕殆盡，徒餘懷舊傷逝了。他們歷經辛亥革命、北伐、抗日輝煌戰役中的叱吒風雲，地位崇高，人生之終也以最高格的國葬結束其一生。這當然與白先勇顯赫家世接而觸及的人物環境有關，這樣人物（將軍）的時代在臺灣已一去不返，代之而來的多半是中下級及士兵成為文學中軍人的形象，如朱西甯《八二三注》、張拓蕪《代馬輸卒手記》系列。

這些與戰爭相關的作品，在反共文學、懷鄉文學、老兵文學、眷村文學、返鄉文學，甚或飲食文學裡都可看到相關論述，本文則有意置之戰爭文學的視角下，透過不同的戰爭文本，分析檢視其背後的書

寫策略、意涵及建構臺灣二戰經驗的集體記憶及國族認同[2]。

二　文學作品中的二戰（太平洋戰事）記憶

　　對於記憶，吾人不難理解即使是同一件歷史事件，不同的介入者會因為自身的主觀感觸，而產生各式的記憶，不同的敘事者也會依恃各自的文化脈絡、權力關係書寫出不同的「文本」、「論述」。然而經過運作，某些記憶會成為一個民族的集體記憶，就像越戰之於美國，廣島核彈之於日本。二次大戰為人類歷史上規模最大的一次戰爭，當時臺灣做為日本的殖民地或者說領土的一部分，也捲入了戰爭的漩渦當中。不論是「志願兵制度」或是或被徵調遠赴海外從軍，充當皇軍的砲灰，臺灣各大小城鎮頻遭盟軍空襲，以及海上的封鎖，造成了極大的破壞和損失。戰爭結束後，日本兵紛紛被遣送回日本，許多流落在南洋，海南島的臺籍日軍卻無人照顧，流離顛沛，受盡歧視。相應地在文學領域，臺灣人在戰時的種種經驗，充斥在許多民間記載與文學作品當中，其對戰爭的恐懼、無奈、驚訝、憤怒，尤其是經由共同遭受戰爭威脅而產生的一體感，在在都成為臺灣人歷史記憶的一部分，及揮之不去的夢魘。

（一）太平洋戰爭——空襲經驗及其他

　　楊牧散文《山風海雨》以記憶性文字緩緩帶出一段故事：

---

[2]　中國對日八年抗戰經驗，嚴格說來與「二戰」範疇不完全相同，二戰通常指日本偷襲珍珠港，引發太平洋戰事後，英美各國的宣戰。中國的抗戰多圍繞蘆溝橋事變爆發後。因此本論文對於王藍《藍與黑》，司馬中原《荒原》，白先勇《臺北人》部分篇章所描繪的抗戰生活或戰爭經驗，並不列入討論。而其餘相關者也將視小說中主要內涵或所佔篇幅斟酌取捨。

大約就在Ｂ二九開始飛臨日本上空，並且轟炸驕傲的日本軍人
的家鄉的時候，一九四四年夏秋之交，美國飛機也出現在臺
灣島上，造成可怖的空襲。……飛機空襲花蓮的次數愈來愈
多。……有一天我聽大人在傳說，晚我們幾天離開花蓮的一班
列車在木瓜溪附近曾遭到美軍飛機的攻擊。……誰知飛機很快
轉了一個彎又回來了，並且猛烈向野地裡趴倒的避難者開火，
殺死了很多人，然後才掠過木瓜溪上空，向海外飛去。多年後
我上中學的班上，有一個男同學曾經對我說，戰爭時代他和母
親正好就搭上這班不祥的列車；他自己倖免於難，然而他母親
卻在那血腥的掃射裡被機關鎗打死了。他是我的好友，我記得
他的父親一生未曾再娶[3]。

空襲的經驗，經常在父祖輩、母親口中傳述著，那是他們切身
的經歷，我們則想像著「戰爭」的圖像，體會著那絲絲震撼的
憂愁，二戰影響臺灣人民的生活於此可以理解，尤其是實際
的空襲及戰爭動員帶來的驚懼惶恐，不可能不影響到日常生
活及日後的心靈。呂赫若〈故鄉的戰事──一個獎〉、〈月光
光──光復以前〉小說都寫下了盟軍轟炸的背景，市區的房子
被日本人徵作防空用，以至很多臺灣民眾沒有房子住，住在城
裡的人不得不疏散到郊外去租房子，但是在僧多粥少的情況
下，能否租到房子，就要看是否全家符合日本人的生活方式，
說日本話。小說是以臺灣人莊玉秋為中心，為了租屋，他必
須偽裝成標準的國語（日語）家庭，因為房東要求租戶不能說
臺灣話。但是日子一久，大家都憋不住那種不講自己母語的苦

3　楊牧，《山風海雨》（臺北市：洪範書店，1987年5月），頁27、34。

悶，最後他想：是不是要改變自己去附和這種國語（日語）政策？或是讓自己的家人講親切的母語，即使一時找不到房子，也無所謂。最後，他自己也憋不住長久不講母語的痛苦，於是他放開了心胸和孩子一起唱臺語童謠。這一唱，他內心的糾結、壓力、矛盾全給化解、消除了。作品嘲弄了臺灣人為了升格為日本人，而被迫扭曲自己的性格，作者以日常生活的情景，呈現一語政策的壓迫，人民的無奈、苦痛，這是在空襲疏散背景下的一篇小說。在鄭清文散文〈我的戰爭經驗〉也提到「空襲」，「那一次，有不少短視的人，好像面臨世界末日一般，把家裡的雞鴨全部殺掉，深怕人被炸死，就永遠享受不到了。」「那次，有很多總督府官員躲在地下防空洞裡的，因建築物被炸塌，堵住了出口，消防隊趕來救火，那些救火的水燒成了滾水，把躲在裡面的人，活活燙死。」亂世下人心的惶惶不安、及時行樂的心態具現[4]，在其另篇小說〈故里人歸〉則營造了秋霞在丈夫空襲死後，硬讓愛慕她的舊鎮醫師張百福休了前妻，娶她為正室，破壞了一個家也毀滅了幾個人的故事[5]。龍瑛宗〈燃燒的女人〉呈現了空襲下臺北民眾惶惶不安的臉孔，及戰時沉溺愛欲的男子心態：「尤其是五月三十一日的大轟炸，歪曲了臺北城的姿態，改變了表情。五百公噸的爆彈使得路上滿是大坑。沒有腦袋和手腳的奇奇怪怪的死者，被挖出來

4　陳千武，《活著回來：日治時期，臺灣特別志願兵的回憶》（原書名《獵女犯──臺灣特別志願兵的回憶》）故事中的謝蜀心態亦是如此，他離開了新婚才一禮拜的妻子，搭上了這艘死亡之船。在謝興沖沖地談論著那個禮拜的甜蜜時光時，林逸平忍不住破口大罵謝的絕情，居然忍心讓自己親愛的老婆守寡。謝的觀念是：人要及時享樂，死了才不會有遺憾。（臺中市：晨星出版社，1999年8月），頁35。

5　鄭清文，〈故里人歸〉，收入以此篇為書名的《故里人歸》（臺北縣：臺北縣立文化中心出版，1993年6月），頁35。

了而搬運走去。」[6]淡黃色的絲綢床布,深藏青色的夏天蒲團,雕刻許多花紋的床柱,嵌入的玻璃因青白色管制球的緣故,投射出不可思議的光線。在那裡裸女玉體橫陳,男人悠遊於意想不到的冒險與享樂。男人禁不住享樂與戰慄的誘惑,想在床上聆聽那種恐怖感。最後,可怕的閃光擴散開來,眼看著火海在燃燒、燃燒,終於一切都結束了。

文心《泥路》以「空襲下的臺灣」為主題,刻劃當時臺灣人民為躲避空襲有如探湯的小雞,茫茫然不知生路何在,劫難何時能止的悽惶心情。大抵而言,盟軍空襲經驗的書寫,驚惶的表情、及時行樂的想法以及因空襲傷亡帶來的悲劇,總是在作家的記憶中停格。

(二)回歸與救贖

自一九四一年十二月太平洋戰事爆發,數百萬計的年輕生命就被拋擲在這處太平洋戰場,以血肉爭奪一處港灣、一道海峽,甚至是一塊岩礁。戰後臺灣寫南洋經驗的作家作品不少,如鍾肇政的〈中元的構圖〉、〈大肚山風雲〉,李喬的〈蕃仔林的故事〉、〈哭聲〉、〈桃花眼〉,陳千武的〈獵女犯〉、〈求生的慾望〉,宋澤萊的〈娘子,回去未曾開墾的那片田〉、〈最後一場戰爭〉。這些作品描寫出臺灣子弟被徵調,在臺灣人心目中所留下的最慘痛的經驗,這些作家不是親身經歷太平洋戰爭,就是有親人朋友參與,或是從田調中得知史實。

戰爭總是被想像為一場祭典般的浩劫,張牙舞爪的施暴者和可憐無辜的受虐者,槍林彈雨,驚悚血腥,事實上臺灣文學裡比較少見這類戰爭經驗的描寫。作者以親身經歷,描寫臺灣文學太平洋戰爭經驗

6　張恆豪主編,龍瑛宗著,《龍瑛宗集》(臺北市:前衛出版社,1991年2月),頁183。

的，如陳千武《活著回來》[7]，藉由書寫與重造戰爭故事治療自己的戰爭創傷，重新尋找、賦予自我新的生存價值與意義。如〈輸送船〉中那死屍遍野的場面，猶如人間的煉獄，令人掩面屏息：

> 空氣裡有一股撲鼻的血腥味，一看，甲板上一片血海。——受傷的兵士被抬去醫務所之後，死了的人尚無人來收拾。這邊一個，那邊一個橫臥在血泊中，臉與軀體的皮膚都變成黃白色可怕的樣相。我不願踐踏被無情的鎗彈挖出淌流在甲板上的鮮血，那是用生命犧牲的象徵。因此，我看準了甲板上沒染血的地方，一步一步跳過去。在死屍橫臥著的甲板上，只我一人，像尋找東西的松鼠兒跳來跳去。跳到船橋下，我想攀上樓梯時，我怔住了。又一個臺灣特別志願兵，不是我隊裡的，把頭插進樓梯最下層一格，睜開著白眼死在那兒。他的上身沒有傷痕，但是他的兩隻腿，從大腿中間被切斷了，而兩隻下腿都不知飛到哪兒去，露出被切斷處赤紅的肉塊，一點也不動。我不敢踏過他的屍體上樓去。除了浪聲之外，船上只是一片死寂，令人感到毛骨悚然[8]。

濃重的死屍氣味瀰漫空中，斷裂肢解的軀體殘骸，四處飛散，令人不寒而慄陳。千武先生不斷「死」裡逃「生」，直到戰爭結束，才停止這樣「死」的逼臨，解除與死神共舞的魔咒，正因曾經親臨死之驚

7　臺籍日本兵，是指第二次世界大戰後期（1942 年～1945 年）被日本殖民政府徵召去服兵役的臺灣人。「臺籍日本兵」在相關文獻中有種種不同的稱謂，除了「臺籍日本兵」、「臺灣人日本兵」、「臺灣人原日本兵」、「原臺灣人日本兵」等稱謂以外，由於在 1944 年 9 月以前這些軍人在名義上是以「志願兵」的形式徵召的，所以也有人用「臺灣特別志願兵」這個語彙來指涉這些軍人。

8　陳千武《活著回來：日治時期，臺灣特別志願兵的回憶》（臺中市：晨星出版社，1999 年 8 月），頁 42。原名《獵女犯——臺灣特別志願兵的回憶》。

悸，故僥倖生存之後，死亦成為他生的一部分，共同構成他飽滿的
精神內在，成為他創作的重要質素，而這樣「死」即是「生」；「生」
即是「死」的精神狀態，戰爭的經驗常可在其小說與詩中找到相對應
的部分，顯示戰爭深植在他的腦海對他影響深遠。作者無意指責戰
爭，只是徹底否定戰爭之於人類的荒謬感。同時，作者以寬廣的慈悲
胸懷，在種族認同、弱小民族的對抗和無力感、被壓迫者的相濡以沫
的描寫中，表現了對一個充滿和平、愛和光明時代來臨的期待心情。

做為自傳體小說的《獵女犯──臺灣特別志願兵的回憶》，必然
是記憶與虛構的結合，強調記憶的書寫是一種解放的過程，忘卻或失
憶則是一種被奴役的狀態，沒有記憶的民族只能無力面對殖民強權的
宰制。記憶既有自歷史自我解放的意涵，也有向歷史之外，即向超驗
層面探求救贖的向度，同時也透過小說凝聚、建構集體的記憶。

另篇鄭清文〈三腳馬〉小說，雖未直接呈現太平洋戰事，但小說
中的時空，及種種生活細節的展現，正是做為後方的戰時臺灣景象，
作為大多數的百姓生活於此得到全景的展示，從另一層面來看，納入
討論也有其必要性。就像作者的一篇散文〈我的戰爭經驗〉，翔實地
寫出日本發動戰爭後臺灣人民的生活情境，而「二哥的悲劇」，其實
是戰爭下的時代悲劇犧牲者，他說：「二哥的死，雖然和戰爭無關，
但是，如果沒有這一場戰爭，他的一生可說是完全不同的吧。他的後
半生，可以說是戰爭的延長，也可以算是戰爭的後遺症吧。」[9]〈三腳
馬〉描寫敘述者「我」因喜愛收藏馬的雕刻品，在鄉下一家老同學開
設的木刻工廠，發現了一隻跛了一條腿的馬，那隻馬的表情和姿態充
滿著痛苦和羞慚，引起了「我」的好奇，前去拜訪被視為怪人的雕刻
者，原來他是日治時代的臺灣警察。曾吉祥因自小鼻樑上的白斑被取

9　鄭清文，〈我的戰爭經驗〉，《聯合文學》第9期，1985年7月。

笑為「白鼻狸」，常遭到欺負，被歧視包圍著長大的他，想望要離鄉尋求新天地，然而來到城市之後，卻發現外貌上的缺陷依然是眾人取笑的話題。孤獨、自卑的他，終於找到一種方式來發洩其報復的心理——他到派出所報案，告發有人賭博，讓欺負他的店員被拘留。後來當了派出所工友，考取了警察，他倚恃當權者、認同當權者，作威作福壓迫自己的同胞。為「四腳仔」日本人當線民的曾吉祥，在敢怒不敢言的鄉人眼中，是一個令人憎恨的「三腳仔」。日本戰敗之後，他為了逃避鄉人的報復，倉皇逃回老家，妻子玉蘭代他受罪，忍辱跪在廟前向全鎮的人謝罪、求恕。兩個月後玉蘭得傷寒而死。自覺罪孽深重的曾吉祥從此獨居山中以雕刻馬匹寄悔，他所刻的三腳馬充滿愧怍，顯示內心自責下的懺悔及自我救贖。

在小說中鄭清文順著曾吉祥年齡的增長逐步探索了其悲劇人生的形成，因屢受歧視，受傷又自卑的心靈日漸扭曲變形，他憑著努力當上了可以支配別人命運的警察，終於首次嚐到可以不再被人欺侮、輕視的「尊榮」，但也從一個被動受害者的角色，轉變成主動加害的角色。之後，他為虎作倀，壓迫欺凌自己的鄉人。他本來只為找回讓自己可以好好活下去的尊嚴，卻因命運的擺弄、人性的沉淪，不知不覺成了日本殖民統治者的幫兇。這是曾吉祥本身的性格，還是社會的扭曲價值觀抑或是戰爭期歷史大環境下的必然？或許都有吧。作者凝視生命痛苦的事實，及自我救贖之必要，他沒讓曾吉祥在日本戰敗後就自殺死亡，他讓曾吉祥苟活著，讓他刻著一隻又一隻的三腳馬，過這程雖然苦痛卻是解除苦難必須付出的代價。從這裡也可以看出戰爭期臺灣社會紛擾及淡漠的狀態，做為三腳仔的曾吉祥執起法來比日本人有過之無不及，戰爭結束，他只能承受著永無休止的良心譴責。面對自己荒謬的歷史，記憶那塵封已久的苦難，承認那無法除去的烙痕。這種真實的歷史記憶，才是得以新生和救贖的可能。

　　李喬的《寒夜三部曲‧孤燈》中更重要的救贖表現是流落呂宋的
臺灣青年劉明基，歷經各種苦難，九死一念即是回到故鄉，有「復
活」返回伊甸園之行程的味道[10]。鍾肇政《插天山之歌》[11]，背景是日治
時代末期[12]，太平洋戰爭最激烈的時代，臺灣人面臨食物的窘迫、思
想的嚴密控制，主角在戰爭危急時毅然奔回臺灣，從事反抗工作，但
在回臺灣的途中就受到日本特高的監視，被殖民統治者的鷹犬追捕，
主角就往童年熟悉的深山逃遁躲藏，母土大地即是其庇護所。李喬說
陸志驤「沒有跑到中國大陸去啟蒙，沒有跑到太平洋彼岸去啟蒙，是
跑入臺灣深山去啟蒙，這個意義就已經超出了臺灣一般文學的角色
而存在。……插天山象徵的意義就豐富了。」[13]又說：「《插天山之歌》
為第一位指出「臺灣人正確的追尋原型」——東張日本、或望中國只

[10] 李喬，〈當代臺灣小說的「解救」表現〉，《第二屆臺灣本土文化國際學術研討會論
文集：臺灣文學與社會》（臺師大文學院、國文系、人文教育研究中心發行，1997
年5月），頁401。

[11] 「臺灣人三部曲」之初版出版相隔將近十年，《沉淪》出版於1968年6月（蘭開書
局），《插天山之歌》出版於1975年5月（志文出版社），《滄溟行》出版於1976年
10月，皆未在書題或封面上註明「臺灣人三部曲」字樣，1980年6月，遠景出版社
將三部合印，並以《臺灣人三部曲》為書名。

[12] 彭瑞金說：「這個故事的時代、背景可以說並不重要。這部故事，就是隱設作者個
人的奮鬥歷程。日本人獵捕主角，在作者創作當時，也正是蒙受臺獨指控的陰影，
這是第二次的叛亂風聲的危機。這個故事的時代、背景可以說並不重要。鍾肇政已
於十年前詳細交待三部曲寫作過程，確曾受到外力干擾，影響寫作計畫。這部故
事，就是隱設作者個人的奮鬥歷程。日本人獵捕主角，在作者創作當時，也正是蒙
受臺獨指控的陰影，這是第二次的叛亂風聲的危機。」「鍾肇政已於十年前詳細交
代三部曲寫作過程，確曾受到外力干擾，影響寫作計畫。」儘管如此，小說正是展
現愈是戰爭危急期，愈是在自己的土地上流亡的人，愈是時時刻刻地惦念著正在遠
去了久已不見的家、家園和家鄉。彭瑞金，〈《插天山之歌》背後的臺灣小說書寫
現象探索〉（《鍾肇政文學國際學術會議論文集》，2003年12月），頁215～238。

[13] 〈鍾肇政鄉土小說討論會（二）〉，1993年12月26日，講題：「《臺灣人三部曲》之
三——《插天山之歌》」，主講人：李喬、鍾肇政，紀錄：賴明森。（收入桃園縣立
文化中心出版《82年度桃園縣立文化中心年刊》，1994年6月），頁61。

有失落失望；唯有謙卑地俯首凝視自己的大地、臺灣，往臺灣心臟、深山奧處尋找生命定點，發皇的根源。」[14]可看到客籍作家如鍾肇政、李喬的小說人物那隱隱有「追尋」、「返家」的意念，與山林的密切關係，童年回憶，客籍小說中對自然山川的孺慕之情，或者是自然山川對其召喚之心，呈現了另一種特別的回家方式、救贖方式。深山原野是唯一外力不及之處，是未墮落的世界，也就是臺灣未被征服的空間，一個臺灣青年要追尋要逃亡，或啟蒙，他唯一途徑是進入那臺島未被污染的原野去追尋；經歷洗禮，「把生命放進大自然的懷抱，於是他獲得救贖」[15]。這一部分的追尋或啟蒙、救贖模式，與「回家的路」一節有其關聯處，將另闡述。

未親身經歷戰事的作家，如宋澤萊則從背負父親受難的歷史回憶，透過書寫的救贖，從排斥到憐憫同情，到關懷臺灣土地的人事物，走出歷史陰霾，迎向自信的創作路程，希望悲劇結束，是「最後的一場戰爭」（其小說篇名）。一如施淑所言：「創作對他來說，是掙扎也是解救，這樣一來，他的作品基本上可以說是自省和探索的結果，是他個人心靈災難的記錄。」[16]

（三）瘋狂與死亡

臺灣作家對二戰題材，經常以「瘋狂」、「死亡」的情狀，來暗示戰爭對善良人們的摧殘。

---

[14] 李喬，〈大河浩蕩：讀鍾肇政「臺灣人三部曲」〉（《自由時報‧自由副刊》，2005年1月16日）。

[15] 李喬，〈當代臺灣小說的「解救」表現〉，《第二屆臺灣本土文化國際學術研討會論文集：臺灣文學與社會》（臺師大文學院、國文系、人文教育研究中心發行，1997年5月），頁400。

[16] 施淑，〈大悲咒——宋澤萊集〉，《宋澤萊集》（臺北市：前衛出版社，1992年4）月，頁10。

　　鄭清文的短篇小說〈二十年〉，敘述者「我」帶回好友陳吉祥的一撮短髮、一點指甲屑。在戰地時，陳吉祥常常把妻子美珠的事情講給「我」聽，他們常一起看著美珠寄來的信，甚至女兒玉雲的名字，也是他倆望著北方的天空，看到低徊在遙遠地平線上的白雲而命名的。「我」的心理遂有一個感覺，好像跟美珠很熟稔親密，對美珠充滿遐想與愛慕。甚至逃亡時，「母親替我求來的神符，也在這期間給遺失了。留在我口袋裡的竟是一個沒有見過面的女人的照片。」命運就這樣將這一對母女與敘述者「我」拉近了。後來不堪日軍凌虐的臺灣兵逃亡山中，在食物極度缺乏的情況下，屍身成為食物的來源，最後人也成為獵物。很不幸的，陳吉祥竟被飢餓的逃難士兵射殺，他的肉被做成湯，在一種非常恐怖非常不得已的情況之下，敵人還強迫「我」喝了一口肉湯。回鄉之後，在美珠多次的追問下，「我」說出了那段經過，美珠聽到這樣慘絕人寰的事後，她崩潰瘋掉了。「我」本來是不願說的，在一次不得已的情況下說出的這件事，其實包含頗多的寓意，「我」回來以後生了滿身的毒瘡，是因在山間的十幾個月，能放進口裡的東西都吃下去了，尤其是喝下好友陳吉祥的肉湯。吃人的隱喻意義，恐怕是殘酷、罪惡、痛苦和荒謬這些字眼都不能道盡一切的。所以「我」在之前一直有所保留，自我隱瞞，不去碰觸那傷口，這「隱瞞」隔離他對戰爭的罪惡和痛苦的一切回憶，藉此築起一個自我防衛的機制。可是當他把喝人湯的事說了出來，而且是說給一位他非常關懷在意的人以後，他自己的毒瘡竟霍然而癒，而美珠卻瘋掉了，不但她瘋掉了，連她的女兒玉雲後來也瘋掉了，這是非常沉痛的。戰爭的痛苦和罪惡感由「我」轉遞給她以後，有的人較脆弱，柔軟的心靈無法承擔，於是心神徹底崩潰，進入精神病院，瘋狂變成是一種治療。戰爭遺留的痛苦，並未隨戰爭結束而終結，也未隨美珠的發瘋死去而切斷，美珠的女兒繼續步上母親的後塵，小說以暗

示手法，強調戰爭迫害的延續性、擴散性；而「我」不敢再提及我的記憶，對於這樣的歷史，就像不可言說一樣，塵封在個人的內心深處與崩潰的心緒中。不是受難者的指控，也不是施虐陣營的懺悔，而是戰爭倖存者飽受私密的戰爭記憶所苦，卻無能述說的，彷彿在提醒我們，是不是都有一段不能面對的過去？又要如何掙脫？被戰爭的黑色記憶綑綁？愛格‧納索（Agate Nesaule）在《琥珀中的女人》書中的後記所寫，「任何一場戰爭的槍林彈雨終會休止，身上的傷口會癒合，記憶會逐漸模糊，但是，那些戰爭的生還者，卻必須與可怕的經歷共存一生。」[17]

陳映真〈鄉村的教師〉，主人翁吳錦翔年輕時因為思想進步而被迫被日軍應徵入伍，參加了侵略南洋的戰爭，幸運返臺的他從此作了一名山村教師，成為啟蒙山民的知識分子，但是吃人肉始終是他心中永久的傷口，周圍人的不解和嘲弄，及無力擔當改造社會和國民的重任，難以癒合的隔閡，他儘管熱愛他們卻無力改造他們，反而是傳統的勢力把他給吞噬掉，在無法實現自己的人生理想和遠大的社會抱負的情況下，最終在一次學生應召入伍的惜別酒席裡，酒醉發狂，突然談起他在婆羅洲逃亡時啃食人肉的往事，最後在村人異樣的眼光中，隔沒多久就割腕自殺了，以毀滅自己來表達他對這個社會的絕望。這幾篇對南洋戰事的書寫，不約而同反映了幾種共同的歷史記憶，人性與生存的掙扎，食人肉所帶來的精神壓抑，以致瘋狂等等。試圖抹去戰爭傷痕的倖存者，記憶與苦難無法和解，遂多在酗酒和瘋狂自殺之中了結生命。宋澤萊〈最後的一場戰爭〉於逃亡時人們的行動與心態著力最深，軍伕們在南洋叢林裡如為野獸追趕的羔羊竄逃不知止於何

---

17 愛格‧納索（Agate Nesaule），謝凱蒂譯，《琥珀中的女人》（臺北市：天下出版社，1999 年 2 月）。

處，在這塊陌生的鬼域裡做著逃亡的惡夢。他們身無餘糧，捕食著像蜥蜴般的四腳蛇，吃著蝸牛，甚至「吃」著澳軍的大皮鞋，徘徊於飢餓線上的軍伕們精神逐漸地趨於瘋狂，戰爭的罪惡在為飢餓與死亡所凌遲的人身上令人驚心動魄的描寫，正是對逃亡者當中一名日本兵士「食人」的細節呈現。

鍾肇政曾是日本帝國主義的陸軍二等兵，駐紮在臺中海線的大甲，擔任海防工作，因此有《江山萬里》、《大肚山風雲》中的「學徒兵」戰爭經驗[18]。其中篇〈中元的構圖〉利用民俗祭典交揉戰爭後遺症與深入的心理刻畫，內容描寫阿木結婚不到三個月，就被徵召為名譽軍夫，遠赴南洋作戰；在菲律賓的叢林中，他捉老鼠吃，挖樹根充飢；有一次，他餓得走不動，可是，一想到阿寶，他又掙扎的站起來向前走。終於，他活著回到家鄉；然而他的女人卻跟人家跑了，留下唯一的女兒——阿菊。阿木雖然倖存活了下來，但卻失去了青春歲月、愛情與家庭，他終於發瘋。原本他唯恐被軍隊的同袍擄掠生吃用來防衛自己的日本刀，卻在戰爭結束後用來斬殺他的妻子與情夫。

太平洋戰爭雖落幕，但諸多悲劇卻正一幕幕上演，丈夫命喪異邦，留下稚子年輕妻子，以及接到骨灰，卻在一、二年之後突然現身，當男人返家，驚覺妻子為了養活幼兒已然改嫁的殘酷現實；或者寡婦孤兒無盡期的等待，成了生命中難以承受的荒謬和嘲諷。陳嘉

---

18 鍾肇政提到在淡水中學校要畢業的最後一年，臺灣陸軍志願兵制度要實施了。對於當時19歲，符合「志願」條件的鍾肇政而言，無異是晴天霹靂。為了逃避志願兵制度的強迫徵召，中學畢業的他，就立即去投考1944年4月成立，專門培養教官的「臺灣總督府彰化青年師範學校」。但隔年從師範學校畢業後，原本被派到臺中州沙山青年學校擔任「助教諭」，在還沒有到4月1日就任前夕，「學徒動員令」就下來了，雖然不是正式「入營服務」，卻也還是成為日本帝國主義的陸軍二等兵，駐紮在臺中海線的大甲，擔任海防工作。見《鍾肇政回憶錄（一）：徬徨與掙扎》（臺北市：前衛出版社，1998年）。

欣〈招夫〉或張彥勳〈夜霧，歸來〉都敘說了這樣的故事，最後一切只能無言的歸於罪惡的戰爭。李喬〈德星伯的幻覺〉[19]及〈如夢令〉[20]大抵以此為素材，敘說了這樣的故事。〈德星伯的幻覺〉，描寫德星伯長子敏賢死於南洋戰地，留下妻村英與四幼兒。德星妻原是被大哥德全強污過的女人。鄉霸癩頭義想強暴村英，不遂，反而謠傳德星伯扒灰，善良而軟弱的德星恍惚中竟自我懷疑，結果跳河自殺。〈如夢令〉一作，則是李喬以其悲天憫人胸懷，將之「溫暖化」[21]，原本素材是阿榮出征南洋前二十一天與阿鳳完婚，一年後阿鳳生下一男，兩年後終戰，派往南洋的臺籍兵紛紛返臺，阿鳳的弟弟的骨灰送了回來，阿榮卻生死兩茫茫，後來阿鳳招贅了一個同村男子，然而三個多月後，阿榮平安歸來。這是現實上二男一女的淒苦情境。作者將文字化為淒苦人間的舒緩劑，做了虛構安排：「阿鳳絕對唯心認定阿榮沒死，一直拒絕再醮。於是一個月色如銀，夜深似水的深夜，或者是夢中，或者夢遊，終於在等待無數日月的老地方，阿榮出現了。……我是寫成真的回來了；祇是夢的感覺勝過事實而已。」[22]雖然作者說「想起來作者我有罪——不應以虛構去掩蓋歷史的事實與真實。」（頁178）但像如夢令女人拒絕再嫁的故事，現實上其實也很多，悲歡離合的劇情同樣引人深喟不已。

太平洋戰爭終結了殖民地歷史經驗，為臺灣人留下了深沉的死亡陰影，而「戰爭後遺症」的精神分裂症，使臺灣人在歷史與現實之間失去憑依。現實中，宋澤萊的父親從兩年的叢林逃亡中，回到了觸目

---

19 〈德星伯的幻覺〉，《臺灣文藝》第7期，1965年4月。

20 〈如夢令〉，《中央月刊》第1卷第2期，1969年10月1日。

21 見〈回家主題（上）〉，《重逢——夢裡的人：李喬短篇小說後傳》（臺北市：印刻出版社，2005年4月），頁178。

22 同前注，頁179。

悲涼的故鄉，但「那種荒蕪的精神狀態，可說是一個已被戰爭所扭曲的人，……變成了另一個世界的人。」[23] 他喪失了一生中最重要的東西——他青梅竹馬的戀人在征戰期間嫁給了別人，他繼續受著戰爭的影響：「他對於舊情人的懸念太深了，致使他把有的力量都花費在回憶的世界裡，喪失了應有的愛。對於他的妻子而言，他不過一具蒼白的行屍。而當我被生下後，他仍目不轉睛的在尋找那已經淡去的影子。」[24] 此外，是人與時代的脫節，從戰時到戰後遺失的是個人向上的可能，「以前他父親還年輕時，唸過日本高校，後來徵調南洋，一直想力爭上游，但戰後便成為一個徬徨的人，他忘不了死難在異地的同胞，終於斷定年青時的抱負是錯的，之後他說他和同輩的人都是孤兒，要自行奮鬥」[25]。陳鏡花（舞鶴）〈微細的一線香〉裡敘述者的父親也是「如此自社會潰退下來，這僅是終戰後一年的事罷。」黃春明〈甘庚伯的黃昏〉裡的甘庚伯，當他聽說獨生兒子阿興又偷跑出來當眾裸體滋事，馬上放下田裡的工作，趕忙跑去帶回阿興，走在夕照的餘暉中，甘庚伯回憶著有關阿興昔日的種種。阿興，也是從南洋戰場回來就又瘋又啞了二十幾年。

李喬的《孤燈》因戰爭發瘋的受害者不少。福興嫂因對丈夫思念過度，得了「失心症」，平常又哭又笑，看到男人就緊抓不放，要把男人帶回家當老公。從南洋當軍伕回來的明森，瘦得皮包骨，變得半癡半瘋，常在人家後面發出令人毛骨悚然的怪笑，活像陰魂不散的。鍾仁和逃亡到溪谷的巨巖上，幻想自己與妻子阿香共度新婚的美好時

---

23 李昂、林梵、張恆豪等，〈靈魂的搏動——從廖偉竣到宋澤萊的變奏和迴響〉，《臺灣作家印象記》（臺北市：眾文圖書公司，1984年5月），頁275。

24 廖偉峻（宋澤萊），〈嬰孩〉，《黃巢殺人八百萬》（臺北市：東大圖書公司，1980年4月），頁7。

25 廖偉峻（宋澤萊），〈虛妄的人〉，《黃巢殺人八百萬》（臺北市：東大圖書公司，1980年4月），頁96。

光，他們只有愛，沒有逃亡的恐懼，甚至「退回」到童年歲月，唱起童謠，幻想在母親照顧下，那就不用再害怕；增田少尉在極度缺乏食物，長期飢餓後，幻想自己是一頭食草的野獸並發出類似野獸的低吼，不必熟食，只吃青草過活，不虞食物匱乏。

這些發瘋的人物出現在《孤燈》裡，再加上原來的白癡（除了尾妹是《寒夜》人物），似乎在戰爭陰影下，世界變得瘋狂，人也隨著癡狂，就像臺灣人所說的：「歹年冬多肖人」。作者藉一個小孩子的口，指出戰爭使山村生命力消失的景況。何以戰爭產生這麼多瘋子，或許就如同明基說的：「瘋了最好，瘋了，就不再害怕，也不再傷心了。」在戰場或逃亡過程，因為太多的死亡給生存者帶來巨大的壓力。在一連串超過身體所能負擔的勞役，以及無盡的鞭打，卻根本沒有反抗可能時，死亡是唯一的解脫方式，但大多數人卻無法克服對死亡的恐懼。最早看到神風特攻隊出征時，死亡可能只是屬於遙遠而不再歸來的年輕飛行員，對他們衝擊還沒那麼大；等到被迫上戰場，他們才真正看到生命在眼前消失，這時死亡竟是如此逼真；逃亡時遇到游擊隊，被游擊隊的機槍子彈掃射，他們才真正體會自己可能失去生命的恐懼，從此以後同伴好友不斷地死亡，見到太多生命突然消失，預想自己不久也走上相同的命運，在等待死亡的恐懼下，唯一解脫就是幻想，或者是發瘋吧！

這些人的發瘋，正顯示戰爭的壓力，已超過人類所能負荷；也呈現另一個意義，當其他人承受不住死亡的恐懼，飢餓的壓力，精神崩潰，而逃避到自我想像的安全領域。劉明基卻借著一股求生意志，回歸母土的潛意識，走向北方，生存下來。或許只有這股強烈的本能意識，才使他免於發瘋吧！

四 戰爭烽火下變調的文學記憶

　　殖民地的悲哀，在於自身沒有自主性、主體性，一切的價值以殖民母國為依歸，平時既已是附庸、邊陲之角色，何況在戰時體制下的命運？做為日本殖民地的臺灣，無辜捲入二戰的浩劫，在這場戰爭中，死亡者不少，倖存者，或隨日軍返臺，或流落島嶼叢林中下落不明，或直接交付國民政府，不久，又投入國軍的「剿匪」戰爭。這是一場令人錐心泣血的不知為誰而戰、為何而戰的瘖啞歷史。

（一）我們究竟為何而戰？為誰而戰？

　　陳千武的《獵女犯》書寫了臺灣人民在殖民體制下背負著無可逃脫的的命運，在日本人宣稱「聖戰」的謊言中，「臺灣特別志願兵」卻無法確認，這是誰的戰爭？為誰而戰？就如〈輸送船〉中林逸平的一番話：「我，初生臺灣，是日本殖民地的現地土民」，「不但我的存在、生死之權，在他們的掌握裡，所有殖民地土民的命運，都是如此……。」黃春明〈戰士，乾杯！〉[26]寫一個來自平地的青年攝影兼報導寫作者黃君（黃春明），在鐵牛車上認識了正要回鄉的山地青年熊，因為對好茶這個村名莫名的好感，就跟著熊回到霧臺鄉舊好茶部落的家中，看到懸掛在牆壁上的三張族人遺照，是日本兵、八路軍、中華民國國軍，竟然與耶穌受難圖並列著。於是透過對這個家庭四代男人的描繪，表現原住民辛酸的歷史和苦難中的生存哲學。一個

---

[26] 〈戰士，乾杯！〉原發表於《中國時報・人間副刊》，1988年7月8、9日，選入吳錦發主編，《1988臺灣小說選》（臺北市：前衛出版社，1989年5月），但後來收入《等待一朵花的名字》（臺北市：皇冠文化出版社，2000年2月），頁96～115。列入「散文」類。

家族，或是一個社會，一個國家，他們的四代男人，為自己的國家、民族，代代都當了兵去打仗的情形，大概已經不多見了。可是，他們上下四代為不同的政權當兵，除了當自己部族的勇士去抵禦外敵，不是當了侵略者異族的士兵去，為敵人打另外一個敵人的敵人。當日本兵、當國民政府軍變成八路軍、當中華民國國軍，去跟一個根本和他們無冤無仇的人，把他們當作不共戴天的敵人敵對起來。這般荒謬的情形，在今天這個世界裡，恐怕更難找到了。三位軍人生命只有兩個世代的差距。在短短數十年之間，原住民被徵召當兵，也陸續死了，留下的後代仍繼續在為國軍奉獻。但是，服役中的原住民沒有對中華民國感到憤怒，只覺得不是當自己族裡的戰士而有點難過。最後，作者滿懷原罪，在半醉半醒中，向原住民四代的戰士「乾杯！」，歷史的荒謬凝結成模糊的，時間死滅的圖像。後來，黃春明亦將此篇編成劇本、詩作。他說「我個人覺得耶穌受難圖還有日本兵、八路軍、國軍的大頭像陳列在一起就很有意象與象徵，……他們那三個敵對的軍人都是一家族人，但又不是為自己的族群當兵作戰，這樣的悲劇辛酸史發生在太平洋戰爭爆發後不到三十年的時間。」[27]除了原住民尷尬的處境[28]，當時莫名其妙被國民黨軍隊騙去、抓去中國大陸的臺灣閩南人、客家人也不少，而一些被中共俘虜的臺灣人，不久又被換上了

---

27 黃春明〈戰士乾杯！〉，刊《自由時報‧自由副刊》，2005 年 1 月 19 日。

28 《我們為了日本而戰爭——花蓮壽豐村的老人》與〈戰士，乾杯！〉則不同，影像中的阿美老人毫不避諱地追憶和敘述半個世紀前，曾為日本「祖國」投入太平洋戰爭，加入高砂義勇軍，所付出過的無悔青春。這群阿美老人們同唱「高砂義勇軍進行曲」，對日本如君父般的緬懷，思念和眷戀，然而卻在追討軍体儲金賠償的過程中，逐步地廓清了「祖國」日本的猙獰面目，政權轉換時的歷史傷痕和文化政治認同的混雜於此可見。這種荒謬的認同錯置藉著影像的鋪陳成了一種內爆隱喻，反噬並腐蝕了殖民政權美麗的謊言和神聖戰爭的修辭美學，但也因之方啟動真正的記憶。

另外一套軍裝，被收編入共軍，參與「解放戰爭」，甚至繼而還有被派往北朝鮮，投入「抗美援朝」的韓戰。一九四六年，終戰後的一年，國民政府將臺籍新兵送上「宇宙號」——這艘從戰敗日本海軍接收過來的戰艦，當年是送往臺灣人至南洋、大陸參與聖戰的戰艦，如今角色一變，成了被拋至內地祖國去參與國共激戰的船艦[29]。詩人岩上（1938～）的大哥亦是在臺強被押送到中國參戰的例子，岩上在〈隔海的信箋〉詩末附註：「我大哥於一九四六年被國民黨軍強押隨九十五師赴中國參加內戰，是二萬多臺籍兵劫後餘生僅存八百多人之一生還者，現居留上海。於一九七八年中共飄傳單過來，偶拾得而知其未死，遂秘密曲折通信。」[30]許多臺籍老兵，歷經太平洋戰爭、「剿

---

[29] 原國府軍七十師一三九旅二七八團的臺灣人潘進興的一段回憶：「有一天，部隊忽然說要行軍訓練，用欺騙手段解除我們臺籍士兵的武裝，只背著自己的行李來到高雄港。此時，高雄街道兩旁和港區都佈置外省籍老兵，荷槍實彈，每五步一個哨，好似面臨大敵，怒視著我們，而我們像一批戰犯，被押上從日本接收的運輸艦『宇宙丸』，船上也以佈置機關槍，槍口對著我們，此時我們感到一切都完了！有的放聲大哭，有的流淚，有的喊爹叫娘！到了晚上，有的臺灣兵跳水逃跑，船上的機槍嘟嘟嘟地掃射不停，高雄港內的水被我們臺灣青年的血染紅了！」許昭榮回憶說：「隨國軍六二軍及獨立九五師到大陸的臺灣子弟兵，在嚴厲的『陣地戰時軍律』之下，冒著刀刀似的西伯利亞寒流，轉戰東北、華北地區，死的死，傷的傷，倖存者，幾乎都成為中共的俘虜。」轉引自李筱峰〈為誰而戰？為何而戰？「臺灣人的戰爭經驗回顧展」序說〉（《臺灣日報》副刊，1997年8月20日）。

[30] 岩上早期作品以自我為中心，多為個人年少抒情與感懷之作，後漸漸由個人性趨向社會性的關懷與批評，擴展到生活空間環境、土地及社會、政治、教育等層面的關注。近期作品除仍具社會批判性之外多為人生感悟哲思之作，作品風格內容多樣變化。詩原發表於《笠詩刊》第157期，1990年6月，後收入氏著《更換的年代》，高雄：春暉出版社，頁223～225。原詩：「大哥的信／越過臺灣海峽／越過太平洋／從美國轉了大半地球投來／沒有信封的薄薄的信箋／／大哥的信／從日本轉來／大哥的信／從香港轉來／密密麻麻的簡體字／仍然沒有信封／信封是另一親友的筆跡／／大哥的信／從香港轉來／親筆寫的信封沒有投寄的地址／／大哥的信／透過紅十字會／轉接投遞／郵票被墨筆塗上一大橫／「以三民主義統一中國」的字樣／蓋得特別清晰／／大哥的信／直接投來／完整的圖印有／中國人民郵政的郵票不再

匪」戰爭、「解放」戰爭，以及「抗美援朝」戰爭，誠然是不知為何
而戰？為誰而戰？為誰流離失所？為誰受苦受難？在大時代的悲劇
下，那些冰封大地的飢寒、無助的鄉愁、恐懼的迫害，必將是他們畢
生無法忘懷的慘痛、變調的記憶。

（二）加害者／被加害者？

　　鄭清文〈三腳馬〉中的曾吉祥，是從「被害者」搖身一變為「加
害者」的典型，鄭清文另篇〈寄草〉（1974年）更早寫到這樣的角色
轉換，不同的是曾吉祥有其反省，重新尋找「自贖」之路，清海則繼
續沉淪。

　　〈寄草〉，寫一位本來可以平凡過一生的木匠清海，因戰爭使他
變成對妻子施暴、吃軟飯的暴君。家庭也受到傷害，六個孩子多半送
了人，只剩下三個，妻子也只能以賣淫的皮肉錢來維持家計及供他揮
霍。這個南洋歷劫歸來的倖存者清海，本來是寄草父親木器店理的學
徒，沒被徵調前，是個肯學肯做的年輕人，戰爭結束，才回來後沒多
久，在寄草父親死後，開始賭博、喝酒、打老婆，一二十年過去了，
仍然認為「這一輩子最有意思的，就是他參加戰爭的那一段時間」，
「他說現在的事件太平靜了。他一再表示沒有任何的事情可以和那短
短的一兩年經驗相比。」[31]他喜歡對人談他的戰爭經驗，比手畫腳、口
沫橫飛的誇示。清海，他脫離不了軍國意識的無知，他以激烈的外
在行為掩飾他內心的自卑。他原是戰爭的受害者，卻因殘留的「英

　　被塗黑／／有了詳細的地址的信封／和清楚的郵戳印墨／大哥的信／像復活的形體
　　回到了故鄉／／大哥的信／繼續從上海寄來／寄回來四十多年悲痛的思念。」

31　鄭清文《龐大的影子》（臺北市：爾雅書局，1989年），頁118、119。筆者請教過
　　作者本人，何以〈二十年〉這麼好的小說未收入《鄭清文短篇小說全集》（臺北
　　市：麥田出版社）？作者告知是三民出版社版權的問題，因此未能如願收入。

雄」夢幻，使他變成一個動輒施展暴力的施虐者及加害者，甚至認同戰爭的意義，受此拖累的寄草與子女，也無辜拜殖民者所賜，同樣成為戰爭下下的犧牲者。寄草的無辜、傷痛，追究初始緣由，不就是源於南洋戰事扭曲了清海的人格，使寄草成為不幸的羔羊嗎？從婚姻到生子、出賣肉體，她沒做過任何自我意志的抉擇，恰似一身如寄的蓬草，但「沒有選擇」，其實也是一種選擇，雖然卑微卻也悲壯。以此視之，被害者與加害者的心理結構是何其相似？如一個銅板的兩面，從單純轉變成暴力，竟是何其簡單！小說書寫了戰爭對殘餘者及其周圍家人的傷害是長久而滲透的，無所逃於天地之間。真正經驗過戰爭的人，戰爭絕非止於單一事件，它既包含事發當時所有生活的記憶，也蔓延更改了日後所有生活的感覺。戰爭的恐怖只是所有故事的開端。

三　戰爭經驗與國族認同

（一）戰爭與認同

　　戰爭文學是臺灣人的歷史經驗與集體記憶有所區別於外省人的其中一種。屬於什麼族群的人被認為應該要有那一種戰爭記憶，所以戰爭記憶已經被吸納、建構成解嚴後臺灣各別族群認同的一環。就外省族群而言，眷村中的外省族群意識的出現，與深刻的戰爭記憶的強調及戰爭文學書寫有關。是國民黨政府長期以來對七七抗日神聖光環之塑造，拉近彼此血緣與共的高度親近性，而擴至了外省人族群認同和演變成國族認同。眷村第二代是在反共復國的氛圍下成長的，對於保家衛國的軍人也有崇拜的情結。對臺籍作家而言，則習慣以小說來填補臺灣歷史的空白。對日本發動戰爭引發臺灣人民苦難根源的說詞，

當然是時代氣氛下所允許，這些戰爭背景的小說作者幾乎是自覺的透過小說傳達日治下的臺灣歷史，有意彌補國民黨政權對日治臺灣史的忽略，所以藉由戰爭文學的描寫，也約略可以了解臺灣歷史認同的變化，及臺灣做為被不同外來政（日本及國民黨政權）壓迫統治的受害者形象。

〈歸鄉〉、〈夜霧〉和〈忠孝公園〉這三篇小說以《忠孝公園》為名出版，並列入《陳映真小說集6》。（洪範書店出版）這三篇小說又發展出三種全新的題材，恰恰與過去陳映真所寫的題材相反：以前他寫在臺灣的大陸人，現在則寫在大陸的臺灣人（〈歸鄉〉）；以前寫白色恐怖的受難者，現在寫加害者（〈夜霧〉）；以前寫日本對臺灣的經濟殖民，現在寫臺灣人過去對日本人的奉獻與效忠（〈忠孝公園〉）。在這三篇小說的共同點是，都是以回憶串起情節的，而所有的回憶都是痛苦的。陳映真〈忠孝公園〉是外省籍國民黨軍人與臺籍日本老兵的對話。臺灣人林標，新婚後不久就收到日本的徵兵通知，成為日本皇軍的軍屬軍伕，替日本人到菲律賓打仗，到了九十年代，他們想用前日軍身分索取補償金，到頭來卻因「已喪失日本國民身分」，領不到補償金，發現日本人何曾視他為「自己人」，而自己所支援的新政府又出賣他們，要他和日本政府妥協，面對雙重的失落，頓生「我到底是誰？」的迷惘，終致神經失常，可見命運如何捉弄臺灣人。另一位主角馬正濤的經歷更是曲折離奇，他是東北人，順著政治的風向而依序在滿州國、國民黨、共產黨、國民黨的手底下做事，每次都靠都出賣同志而成功轉換身分，後來搖身一變為白色恐怖時期的劊子手，他和〈夜霧〉中的調查員一樣，無法面對政治變局，最後在國民黨喪失政權之後選擇自殺。小說寫馬正濤到臺灣後，當過一陣子官，然後退下來，在忠孝路附近買一間小房子，把他一生的過去都封閉起來，但當他到忠孝公園晨運時看見穿著日本海軍服的林標，「一些長年被

他牢牢抑壓的回憶，就會從那黑暗的記憶的洞窟中，帶著屍臭，漂流出來」[32]，無數在他監察下，被日軍處決的中國人「在白雪地上迅速凝固、變黑」的血又在他的記憶中浮現出來（頁139）。臺灣大選，國民黨失勢下臺，他突然感到一陣強大的虛無感，「半生的綁架、逮捕、拷問、審判和處刑，都曾經因屹立不搖的國民黨而顯得理所當然，理直氣壯，而沒自我咎罪的夢魘。」（頁220）但是，他在這個動盪的大時代中從沒有自主過自己的生命，一如隨風飄搖的柳絮，沒有目標，也沒有生命，任由大風大雨的使喚，決定他的目的地。他發現他「彷如忽然被一個巨大的騙局所拋棄，向著沒有底的、永久的虛空與黑暗下墜。」（頁220）他摸出一副從舊滿州跟著他到臺灣的手銬反銬著自己，用一個大塑膠袋套著自己的頭上。彷彿面臨歷史的計算，為著歷史賦予他個人的歷史，反拷著自己去詛咒，懺悔自己的歷史。幾天後就發出陣陣的屍臭。屍首上「不喜自笑的嘴角，掛在他那半睜著眼睛的臉上，顯出無法讀透的深深的悲愁」（頁221），他終於擺脫了受著巨大的歷史之輪的輾壓的卑微生命。

小說以外省人馬正濤與本省人林標的戰爭經驗做為對比，他們二人都有日本經驗，都曾經於二戰時在日本麾下做事，但二人身分不同，馬正濤是日本扶持下滿州國的軍官，而林標只是被派到南洋去的軍伕，小說中馬正濤對於林標一口不標準日語很不滿，雖然林標一身的日本海軍服，曾勾起他主動上前用日語與林標寒暄。易言之，即使是同樣擁有戰爭經驗，甚至說同樣的語言，亦無法使二人更接近，反而更加疏遠。〈歸鄉〉寫臺灣兵楊斌被騙到大陸去打共產黨的血淚、有家歸不得的悲涼，以及年老歸鄉卻不被認同（不把他看成臺灣人，

---

[32] 陳映真，〈忠孝公園〉《忠孝公園》（臺北市：洪範書店，2001年10月），頁137。這一節原文出處，出自《忠孝公園》一書，不另做注腳，直接標示頁碼於引文後。

其至於將他視為「外省豬」）的荒謬。這個故事反映陳映真不能忘懷的主題：究竟楊斌是大陸人還是臺灣人？歸鄉的「鄉」在何處？最後楊斌決定回到中國大陸，不願意打官司來爭取財產。對他來說，兩邊都是故鄉，他已經無法分辨了。這自然是作者的原意：作為大陸人也好，臺灣人也好，中國只有一個。

林標被徵召時，日本軍方對他們說：「諸君要作為忠良的日本國民，作為大日本皇軍的一員，做天皇階下堅強的神聖的盾甲……」（頁147），「你們是、大日本帝國皇軍的、無愧的一員！」（頁148）但其實臺灣日軍只是皇軍中低一等的士兵，主要在二線戰地工作。正如當馬正濤看見林穿著一身日本海軍軍服時，心中不禁詛咒起來：「你也只不過是個小小的日本『軍伕』，連個正規的日本小兵都不是。跟在關東軍屁股後的臺灣人軍伕，軍屬……卻還大白天穿著日本海軍戰鬥服到處招搖現眼，還哇啦哇啦講著破日本話……。而今一個日本小軍伕倒是比日本憲兵隊神氣了。」（頁136）然而，這些臺灣軍伕當中不少是渴望著成為，或者甚至把自己當為真正的日本皇軍，一個替自己改了日本名的客家人，他是真正報名的志願軍。而和林標一道到菲律賓戰線的臺灣軍伕，當得知日本戰敗時，臺灣被宣報成為中國領土時和日本人一起痛哭、自殺。在美軍的俘虜營中唱起日本軍歌。但儘管官方口號喊得多熱誠，臺灣軍伕相信或不相信也好，臺灣依然是臺灣，而非日本，那個客家人梅村「被一個喝醉的日本兵雞姦後，連摑帶踢，連聲喝罵『清國奴，畜牲』。臺灣人的梅村終於用皮帶上吊死了。他的屍身靜靜地掛在一株橫向槎出的老椰子樹上，在酷暑的熱帶林中蒸曝了兩天，才被人掩住鼻子找到。」（頁149）林標有次出勤晚歸，錯過了晚飯時間，到廚房找殘羹時被隊長發現，邊罵他「清國奴」邊就打落他兩顆牙。「實際上，即使需要臺灣兵在南洋的戰場上為日本拼命的時候，日本人也會不時地提醒臺灣人其實並不

是真正的日本人。」（頁149）林標是講日語的「清國奴」。他在菲律賓前線，無意中認識到一個開小雜貨店的泉州的僑民，他與「泉州仔」用閩南語交談，──「從此，『福建話』像是這惡山惡水的戰地裡唯一的一泓汩汩甘泉，開始執拗地引誘著林標藉口買些日用，去照顧雜貨鋪寒傖的生意。」（頁190）與泉州仔用家鄉話交談中，林標覺得自己是中國人，他曖昧地以為自己終於有一個名分，可以偷偷與同胞一起理直氣壯地使用自己祖國的語言。有一次，他正與泉州仔一起交換著煙抽，說著閒話──「林標一抬頭，突然看見了雜貨鋪裡微暗的內室，閃過一個十五、六歲的少女的身影。她眼睛大而明亮，微張的嘴唇流露著少女獨有的嫵媚。『我的女兒。』泉州人慌張地說，臉上的笑容顯得更其詔媚。但林標卻突然明白了泉州仔這一向的詔笑中，包藏著多少恐懼、猜疑甚至憎惡。在這姦淫搶掠直如日常茶飯的亂世中，把蓓蕾初綻的女兒深藏在內室的這老泉州人，是在以他那絕望的卑屈和表面的巴結去奮力保護著他的家小。當身穿日本軍服的林標瞥見了內室的少女，泉州人的笑容看起來就是絕望、討饒的懇求。林標明白了穿著日本軍衣的自己，從來就是這泉州人可怕的敵人和仇家。」（頁191）林標也像《亞細亞的孤兒》胡太明一樣，他不是中國人，他也不是日本人。他是誰？當然是臺灣人。但當日本戰敗後，臺灣軍伕突然間從日本人變成中國人時，林標就想「一國的人究竟要怎樣在一夕間『變成』另一國的人呢……茫然、悲傷和痛苦浸染著不肯離隊的臺灣兵。但一旦被以『戰勝國國民』之名和日本人分開，林標覺得一時失去了與日本人一起為敗戰同聲慟哭的立場。而無緣無故、憑空而來的『戰勝國國民』的身分，又一點也不能帶來「勝利」的歡欣和驕傲。」（頁153）「我，到底是誰？」是林標這個人物的中心問題。他和一群年老的舊臺灣軍屬向日本政府要求和日本軍皇看齊的「恩給金」無果後，歇斯底里地哭著問。

　　本省與外省的戰爭經驗不同，與族群意識的起源、建構，應是有
其相關性。陳映真此作與葉石濤、鍾肇政、陳千武等臺籍戰後第一代
作家明顯不同，做為左統的陳映真來說，他的思考自然是較特別的。

　　戰爭記憶滲透作家骨骸血肉中之後，也呈現著自身對現實及歷史
的不同階段的認知，宋澤萊即是一個明顯的例子。宋澤萊說鍾肇政的
小說使他自己重見了父親那一代深刻的歷史：「他揭露出我們父親那
一群人的不幸，深刻反映了那一個時代的悲劇。從他的作品，我們定
可發現在日本帝國主義殖民統治下異族對同胞最嚴厲、最苛酷的剝削
和壓迫，鍾肇政先生的小說給我的影響極深，因為，我從他的作品中
覓尋到了我父親那一代的那麼深刻的影子。」[33]寫於一九七六年一月的
長篇敘事詩：〈太平洋戰歌〉，歷述了太平洋戰爭下征夫們的無奈與
創傷，他正視了十八萬家鄉父老的苦楚，加重他生命的負荷，他譴責
戰爭，憐憫惋惜受戰爭傷害的人們，在〈最後的一場戰爭〉小說，他
的題詞說「以這篇小說獻給家父，他在太平洋戰爭中曾做過毫無代價
的犧牲。」[34]尋回了「父親的歷史」的宋澤萊無疑地也尋回了臺灣的歷
史，雖是悲情至極，卻無法逃避，在此他獲得了對臺灣的「了解、感
情及責任」：「我本來並不了解臺灣，後來慢慢長大，漸漸了解臺灣
在歷史上的命運，原來是這樣的悲慘、困悶、蹇迫，我們的故鄉在戰
爭中死去那麼多人，我的父親、叔叔，從戰禍中受到那麼痛楚、那麼
難忘的精神上與肉體上的折磨，這種命運無法自主的悲劇感，在早期
的作品我描寫了不少，我對臺灣的了解、對臺灣的感情，甚之對臺灣

33　李昂、林梵、張恆豪等，〈靈魂的搏動——從廖偉竣到宋澤萊的變奏和迴響〉，《臺
　　灣作家印象記》（臺北市：眾文圖書公司，1984年5月），頁273。

34　見《宋澤萊作品集2：等待燈籠花開時》（臺北市：前衛出版社，1988年5月），頁
　　147。

的責任，可說都得自於我的父親。」[35] 二戰太平洋戰事深深影響宋父，
作者父親的垂淚歎息的回溯，使宋澤萊的「戰爭記憶」在爾後不同時
期的小說裡成為創作的題材之一，為受害的心靈招魂並安魂。這種描
繪「戰爭記憶」的小說，與前行代小說中的記實經驗自是不同，是戰
後成長的新世代以自己的體驗在感受父親的記憶，甚且是「詮釋」父
親的經驗，這代表了戰後世代對臺灣歷史由茫昧、困惑到了解認同的
過程。[36]

（二）回家的路

　　許多小說是在歸家、返鄉與出走、離家的關係上展開，二十世紀
末中國作家的歸家返鄉渴望，不以回到故園為高潮；恰恰相反的，它
以回到一個既陌生又極熟悉的所在為反高潮。小說中多的是像朱天心
《古都》、《漫遊者》一種夢魘式的漫遊，現代人不敢回家或者根本不
想回家，或者根本沒家，找不到回家的路的描述何其多。根據廖炳惠
對「旅行」所下的定義，它指涉的是跨越空間與時間的運動，以及離
開家園的相關書寫。依循著前述界義，與「旅行」概念有裙帶關係的
有「移民」、「游牧」、「流亡」等詞彙，各種在不同歷史語境下產生
「出走」的行徑，不管出自於自願或非自願，或多或少都帶有旅人騷
客的意味在；這種出自於非自願或半自願的「出走」行動，可以和國
府時期大量播遷來臺的外省族群並置而談，泰半外省第一代的流亡心
境使得他們終老至死，鮮少不懷有「未來有一天可以返鄉」的冀望，
加上政府方面的政治催眠、戒嚴時代的海禁政策等等，都使得「外省
族群」凝聚成一種極為向心合群的集體記憶，彷彿執守著歸返的信念

35　同前注。

36　陳建忠，〈第二章 死亡陰影的追逐：現代主義者的生命腳蹤〉，《宋澤萊小說（1972
　　～1987）研究》，清大中文所碩士論文，1997年6月。

之燭,便得以照亮黑水溝、照亮彼岸的歸鄉之路。郝譽翔《逆旅》郝青海孤伶一人不斷漂泊遷移,從未安定下來[37]。形同作者生命中局外人的父親,那七十歲滿頭花白的老人卻在即將回大陸娶大陸女子的飛機前,面對荒唐往事與三個女兒前大聲哭了起來:「當年怎麼想得到,一離開就是幾十年,回不去了。」回不去了,道盡流亡來臺的榮民眷屬長久以來的悲慟心聲。

從古典文學以來,戰爭流亡者總是想著歸家的路。《詩經‧小雅‧采薇》即表現了士兵在離鄉出征的歲月裡的艱苦生活和內心傷痛,字裡行間表達了對戰爭的不滿和對故鄉的思念。經過出生入死的戰鬥之後,戰爭的倖存者終於踏上了歸家的路途。但作品並沒有寫士卒勝利後的喜悅,而是營造了昔日楊柳依依、如今雨雪霏霏的場景,寫的是歷經磨難之後內心深處的淒涼和悲苦,而且「行道遲遲,載饑載渴」,歸鄉的路依然那麼艱難。在國外奧德修斯思鄉的愁苦與返鄉的決絕則描寫得非常充分[38],可說飽受戰爭與災難的離亂之苦,因此,對家園之思有特別的體會。在臺灣文學裡也營造這一類歸鄉迢迢的題材,不論是本省、外省作家都有一條回家的路。

李喬的《寒夜三部曲‧孤燈》,全書總結就是「回家的故事」[39]。

---

[37] 當時未能在臺灣安身立命的現象,在文學作品裡時見,朱天文〈童年往事〉就說:「父親自傳裡面寫說,初來臺灣的時候,本來計畫住三、四年就要回去的,所以不願買家具,暫時只買一些竹器,竹床竹椅竹桌,打算走的時候這些東西就丟掉不要了。」《炎夏之都》(臺北市:遠流出版社,1989年12月),頁59。

[38] 《奧德賽》是西元前九至八世紀古希臘盲詩人荷馬根據口頭流傳的史詩、短歌編成的長篇敘事詩,它與荷馬的另一部作品《伊利亞特》一起被稱為「荷馬史詩」。希臘聯軍在特洛伊戰爭中,採用將領奧德修斯的「木馬計」攻陷了特洛伊城,勝利的將領紛紛帶兵回國。《奧德賽》即是敘述奧德修斯乘船回故鄉過程中,用智慧戰勝各種災難,最後勝利回家大團圓的故事。

[39] 李喬,〈回家主題(中)〉,《重逢──夢裡的人》(臺北市:印刻出版社,2005年4月),頁194。

《孤燈》寫第三代青年男女在日本戰敗前一兩年的悲歡離合，分兩線進行，一在臺灣島內（苦難家鄉臺灣的飢餓、悲傷），一在南洋菲律賓（由家鄉送行起，寫至成為潰兵在異國荒山中往海濱奔跑止）。以燈妹贈給幼子的銀戒指和她「淡淡的體香」（母親即臺灣大地，也是故鄉土地的芳香），誦經梵音，雨夕風晨，依然是清晰堅韌，悠悠裊裊，從未間斷，和「鷯婆嘴」上偶而飄下來的哭聲，成為蕃仔林人經常縈迴耳邊的音響。朝風夕雨，她誦經梵音和著鷯婆嘴山偶爾飄下來的哭聲，將家鄉的苦難和流落萬里外的臺灣征夫的絕望相勾連起來。臺灣島內：夫與子「回鄉」的是骨灰；婦人瘋了，智障與癩狗爭奪病死豬肉，蕃仔林的子民羅掘俱絕，開始吃食野生植物。另一方面，又得對抗日政府苛吏的刁難征奪。赴戰南洋方面：明基與永輝躲過船難、空襲。聯軍已經登陸呂宋島，在無止境的逃亡長途上，永輝終於喪命強大火網之下。《寒夜三部曲・孤燈》最悽愴的景象是那一百多頁寫異域絕境中的逃亡，堅毅尋找生路的情景，在一片叢林中，白天拖著皮包骨的兩腿蹣跚地往北海岸移動，晚上不約而同地面朝北方靜坐，默默朝向故鄉臺灣的方向。小說寫明基想起古老鱒魚忍死回歸生命創生地的傳說，恍然間領悟自己是一尾臺灣的「高山鱒」，非回臺灣不可。至此，「意志」凝而為有形可觸的存在，於是他走過死亡之谷，脫出遊擊隊槍口火網——往「北方——故鄉臺灣」直奔。

　　母親的體香突然湧來，他驚覺慈母已逝。他崩潰了，但他已完全了悟，「母親」即是故鄉大地，故鄉大地不死，母親亦不死。於是他又站起來，朝北方「有光的正確位置」緩緩地，卻是絕對堅定地走去……。靠著這樣的還鄉意志，拖著半死的軀體，堅定向臺灣故鄉的方位走去的明基，半昏迷中，他瞥見槍口，他聽到槍聲。他倒下，但他被扶起來，明基究竟生或死？小說留下想像空間。

　　「在最艱苦的時候，生死一髮之際，他從未喪失這份信心。阿

媽，就是臺灣，就是故鄉，就是蕃仔林；蕃仔林，故鄉，臺灣，也是一種阿媽。或者說，阿媽，不止是生此血肉身軀的『女人』，而是大地、生長萬物的大地，是大地的化身，生命的發祥地。」[40]那名為「燈妹」的生身母親，就是導引遊子歸來的燈光，「當他（明基）方向偏誤時，光就消失；他校正、他對準、他再走，光又呈現在正前方。」[41]

隨著日軍的戰敗，不僅象徵父權崩潰，母權的象徵也到處湧現。他們因長期吃青草，肚子「脹得像一個奇大的葫蘆，高高凸起——其他每一個難友都是一樣，肚子都像臨盆的孕婦那樣，挺得高高的。」這是一幅很有趣的畫面。雖然實際上是長期營養不良，造成肚子積水，這個意象卻像母性的象徵，他們就像懷孕的母鱒魚，要回到出生地生產，一股回歸的意念，使他們向北走，走回母土。

人一生都在索取，只有死亡來臨，才想到用自己的身體餵養故土，人潛意識深層的「回去」的願望，使許多人夢想死後埋回故鄉，或重歸土地。從古到今，回家（歸家返鄉）成為人類心靈史上的一大風景。所有的「逃亡」或「追尋」，充其量不過是為了「回家」，逃亡的過程也是回家的過程，而小說動人之處也往往在此。吳濁流《亞細亞的孤兒》主角胡太明絕望地回到故鄉臺灣，這是他的家，回望故鄉，是每一個人自我辨認的需要，也是是某種精神的追求與歸宿，即使這個家已非自己的家園，不是那個可遮風避雨的實在的家，但卻是他精神的棲身之所。李喬〈泰姆山記〉余石基最後把象徵著美好思念的相思樹種籽灑向大地，也灑向他的敵人的身體，才慢慢死去。——他的身體將永存於泰姆山中，誰又能說這不是一種向原始的回歸、而被泰姆山所接納呢？小說結尾：

---

40 李喬，《寒夜三部曲（3.孤燈）》（臺北市：遠景出版事業公司，1979 年 10 月），頁 513。

41 同前注，頁 516。

當雨水來的時候，有些種籽會發芽。

當春天來的時候，這裡是一片相思樹苗了。

當我的呼吸停止，就是我回到大地的時候；我的軀體與大地合為一體，我將隨著春天的樹苗，重臨人間[42]。

相思樹所代表的，正是對於大地無盡的相思及回歸。主角冀望腐敗的軀體轉化成大地的養份，等到春暖時分，藉以重回大地。李喬在小說中一開始便點明出來，生命的價值來自於死亡（毀滅）與生之間的循環過程。對於「土地」的詮釋，李喬對於「土地」的詮釋，向來動人，《孤燈》裡夫與子「回鄉」的是骨灰；婦人瘋了，智障與癩狗爭奪病死豬肉[43]，甚至如第九章〈山之女〉，快餓死的山婦，只好冒死衝入人人畏懼的「門板岩」下神秘谷裡，尋找山蛙充飢，進入自然山川後的阿貞「感到一股從未有過的懼怖；懼怖中隱含近於虔誠和敬畏之間的什麼。她覺得這裡好像是山嶽大地的心臟部位，是一些神秘力量的根源地；人，是不應該侵進來的。不過，同時她覺得這裡是世上最安全的地方；這裡不會有什麼妖魔鬼怪的，也一定不怕什麼敵機機槍掃射，或者砲彈轟炸；甚至於，這裡應該沒有死亡的任何威脅。」[44]陳映真〈忠孝公園〉裡的林標有段內心獨白：「欣木，你不會知道的。一個人在凶險的戰地，即使在二線的軍伕軍屬，只有每天還活著的一分一秒才算還活著的。下一分，下一秒，是死是活，沒有人能算

---

[42] 李喬，〈泰姆山記〉，《李喬短篇小說全集9》（苗栗縣：苗栗縣立文化中心出版，2000年1月），頁269、270。

[43] 〈蕃仔林的故事〉中福興嫂的丈夫在南洋當軍伕死了，從此變得瘋瘋癲癲，看見大男人就叫：「福興仔，不要跑。」人稱「騷嫫」。只有全蕃仔林最傻的安仔和她一起結伴尋找食物。有一天「我」看見，騷嫫和安仔挖起已經長蟲的病死豬腿，被鹹菜婆留下的禿尾狗吉比咬住不放，形成人狗爭奪死豬肉大戰的局面。

[44] 李喬，《寒夜三部曲（3.孤燈）》（臺北市：遠景出版事業公司，1979年10月），頁336。

到。因此，你和你的親人、家族、故鄉……全斷了線。……親人和故鄉，其實已經和你沒有了關係。可是那一封軍郵卻頓時在我和嬰兒的你、連帶是嬰兒的媽，嬰兒他阿公，拉上了一條又粗又韌的牽線。活著回去，突然就變得極為重要了。……在深山林內，確實知道了日本戰敗。日本人哭，日本人自殺。不少臺灣人也跟著哭，感覺到自己前途茫茫。怪奇的是，日本打輸我也沒有欣喜若狂，但我的內心卻篤定得很，篤定我終於真能活著回家看到我兒，並且在別人垂頭喪氣的時候，不住地推算算你有幾歲了，捉摸著你應當長得多高。」（頁215、216）在充滿死亡的戰線上，支持活下去、堅持下去的動力，是家園與親人。

四　其他

蕭金堆（蕭翔文）〈死影〉[45]以臺籍自殺隊員出擊前的恐懼心理，批判日帝侵略戰爭的錯誤以及用生命換取勝利的荒謬。此外，小說也描寫了戰後，人們對出征未歸的其他人態度淡漠，甚至連已接獲噩耗確定失去親人的家屬，都顯得出奇的平靜。人們對於戰爭所導致的死亡，有一種安於命定式的自我慰藉，因為「沒有人知道他們在哪一年死去。或許這就是村人們對於這個死亡冷漠的原因罷」，也或者「是由於在戰爭中的人們，已經習慣於應召出征和戰死的緣故。加之以光復之上於這樣一個樸拙的山村裡，也有其幾分興奮的。」這是陳映真〈鄉村的教師〉的其中描繪，但也有像洪醒夫〈漁網村傳奇〉一篇，描寫聽聞去南洋當軍伕的子弟將返的消息，使得整個漁村的人們騷動

45　刊《新生報》「橋」副刊，1948年5月8日。其另篇〈芥川比呂志中衛〉則以臺籍軍曹與芥川比呂志中衛的對話，表達對日本發動戰爭的看法。

起來，家鄉親人企盼被徵調的人平安回來的心情。另外從戰爭文學的書寫來看，女性缺席者多，女性從未選擇戰爭，卻被戰爭擺佈，其戰爭觀點與寫法自然也與男性不同。這裡僅舉李渝〈夜琴〉為例。小說裡的女主角由大陸來臺，在中國內地的戰爭裡，她失去了父親，之後她以為「戰爭總算是過去了」。和相愛的人到了臺灣，慶幸著「好在愛情還可以等待」，但不久「她又聽見了槍聲」，看見「事後架著機關槍，圍站了穿憲兵制服的人」，知道「戰爭並沒有結束」。夜裡，她「聽見子彈穿越遠處的天空」、「子彈迸裂在地面」。不久，小學關閉了，學校裡臺灣人的女老師對他們伸出援手，邀他們到她淡水河邊的母親家躲一躲，小說裡的臺灣人家和善仁慈，關懷而體貼。女主角期待著「有一天等著戰爭過去了。一切都要重新開始」，當她又一次以為戰爭總算結束，計畫把家布置得更溫暖時，出門去的丈夫卻「像父親一樣，沒有回轉來」。

小說從事件發生後十幾年，女主角已是四十來歲的女人開始敘說起，通過她的眼睛、內心思潮，讀者看到一位外省女性因二二八失去丈夫，在無親無故的異鄉，過著怎樣的一種孤寂、等待、苦難、幻覺的歲月。沒有控訴，沒有怨恨，緩緩流動的節奏，細膩多情的筆致，反而讓人深深感動。一個平凡的女人，追求著平凡的幸福，時代的錯謬，迫使她一次次的失望，一次次的心碎。李渝〈夜琴〉透過文中女子對戰爭的直陳，讀者可體會到女子由年輕生命的熱情轉化為面對現實的無奈感嘆。

五　結語：在文學中反思戰爭與人性

戰爭雖然解決了地球人口過剩的問題，但任何一次戰役都關係到無數生命的喪失與資源的耗費，對於人類文明都是一種破壞。當這一

行為被賦予政治上的階級依據時，殺戮便成為一種正義的倫理，成了美麗的詩，成了政治上的榮譽。於是，殺戮也就愈加瘋狂和殘酷。就在這種意識之下，「聞雞起舞」、「渴飲匈奴血，饑餐胡虜肉」、之類的行為，便成為歷代英雄志士的存在價值和生活內容，成為歷史的光榮和後世的楷模。戰爭的殘酷場面的背後實質上是政治、經濟、文化以及包括宗教信仰在內的意識形態的對抗。

作家對於戰爭的理解，應該與政治家和軍事家完全不同的理解。無論是古代國家還是現代國家，在戰爭條例上都無不鼓吹精神力量或英雄主義。二戰後的臺灣戰爭題材的小說不歌頌偉大英勇的獻身精神，而是普遍集中在對於這場戰爭的殘暴性與荒誕性的追問與反思，對於戰爭狀態下人的精神價值、人的生存處境的關注。小說多半用具體生動的細節來展現生活圖景，不直接寫刀光劍影和廝打拚殺，寫其勞累奔波、饑渴難當，但我們通過這些描寫可以想見戰爭的殘酷。文本中的戰爭下的饑餓，瘋啞和絕望，在在觸及人性的考驗，同時也指控日本殖民政府驅遣臺灣殖民地人民至前線作戰的不仁不義，〈阿庚伯的黃昏〉裡阿興的瘋啞，即象徵著當時的臺灣人對日本殖民經驗的沉默抗議。戰爭對於人類生存特別是精神生活的影響是巨大而深刻！因為人類生命的軌跡是來自於各種各樣突發的遽變所造成的結果，而在戰亂的時代，暴力的衝擊往往留下最明顯易見的立即印記。二十世紀後半葉，西方哲學思潮與文學思潮表現了濃厚的虛無、頹廢傾向，譬如存在主義對「「此在」一切價值的質疑，「黑色幽默」將整個人類視為荒誕的存在，這一切恐怕都與「二戰」密切相關。可見，戰爭對於人類生存特別是精神生活的影響是多麼的巨大而深刻！

要走出歷史的廢墟，就要跨越斷垣殘壁，清除腳上的灰燼，昂首闊步，走入曾犯錯的時代，重建記憶。小說同樣也是透過記憶、虛構來建構故事，其中有許多內心的獨白，在戰爭文學書寫當中，人們發

現了暴力的「真」本質及其破壞性，同時也理解到人性尊嚴的「真」本質，在反思戰爭文學中，以文字的力量與非理性的力量對抗，或以之為救贖，或因此獲得慰藉，得以維護人性之尊嚴；或以之建立族群記憶，追尋自身的認同。在某種意義上可以說，由於切入戰爭生活的角度的變異，國家民族本位向個人本位轉換，以深邃的目光關注起人的生存與命運、道德與人性、瘋狂、死亡與愛情，努力揭示戰爭作為人之存在方式的更深層的意蘊，這類作品因此深深感動人心。

參考文獻

一 專書

文心（許炳成）《泥路》 臺北市：臺灣商務印書館 1968年8月

王向遠 《「筆部隊」和侵華戰爭——對日本侵華文學的研究與批判》
　　　北京師範大學出版社 1999年7月

王明珂 《華夏邊緣——歷史記憶與族群認同》 臺北市：允晨文化實
　　　業公司 1997年3月）

宋澤萊 《黃巢殺人八百萬》 臺北市：東大圖書公司 1980年4月

朱天文 《炎夏之都》 臺北市：遠流出版社 1989年12月

吳平城 《軍醫日記》 臺北市：自立晚報文化出版 1989年4月

呂元明 《被遺忘的在華日本反戰文學》 長春市：吉林教育出版社
　　　1993年5月

呂元明、山田敬三主編《中日戰爭與文學——中日現代文學的比較研
　　　究》 長春市：東北師範大學出版社 1992年

李喬 《孤燈》 臺北市：遠景出版社 1979年10月

李喬 《李喬短篇小說全集9》 苗栗縣：苗栗縣立文化中心出版
　　　2000年1月 頁269、270

李喬 《重逢——夢裡的人：李喬短篇小說後傳》 臺北市：印刻出版
　　　社 2005年4月 頁178

周婉窈主編 《臺籍日本兵座談會記錄暨相關資料》 臺北市：中央研
　　　究院臺灣史研究所籌備處 1997年1月

林清文 《太陽旗下的小子》 臺北市：林白出版社 1989年4月

林瑞明 《臺灣文學的歷史考察》 臺北市：允晨文化實業公司 1996

年7月

林繼文　《日本據臺末期戰爭動員體系之研究》　臺北市：稻鄉出版社
　　　　1996年

陳千武　《活著回來——日治時期，臺灣特別志願兵的回憶》　臺中
　　　　市：晨星出版社　1999年8月

陳千武　《獵女犯——臺灣特別志願兵的回憶》　臺中市：熱點文化事
　　　　業　1984年11月

陳明台編　《桓夫詩評論資料選集》　高雄市：春暉出版社　1997年4
　　　　月

陳芳明　《後殖民臺灣——文學史論及週邊》　臺北市：麥田出版社
　　　　2002年4月

陳映真　《忠孝公園》　臺北市：洪範書店　2001年10月

陳銘城、張國權等編著　《臺灣兵影像故事》　臺北市：前衛出版社
　　　　1997年10月

張恆豪主編　龍瑛宗著　《龍瑛宗集》　臺北市：前衛出版社　1991
　　　　年2月　頁183

黃秋芳　《鍾肇政的臺灣塑像》　臺北市：時報文化　2000年12月

黃春明　《等待一朵花的名字》　臺北市：皇冠出版社　2000年2月

黃春明　〈甘庚伯的黃昏〉《鑼》　臺北市：皇冠出版社　1985年8月

楊牧　《山風海雨》　臺北市：洪範出版社　1987年5月

蔡慧玉編著、吳玲青整理　《走過兩個時代的人——臺籍日本兵》　臺
　　　　北市：中央研究院臺灣史研究所籌備處　1997年11月

鄭清文　《校園裡的椰子樹》　臺北市：三民書局　1970年11月

鄭清文　《故里人歸》　臺北縣：臺北縣立文化中心出版　1993年6月

鄭清文　《臺灣文學的基點》　高雄市：派色文化　1992年7月

鄭麗玲採訪撰述　《臺灣人日本兵的「戰爭經驗」》　臺北縣：臺北縣

立文化中心　1995年8月

鄭麗玲　《國共戰爭下的悲劇──臺灣軍人回憶錄》　臺北縣：臺北縣
　　立文化中心　1996年

濱崎紘一著、邱振瑞譯　《我啊！──一個臺灣人日本兵簡茂松的人
　　生》　臺北市：圓神出版社　2001年4月

磯村生得著　李英茂譯　《失落祖國的人──一位臺灣日籍老兵的血
　　淚回憶》　臺中市：晨星出版社　1996年2月

鍾肇政　《插天山之歌》　臺北市：志文出版社　1975年5月　又收入
　　《鍾肇政全集》

愛格・納索（Agate Nesaule）　謝凱蒂譯　《琥珀中的女人》　臺北
　　市：天下出版社　1999年2月

二　單篇論文

〈桓夫作品討論會──宋澤萊談陳千武的小說〉《文學界》第5期
　　1983年1月

王明珂　〈集體歷史記憶與族群認同〉《當代》第91期　1993年11
　　月

王明珂　〈誰的歷史──自傳、傳記與口述歷史的社會記憶本質〉
　　《思與言》第34卷第3期　1996年12月

朱西甯　〈朱西甯談戰爭文學〉《戰太平：戰爭文學專輯》　1981年8
　　月

羊子喬　〈歷史悲劇的見證者──「獵女犯」的太平洋戰爭經驗〉
　　《臺灣時報》1981年7月12日　《臺灣文藝》第77期　1982年10
　　月

吳達芸　〈戰爭記憶再見──評張啟疆「消失的□□」〉《聯合文學》
　　第13卷第5期（總149期）　1997年3月

李喬（壹闡提）〈我最喜愛的書——校園裡的椰子樹〉《書評書目》
　　1973年5月

李喬　〈「獵女犯」讀後感〉《笠》第125期　1985年2月

李喬、鍾肇政主講　〈鍾肇政鄉土小說討論會（二）〉　收入桃園縣立
　　文化中心出版《82年度桃園縣立文化中心年刊》　1994年6月
　　頁61

李喬　〈當代臺灣小說的「解救」表現〉《第二屆臺灣本土文化國際
　　學術研討會論文集：臺灣文學與社會》　臺師大文學院、國文
　　系、人文教育研究中心發行　1997年5月　頁400

李喬　〈大河浩蕩：讀鍾肇政「臺灣人三部曲」〉《自由時報・自由
　　副刊》　2005年1月16日

李敦　〈「獵女犯」帶給我們些什麼〉《明道文藝》第109期　1985年
　　7月

李朝陽　〈戰爭其實不曾遠離臺灣……〉《新新聞週報》第841期
　　2003年4月

李篤恭　〈大戰的夢魘——拜讀「獵女犯」有感〉《笠詩刊》第126
　　期　1985年4月

李雙澤　〈終戰の賠償〉《臺灣文藝》第57號　1978年1月

周婉窈　〈日本在臺軍事動員與臺灣人的海外參戰經驗〉　收於《中央
　　研究院臺灣史研究》第2卷第1期　臺北市：中央研究院臺灣史
　　研究所籌備處　1995年6月

周婉窈　〈歷史的記憶與遺忘——「臺籍日本兵」之戰爭經驗的省思〉
　　《當代》第107期　1995年　頁34～49

周婉窈　〈曖昧的臺灣人——日本殖民統治與近代民族國家之認同〉
　　收入施梅珠編　《何謂臺灣？——近代臺灣美術與文化認同論文
　　集》　臺北市：行政院文化建設委員會　1997年　頁251～262

林瑞明　〈悲憫與同情──鄭清文的小說主題〉《鄭清文集》　臺北
　　市：前衛出版社　1993年12月

林鍾隆　〈陳千武的「獵女犯」〉《笠》第125期　1985年2月

高天生　〈最後一場戰爭──宋澤萊小說中的太平洋戰爭經驗〉《臺
　　灣文藝》第77號　1982年10月

莊嘉玲　〈戰後臺灣作家小說中的戰爭經驗〉《臺灣人文》第6期
　　2001年12月　頁73～94

莊嘉玲　〈文學見證的傷痕──談戰後小說中臺籍日本兵的戰爭經驗
　　及其意義〉《臺灣人文》第7期　2002年12月　頁1～22

許昭榮　《臺籍老兵的血淚恨》　臺北市：前衛出版社　1995年1月

陳千武　〈殖民地的孩子〉《笠》第126期　1985年4月

陳芳明　〈鍾肇政小說的現代主義實驗──《中元的構圖》的再閱讀〉
　　《大河之歌：鍾肇政文學國際學術會議論文集》　桃園縣文化局
　　2003年12月　頁307～324

陳萬益　〈母親的形象和象徵──「寒夜三部曲」初探〉　收入《中華
　　現代文學大系・評論卷》（壹）　臺北市：九歌出版社　1989年5
　　月

彭瑞金　〈大地的悲愴樂章──李喬的「寒夜三部曲」〉《文訊》第6
　　期　1983年12月

彭瑞金　〈比較鍾肇政與葉石濤小說裡的殖民地經驗〉　收入江自得編
　　《殖民地經驗與臺灣文學：第一屆臺杏臺灣文學學術研討會論
　　文集》　臺北市：遠流出版公司　2000年2月

彭瑞金　〈「默契」簡介──戰爭中的人類愛〉《國家圖書館》　臺北
　　市：前衛出版社　1983年4月

彭瑞金　〈歷史悲劇的見證者──「獵女犯」的太平洋戰爭經驗〉
　　《臺灣日報》　1981年7月12日

彭瑞金　〈《插天山之歌》背後的臺灣小說書寫現象探索〉《鍾肇政
　　文學國際學術會議論文集》　2003年12月　頁215～238

葉石濤　〈評〈校園裡的椰子樹〉〉《幼獅文藝》　1968年2月　收入
　　氏著《葉石濤作家論集》　臺北市：三信出版社　1973年3月初
　　版

廖清秀　〈日本「海兵團」八月苦難記〉《臺灣文藝》第77號　1982
　　年10月

趙天儀　〈桓夫詩中的殖民地統治與太平洋戰爭經驗〉《笠》第111
　　期　1982年10月

齊邦媛　〈人性尊嚴與天地不仁——李喬「寒夜三部曲」〉　收入《千
　　年之淚》　臺北市：爾雅出版社　1990年7月

鄭清文　〈我的戰爭經驗〉《聯合文學》第9期　1985年7月

鄭炯明、李敏勇、拾虹　〈從現實的抵抗到社會的批判——詩人桓夫
　　訪問記〉《笠》第97期　1980年6月

蕭阿勤　〈抗日集體記憶的民族化：臺灣一九七○年代的戰後世代與
　　日據時期臺灣新文學〉《臺灣史研究》第9卷第1期　2002年6
　　月

龍瑛宗　〈陳千武的「獵女犯」〉《自立》　1986年1月22日

謝里法　〈從大戰後日本「戰爭文學」看李喬的「孤燈」〉《臺灣文
　　藝》第88號　1984年5月　收入《重塑臺灣的心靈》　自由時代
　　　1988年7月

鍾肇政　〈談日據時期的臺灣志願兵——讀陳千武的「獵女犯」〉
　　《文訊》第16期　1985年2月

鍾肇政等　〈李喬寒夜三部曲討論會〉《文學界》第四集　1982年10
　　月

三 學位論文

江智浩 《日治末期〈1937～1945〉臺灣的戰時體制——從國民精神總動員到皇民奉公會》 中央大學歷史所碩士論文 1997年6月

何義麟 《皇民化政策之研究——日據時代末期日本對臺灣的教育政策與教育運動》 文化日研所碩士論文 1986年6月

吳智偉 《戰爭、回憶與政治：戰後臺灣本省籍人士的戰爭書寫》 國立臺灣師範大學歷史研究所碩士論文 2002年6月

吳慧婷 〈記實與虛構——陳千武自傳性小說「臺灣特別志願兵的回憶」系列作品研究〉 新竹市：國立清華大學文學研究所碩士論文 1994年6月

柳書琴 《戰爭與文壇：日據末期的文學活動》 臺北市：臺灣大學歷史所碩士論文 1994年6月

陳建忠 《宋澤萊小說（1972～1987）研究》 清大中文所碩士論文 1997年6月

鄭麗玲 〈戰時體制下的臺灣社會（1937～1945）——治安、社會教化、軍事動員〉 清華大學歷史研究所碩士論文 1994年

謝惠芳 《論陳千武小說《活著回來》——一部臺灣特別志願兵紀錄《獵女犯》的綜合考察》 靜宜大學中文所碩士論文 2001年6月

日治時期臺灣文學總論

一 前言

　　臺灣新文學的崛起，一般認為是受臺灣文化啟蒙運動，以及抵抗日本殖民統治的意識感召，而欲以文學力量進行鼓吹宣傳，激勵臺灣人團結躍進。而新文學運動做為臺灣新文學的起點好像也是不證自明的，但近年來大量新材料、新觀點的出現，使既往的觀念受到了挑戰，許多問題亟待重新思考。如「現代性」這個概念被提出之後，學界的研究視野幾乎全被「現代性」所吸引，不僅臺灣新文學如是，一九一〇年之前及其後的臺灣傳統文學也同樣以現代性議題被關注，有的研究者認為傳統文人在介紹新學、傳播移植現代文明、扮演文明啟蒙的角色及其文學現代性的嘗試精神有其影響的一面，如魏清德、李逸濤、謝雪漁等人，接受新學而具有文明氣息，他們譯介及創作的俠義小說、偵探小說雖然以傳統文學寫作，但為新文學提供了養分，是文學現代性移植、傳播來臺的先行例子。

　　當然任何文學的生發絕不可能一步到位，臺灣新文學的萌芽發展必然也傳承了二〇年代之前的種種養分，但論及臺灣新文學時，一般仍置之臺灣新文化啟蒙運動下的一環予以論述，此中緣由在於即使有魏清德、李逸濤、謝雪漁等人的通俗小說，卻無法體現對臺灣新文學或現代性精神有何啟蒙，魏清德對日本推行的新式教育一味稱讚，李逸濤描述臺灣漢蕃族群的對立衝突，取材劉銘傳開山撫蕃事以對照日本的理蕃政策，呈顯殖民當局措施之正當性，蕃人在其筆下形象是貪

婪、殘暴、好色，以之對照於新文學作家賴和之作，相差何其大。足見當時多數傳統文人仍是常將自我封閉，未質疑殖民統治的合法問題，甚至附和殖民政策，缺乏一種推動社會的理想，作品缺乏一種感人的力量。而臺灣新文學是土地與人民的結合，新文學在農工運動：為低階層發聲；在女性方面：婦女自覺、新兩性關係、改革婚姻與家庭、女性地位；對日本的理蕃政策：進化改造論不當、造成原住民的苦難，新文化運動多所關注，新文學書寫時見此類題材（如賴和〈南國哀歌〉哀悼霧社事件），連日籍畫家鹽月桃甫都繪畫〈母〉（泰雅族婦女攜子逃難的畫面）以表達其人道關懷。整體觀之，很明顯可以感受到傳統文人與新文學作家的作品，一是偏通俗性，一是偏先鋒性（與體制對抗），如果從另一角度來看傳統文人譯介或摩寫的偵探小說等通俗性作品，反而是造成「現代」文學無法提早，而是被推遲。加上傳統文人之詩文仍是採用文言形式居多，因此以下所述臺灣新文學的興起，仍依目前最普遍的三階段分法：

二　臺灣新文學的時期

（一）第一階段（1920～1931年）：萌芽時期

　　從一九二〇年《臺灣青年》創刊，至一九三一年普羅文學甚囂塵上、左翼分子率遭檢舉為止，此為臺灣新文學第一階段。《臺灣青年》的創刊，揭示了臺灣文化及文壇一個嶄新未來走向。第一次世界大戰後，世界新思潮漸被臺灣，本島知識分子眼界亦大開展，開始以宏觀的角度來觀察事物，將自己以及臺灣島民放在整個世界的脈絡中來思考問題。他們益感文化競爭之壓力，此一文化壓力對他們所造成的恐慌，尤甚於因殖民者的政治壓力而生的恐懼。誠以殖民者至多僅

能奪其物質而已，而世界文明之競賽，卻可將臺灣人拋入「野蠻人」之境地，其者且喪失做人的資格。當時鼓吹臺灣新文化運動的知識分子，其心態正如王敏川（1889～1942）於《臺灣青年》「漢文欄」之發刊旨趣中所謂「今日世界改造之秋，國民之榮辱，不在乎國力之強弱，而在乎文化程度之高低」。為了突破困境，有效地推行新思想，以造成時代風潮，要求知識普及於一般民眾，成為最重要的課題，為達成此目標，組織文化團體創辦文化刊物，以一種平淺易曉，足以快速地讓民眾獲得新知的白話文字來傳播新思想，是較為可行的方式。雖然《臺灣青年》所著重的並非文學創作本身，但對未來新文學創作，實然已指出一條可行的道路來。其創刊號刊登陳炘（1893～1947）〈文學與職務〉一文，對於臺灣舊文學加以批評，肯定「文學者，乃文化之先驅」，指出文學功用在於「傳播文明思想」、「警醒愚蒙」，並進一步提出言文一致，獎勵白話文的主張。反映了其啟蒙文學觀，文學之任務與「今日之臺灣」、「今日之形勢」有著緊密的關係。一九二二年四月《臺灣青年》改組為《臺灣》（月刊），仍延續《臺灣青年》的精神，刊登了林南陽（林攀龍，1901～1983，林獻堂長公子）〈近代文學及主潮〉，介紹了西方的浪漫主義，自然主義以及新浪漫主義以後之各種文學思潮。對十八世紀中葉以來歐洲文學思潮，乃致啟蒙運動以來歐洲的人文社會思想趨勢，已有相當敏銳的觀察及深刻的洞見。

一九二三年曾到大陸目睹白話文運動蓬勃發展的黃呈聰（1886～1963）、黃朝琴（1897～1972）分別發表了〈論普及白話文的新使命〉（《臺灣》4年第1號）、〈漢文改革論〉（《臺灣》4年第1、2號）將五四白話文運動的成果，介紹到臺灣，大力提倡白話文。不久遷臺後的《臺灣民報》，倡設「臺灣白話文研究會」，以啟發臺灣文化。其上刊登的白話文作品為萌芽期的新文學奠下基礎，楊守愚〈赧顏閒

話十年前〉曾說：「新文學運動的展開，我們不能不說是始於臺灣新民報學藝欄的創設。」[1]

當臺灣新文學發軔之際，張我軍主持臺灣民報學藝欄，點起「新舊文學論爭」戰火，發表〈糟糕的臺灣文學界〉（1924）、〈請合力拆下這座敗草叢中的破舊殿堂〉（1925）、〈絕無僅有的擊缽吟的意義〉（1925）、〈詩體的解放〉（1925）等文，把舊文學攻擊得體無完膚，對當時遍布全臺各地的舊詩社、舊詩人毫不留情的加以抨擊，終於引起以連雅堂為首的舊詩人之反擊。此後，張我軍陸續發表了一系列探討新舊文學優劣的文章，也藉《臺灣民報》積極地引介中國新文學運動的作家、作品，並詳加解說胡適的「八不主義」和陳獨秀的「三大主義」等文學革命理論，試圖以五四模式建構臺灣新文學。在張我軍的努力，白話文學的確立，對臺灣新文學的播種、催生多少有其功勞，但對臺灣的現實局勢則未必能充分掌握，而舊文學陣營也未必衰微敗陣下來，從事舊文學創作的人仍然不少，甚至新舊文學論戰持續至四〇年代。

二〇年代末，臺灣文藝團體頗有左傾現象。施淑（1940～）在〈文協分裂與三〇年代初文藝思想的分化〉及〈書齋、城市與鄉村──日據時代的左翼文學運動及小說中的左翼知識分子〉[2]二文認為：自一九二七年臺灣文化協會分裂，改組之後的新文協，在左翼思想主導下，將民族主義啟蒙文化團體的形態轉變為無產階級文化鬥爭的組織，並於新修改的會則中，明確訂立「普及臺灣之大眾文化」為總綱領。此後，「大眾文藝」和「大眾文學」的觀念及要求，成了二〇年代末到三〇年代間臺灣文藝團體的普遍努力方向。一九三〇年由

1　《臺北文物》第3卷第2期，臺北市文獻委員會，1954年8月。

2　施淑，《兩岸文學論集》（臺北市：新地文學出版社，1997年6月）。

臺灣島內人士創辦的《伍人報》、《明日》、《洪水》、《赤道》、《臺灣
戰線》等刊物，首先開啟了普羅文學運動的序幕。這些刊物的成員，
包括共產主義者、無政府主義者、民族主義者，與一九二八年在日本
成立的「全日本無產者藝術聯盟」（簡稱「納普」NAP）及日本的社
會主義運動組織者有聯繫。施氏並舉《赤道》報第二和第四期中有一
篇題為〈我們要怎樣去參加無產文藝運動〉的文章，引述了普烈漢諾
夫（Plekhanov）說的：「藝術家是為社會而存在的。藝術必須成為幫
助人類底發展和社會締造底改善的物事」做為結論。由《赤道》報的
這篇短論，大致可證成臺灣知識分子對左翼文藝理論接受的情況，及
當時普羅文學已興起。這一期的前後狀況很明顯可看出殖民地臺灣知
識分子因殖民地特殊的政治、社會等現實因素，從之前的文化啟蒙轉
向社會革命實踐，但文學文化領域卻一反政治立場的左右對立；在文
學創作中，社會主義思想與資產階級啟蒙思想同時並存的現象，一直
是臺灣新文學的特殊情態，這在第二期的三〇年代文學可以更清楚看
到。

（二）第二階段（1931～1937年）：發展時期

一九三一年是一個重要的分界點。自一九二一年以還，幾乎所有
作者皆參與臺灣文化協會，他們視文學創作為社會啟蒙與抵抗殖民之
利器，其參與政治、社會活動遠比文學創作積極。然自一九三一年，
臺灣民眾黨橫遭解散；而其領袖蔣渭水（1891～1931）復於是年病
逝，對當時臺灣知識界、政治界而言，此雙重打擊甚嚴重。不久，殖
民統治者全面搜捕臺灣共產黨員，臺灣左翼分子在這一年內幾乎全部
落網，受臺共領導的臺灣農民組合運動亦銷聲匿跡，左傾之後的新臺
灣文化協會亦無活動空間。如謝春木（1902～1969）離臺，臺灣工
友聯盟停擺，皆足窺知一九三一年臺灣政治運由盛轉衰之原委。此後

臺灣政治運動備受壓抑，新文學路線受到重視，知識分子傾其心力於新文學的創作，臺灣新文學運動反而走向自主之路。他們透過文學社團相互結盟，創辦刊物，有《福爾摩沙》、《南音》、《第一線》、《先發部隊》、《臺灣文藝》、《臺灣新文學》等等文學雜誌的出版，但也受制於逼仄的空間力圖生存。

根據施淑的研究，一九三二年起，以大眾文藝為立足點的雜誌，到處是一片「碰壁」之聲。此時「分別接受來自中、日訊息的臺灣左翼人士，因為中、日兩國理論發展的時間落差，加上日本「納普」的改組（1931）及普羅文藝運動的退潮（1933），使得臺灣的左翼文學思想在一九三四年「臺灣文藝聯盟」成立後，出現了上引蘇聯無產階級文化派、拉普、青野季吉、藏原惟人及其他普羅文藝理論家的主張雜然紛陳的現象。這情形反映在「文藝聯盟」的機關刊物《臺灣文藝》，以及一九三六年由它分裂出去的《臺灣新文學》上。」（《兩岸文學論集》）後來二者之分裂，正是對「文藝大眾化」的不同路線及詮釋的結果。

二〇年代臺灣文學運動的焦點，主要集中在新舊文學論爭及白話文運動（見第一階段），一九二六年新舊文學論爭告一段落，以文字改革運動面貌出現的臺灣新文學運動可說已達到階段性目標。三〇年代則陸續出現鄉土文學、臺灣話文、文藝大眾化等議題。因為古文是屬於封建舊知識分子的發表工具，白話文和日文屬於新一代知識分子的表達思想工具，難免都有貴族化的傾向，未能打進廣大民眾裡，而且愈來愈脫離民眾現實生活至遠，所以一九二七年六月，鄭坤五在《臺灣藝苑》上登載白話小說，並在若干小品，強調用臺灣話寫作，首先提出「鄉土文學」的口號。但未曾引起一般的注意。到了三〇年代，繼文化協會左右翼分裂，臺灣社會思想運動，由資本主義的溫和改良派變換為社會主義的大眾化路線時，黃石輝在《伍人報》發

表〈怎樣不提倡鄉土文學〉，之後，郭秋生將黃石輝以臺灣話創作文學的觀點加以擴充，正式標舉「臺灣話文」，引起以臺灣話文創作鄉土文學，是否可行及正反兩方大規模的論戰。就文學語言來說，臺灣話文之理念正是「我手寫我口」「言文一致」之精神，然而殖民地複雜的文化、政治生態，其文字擬定之技術問題，事實上並無法得自日本統治者以政治力量之運作來加以解決、普及。日本官方語言在政治權力的優勢地位，加上一九三七年七七事變後，殖民當局因應侵略戰爭的需要，鉗制日緊，臺灣漢文遭到嚴厲的查禁，只能使用日本話。不管是主張用臺灣話文還是中國白話文，這時都束手無策，論爭也就不了了之。這一場由黃石輝（1900～1945）、郭秋生（1904～1980）引發之「鄉土文學論戰」與「臺灣話文論戰」，為臺灣地區新舊文學論戰以還規模尤鉅者，葉石濤（1925～2008）嘗為此論戰下注腳：「（此論戰）顯示著臺灣新文學已經從語文改革的形式進到內容的追究，向前跨了一大步」，「看得出除受大陸白話文運動的影響之外，臺灣本身逐漸產生和建立自主性文學的意念。」

此期重要作家作品不少，如張文環、張深切、巫永福、吳坤煌、吳天賞、呂赫若、翁鬧、吳新榮、王白淵、朱點人、楊守愚、王詩琅、蔡秋桐等等，部分成員且為四〇年代臺灣文壇或藝壇之重要人物。

（三）第三階段（1937～1945年）：戰爭時期

一九三七年日本發動侵華戰爭，直到一九四五年日本投降為止，臺灣新文學的發展受到重挫，尤其一九四一年太平洋戰爭爆發後，「反抗」日本帝國主義的臺灣文學，在所謂「戰時體制」下，誠已無法順利開展，加上廢止漢文欄，使文學陷於幾近窒息的狀態。而第二代日人文學在此文學背景下，乃蓬勃登場。此與前二期以臺人為中心

之文學活動大異其趣，此時期幾乎皆為日文作者，而以白話文寫作的作家痛失發表的園地，只有《風月報》、《南方》少許中文刊物存在。

　　七七事變後，在臺灣的皇民化政策加速推行。一九四〇年日本國內成立「大政翼贊會」之後，在各殖民地推行戰時新體制運動，如朝鮮組織「國民總力聯盟」，關東州組織「興亞奉公連盟」，臺灣則於一九四一年四月十九日成立「皇民奉公會」，總裁即臺灣總督。利用報紙、雜誌、廣播、電影、「皇民化劇」的巡迴演出等各種媒介，推動「皇民化」政策。日本殖民當局一方面利用殖民地臺灣部分人士的民族劣等感、自我厭憎感和對於自己民族文明開化的絕望感，另一方面則在皇民化運動中開啟「內臺一如」、「皇民鍊成」之門，宣傳只要人人自我決志「鍊成」、「精進」，便可以成為「真正的日本人」，從而擺脫做為殖民地土著的劣等地位。這種軍國主義法西斯式的精神洗腦促使部分臺灣人不自覺走上「皇民鍊成」之路。一九四二年六月日本成立「日本文學報國會」之後，更積極推動臺灣文學皇民化的工作，首先將「臺灣文藝家協會」改組，所定工作計劃為：編纂臺灣文學史、舉辦文藝演講會及文藝座談會、派遣報告文學作家、刊行文藝年鑑、派遣大東亞文學者大會代表等。一九四三年由於日本擴大戰區，時局更為緊張，隸屬「皇民奉公會」的文學團體「臺灣文學奉公會」成立，與「日本文學報國會」臺灣支部共同為臺灣皇民文學而攜手合作。「文學奉公會」的成立即在組織臺灣的文藝作家肩負起精神動員的文藝工作，臺灣作家因而或自願、或被迫寫作呼應國策的文學作品。一九四三年十一月十三日臺灣文學奉公會主辦的「臺灣決戰文學會議」於臺北市公會堂召開，其中心議題為「本導文學決戰態勢的確立、文學者的戰爭協力」，當時總督府保安課長謂：「對決戰無幫助的都不需要。文學作品也是，只有在決戰下不可或缺的作品才可發表」，由此可知當時臺灣作家所處的環境為何。而在會議中西川滿

（1908～1999）數度發言，為了「文藝雜誌的戰鬥配置」要將所屬的《文藝臺灣》獻出，因此《文藝臺灣》及張文環（1909～1978）等臺灣作家所組的《臺灣文學》同時廢刊，而於一九四四年由臺灣文學奉公會發行《臺灣文藝》。

《文藝臺灣》原由西川滿任主編兼發行人，刊載之作品以日人為多，其中臺灣人之作有龍瑛宗（1911～1999）的小說〈村姑娘逝矣〉、〈白色的山脈〉、〈不為人知道的幸福〉及葉石濤〈林君寄來的信〉、〈春怨〉，與陳火泉（1907～1989）〈道〉和周金波（1920～1996）〈水癌〉、〈志願兵〉、〈尺子的誕生〉。《臺灣文學》由張文環主編，其成立主要是由於外地文學引發的寫實主義與浪漫主義之爭，及臺灣文學定位問題，和在民族立場及政治立場上的差異性等，張文環等人遂脫離《文藝臺灣》，另組啟文社，發行《臺灣文學》。成員以臺灣作家為主，有黃得時、王井泉、張文環、陳逸松、林摶秋、簡國賢、呂泉生，有少數日籍旅臺作者如中山侑、中村哲等人。發表的作品有張文環〈藝旦之家〉、〈論語與雞〉、〈夜猿〉、〈閹雞〉，呂赫若〈財子壽〉、〈風水〉、〈月夜〉、〈合家平安〉，楊逵〈無醫村〉，巫永福〈慾〉，王昶雄〈奔流〉等，皆一時之選。由於此時思想箝制日益嚴厲，在作品裡，正面反抗日本殖民統治已成不可能，於是，作家著力描寫臺灣人之現實生活，民族固有之風俗習慣，以與皇民化運動消滅民族色彩的企圖相抗衡。然而，在文壇與文化界高度活躍的臺灣作家，也因而遭到皇民奉公會網羅，奉命從事多種戰時宣傳工作或參與東亞文學者大會或撰寫文學報告等，挑戰了研究者抵抗／傾斜二元評價模式的不足及評價皇民文學的困擾。根據陳建忠〈未癒的殖民創傷：再論臺灣文學史上的「皇民文學」議題〉研究，日治歷史上的皇民文學一詞是在戰爭末期才被日本人特別標榜，具有「讚賞」的意味。但日後我們習慣以「皇民文學」一辭所指稱的作品，卻是由臺

灣的立場出發，帶有對協力殖民戰爭與皇民化運動者的作品的「蔑視」。如描繪志願從軍或歌頌、預祝戰爭勝利、描繪南進、增產、團結、日華親善等作品。

以上所述基本上以臺灣本地文學為主，至於當時在臺的日人文學，依龍瑛宗〈日人文學在臺灣〉[3]一文，他將之大別分類二種：「異國主義（exoticism）文學，寫實主義文學，其他還有評論。其中有屬於旅行者文學，這些作家們，曾經旅行過臺灣，或短期間居住臺灣，或全然未到過臺灣，而單憑空想力描寫臺灣。他們原來屬於東京文學，從而描寫臺灣的作品也發表於東京文壇。這些東京文學的作家們，屬於異國主義文學者，有日本著名的藝術至上主義作家佐藤春天（作品〈女誡扇綺譚〉、〈霧社〉。浪漫派詩人伊良子清白（作品〈聖廟春歌〉）等。屬於寫實主義作家們有大鹿卓（作品《蕃婦》）、田村泰次郎（作品《日月潭》）、庄司總一（作品《陳夫人》）、中村地平（作品《長耳國漂流記》）、真杉靜枝（作品《在街口》）、丹羽文雄（作品《臺灣之旅行》）等等。）

此外，「糞realism」及外地文學論在四〇年代的臺灣對臺灣文學的影響及引發的討論，亦值得留意。一九三五年日本浪漫派作家林房雄批判《人民文庫》派的左翼作家時經常使用「糞寫實主義」一詞，在臺的日本作家西川滿在一九四三年《文藝臺灣》上挪用來批判當時臺灣文壇盛行的寫實主義，批判張文環、呂赫若等屬《臺灣文學》派的作家為「糞realism」作家，濱田隼雄、葉石濤等人亦先後撰文批評臺灣作家帶有普羅文學遺風、無視時局動向的「糞寫實主義」的作品，遂引發了兩派作家間的論戰。楊逵（筆名「伊東亮」）、吳新榮、張文環等臺籍作家對日人作家外地文學論與浪漫主義耽美文風進

3　刊《臺北文物》第3卷第3期，1954年12月。

行了批評。今日建構日治時期臺灣文學論述，對島田謹二的臺灣文學的看法、《華麗島文學志》的基本理念與及「外地文學論」形成發展的討論過程，也是一重要的參考係數。

三　帝國陰影下的臺灣新文學作品

（一）新詩的萌芽與發展

　　一般認為臺灣新詩，始於一九二三年五月二十二日，追風（謝春木）以日文寫了〈詩的模仿──四首短詩〉發表於東京的《臺灣》雜誌第五年第一號（1924年4月10日），乃模仿新詩形式而寫就，「寫出臺灣文學裡臺灣人心靈的四種方向，或四種不同的心理狀態。」（呂興昌語），評價不低，可說是臺灣人發表新詩的里程碑。

　　臺灣新詩在起步之前，舊詩原是傳統知識分子表達思想情感的工具，新詩的書寫本是為了反動古典漢詩遲滯的創作與擊鉢吟的匠氣迂腐，遂有張我軍（1902～1955）掀起文言／白話辯駁的激烈波瀾，且引進中國五四運動時期受西方影響的新詩潮，其理論與創作的相發，多少催生了臺灣的白話詩。一九二五年《人人》雜誌刊登了楊雲萍、器人（江夢華）、縱橫（鄭作衡）、鶴瘦（鄭嶺秋）、一郎（張我軍）、江肖梅、翁澤生等人的新詩及楊雲萍翻譯泰戈爾詩。一九二六年秋季《臺灣民報》向全島徵求白話詩，共得五十餘首，入選的詩人有器人、崇五、楊華、黃石輝、黃得時、沈玉光、謝萬安等，白話詩日見茁壯。一九三〇年八月《臺灣民報》增闢「曙光」欄徵求白話詩，作者有楊華、毓文、虛谷、守愚、甫三。後來張我軍出版臺灣首部中文白話詩集《亂都之戀》（1925年12月）、楊華因「治安維持法」嫌疑被捕在獄中寫成中文詩集《黑潮集》（1927），臺灣白話

詩壇已奠下基礎。而以日本語創作的詩人亦不乏其數，陳奇雲（1905～1938）的《熱流》（1930）、楊熾昌（1908～1994）的《熱帶魚》（1931）、《樹蘭》（1932）、王白淵（1902～1965）的《荊棘之道》（1931）等日文詩集出版後，逕自成為島內詩人模仿的對象，《荊棘之道》影響了當時的臺灣青年在精神上的跟隨（如林兌、吳坤煌、張文環等等）。張文環在一九四三年尚發表了一篇題為〈荊棘之道繼續著〉的隨筆。楊熾昌的《熱帶魚》在詩的理論和方法上更是異軍突起，引起不少不同的評價；此後年輕詩人的詩作如雨後春筍般出現在《臺灣新民報》、《臺灣新聞》、《臺南新報》等文藝欄的園地。

　　臺灣新文學的啟蒙階段，走的是反帝、反封建的寫實主義路線，寫實主義幾乎是日治時期臺灣新文學的主流，文學成為社會主義思潮同情無產階級的工具，在內容上多重思想主題。彼時臺灣新詩的發展也反映了大環境的沉痛，與新文學運動中寫實主義傾向的傳統同調。這時期有一些藝術性經營成功，值得再三細讀之詩，如賴和四首長詩〈覺悟下的犧牲〉、〈流離曲〉、〈南國哀歌〉、〈低氣壓的山頂——八卦山〉頗有經營社會史詩的企圖心。這些作品之背景，有重大政治、歷史事件，過程複雜，情緒發展亦起伏跌宕，抒情、敘事雙線交疊進行，既寫實又浪漫激情，語言相當流暢。守真的〈鴨〉，語言簡鍊，意象突出，含蓄不露地將主題烘托出來，極富時代、歷史意義。當時以寫實主義為主的「鹽分地帶」（由於他們大都居住臺南州北門郡下各鄉鎮，而北門地處濱海、溪埔地帶，土壤含有鹽分，濱海區又以產鹽聞名，因此以「鹽分地帶」自稱）詩人吳新榮、郭水潭、徐清吉、王登山、林精鏐等人的作品，帶有強烈的現實色彩，詩中滋味有如鹽分地帶的苦澀和堅毅（陳芳明語）。此後楊熾昌（水蔭萍，1908～1994）透過日本語與日本現代文壇、世界文壇接軌，引進超現實主義，與李張瑞（筆名利野倉）、林永修（筆名林修二）、丘英二（原

名張良典）等成立風車詩社，加快新詩朝向「現代詩」發展的速度。超現實主義的引進，透過知性、超現實的話語隱藏其批判意圖，尋求內心自在的精神世界（表面放棄外界的寫實，但卻是直指現實），尋求更文學性的表達。在臺灣詩史上，留下與一般寫實主義、抵抗文學不同的意義。

從一九二○～一九三一年，這十二年是新文學理論興起，新體詩萌芽的階段；一九二○～一九二六年大抵集中在文學理論、倡導詩作的推動上，一九二七～一九三一年則是創作體現的階段。前四五年語言主張的闡揚在於使用中國白話文，一九二七年以後因國際局勢，中國國共內戰諸多因素的影響，適當使用臺灣話文入詩，已漸配合臺灣本身特殊處境獨自發展出自己的特色。隨著一九二六年新舊文學論爭告一段落，在二○年代初期展開的文字改革運動，可說已完成階段性目標；此後社會主義思潮瀰漫臺灣文壇，使得文學議題不似初期那麼單純，當接受社會主義思潮洗禮的臺灣知識青年將眼光注視到無產大眾身上時，有著無限的同情、關注，而大眾又幾乎全為文盲時，對詩作語言之使用不免有所考慮，一九三○年黃石輝〈怎樣不提倡鄉土文學〉一文，即從無產大眾立場批判前一階段的白話文運動，當然此階段思想意識紛歧，有的作者偏向反帝國主義，有的偏向內部階層問題；有的支援中國白話文，有的贊成臺灣話文，表現在詩作上的議題、形式也就較一九二七年以前的繽紛耀眼。但無可懷疑的是，摻雜使用臺灣話文的作品已漸多。到了一九三七年之後，日本統治者禁止使用漢文，使得臺灣新詩用更曲折的方式來表現他們的感情，重要詩人有邱淳洸、張冬芳、吳瀛濤、陳千武、陳遜仁、林清文等人，他們用日文來表達當時臺灣人的詩情，也成為戰後臺灣詩壇所稱的「跨越語言的一代」。

日治時期中所發行的俳句、和歌類雜誌頗多，其中可觀的有「想

思樹」（俳句）一九〇四年創刊，「ゆうかり」（俳句）一九二一年創刊，「あらだま」（和歌）一九二二年創刊，《南溟樂園》一九二九年十月刊行（1930年2月5日第5號以後改稱《南溟藝園》）等。楊華的小詩如《黑潮集》、《心絃》等受俳句小詩之影響，陳奇雲、郭水潭、王登山、王碧蕉、巫永福、吳新榮等都有創作。郭水潭〈臺灣日人文學概觀〉中，提到日治時期臺灣的和歌、俳句詩社在各鄉鎮林立發展情形：「日人文學在臺灣，很顯然地經過了以漢詩為中心的時期。其實，日人文學的真正本領，卻不在漢學……一般日人之文學活動，必然地依其自身的傳統，去謀其發展。……傳統，就是『和歌──又名短歌』或『俳句』之類。其淵源悠久，且易於普遍。凡稍有文學素養的，勿論上層或下層，都喜弄『和歌』或『俳句』……『和歌』『俳句』在臺灣，雖早已醞釀，但沒有擡頭。這是由於漢詩獨占鰲頭，且被其光輝壓得不動聲色。……明治三十五年左右，在醞釀已久的『和歌』『俳句』再也不願寂寞，漸漸地表面化，以後大有雨後春筍之勢，同人雜誌陸續成立。」[4]，一九四三年鹽分地帶且成立「白柚吟社」俳句會，專門吟詠俳句的共同集會活動。王碧蕉曾撰〈臺灣文學考〉、〈俳境句談〉二文，檢討「形式化的臺灣色彩」傾向，提出重視地方文化的特殊性以及真實感受的主張，以落實作品有真正的臺灣地方本土色彩。

（二）日治時期臺灣小說的發展

　　臺灣現代小說的崛起，一般以一九二二年謝春木（筆名追風）以日文寫成的小說〈她往何處去〉為濫觴（當然近年挖掘可見的史料亦有比追風更早的，其間的考辨異說，此處暫略）。不過，真正較成熟

---

[4] 《臺北文物》第3卷第3期，1954年12月。

小說的出現，還是要等到賴和在一九二五年所寫的〈鬥鬧熱〉及〈一桿『稱仔』〉等作品的出現。一九二五年，是臺灣社會相當關鍵性的一年。日本資本主義在臺灣的擴張大致宣告成熟；臺灣總督府對殖民地社會的掠奪體制完成了階段性的架構。象徵著剝削性格的臺灣製糖會社，從一九二五年開始進行大規模的土地兼併與沒收，此種瘋狂性的侵奪，終於刺激臺灣農民意識的覺醒，從而也促成近代式農民運動的展開。新文學作家創作之際，以經濟、警察、司法為批判對象，便是因為目睹當時臺灣社會之客觀現實後所產生的文學思考。此後臺灣本土作品日漸增加，自一九三○年後《臺灣民報》轉載及本土作家的作品量幾已二者相當，在一九三一年轉載中國劉大杰（1904～1977）〈櫻花海岸〉一作之後，《臺灣民報》學藝欄部分，幾乎觸目皆為本土作家的創作。

　　二○年代，臺灣作家以白話文創作居多，但日文、臺灣話文的使用也常見；到三○年代上半葉，以日本語創作的比例逐步升高，到了一九三七年以後，語言政策的箝制，迫使臺灣作家必須純粹使用日文。在三○年代的臺灣作家的日文作品，已取得一定的成就，楊逵〈送報伕〉、呂赫若〈牛車〉、龍瑛宗〈植有木瓜樹的小鎮〉都成功進入了日本文壇。〈送報伕〉展現了一種超越民族國籍、反抗資本主義的階級意識，以及對社會運動的終極希望和遠景，使得臺灣新文學運動，成為全世界被壓迫的所有農工和弱小民族的抗議運動的一環。呂赫若巧妙的將牛車業者的沒落，指陳日本殖民統治之下臺灣社會的強制變遷，具體反映現代化所帶來的物質文明的進步與傳統思想的衝突，庶民生存空間被擠壓到毫無生存的條件。〈植有木瓜樹的小鎮〉則標誌著臺灣新文學在主題表現上的重大改變。呂正惠〈龍瑛宗小說中的小知識分子形象〉一文認為在這篇小說之前，臺灣新文學的重要主題是：批判封建社會的制度與陋習、抗議日本殖民統治的壓迫

與不公，以及揭露日本統治者和臺灣地主階級對農民的剝削。而該作並沒有繼承這樣的傳統，而是另外提出了三個問題：臺灣小知識分子在殖民統治下社會上升管道的困難；他因此產生一種性格上的自我扭曲，藐視自己的民族與文化，仰慕統治者的「文明」與「進步」；因而找不到精神上的出路，最後走上墮落、頹廢之道。該篇成功之處即在於：它把這三個問題有機的結合在一個小知識分子身上，從而呈現了日據末期臺灣小知識分子的典型處境與典型性格。

　　龍瑛宗作品人物的蒼白無力，或王詩琅對左翼青年的遲疑苦悶，三〇年代的臺灣左翼文學思想，仍通過文藝大眾化的討論，觸及了文學與意識形態問題，同時自三〇年代以降，如賴和、陳虛谷、楊逵、朱點人、王詩琅、蔡秋桐、呂赫若、龍瑛宗等，都以小說對殖民論述及其現代化論述展開或強或弱批判與抗拒，而「轉向」題材則在王詩琅〈沒落〉、〈十字街頭〉、張文環〈父親的要求〉等少數參與過左翼運動的作家筆下閃現，這種種都為創作帶來了新視野和新人物類型的出現。

　　日治時代的臺灣小說，到了翁鬧手上有獨樹一幟的表現，開啟了另一個文學藝術的新領域，以三〇年代中期而言，他所走的純文學新感覺派的路線，與楊逵所走的無產階級的普羅文學路線，正是兩個極端。張恆豪說：「在觀點及表現上，翁鬧對於人類內心世界探索的興味遠甚於外在現實世界的觀察，小說充滿了現代主義的敏銳感覺、心理分析和象徵手法。」[5] 後來論者時以新感覺派的劉吶鷗與翁鬧相提並論，劉氏原是臺南柳營人，他身處二〇年代的上海，各種新文藝潮流薈萃之地，又是座華洋雜處的大城市，現代主義此時掀起了高潮。

5　〈幻影之人——翁鬧集序〉，《翁鬧 巫永福 王昶雄合集》（臺北市：前衛出版社，1991年2月）。

其作品對上海舞廳及下層社會、都市文化、資本主義的描寫，表現突出，有獨特的藝術魅力，對都市扭曲人性的虛偽生活和機械文明，隱含一種文化批判和挑戰，進而引領中國「新感覺派」風潮的興起。

二、三〇年代的臺灣作家多半都在日本求學期間接受了現代主義的洗禮，但是，在面對現實的社會的緊張壓力之下，卻又逐漸放棄了現代主義對心靈幽微的探索，而試圖直接透過文字尋求解決現實的的途徑。正如垂水千惠所指出，進入了四〇年代的戰爭期間，「近代化」與「皇民化──日本化」之間的關聯更為密切[6]，一九三七～一九四五年間，日本當局於臺灣極力推行皇民化運動，臺灣作家因而或自願、或被迫寫作呼應國策的文學作品，後來這些作品，引發了「皇民文學」與否的討論。如呂赫若〈鄰居〉、〈山川草木〉、〈玉蘭花〉、〈清秋〉、王昶雄〈奔流〉、陳火泉〈道〉、周金波〈志願兵〉及楊逵、張文環之作等等。在決戰時期下，吳濁流一九四二年返臺，發表了〈南京雜感〉，並開始撰寫長篇小說《胡志明》（後改為《亞細亞的孤兒》）道盡日治時代臺灣人的處境，以及身分認同問題。

（三）日治時期臺灣散文的發展

日治時期的文學創作者並未把創作的主力放在散文上，報刊雜誌上雖然不乏有出色的議論、批評之類的雜文，但這些作者可能並未意識到自己正在進行散文此一文類的寫作，如以一九三〇年做為一個前後期的界線，一九三〇年之前的情況，因中國五四白話文的啟發，加上處於殖民統治的時代，臺灣的知識分子撰文時傾向於淺白流暢、言之有物，且內容集中於介紹科學、法律、醫學常識、民族運動等世界

6　垂水千惠著、涂翠花譯，《臺灣的日本語文學》，臺北市：前衛出版社，1998 年 2 月。

新知，以啟蒙、提高民眾智識水準。故此時期雖有散文體裁，但未見有人專注於散文的書寫，其內容則以議論、說理、記述、雜文為主。一九三〇年之後的情況，臺灣新文學漸受日本現代文學的影響，日文使用也漸成熟，此時期有一些高水準的美文出現，內容較以抒情、記述、雜文為主。

　　一九二一年十一月二十八日文協會報刊出蔣渭水的〈臨床講義——關於名為臺灣的病人〉，將臺灣比喻為病患，藉由「現住所：日本帝國臺灣總督府」，診斷臺灣是「世界文化的低能兒」，披露出民族、歷史、文化淪喪的慘酷現實，從而提出解決之策，開立五味藥方：正規教育、補習教育、幼稚園、圖書館、讀報社。此文形式上非常具有創意，語言基本上是使用白話，但仍留有比較多且較整齊的文言詞句。蔣渭水的漢文根柢相當深厚，在獄中時，復模擬陶淵明的〈歸去來辭〉，依其押韻寫了〈快入來辭〉，趕快進來獄中考察獄政。又仿〈赤壁賦〉，作〈牢獄賦〉；仿〈春夜宴桃李園序〉，作〈春日集監獄序〉；仿〈陋室銘〉，作〈牢舍銘〉；仿〈送李愿歸盤谷序〉，作〈送王君入監獄序〉等。又另有白話文作品，如〈入獄感想〉、〈入獄日記〉、〈獄中隨筆〉、〈北署遊記〉、〈再遊北署〉、〈三遊北署〉等，內容不僅充分表現了蔣渭水重視人權的思想，也充分表達了日本統治下臺灣知識分子人寫作散文的另一面相的情形。

　　一九二二年十月，陳逢源〈站在臺南公園的池畔〉的日文散文，「我」站在黃昏的公園裡，榕樹、椰子林與夕陽共構成醇酒般南國氣氛，使「我」沉醉於「大自然物我溶一」，「幽美的詩世界」裡，折射出大正時期知性的、文化的、餘裕的知識分子形象（內田義彥稱之為「文學青年」）。

　　文化協會分裂後，一九二八年五月七號，賴和在《臺灣大眾時報》寫下了〈前進〉一文，傳達他對臺灣反殖民政治運動戰線分裂後

局勢的認識與心情。文中一對「不曉得是追慕不返母親的慈愛，自己走出家門來」，或是「不受後母教訓，被逐的前人之子」在「未曾有過駭人」的黑暗空間裡兩人並肩前進。兄弟倆依賴「本能的衝動」盲目的前進，走過狂風暴雨，涉過暴漲的溪水向著「夢之國」前進。陳建忠指出，這是一篇高度象徵，詩化了的散文，賴和運用「黑暗」、「孤兒」、「前進」等意象展現了時代感。陳萬益〈臺灣散文專題——日據時代臺灣散文選析〉謂：「這一篇文章從頭到尾有兩個詞語非常的多，這兩個詞語從頭到尾都是相似的字，第一個就是黑暗，暗黑，或著是濃濃的，像第一段開頭提到的『濃濃密密把空間充塞著，不讓星星的光明輻射到地上。』……把那個時代描寫得真的是非常非常的黑暗，從頭到尾都是這樣這詞語非常的短；第二個詞語就是標題——前進，……，不下一、二十個以上的『前進』，這是很有意思的意象：那個時代是一個黑暗的時代，再來就透過兩個人物往前走，來象徵那個時代臺灣人要衝破殖民統治的藩籬，朝向一個臺灣人的未來，不顧一切風雨的阻礙，往前走的努力暗夜中的曙光。」[7]

　　賴和其他散文之作，依陳建忠的分類有：個人抒情散文——〈無題〉。歷史抒情散文——〈忘不了的過年〉、〈無聊的回憶〉、〈隨筆〉、〈我們地方的故事〉、〈前進〉。寫人散文——〈高木友枝先生〉、〈我的祖父〉、〈紀念一個值得紀念的朋友〉。陳建忠認為殖民地下的知識分子，其抒懷很少是個人性的，多半是與大時代相連的關於歷史的思索與喟嘆，遂使像賴和這樣的抒情散文也同時具有一種近乎靈魂凌遲一般的知性特質。但「在敏銳的殖民地思索下，賴和的回憶卻也充滿了少有的感性，那是一種近乎先行者才有的孤寂與清明，

7　見第二屆賴和高中生臺灣文學研習營，2000 年 2 月 12 日。

著實具備殖民地文學矛盾、雙重性格的特點。」[8]至於賴和的《獄中日記》（1941年12月8日，珍珠港事件爆發日，賴和再度被拘，他在獄中以粗糙的草紙寫就），反映了被統治者無可奈何的悲哀，樸實懇切，睹文如見其人，亦是不可多得的佳作。

一九三七年，江文也為日本音樂雜誌寫了一輯名之為〈黑白放談〉的作品，充滿了三〇年代歐洲當時最前衛的思想，他對西方十九世紀末、二十世紀的文學家凡雷里（Valery, Paul Ambroise, 1871～1945）、藍伯（Rimbaud, Arthur, 1854～1891）、瓦勒尼（Verlaine, Paul, 1844～1896）等人推崇備至，也對當時西方前衛作曲家如德布西（Claude Debussy, 1862～1918）、莫里斯・拉威爾（Maurice Ravel, 1875～1937）、瓦列滋（Varese, Edgar, 1883～1965）、巴托克・貝拉（Bartok Bela, 1881～1945）、赫尼格（Honegger, Arthur, 1892～1955）、辛德密（Hindemith, Paul, 1895～1963）等人擁護有加，他也對當時在西方樂壇流行的新國民樂派、印象主義、表現主義、神祕主義、新古典主義的作品及思想認識頗深。文句有的很短，只有一行、二行、三行，表現出一種瞬間的意象、思想，有的片段比較長，也有一些是自我一問一答的思辯文字，因文章有詩的意象，詩的質素，所以亦有評論家定位為散文詩，有相當高的成就。

一九四二年七月吳新榮於《臺灣文學》發表膾炙人口的《亡妻記》，副標題「逝去青春的日記」，從妻子回娘家發病過世到他守靈，期間記敘他對亡妻雪芬的思念、恩愛生活，透過瑣碎的日常生活呈現了其深刻哀惋的一面，文筆樸實，不著意於修辭，而其至情至性之文字，在戰爭時局下尤令人動容，黃得時即以沈復的《浮生六記》

8　陳建忠，〈先知的獨白——賴和散文的抒情性格與知性特質〉，《自由時報・自由副刊》2001年5月27日。

比擬，譽之為「臺灣浮生六記」。日治時期的散文作品中難得一見的
美文，可以林修二為代表。有〈北海道記行〉和記遊中國的〈槐樹的
回憶〉、〈螢火蟲〉等文，其內容多為旅行時的記事或感觸，意象活
潑清新、情感細膩，主題多圍繞著風景、鄉愁、性靈的冥想與體悟。
林政華謂其「欣賞的是掘辰雄的『隨筆』文體、有甜味的風格，以及
浪漫化的自然之美。」[9]日治下臺灣散文大抵可依以上知性特質與抒情
特色來觀察。

四 結語

綜觀日治時期的臺灣文學，具備了幾個重要的特性：（一）文學
語言的使用多元。臺灣做為殖民地，其語言使用自然具備了中國白話
文、臺灣話文、日文三種混融或並存接替的情況。新文學初期楊雲
萍、陳虛谷、楊華等人，主要以中國白話文從事創作。賴和、蔡秋桐
則努力混合臺灣話文與白話文，寫成一種可以接近臺灣民眾的作品。
到了三〇年代以後，王詩琅，楊守愚、朱點人，也還是使用白話文，
但日文用語已大量滲透到作品裡。楊逵、翁鬧、呂赫若、張文環、龍
瑛宗都是以日文創作的重要作家，作品已相當優秀。（二）在殖民地
臺灣社會，知識分子對於帝國主義與資本主義的統治本質認識得特別
清楚。作家們對文學的理解，創作的目的、創作的心態多半帶有強烈
的實用性，他們或把握住殖民統治下臺灣社會的發展脈絡，呈現當時
的階層矛盾和種種問題，帶有明顯的左翼色彩及寫實主義的傾向。但
也有作品是表現個人（尤其是知識分子）內心世界和情感波瀾的描
寫，呈現了平凡的日常生活中個人欲望、情感、精神狀態的題材。

---

[9] 見〈日政時期詩人林修二及其作品研究〉，《通識研究集刊》第一集，2002 年 6 月。

（三）國族與性別議題，一直是日治作家最為關切的。主要原因在於
他們生活在強勢的教育與宣傳之下，因此文化認同與國家認同往往無
可避免受到考驗[10]自覺性較高的作家，有策略地抗拒各種威脅利誘，
維持自己的文化主體。但有些作家在長期的殖民教育薰染下，不由自
主失去了警覺。此外，身為被殖民的男性作家，常常使用陰性化小說
中的男性，用以影射臺灣被欺侮、被出賣的坎坷命運。這種陰性化的
思考，是殖民地文學中屢見不鮮的。他們面對日本資本主義所挾帶而
來的現代化也有所思考，在鼓吹啟蒙之際，同時不忘抵抗日本殖民者
的霸權論述。總而言之，殖民地文學作品即作家與殖民地政權不斷對
話的過程。

10　陳芳明，《左翼臺灣：殖民地文學運動史論》（臺北市：麥田出版社，1998年）。

引用文獻

施淑 《兩岸文學論集》 臺北市：新地文學 1997年

陳萬益 〈臺灣散文專題：日據時代臺灣散文選析〉 收於《第二屆賴
　　　和高中生臺灣文學研習營》 彰化市：賴和數位博物館 2000年

陳建忠 〈未癒的殖民創傷：再論臺灣文學史上的「皇民文學」議
　　　題〉。《現代學術研究》第9卷第11期 2001年 頁53～69

陳芳明。《左翼臺灣：殖民地文學運動史論》 臺北市：麥田出版有
　　　限公司 1998年

呂正惠 〈龍瑛宗小說中的小知識分子形象〉 收於「第二屆臺灣本土
　　　文化學術研討會——臺灣文學與社會」 臺灣師範大學國文系、
　　　人文教育研究中心主辦 1996年

許俊雅 〈臺灣新文學史的分期與檢討〉 收於《見樹又見林——文學
　　　看臺灣》 臺北市：渤海堂文化事業有限公司 2005年

「日治時期臺灣文學期刊史編纂」總論

　　眾所皆知，臺灣文學的發展與報紙副刊、文學雜誌的媒介關係密切，尤其日治時期臺灣文學的研究，難以忽略文學雜誌所扮演的重要角色。當婁子匡主編【東方文叢景印中國期刊50種】收納《臺灣青年》、《臺灣》、《臺灣民報》及《臺灣新文學雜誌叢刊》十一種：《人人》、《福爾摩沙》、《先發部隊》、《第一線》、《南音》、《臺灣文藝》、《臺灣新文學》、《華麗島》、《文藝臺灣》、《臺灣文學》，以及皇民文學奉公會發行的《臺灣文藝》等十七冊時，臺灣文學史料的重現，從此引發了較深刻的臺灣文學研究。直至一九九五年，中島利郎且主編了《日據時期臺灣文學雜誌總目・人名索引》，工具書的出現，對於研究者又提供了方便性。不過文學史料始終需要不斷去發掘整理，唯有堅實的文學史料才能獲致客觀可信的論述基礎。文學臺灣基金會在第一階段完成的【臺灣文學期刊史編纂】（1910至1945年）再次邁進了一步，除了《臺灣新文學雜誌叢刊》十一種外，另有十五種期刊：《臺灣文藝叢誌》、《臺灣詩薈》、《鯤洋文藝社報》、《三六九小報》、《曉鐘》、《南雅》、《媽祖》、《風月》、《新文學月報》[1]、《風月報》、《臺灣藝術》、《南方》、《民俗臺灣》、《南國文藝》、《南方詩集》。復擴及臺灣古典文學、通俗文學雜誌的收編，更全面呈現臺灣文學發展的面貌與軌跡。這套期刊史也同時配合臺灣文學館數位典藏規範進行藏品詮釋作業，在資料運用上將更為方便快

---

[1] 《臺灣新文學雜誌叢刊》收錄《臺灣新文學》時，已附《新文學月報》，但一般仍視為一種，非兩種。因此以「臺灣文學期刊史編纂」所新增期刊數而言，應是十四種。而《風月》、《風月報》、《南方》、《南方詩集》亦有視為同一系列者。

速及全面。這套書自然也可歸入工具書，可以幫助讀者了解臺灣文學的發展，本來工具書是供人查考的，無需整本閱讀，但其可讀性卻甚高。瀏覽每一份每一期雜誌刊登的篇目，其實就是一份作家文學的網絡交互網，提供了很多文學議題的想像空間。以下謹針對這二十六種期刊，參酌各誌撰寫內容，略述其個別特色及提出若干建言。

　　日治時期除了日本人在臺灣創辦不少俳句、和歌類雜誌外，以傳統文學為主的《臺灣文藝叢誌》、《三六九小報》、《詩報》等，均以研究並發揚漢詩文為職志。二〇年代的臺灣人雜誌基本上從《臺灣文藝叢誌》在一九一九年發刊始，是臺人創辦的最早的漢文雜誌，其發行期可能長達七年，僅次於《詩報》、風月——南方系列。內容全為漢文，涵攝新舊學，版面較常出現的有文壇、譯文、諧著、本社徵詩、各社寄稿、小說欄目等，自中國文學典籍及期刊轉載了不少作品，提供了當時中臺文學交涉的材料。《臺灣詩薈》則以「振興現代之文學」、「保存舊時之遺書」為理想，於一九二四年二月在臺北創刊的一份文學雜誌，內容以古典文學史料性居多，載錄了當時海內外科學、哲學與文藝的學術論著，「尺牘」一欄，連雅堂刊出他與朋友之間交遊的書信，此外也提供了日治時期臺灣詩社、音樂方面的重要史料。進入一九二〇年代，日治下新一代的知識菁英登場。初期自然有《臺灣民報》系列新文學的刊載，他們透過創辦刊物，凝聚能量，擴散影響力。一九二五年，楊雲萍和江夢筆創刊《人人》，是較早的白話文文學雜誌，雖然僅出兩期，但具有歷史意義；張我軍第一本新詩集《亂都之戀》，有部分發表於此，而《人人》第二號的作品，可能是新竹「白話詩研究會」同人創作成果的初步呈現，越出了臺北的空間侷限。同年（1925）《鯤洋文藝社報》發行，屬臺南、嘉義之刊物，但在廈門、屏東設有取次所，與對岸關係較密切。涵載項目有古典詩歌、詩畸、詩話（玉井詩話）、散文、小說（雙珠記）、傳記及

美文、諧談等，可見施士洁、施梅樵（為該社主筆）、羅秀惠、黃金川、黃朝碧（兄妹）、陳渭川、施炳揚、楊爾材之作。二〇年代的古典文學雜誌如《臺灣文藝叢誌》、《鯤洋文藝社報》都揭櫫不涉及政治[2]，避免雜誌受干擾，但也都開啟了三〇年代《三六九小報》、《風月報》涵納古典文學、通俗化、現代化的傾向，尤其文言、白話兼備。一九三〇年《三六九小報》創刊，每逢三、六、九日發行，以漢文為通行語言，文言與白話兼具，目前已是通俗文學研究大本營。

自一九三一年以還，左傾社會運動與激進之民族主義運動遭全面壓制，臺灣菁英轉而投入新文學運動始。三〇年代文學刊物，經常是與文學結社相關，所創辦刊物左右了文藝風潮，當時諸多重要作家也泰半是雜誌創辦者、主編或是編輯群；有些則崛起自文學雜誌。一九三一年十二月，白話文學雜誌《曉鐘》發行，帶有現代啟蒙色彩及社會主義思想，創刊號刊有賴和（筆名甫三）新詩〈祝曉鐘的發刊〉、署名「迎旭」的〈歌仔戲之現在及其將來〉、蔡秋桐（筆名元寮）小說〈癡〉、署名「笑天」的戲曲〈誰之過〉，以及「古今名言」、「科學」、「通俗醫學」、「娛樂屋」（目錄作「娛樂室」）和劉夢華（筆名夢華）「人名小字典（外國人之部）」等欄目。這些多元的內容基本上呼應了「創刊辭」之訴求：提供文藝園地、普及近代文明與求臺灣文化發展等。一九三二年創刊的《南音》積極推動臺灣話文，奠定了臺語文學的初基，莊遂性「臺灣話文雜駁」、郭秋生「臺灣話文嘗試欄」、李獻璋「民歌零拾」等專欄都陸續刊登於此誌。刊載的小說有賴和的〈歸家〉、〈惹事〉，周定山的〈老成黨〉等；新詩有楊華的〈心絃〉以及各國文壇的介紹和相關譯述等重要作品

2　除了新聞有關法令外，雜誌事業列入保安事項管理。當時臺灣總督府內設有警務局，各州設有警務部，各廳設有警務課，雜誌事業由這些警務機關負責管理，並嚴密注意其新聞言論活動。為了雜誌如期刊行，都強調了文稿不涉政治。

的刊登。而主編葉榮鐘多次在卷頭言中提到的文藝大眾化、第三文
學論等，亦是一九三〇年代初期臺灣文藝理論與思潮的重要篇章。
一九三三年七月《福爾摩沙》創刊，開啟日語臺灣文學的新頁，它強
調藝術性，並引進西洋近代文學技巧，重視文化遺產（如臺灣民間歌
謠）的整理，流露出「臺灣人的文藝」自主意識，和致力保存鄉土以
對抗殖民統治的抵抗動機。該誌刊載了張文環、巫永福、吳天賞等人
的小說、吳坤煌的評論、曾石火的譯作等。與一九二〇年代臺灣期
刊普遍用漢文為載體比較，《福爾摩沙》的創作者普遍能用流利的日
文創作。一九三四年五月臺灣全島文藝作家團結成立「臺灣文藝聯
盟」，《福爾摩沙》同仁隨即加入成為該聯盟的東京支部。

　　一九三三年「南雅社」基隆網珊吟社員李春霖創刊發行《南雅文
藝雜誌》。該誌追求雅俗兼俱、文白兼顧的閱讀趣味。為重振式微漢
學、鼓吹地方文學，並重視社會的進化，以雅俗並進、新舊並陳為其
編輯旨趣。舉凡長篇、短篇或翻譯小說，或論說文章，或古人遺稿，
或名畫古畫評選，以及漢詩或白話詩，皆收錄其中。並延續了「全島
詩人大會」的活動。在日治中期臺灣傳統文人習於從事（包括轉載）
通俗小說創作的背景下，《南雅》可謂另一處發表小說作品的天地，
與南部府城的《三六九小報》在一九三三、三四年間並存，就空間分
佈而言，有南北兩地文學場域之差異性。對目光僅停留在《三六九
小報》的情況視之，《南雅》提供了北部的觀點及商港的地方特性。
一九三三年十月，「臺灣文藝協會」成立，次年創刊《先發部隊》，
為一橫排、中國白話文的刊物，因未刊載日文作品，在官方要求下，
於一九三五年一月發刊第二號時改為《第一線》，中日文並刊。雖
只有兩期，但《先發部隊》推出「臺灣新文學出路的探究」專輯；
由於《臺灣新民報》、《南音》、《三六九小報》偏向刊登臺灣民間歌
謠，缺乏傳說故事的採錄收集。因此，《第一線》推出「臺灣民間故

事特輯」，首開臺灣文學雜誌製作」特輯」的先例，後來協會成員合力匯整一九三六年由李獻璋主編出版的《臺灣民間文學集》。創刊號的內容包括評論、隨筆、詩歌、戲劇、小說，其中小說創作包括點人〈紀念樹〉、櫪馬（趙啟明）〈私奔〉、毓文（廖漢臣）〈創痕〉、克夫〈秋菊的告白〉等四篇，另外亦收錄蔡嵩林〈郭沫若先生訪問記〉。其後由於協會成員幾乎都參與了全島性的臺灣文藝聯盟，機關雜誌的發行遂告終止。

　　一九三四年十月，西川滿發行《媽祖》創刊號，至一九三八年三月第十六冊停刊止，此詩誌每期皆有立石鐵臣、宮田彌太郎等之版畫，以手工裝幀、限定發行。詩文內容的作者群多為日本內地詩人及少數臺籍作家水蔭萍（楊熾昌）、利野蒼（李張瑞）、黃得時、楊雲萍。第四期出現「譯詩號」專題，其後尚有「版畫號」、「詩集『媽祖祭』出版紀念號」、「花妖傳奇：楚楚公主」、「百花春」、「『松の木の都』號」、「伊良子清白特輯號」等專題。一九三四年十一月《臺灣文藝》創刊，因不強調主義、主張或路線，網羅全島作家、藝術家共同創作，在左翼文學譯介交流上有其成果，這是臺灣文學雜誌多元典範的開始，是文學與藝術、臺灣與東京、臺灣北中南三地的聯盟，多重的跨界組織。但也因不標榜特定意識型態及張深切與楊逵的路線之爭，最後導致楊逵於一九三五年底離開《臺灣文藝》，另行創辦《臺灣新文學》。一九三五年，漢文通俗文藝雜誌《風月》創刊，刊物內容以言情和休閒為主，轉載了不少中國筆記小說之作。《風月》的發行取代了長達五年的府城《三六九小報》，並開啟其後《風月報》、《南方》系列雜誌之先河，成為日治後期臺灣規模最大且刊行持久的漢文綜合通俗雜誌。

　　一九三五年楊逵另成立「臺灣新文學社」，創刊《臺灣新文學》雜誌，內容主要環繞在社會現實主義的闡發和實踐，該刊也表現了寬

闊的左翼國際視野，這是過去臺灣新文學雜誌比較欠缺的部分。同時報導（告）文學受到提倡，楊逵在《臺灣新文學》上明確有三篇鼓吹報導文學的文章：〈談「報告文學」〉、〈何謂報告文學〉、〈報告文學問答〉。在最初的規劃中，《臺灣新文學》被設定為文學創作的舞臺，《新文學月報》則是文友、讀者間互換訊息並且針對《臺灣新文學》的各種問題提供批評意見的管道（見趙勳達的研究），所以，《新文學月報》是一份附屬於《臺灣新文學》的刊物。《新文學月報》雖僅兩期，但亦有若干成績，如最負盛名者為葉陶〈愛的結晶〉（〈愛の結晶〉）與吳濁流〈水月〉（日文〈海月〉）。前者為楊逵之妻葉陶唯一創作，亦是研究日治時期臺灣女性文學史的重要材料；後者為吳濁流登上文壇的處女作。

　　一九三六年《臺灣新文學》停刊，其後的一九三七、一九三八年在文壇尚有《媽祖》、《風月報》繼續發行。到了一九三八年三月，《媽祖》停刊，翌年（1939），西川滿便籌組「臺灣詩人協會」，同年（1939）機關刊物《華麗島》正式發行，旋又改組為「臺灣文藝協會」，次年（1940）發刊《文藝臺灣》，此為繼「臺灣文藝聯盟」之後，又一成員遍全臺之文藝組織，然而該組織大抵以日人為中心，會員亦以日人居多。後為配合戰時體制，《文藝臺灣》改由「文藝臺灣社」發行。初期該誌染有濃厚的異國情趣，內容多環繞臺灣在地民俗風土，饒富浪漫情趣。後期改組後隨著戰事發展，原本高唱「藝術至上」的雜誌風格，轉型為支持皇民化的宣傳角色，多刊登配合時局的戰爭文學作品。該誌是日治時期發行期最長、網羅最多日籍作家的綜合文藝誌，與《臺灣文學》並稱為戰時文壇的雙璧。《文藝臺灣》所主張的文學，是以評論家島田謹二提倡的：不模仿日本本土文學，充分表現臺灣特殊性，樹立臺灣獨自的文學以做為日本文學之一翼的「外地文學」，同為「文藝臺灣社」同人的的張文環、中山侑因不

滿《文藝臺灣》的編輯方針，乃組織啟文社，一九四一年創刊《臺灣文學》，重新凝聚了臺籍作家與之分庭抗禮。可說是臺灣文化人的大集合，並爭取不少日籍文化人士的認同與支持。該誌提倡寫實主義的重要，同時反對島田謹二強調的臺灣文學在日本帝國中特殊性。他們認為臺灣文學雖然存在特殊性，但是這是由於臺灣長期以來在種族、環境和歷史各方面的特殊發展所致，並不僅止於在日本帝國中的特殊性。相較之下，《臺灣文學》集團關心的是臺灣本土文壇的建設，而非島田謹二強調的殖民地文學特殊性。

而在一九四〇年創刊發行的《臺灣藝術》主編黃宗葵，後改名《新大眾》。該誌亦刊登了不少作家的作品，在文學創作方面，一九三七年報紙漢文欄廢止後，《臺灣藝術》仍在一九四一年八月號左右維持漢文欄存在，白話文小說如吳漫沙《繁華夢》、李逸濤《蠻花記》。日文小說創作者有龍瑛宗、張文環、呂赫若、西川滿、新垣宏一、新田淳、濱田隼雄、陳火泉、楊逵、吳濁流等。有不少作品迄今學界尚未留意到。一九四一年的《民俗臺灣》則是保存重要的民俗資料，開創嶄新的民俗研究議題，可見楊千鶴、呂赫若、巫永福等作家的作品。一九四一年年底《南國文藝》則在臺灣文學史上，長久遭到遺忘，直到柳書琴發掘後才受到關注，也修正一般之偏見，誤認戰爭期除了《風月報》、《南方》外沒有其餘中文現代文藝雜誌，或認為通俗雜誌是戰時媒體箝制下中文雜誌發刊的唯一形態，實則不然。該誌以現代文藝為主流，間雜通俗文藝作品，亦刊載舊詩文。一九四四年五月，由「臺灣文學奉公會」會聚《文藝臺灣》、《臺灣文學》雙方成員，發行《臺灣文藝》。由於是在當局鼓勵下所成立的，因此呼應戰爭國策的專輯企劃不少，甚至不少作家被動員，被要求書寫呼應國策之作品，面臨戰爭末期文壇惡劣的環境，臺灣作家也各自在作品裡發揮其文學策略，誠如鳳氣至純平所云「在臺灣文學的

發展中可說是一個具有精神史意義的文學課題」。

臺灣文學的發展，自然是通俗、現代文學都不宜偏廢，有如鳥之兩翼、車之兩輪。這份期刊史編纂正是兼顧了這兩方面，從二十六種期刊的發行，大抵可看到二〇年代，古典文學、傳統、現代、通俗、文白兼具，到了三〇年代雖有《三六九小報》、《風月報》、《南雅》等以傳統文人為主之刊物，但大抵新文學創作、日文作家已漸取得主導權，四〇年代則因進入戰爭期，刊物語言自然以日文為多，同時不免有配合國策之言論被強調。因選取標的是期刊，不納入報紙，又因時間、人力、經費所限，在第一階段初步完成之際，個人仍不免要提出若干建言，期待他日繼續整理文學史料，持續建置數位典藏。在二〇年代最重要而最有意義的報章雜誌，首推《臺灣青年》、《臺灣》、《臺灣民報》、《臺灣新民報》等一脈相承的報刊雜誌，雖然它所著重的並非文學創作本身，但對新文學創作影響深遠。陳炘《文學與職務》、甘文芳《實社會與文學》、陳端明《日用文鼓吹論》、林南陽〈近代文學及主潮〉、黃呈聰〈論普及白話文的新使命〉、黃朝琴〈漢文改革論〉及後來張我軍、賴和的主持學藝欄，他們或將文學理論及五四白話文介紹到臺灣，大力提倡白話文，或對新舊文學論爭及臺灣話文、鄉土文學論爭提供載體討論，培育了臺灣新文學作家。這份報刊雜誌有關文學性部分應可納入整理對象。

此外，《伍人報》、《臺灣戰線》、《明日》、《現代生活》、《赤道》、《洪水報》這六份左翼雜誌，雖不是文藝雜誌，但均闢有專欄，刊載文藝作品，對於臺灣新文學的發展也有其助益。尤其《明日》、《赤道》、《洪水報》期數不多，目前也能見部分影本，予以填補無須多耗費時日，但就臺灣左翼文學的研究，相當重要，如以王詩琅研究為例，《洪水報》刊登了他的詩作〈冬天的監獄〉，〈明日〉更多，有〈社會進化與支配〉、〈生田春月之死〉、〈新文學小論〉、〈由

獄中給愛人〉等文。《洪水報》創刊號刊登的小說〈馬路上底一幕戲〉，署名大悲（即陳大悲），是一篇轉載之作，原作於一九二〇年十月，先載一九二〇年十月二十三日《晨報副刊》，後收入葉紹鈞等著《小說彙刊》。《洪水報》第三號有篇署名「鐵」的文章〈願一輩子不畢業〉，此文原刊《生活週刊》，以時空物價而言，明顯非是臺灣，經查是江灣復旦大學學生「何逖生」所撰。第三號刊登沙陀菲耶夫作、畫室譯的〈地、改變著姿態！〉，譯者「畫室」即馮雪峰。此外，其他作家如楊守愚、毓文之作見於《明日》。《赤道》創刊號則有峰君小說〈女同志〉、坎人〈馬克斯進文廟〉、蘊紅〈現代婦女的苦悶與覺悟〉、曇華譯〈新俄詩選·泥水匠〉（第二號選譯〈工廠的氣笛〉）、勞動者〈無產者的喊聲〉新詩。第二號有嚴純昆（即莊松林）小說〈到酒樓去〉、馮乃超〈快走〉。第四號有王其南小說〈窮迫〉、新人〈社會運動家的錢先生〉、乃立的新詩〈這不是我們的世界〉、東西南北〈詩人的架子〉。《赤道》轉載了不少《流沙》的作品，如心光、黃藥眠之作，另尚有王獨清寫於《我們》月刊創刊號的祝詞，該刊與創造社關係密切，刊物有多篇都是轉載之作，前述吳乃立、馮乃超外，署名麥克昂〈我們在赤光之中相見〉、坎人〈馬克斯進文廟〉小說，這兩篇作品的作者實為郭沫若[3]，都是轉載之作。至於曇華所譯〈新俄詩選〉兩首，亦是轉載的作品，譯者是葉靈鳳。對於左翼刊物未流通，未被學界廣泛應用，對臺灣文學史撰述將有所欠缺，此部分也透露出當時臺灣新文學作家與創造社之關聯，尤其日後

---

3 「麥克昂」、「坎人」，皆是郭沫若筆名。有關《赤道報》及革命僧林秋梧的發掘，是李筱峰首先提出的命題。但在《臺灣革命僧林秋梧》一書中，認為「坎人」是證峰法師的筆名，因此〈馬克斯進文廟〉誤歸為證峰法師之作。此亦影響了楊惠南以此文評述證峰法師有「空想的社會主義」。見氏著《當代佛教思想展望》（臺北市：東大圖書股份有限公司，1991年9月），頁69。

《先發部隊》、《臺灣文藝》、《臺灣新文學》對郭沫若、郁達夫的訪問及報導評介，可說其來有自[4]。這幾份臺灣左翼刊物透露出兩岸文學的跨海傳播流動的情況，而臺灣左翼運動似乎亦受大陸方面的指導及學習，尤其從《流沙》創刊僅三個多月時間即被禁停刊觀之，《赤道》報能迅速而大量轉載（及改寫），其間彼此關係實耐人尋味。

　　如果可能的話，《臺灣詩報》、《藻香文藝》也是可以繼續整理的對象，至於臺灣分館典藏的日治時期期刊三百餘種，內容包羅萬象，亦已陸續建置「日治時期期刊全文影像系統」，自然方便很多，但《臺灣詩報》（與《詩報》不同）未見典藏，卻是一份重要的雜誌。臺灣文學史料蒐羅不易，資料整理尤需專業耐心，就目前資料之呈現，此期刊編纂已相當完善，但在作家索引方面，人名、筆名之互見，可以再更詳盡，如李書即李逸濤，或者如前述所言眾多作品是轉載之作，如不熟悉文學作品，則無法在注腳交代原作者為某人。因此個人期待此一辛苦艱鉅之史料整理，仍宜持續整建、補足、修訂。

4　《先發部隊》曾刊蔡嵩林〈郭沫若先生訪問記〉，《臺灣文藝》也曾刊賴明弘〈郭沫若先生的信〉與〈訪問郭沫若先生〉二文。郭沫若也曾投稿《臺灣文藝》，指出該誌所刊增田涉《魯迅傳》中對關魯迅與創造社間糾葛之誤記，並對《臺灣文藝》第二卷第一號編輯內容有所建議。莊松林與林秋梧創辦《赤道報》，曾為創造社同人的郁達夫訪台，自然引發他的重視，於郁氏下榻的臺南鐵道飯店內與之筆談，交換意見，後有未央（莊松林）〈會郁達夫記〉一文。

回顧與前瞻
——談談呂赫若作品的評論

一

　　一九三五年一月，呂赫若小說〈牛車〉發表於日本著名左翼文學刊物《文學評論》二卷一號，這是繼楊逵的〈送報伕〉之後，又一篇被《文學評論》刊載的臺灣人作品，不久同被收入胡風編譯的《山靈——朝鮮臺灣短篇集》，之後，陸續在《臺灣文藝》、《臺灣新文學》、《臺灣文學》、《臺灣藝術》等文學（藝）雜誌上發表日語創作，創作力甚為豐沛，並於一九四三年獲得第一屆臺灣文學獎，可謂是日治時期臺灣文學中最為重要的作家之一。其作品也自〈牛車〉始，幾乎篇篇被關注被討論。莊培初〈んだ小說から——《臺新》創刊號より八月號まで——〈行末の記〉〉發表於一九三六年的《臺灣新文學》，他評述〈行末之記〉：「仔細刻畫一位名叫淑眉的女人的心理。……到最後，還是脫離不了『想到她的一生、淒涼的垂死和身為資產家小妾的悲哀，腦子裡一片混亂，淚水奪眶而出』這樣的描述，很可惜。」[1]肯定了小說對於女性心理的描繪刻畫，但也指出作者介入的直接說明，使作品力道受到影響。窪川鶴次郎〈臺灣文學半ケ年（一）——昭和十八年下半期小說總評〉也注意到呂赫若的〈石榴〉，給予了相當高的評價，謂其：「〈石榴〉作品以非常出色的日語

---

[1] 原刊《臺灣新文學》第1卷第8號，1936年9月19日，頁46～47。引文為涂翠花譯，見黃英哲主編，《日治時期臺灣文藝評論集・雜誌篇2》（臺南市：國家臺灣文學館籌備處，2006年10月），頁160。

寫成，就文章來說也是十分優色的作品。……本作圍繞著本島農民
的『家』的傳統思想與感情，簡勁的描繪出那深遠的意境。我覺得我
在這部作品中親眼看到本島農民真正姿態的一面。這些我們無法輕易
接觸到的靈魂，發出了可怕的光輝。長男金生那為弟弟著想的手足之
情，為人子女對早逝的父母的靈魂的感應，以及在『家』這一觀念中
流動的血緣關係，透過這些因素而發揮作用的獨特想像，栩栩如生的
表現出來，只有透過傳統才能理解它們。構成作品中心的小弟的發狂
及死亡，以及在那痛光景中出入的金生拚命的身影，在在都直逼讀者
而來。……對於金生入贅之後進入的家庭內部，作者則幾乎沒有著
眼，這讓金生在作品中的位置有些許不分明的地方。……雖然如此
這還是一部讓我感動最深的作品。」足見當時評論家已從作品的日語
使用及作品藝術性提出客觀的討論。〈石榴〉之後，呂赫若出版了結
集作品《清秋》，很快的，河野慶彥〈呂赫若論——關於作品集《清
秋》〉[2]，他討論了《清秋》內七篇小說〈財子壽〉、〈廟庭〉、〈鄰居〉、
〈月夜〉、〈闔家平安〉、〈石榴〉、〈清秋〉，認為每一篇作品都有亮麗
的表現，文章功力維持一定的水準，謂〈財子壽〉是篇結構嚴謹的作
品，擁有強勁的力道。〈闔家平安〉全篇渾然天成，鹹淡恰到好處。
他特別指出呂赫若作品中的現實性及臺灣味，同時指出〈清秋〉開始
有了與時局關連的部分。此外，也很客觀評述其小說有時流於說理過
甚，令人感到餘韻不足之處。

　　可以說呂赫若作品的評論從〈牛車〉一作即開始，其後的〈合家
平安〉、〈鄰居〉等等作品的評述，皆可見諸當時的雜誌。然而處於
一九四〇年代決戰時期的呂赫若，以其文名之盛，自然無法逃離日本

2　原刊《臺灣時報》第293期，1944年6月10日，頁90～93。中譯本見黃英哲主
　　編，《日治時期臺灣文藝評論集‧雜誌篇4》（臺南市：國家臺灣文學館籌備處，
　　2006年10月），頁472～475。

當局的徵召，在不同政權的背景下，回眸討論他的創作自然也就有不同的意見。眾所周知的是，當時主宰文藝雜誌《文藝臺灣》，並且在文壇擁有強力發言權的日人作家西川滿即點名批判張文環、呂赫若等屬《臺灣文學》派的作家為「糞realism」作家，進而引發了兩派作家間的論戰[3]，又如其作品與時局的關係及真相如何，可能都得站在當下情境去理解。

二

　　然而對於呂赫若作品的再度關注，卻要等到一九七〇年代末，中斷三十年左右的時間，而比較深入展開研究則是一九九〇年之後的事了。呂赫若與楊逵一樣，是少數在戰後即繼續邁向文學前進的作家之一，更令人不可思議的是，以一位日文創作的作家，竟然短短不到一年時間，他已經用中文寫小說，發表了〈故鄉的戰事：改姓名〉、〈故鄉的戰事：一個獎〉、〈月光光：光復以前〉和〈冬夜〉四篇中文小說。然而，二二八事變後，他因對時局不滿而轉向政治，自此在汐止鹿窟山區消失，留下的是無法證實的傳言。在一份標題〈匪不自首之潛臺匪諜　省保安部發表首批名單〉的報導中，代為發佈了軍聞視訊：「省保安司令部，於昨（十七）日書面發表第一批尚未自首之潛匪名單一份，據該部發言人稱：此次將潛匪分子公佈之意義，一方面是根據政府寬大政策，希望他們在指定期間內迅速自首，免罹法

3　垂水千惠〈傾聽冥府之聲的作家──呂赫若與糞現實主義論戰〉討論了日治時期臺灣糞現實主義論爭與1935年日本糞現實主義論戰的辯證互涉。糞現實主義是1935日本浪漫派作家林房雄批判《人民文庫》派的左翼作家時經常使用的詞彙，居臺的日本作家西川滿在《文藝臺灣》上挪用來批判當時臺灣文壇盛行的現實主義，引起楊逵在《臺灣文學》上反駁回應，常在《臺灣文學》上發表作品的呂赫若，也遭到《文藝臺灣》的攻擊。

網，另一方面是促起社會各界人士注意檢舉，絕對不容其繼續潛伏活動。」所附第一批尚未自首潛匪分子名單赫然有「呂赫若、三二歲、臺中縣、臺北歌手」字樣，這是《聯合報》一九五一年十一月十八日第七版的新聞，呂赫若此時是否尚在人世？不得而知。但因被認定為共黨同人，此後有關他的一切就銷聲匿跡了，直到一九七〇年代末。

臺灣新文學研究，大約自一九七二年開始有了轉機，黃得時在國軍新文學運動輔導委員會主講〈臺灣光復前後的文藝活動與民族性〉（刊《新文藝》，1972年1月5日），吳瀛濤遺作〈概述光復前的臺灣文學〉（刊《幼獅文藝》，1971年12月、1972年5月）。此後，日治時期臺灣新文學漸引發關注，紛紛從事整理、研究。一九七三年，《中外文學》刊載了兩篇論文，第一篇是顏元叔〈臺灣小說裡的日本經驗〉（修訂後，又刊於《中華日報》，1973年10月11、12日）該文以光復後的小說為評介對象，內容雖與日治時期的臺灣新文學並無直接關係，但論及殖民地經驗，顏氏之論對後來研究者頗有啟發。第二篇是林載爵的〈臺灣文學的兩種精神——楊逵和鍾理和之比較〉（二卷七期），林氏研析楊逵與鍾理和之精神為抗議與隱忍，認為評估其文學藝術成就貧乏以前，應先肯定、繼承他們的精神，其論點多為後來研究者引述。其後林氏復有〈日據時代臺灣文學的回顧〉（刊《文季》第3期，1974年8月）。林氏發表上二文之後，又陸續於《夏潮》撰寫了兩篇對楊華和張深切的評論：〈黑潮下的悲歌——詩人楊華〉（刊《夏潮》第1卷第8期，1976年11月1日），和〈黑色的太陽——張深切的里程碑〉（刊《夏潮》，1977年9月1日）。《大學雜誌》七十九期（1974年11月）以「日據時代的臺灣文學與抗日運動座談會」特輯報導，努力挖掘歷史事實。翌年刊載了葉石濤的〈從「送報伕」、「牛車」、到「植有木瓜樹的小鎮」〉（90期），觸及了呂赫若的〈牛車〉。臺灣新文學研究的時間起點應與東方文化書局複印出版

有關，一九七三年影印出版《臺灣青年》、《臺灣》及一九七四年陸
續出版《臺灣民報》十四冊，《臺灣新民報》十七冊，及復刻本《新
文學雜誌叢刊》十七冊，包括《南音》、《人人》、《福爾摩沙》、《先
發部隊》、《第一線》、《臺灣文藝》、《臺灣新文學》、《臺灣文學》、
《文藝臺灣》、《華麗島》、《臺灣文藝》等文學雜誌。可說日治時期主
要作家作品大概都可以掌握住了。但呂赫若身上的「匪誌」、「皇民
文學」的陰影，在尚未解嚴的年代，研究者依舊有顧忌，因此當《臺
灣文藝》雜誌由鍾肇政任主編後，分別刊行了吳濁流、鍾理和、張文
環、葉石濤、葉榮鐘作品研究專輯、紀念專輯之際，呂赫若並不在
專輯之列（八〇年代初尚有賴和、王詩琅、楊逵、翁鬧研究專輯）[4]。
直到一九七九年七月，鍾肇政、葉石濤、張恆豪、林梵、羊子喬等人
編纂光復前臺灣文學作品，由遠景出版社出版了《光復前臺灣文學
全集》，其中有八冊是短篇小說，第五冊《牛車》收錄了鄭清文等翻
譯的七篇呂赫若日文小說，並附有羊子喬的導言一篇，至此，呂赫
若才又被讀者重新認識，一九八〇年，《臺灣文藝》刊登了塚本照和
著、張良澤譯〈日本統治期臺灣文學管見〉，討論了〈牛車〉、〈財子
壽〉兩篇小說，一九八二年，葉石濤寫了〈清秋〉──偽裝的皇民化
謳歌〉，一九八三年，《臺灣文藝》八三、八五期又介紹了呂赫若作
品，除了中村哲著、張良澤譯〈憶臺灣人作家〉外，尚有施淑〈最後
的牛車──論呂赫若的小說〉。塚本照和、中村哲、葉石濤、施淑、
葉芸芸諸氏的論述，開啟了較深入的探索。舊雜誌的複印出版及作品
的中譯，促使日本、中國開始留意起日治時期的臺灣文學，呂赫若的
研究亦在八〇年代中有了基礎的建構成果，如一九八四年日本有井川

---

[4] 其中原因應該也與呂赫若早已銷聲匿跡，不再有復出或作品發表有關，像楊逵、龍
瑛宗、張文環一樣。翁鬧雖也早消失不見，但無左翼嫌疑。這種種因素致使呂赫若
的研究較諸其他作家遲宕了數年。

直子〈呂赫若の作品について——附〈呂赫若作品年譜〉及び〈參考
文獻〉〉一文，刊《臺灣文學研究會會報》第五、六期合併號。在中
國，則有胡風回憶當年翻譯楊逵和呂赫若作品以及出版之歷程，撰就
了〈介紹兩位臺灣作家——楊逵和呂赫若〉一文，此文透露出「加快
臺灣回到祖國懷抱的」用意，此後，中國大陸的呂赫若研究也漸漸熱
門，朱南、包恆新、古繼堂、馬相武、周青、朱雙一、黎湘萍、劉
俊、沈慶利、李詮林、劉紅林、張光正（何標）等人，或從審父意
識、文化想像、文本的文化隱喻功能著手，或從認同、中國性、小說
的命運模式切入，甚而以呂赫若為主題，舉辦了一場討論會。

　　一九八七年七月十五日臺灣解嚴，臺灣文學研究的風潮日漸蓬
勃，一九九〇年四月二十三日開始，《民眾日報》由藍博洲策劃呂
赫若專輯，標題為「呂赫若復出」，由林至潔翻譯呂氏〈暴風雨的
故事〉、〈前途手記——一個小小的記錄〉、〈女人的命運〉、〈逃跑
的男人〉、〈石榴〉、〈臺灣的女性〉諸作，並翻譯其雜文、評論。
一九九一年二月前衛出版社出版了《臺灣作家全集・短篇小說卷・日
據時代》十冊，其中《呂赫若集》由李鴛英與鍾肇政翻譯，書前有張
恆豪序文〈冷酷又熾熱的慧眼——呂赫若集序〉，介紹呂氏文學生命
及寫作主題、創作手法，書後另編有〈呂赫若小說評論引得〉以及
〈呂赫若生平寫作年表〉，並收錄施淑〈最後的牛車——論呂赫若的
小說〉，至此，呂赫若的短篇小說終於有了較完整的面貌。一九九五
年七月，聯合文學出版社出版了林至潔翻譯的《呂赫若小說全集》，
除譯其日文小說外，並譯呂氏五篇雜文及收錄四篇戰後中文小說。書
前有林至潔自序〈期待復活——再現呂赫若的文學生命〉，書後則有
呂正惠〈殉道者——呂赫若小說的「歷史哲學」及其「歷史道路」〉
一文。呂赫若的研究正因政治解嚴及其日文作品被翻譯，免除讀者、
研究者的語文障礙而呈現另一面貌。

　　一九九〇年代所召開的三次相關研討會，即是與呂赫若集出版有
關，第一次是一九九四年十一月二十五日至二十七日，由行政院文化
建設委員會策劃，清華大學中國語文學系、研究所及臺灣研究室、賴
和文教基金會合辦的「賴和及其同時代的作家：日據時期臺灣文學國
際學術會議」，發表的二十八篇論文中，有三篇關於呂赫若小說的探
討，分別是林至潔〈呂赫若最後作品——冬夜之剖析〉、鍾美芳〈呂
赫若創作歷程初探——從〈柘榴〉到〈清秋〉〉和垂水千惠〈論〈清
秋〉之延遲結構——呂赫若論〉。一九九六年十一月三十日及十二月
一日文建會、聯合文學主辦的「呂赫若文學研討會」，共發表十四篇
論文及四場座談，對呂赫若作品的研究，有更全面、完整的討論，此
次所發表的論文於一九九七年十一月結集出版《臺灣第一才子——
呂赫若作品研究》（聯合文學出版社發行）。接著，由中國北京社科
院與臺聯會共同合辦「呂赫若作品學術研討會」，共發表二十四篇論
文，臺灣學者呂正惠、陳萬益等人及呂赫若子呂芳雄出席了這次會
議。此後，呂赫若的研究如雨後春筍，粲然可觀，研究生亦開始以
呂赫若為研究對象。迄今為止以呂赫若為主題的學位論文近十篇[5]。
最早一篇是一九九三年陳黎珍《呂赫若の研究——人とその作品》，
一九九五年朱家慧有《兩個太陽下的臺灣作家——龍瑛宗與呂赫若研
究》，其餘如曾麗蓉、王建國、張嘉元、張譯文、陳姿妃、陳素蕙、
蔡伶琴等，因篇幅有限，不針對各篇論文一一詳述。

---

[5]　1995 年時有位義大利研究生來臺蒐尋資料，告訴我說她要研究呂赫若，是否完
　　成，不得其詳。

三

　　就目前呂赫若研究概況觀察，這裡將就幾個面向予以陳述。一是有關其生平、思想。評論家張恆豪與作家王昶雄走訪蘇玉蘭女士，確定呂赫若於一九五〇年以後失蹤，接著林瑞明提供〈歷年辦理匪案彙編〉，確定呂赫若參加〈鹿窟武裝基地案〉，張恆豪並編「呂赫若創作年表」。藍博洲〈呂赫若的黨人生涯〉則分析呂氏左翼思想受蘇新影響遠大於陳文彬，並對大安印刷所等種種細節加以考索。一九九四年十月，《聯合文學》第一百二十期刊登了黃靖雅〈悲愴的傳奇──林至潔印象中的呂赫若〉。關於其筆名意涵，藍博洲、林至潔認為是擷取他所敬佩的兩位左翼作家──中國的郭沫若與朝鮮的張赫宙，各取其中一字組合而成。其子呂芳雄先生則認為「赫若」兩字的意思是「希望做一名赫赫有名的年輕人」，這或許是來自與呂赫若交情深厚的巫永福所言：「赫若說：『我的本名呂石堆很粗俗，故以赫若為號並為筆名。』針對他的筆名我說：『很有朝鮮小說家張赫宙的味道。』赫若一聽大笑起來答道：『是啊！我比張赫宙年輕』，所以名赫若，日本語的若是年輕的意思。」[6]關於呂赫若筆名含意，個人認為巫永福所說可信。呂赫若〈我見所思〉[7]一文中透露他與巫永福關係匪淺，他常與巫永福徹夜長談，有時躺在同一張床上直到天色大白。關於其逝世真相，迄今不明。國安局出版的《歷年辦理匪案彙編》在〈鹿窟武裝基地案〉中說，呂赫若於一九五〇年七月上旬，奉派搭走私船赴香港，與中共人士聯絡，返臺後失蹤。後藍博洲等人依據訪談的若干人

6　巫永福〈呂赫若的點點滴滴〉，《文學臺灣》第1期，1991年12月，頁13～15。
7　見呂赫若全集及《日治時期臺灣文藝評論集（雜誌篇）》第三冊（臺南市：國家臺灣文學館籌備處，2006年12月），頁136。

士之言，認為鹿窟多蛇，常有人遭毒蛇咬死，而相信呂氏是一九五一年遭毒蛇咬死於臺北石碇鹿窟。張恆豪訪談呂氏遺孀蘇玉蘭則以呂氏曾相約到日本經商之言，懷疑：有人怕呂赫若出來自首，在山裡先槍殺了他。呂赫若死於何年？是不是共產黨同路人？恐怕是永遠解不開的歷史謎。

　　另一解不開的謎，恐怕還有其思想及一九四七年後的地下經歷。游勝冠〈向左看？向右看？──論呂赫若及其小說的政治位置及思想性格〉強調目前學界的研究是「不加分辨地將臺灣作家任意定位在左、右的光譜之中。這種政治位置的模糊化，不僅讓研究者無法準確把握個別作家在殖民地歷史關係中的位置，同時也深刻地影響了對這些作家作品的詮釋的準確度。在這當中以『臺灣第一才子』呂赫若小說的研究所受到的干擾最為嚴重。」其言誠然不虛。呂赫若與左翼的關係，以及作品和思想的關聯性，在在成為研究者關注焦點。歷來研究者將呂赫若界定為社會主義作家，在於呂氏〈舊又新的事物〉曾言及有表現價值的東西，經常與一定社會階級之「必要」相結合的生活情感，而「如果文學要忘卻社會性和階級性，我們就必須要將藝術史全部燒毀」。大約論者都注意到一九二八年呂氏考上臺中師範學校，深受當時社會思潮與農工運動影響，喜愛閱讀馬克思主義相關的書籍雜誌，如《中央公論》月刊、山川均《資本主義的詭計》、河上肇《貧乏物語》以及幸德秋水《二十世紀之怪物帝國主義》。他所寫的幾篇雜文，引用森山啟及對吳坤煌、王登山的肯定，對吳天賞的筆戰可以看出那時具有的社會主義文藝觀的色彩不是那麼教條、機械的。論者或謂當時呂赫若的「左傾」是受其堂姐夫林寶煙的影響，呂赫若與他來往密切，林寶煙曾是臺灣共產黨東京特別支部領導下的學運組織──學術研究會的成員之一，回臺灣後，又擔任過「臺灣赤色救援會」豐原地區的委員之一，曾因之受到殖民當局的監視與拘

禁。游勝冠曾舉垂水千惠研究呂赫若小說「由政治走向文學的軌跡」
為例，說：「呂赫若雖是以在普羅文學運動文學運動文脈的《文學評
論》發表文章而登上文壇，但是其後開始創作不被納入普羅文學範疇
的作品，逐漸確立自己的風格」，游氏納悶還是有很多論者根本無視
這種對立觀點的存在，遂將呂赫若定位為前後立場一致的左翼作家。
後來有一些研究者不專從其作品的女性描寫著手，而從呂赫若筆下的
男性觀察，認為在一九四〇至一九四五年間，其作品充滿變化、矛盾
的特質，視為這是呂赫若與殖民地政權不斷對話的過程，他們的立場
是有屈從、全盤接受、徬徨、或抵抗，卻又不願意放棄自身意念的堅
持，以此否定「命定性」及自始至終的左翼立場。當然這部分的討
論，紛爭不休，就像林載爵在〈呂赫若小說的社會構圖〉中說：「讓
呂赫若成為飽滿的社會主義作家的作品應該是〈清秋〉、〈山川草木〉
與〈風頭水尾〉三篇。⋯⋯耀勳終於擺脫了不安與徬徨，成為小鎮作
家。寶連在山上學習到了新的生活方式，徐華決定留在貧瘠的土地上
開墾，呂赫若當然也投入了左翼的革命運動。」我在呂赫若〈即使只
是一個諧和音〉一文讀到：「然而，戰爭與文學，動輒與實用結合一
起來考量。如果從實用來考量的話，文學的力量實在是連一管機關槍
都不如，不管再怎樣高明的傑作，也殺不死一隻螞蟻。那只是似是而
非的文學觀，文學力量的發現，一種從實用觀點切入是膚淺的表面妥
協，無法發現其力量；必須與人的精神之內在深處深深結合，才能發
現其真正力量。」[8]這一段話，才是呂赫若真正的心聲，文學不是為戰
爭、政治、階級服務，文學要從實用觀點來要求是膚淺的，沒有力量
的，文學真正的力量是人的內在精神靈魂的深深觸動。這一段話正為

8　邱香凝譯，文見〈臺灣文學者齊奮起〉，黃英哲主編《日治時期臺灣文藝評論集
　　（雜誌篇）》第四冊（臺南市：國家臺灣文學館籌備處，2006年12月），頁478。原
　　載《臺灣文藝》第1卷第2號，1944年6月14日。

其不得不參與文學總崛起的發言，留下耐人尋思的言外之意，也可見其文學觀是服膺於人性，發掘人之靈魂深處，在其日記中亦時時披露此一文學藝術觀點，而這樣的觀點至今仍適用，足見其早熟及真正對文學熱愛的初衷。

論者對呂氏左翼思想的爬梳，復有陳芳明的〈紅色青年呂赫若──以戰後四篇中文小說為中心〉，以筆名「赫若」見其「紅色（赫）青年（若）」，自然三十幾歲的呂赫若已不是青年，但也不是後來評論家所謂的「晚年」。藍博洲、林至潔、孫康宜大底都主張呂赫若戰後思想左傾有跡可尋。或謂呂赫若是受到建國中學校長，也是「臺灣民主自治同盟」盟員陳文彬的影響，加入中共在臺地下組織。但藍博洲認為蘇新的影響力超過陳文彬，孫康宜則認為陳本江的影響為大，「我懷疑呂赫若是通過一個新的社會主義皈依者蘇新開始認識陳本江的，……似乎是呂在認識陳本江之後，才下定決心加入地下左翼組織。」[9]因此對呂赫若戰後從筆桿換成槍桿的的突然轉變，也就都解釋為「二二八」事變後，對國民黨失望的呂赫若不惜鋌而走險，全身心地投入到社會運動與地下武裝行動中，急切地期待著海峽彼岸的「紅色中國」。彭瑞金則持懷疑態度看待，他說：「幾乎無法從他的文學作品中找出任何思想轉變的軌跡，……以戰後活躍於臺北文化界、文藝界和報界的呂赫若，『想像』他可能因此與這些紅色人物搭上線，因而徹底改變了他的人生，仍然只是疑問重重的傳說。」[10]孫康宜從〈冬夜〉來解釋其思想轉變歷程，「呂赫若發表的最後一部小說《冬夜》後，他的政治觀點急劇轉變。在經歷了國民黨政府統治下的

9　孫康宜撰、傅爽譯，〈二二八事件之後的呂赫若〉，《明報月刊》第44卷第2期（總518期），2009年8月，頁101～105。

10　彭瑞金，〈呂赫若──作現的文學星光〉，《臺灣文學步道》（高雄縣：高雄縣立文化中心，1998年7月），頁146～149。

種種折磨後——如果我們讀出了《冬夜》中寓言的意義——呂赫若最終在社會主義中找到了臺灣未來嶄新的『希望』，雖然那種『希望』在今天看來過於理想化。但通過觀察他的左翼活動，至少能夠更加接近他所處的那個時代的真相。」但有些問題迄今仍值得進一步追尋，誠如游勝冠所言：「關於呂赫若為什麼最後投入中國左翼的革命運動這個問題，我們應該要追究的就是戰前、戰後兩個時期歷史條件有何不同？呂赫若為什麼在這個兩個歷史階段的思想與行動有那麼截然不同的表現？」

　　另一研究成果是有關呂赫若的音樂演劇活動。近年來已有日本學者藤井省三的〈呂赫若與東寶國民劇——自入學東京聲專音樂學校到演出「大東亞歌舞劇」〉[11]、垂水千惠〈二次大戰期間的日臺文化狀況與呂赫若——以其音樂活動為中心〉，及臺灣學者朱家慧〈藝術追求或社會責任？——從〈順德醫院〉及其樂評看呂赫若的藝術觀〉、高嘉穗〈現階段的呂赫若研究——一個音樂史的觀點〉[12]、連憲升〈從《呂赫若日記》管窺日治末期臺北文化人的音樂生活〉等文。藤井省三根據呂赫若曾寫過的履歷書，查證他在東京的三年經驗，考察他在「大東亞歌舞劇」的演出經過和留學體驗，以及對他返臺後的影響。本文由訪問同時期在武藏野音樂學校求學者，推翻了以往認為呂赫若在東京是於武藏野音樂學校求學的看法。藤井本文是最早討論呂赫若音樂活動的論文，開啟了研究呂赫若的另一扇窗。他進行了若干重要人士訪談，也查證一些資料，雖然結果有不少仍因材料所限，

---

[11] 由張季琳譯為中文，其後改篇名為〈臺灣人作家と日劇〈大東亞レヴユー〉——呂赫若の東寶國民劇〉（〈作家與日劇「大東亞歌舞劇」——呂赫若的東寶國民劇〉），收入《臺灣文學這一百年》（臺北市：麥田出版公司，2004年8月），頁147～176。

[12] 發表於中華民國民族音樂學會舉辦之「臺灣的音樂與音樂歷史」研討會，2005年9月25日。

無法逕自下結論，但研究的過程及對問題的思辨，可給予研究者若干啟發。垂水千惠由呂赫若的音樂及戲劇活動，重建呂赫若，〈被叫做RO（呂）的人——臺中師範時代的呂赫若〉一文透過呂赫若臺中師範時期的友人回憶，說明呂赫若對於左翼思想書籍的接觸，以及受到老師磯江清的影響，對音樂發生興趣，而有日後的音樂學習。〈二次大戰期間的日臺文化狀況與呂赫若——以其音樂活動為中心〉一文以音樂及戲劇的面向來重新定位呂赫若，並由呂赫若的文化經歷，考察戰爭時期日臺的文化狀況與文化政策的關聯及與呂赫若的關係。垂水根據呂赫若在臺中師範時代的恩師磯江清的經歷，加上與呂赫若同時期屬於東寶聲樂隊旗下的呂泉生之書簡等新資料，重新檢討呂赫若在進入東寶之前的足跡，推論呂赫若在離開公學校訓導之前，在每年的寒暑假前往日本學習音樂時，或許已經師事長坂好子，並獲致呂赫若是在好友呂泉生的推薦之下進入東寶聲樂隊（東京寶塚劇場）擔任歌手，並隨團在東京「日比谷劇場」、「日本劇場」、「東寶劇場」各地排練演出《詩人與農夫》、《卡門》等歌劇，前後歷經一年多的舞臺生活。垂水並著有《呂赫若研究——1943年までの分析を中心に》，以一九四三年為界，討論呂赫若於期間的生活經歷、文學作品，以及其音樂、演劇活動的參與情形，除了前述兩篇論文的研究成果之外，此書亦利用呂赫若日記，與家屬提供之相關資料、訪談等方式，進行呂赫若與其所處時代的的分析研究，對於呂赫若於一九四三年以前的生活、作品、藝文活動，有相當深入的探討。日本學者對於呂氏東京聲樂時期的考察，自有其方便性，也充分應用了日臺兩方面的材料，個人認為在文獻應用方面，可以再留意張文環、龍瑛宗、巫永福等人的敘述，如呂赫若與東寶劇團的關係，當濱田隼雄問呂赫若是怎樣的人時，張文環說「地方的公學校教師，他邊彈鋼琴邊研究文學，之後辭去教師上京去，而服務於東寶日本劇場演劇部，以音樂謀生活而

鑽研著文學。」[13]以張文環和呂赫若交情視之，張氏的話自然可信度極
高。當時在東京的呂赫若，就職於東寶劇場演劇部，並以此謀生[14]，
同時繼續創作文學。

其三是呂赫若面對「現代化」的認知與態度，陳建忠檢討垂水之
文及另篇〈差異的文學現代性經驗──現代臺灣小說──普羅小說與
批判現代性〉與沈慶利〈殖民剝削與「現代化」陷阱──呂赫若〈牛
車〉與矛盾〈春蠶〉的比較〉對呂赫若面對現代性、殖民性、本土性
有所觸及。沈慶利認為垂水千惠對呂赫若身處殖民地的屈辱處境，
在「近代化」（按：這裡的「近代」與「現代」同義）劇變中承受的
精神壓力，顯然缺乏足夠的體察。論者大抵針對如僅僅根據呂赫若
對西方現代機器文明的批判而認定他全盤「否定近代化」，是錯誤之
路。呂赫若在理性上是不可能否定臺灣的現代化，他否定的只是作為
殖民侵略與經濟掠奪伴隨的畸形「現代化」。在呂赫若筆下，我們還
可以進一步探詢到兩組彼此對立的概念，一組是「城市、東京（日
本乃至整個西方列強）、現代化與殖民化」；另一組則是：「鄉土、臺
灣（中國）、半封建性質的落後與民族的獨立和尊嚴意識」。當這兩
組概念越來越滑向截然相反的兩極化的意義時，呂赫若顯然表現出
一定的困惑。這樣的困惑在戰爭時期的氛圍下，如何調和，取得平
衡，顯然可從〈鄰居〉、〈玉蘭花〉窺得。其四，另一個被充分討論
的作品是疑有皇民文學色彩之作，〈清秋〉、〈風頭水尾〉、〈山川草
木〉、〈鄰居〉、〈玉蘭花〉等五篇小說。所獲致之結論，基本上傾向

---

[13] 〈臺灣代表的作家の文藝を語る座談會〉（臺灣代表作家──文藝座談會），《臺灣
藝術》第 3 卷第 11 期，1942 年 11 月 1 日。中譯文可見陳萬益主編，《龍瑛宗全集
（八）文獻集》（臺南市：國家臺灣文學館籌備處，2006 年 11 月），頁 144。

[14] 根據呂泉生回覆垂水千惠信函，薪水是九十日圓，待遇算相當不錯。見垂水千惠
〈二次大戰期間的日臺文化狀況與呂赫若──以其音樂活動為中心〉一作。

作品是表面上呼應國策，實際上卻是運用高度的藝術技巧，暗藏了自己真正的想法，至於是否表達了其左翼思想則尚有討論空間[15]。從葉石濤以「偽裝」概念為〈清秋〉解除了皇民文學的枷鎖之後，討論〈清秋〉之作極多[16]。鍾美芳利用其「田野調查」過程中所發現的《呂赫若日記》內容[17]，撰寫了〈呂赫若創作歷程初探——從〈石榴〉到〈清秋〉〉一文，指出在當時受到西川滿攻擊其作品的寫實主義下，呂赫若提出反駁且不願在創作中盲目加入應和時局的情節，因此呂仍然為「思考創作的一大轉機」、「對創作的手法和題材感到苦惱」，苦思之下放棄雙喜，改寫撰寫兄弟手足之情的題材，題為〈兄弟〉，後經一再改題，最終才定名〈柘榴〉；作者指出呂赫若以「回歸東洋」為立足點，用「柘榴」來象徵中國子孫綿延不絕形象的文化傳統，對抗日人崇尚的「櫻花」。而〈清秋〉的人物形象塑造依然是延續〈柘榴〉回歸中國的精神。柳書琴〈再剝「石榴」——決戰時期呂赫若小說的創作母題（1942～1945）〉透過呂赫若的日記與小說，分析其作品〈石榴〉與以往呂赫若小說作品創作風格、題材與理念的承接性，

---

[15] 呂赫若對文學奉公會或音樂奉公會的成立，其內在態度是一致的「嗤之以鼻」。當日本政府以「大政翼贊會情報局」為後援在各地推動國民全體歌唱的「新臺灣音樂運動」，派遣音樂挺身隊的人才到全國各地擔任歌唱指導，透過歌唱昂揚勞動士氣。對於這種政治化的音樂運動，呂赫若在日記中以「荒唐可笑」來為自己的被迫動員留下註腳。

[16] 游勝冠〈向左看？向右看？——論呂赫若及其小說的政治位置及思想性格〉云：「在回復到確立臺灣主體意識之前寫作的〈清秋〉（昭和十八年10月23完稿）成為呂赫若作品中爭議最多，最難解讀的作品。眾評論者，有從強調臺灣主體意識的去殖民論述（葉石濤，1983；陳芳明，1996），有還原於時代背景的反應（施淑，1983；鍾美芳，1995），有以呼應時局的角度解析（王建國，1999），或者對潛意識認同分裂的考慮。（垂水千惠，1998）。眾多紛亂的結果，顯示呂赫若創作這篇作品時，意識形態的錯雜現象。」

[17] 此係受臺中縣文化中心之託，調查臺中縣境內文學發展概況，後出版《臺中縣文學發展史田野調查報告書》，與施懿琳、楊翠合撰，1995年。

在當時「浪漫主義與寫實主義」的論爭中，呂赫若仍堅持以往的寫作方向，而在〈石榴〉一文中，更顯現他對於鄉村家族小說的表達更趨於成熟。陳萬益〈蕭條異代不同時——從「清秋」到「冬夜」〉，在對照呂赫若日記之後，認為呂赫若寫作〈清秋〉，乃試圖為決戰時期的知識分子找尋出路，並非以皇民奉公文學為創作目標，但是相對於過去的家庭和女性題材，〈清秋〉以後篇章，寫作知識分子題材的典型轉換，充滿了時代性，雖是大膽的文學嘗試，卻也有不得不然的現實因素。呂正惠〈殉道者——呂赫若小說的「歷史哲學」及其歷史道路〉一文，重新討論「決戰時期」下呂赫若〈石榴〉、〈清秋〉、〈風頭水尾〉及〈山川草木〉小說，認為呂赫若欲在決戰文學的架構與外表下，隱約曲折的影射臺灣人該如何自處。

其五是比較文學的研究成果，或與臺灣作家比較，或與日本作家並觀，或將中國作家作品合論。如徐士賢〈從賴和到呂赫若：一桿「稱仔」與牛車之比較〉藉由兩文的比較，分析證實呂赫若受到賴和〈一桿『稱仔』〉的影響而有〈牛車〉的創作。張恆豪〈比較楊逵、呂赫若的「決戰小說」——〈增產之背後〉與〈風頭水尾〉〉指出楊逵、呂赫若兩個具有左翼色彩的文學家，雖在其作品中表現出一為參與者，一為旁觀者，但是對於決戰時期所奉當局之命所寫出來的作品，皆是表面上呼應國策。曾月卿〈比較〈風水〉與〈拾骨〉兩篇小說〉則以呂赫若、舞鶴之作中的風俗題材加以比較論述。林至潔〈呂赫若與志賀直哉文學作品之比較「逃跑的男人」、「到網走」的剖析〉，將呂赫若與日本近代文學大家志賀直哉相比較，指出二者皆出身資產階級，具有悲天憫人的胸懷，同情社會弱者，以文學方式對社會的不公不正提出批判，尤其是生長於殖民地的呂赫若，更進一步寫出反帝、反封建、反階級歧視與差別的社會主義作品。沈慶利〈殖民剝削與「現代化」陷阱——呂赫若〈牛車〉與矛盾〈春蠶〉的比

較〉，探討兩位作家對伴隨著殖民地、半殖民地化而來的畸形「現代化」的揭露與批判，分析他們在面對被殖民化和現代化的紐結而產生的困惑。這方面的研究或許是一可繼續開發的題材。另一被討論最多的大概是呂赫若小說的女性形象，陳芳明以內在殖民、外在殖民來分析呂赫若於小說中所塑造的兩種女性形象，一是受封建體制及殖民制度壓迫的女性，雖企圖掙脫父權的支配，卻難以成功；一是具備自主意願的女性，勇於抗拒男性沙文主義的文化，並積極追求屬於自我的命運。作者認為呂赫若以女性的生命經驗隱喻了臺灣歷史命運的縮影。相關論文見本書研究篇目索引可知，不再一一敘述。

四

呂赫若文學作品的研究之所以能展開，借助於《呂赫若集》、《呂赫若小說全集》及《呂赫若日記》之出版，每一次的出版都引發新一波的研究熱潮，如《呂赫若日記》詳實呈現了呂赫若文學藝術活動最活躍的三年，從中可以看到他的閱讀記錄和心得、小說構思和創作過程、文壇的交遊、狀態、家庭的生活狀況以及其思想變化軌跡。日記提供了研究者對四〇年代呂赫若音樂戲劇活動的關注，也提交數篇可觀的論文。相信評論家也將在日記中陸續發覺更多可討論的議題。然而在現階段研究中，個人也深切期待呂赫若其他作品的出土，如呂赫若長篇小說〈臺灣的女性〉，原載於《臺灣藝術》一卷，因資料取得不易，故林至潔僅翻譯第一、二回〈春的呢喃〉（3 號）、〈田園與女人〉（5 號），後來垂水千惠蒙張良澤提供的資料得見該文三至六回，因此得以發表〈關於呂赫若「臺灣的女性」諸問題〉（《橫濱紀要四號》1997 年 3 月），較完整介紹及評論該作。垂水也進一步比對日記所述，按圖索驥找出呂氏所發表作品，赫然發現呂氏另一

筆名「土角山」，得以更全面考察他的音樂觀。曾健民則發現了戰爭末期呂赫若一篇未出土的短篇〈一年級生〉，此外《自由時報》亦刊載了佚文〈嗚呼，黃清埕！〉，此文敘述了太平洋戰爭末期，學成歸國的雕塑家黃清埕所搭乘的輪船「高千穗丸」，遭美國潛艇發射的魚雷攻擊而沉船，黃氏不幸罹難，呂赫若追溯了在東京與黃清埕夫婦交往過程。近年導演黃玉珊「南方紀事」即是以黃清埕為主角，李欽賢〈飄落海上的藝術散花──黃清埕〉很感性的道出他的感受：「有一段漫長的時間，黃清埕好像一片被壓在海底岩石下的花瓣，靜靜躺在海底，無人知曉；臺灣近代美術的雕塑篇，黃清埕幾乎被遺忘，主要是他英年早逝。但黃清埕的藝術宛如撒落海上的散花，流落逾半世紀，終於從臺灣外海飄回故鄉。」很可惜的是這篇文章尚未被研究者應用。如果我們能留意到這作品，進而將巫永福〈脫衣的少女〉小說一併合觀，那麼對黃清埕或呂赫若的研究，都將具有相當的意義，回到當下情境考察，在「高千穗丸」被擊沉後，日本政府非但未緊急救援，尚派人到臺灣對罹難者家屬實施言論箝制，不准對外張揚，事後自然也沒有補償；而美國當時不管「高千穗丸」是商船，片面認定船上載有日本軍人，而予以攻擊，遂導致千人死亡，死的且大都是臺灣人，何況不少像黃清埕這樣優秀的人才，然而美國方面亦不了了之，做為日本殖民下的臺灣人的悲哀，於此正深刻被披露出來。《臺灣藝術》應尚有不少呂赫若作品未被發掘，而做為日刊後的《臺灣新民報》時有殘缺，中篇《季節圖鑑》亦尚未出土，個人期待呂氏佚失作品能早一日問市，再開啟新一波的研究深度。

輯三

五四與臺灣新文化運動

　　過去以來，五四話語一直隨著時移勢轉而演變，其錯綜複雜的交叉、對抗與互動關係，相信海峽兩岸對於「五四」的闡釋、歧解仍將不斷、反覆地賦予解說。在經歷九十年之後，提及「五四」，似乎也只能著眼於它的精神及所帶來的影響，尤其是突顯其民主與科學觀念的萌芽及建立。然而五四運動雖以「民主」和「科學」為口號，但在當時所謂的「科學」並非營造科學研究的環境，而是偏向反迷信、反教條的科學精神；「民主」也並非是倡導民主政治的建立，而是著重反封建、反專制的民主精神。但一直到今天，啟蒙與批判、民主與科學的精神仍然發揮其作用。五四與臺灣新文化的關係如何？是否有深刻密切的關聯，影響了臺灣社會？可能也因時勢移轉、個人意識型態不同而眾說紛紜，當然，這不是個人關心的話題，本文所要陳述的僅是臺灣在日本殖民統治下，其面臨的環境、關注的議題與中國五四的發生及影響，二者的接觸所激起的火花會是何種景象或是異象？

　　自從一九一五年武裝抗日的西來庵事件慘遭失敗，「形成臺灣新文化運動的基調、底流、思想，就是臺灣人的反日民族自決，民族主義思想」、「臺灣新文化運動始終是和民族解放的政治運動合在一起，有不可分的關係。」（連溫卿語）而臺灣人積極引介各種思潮提升臺灣文化的強烈慾望也愈來愈強烈，除了中國五四運動的刺激和衝擊外（中國汲取西方思潮，往往也有通過日本中介的），一九一六年，日人吉野作造提倡「民本主義」運動；一九一七年蘇聯社會主義十月革命，一九一八年美國總統威爾遜發表戰後十四點和平條件的原則，高唱民族自決；一九一九年朝鮮發生三一民族獨立運動，同時日

本戰後興起的社會主義運動、普選運動、民主自由運動等，凡此時代風潮，對臺灣新文化運動之展開，不無影響。

王敏川曾說「今日世界改造之秋，國民之榮辱，不在乎國力之強弱，而在乎文化程度之高低」，被殖民的臺灣人益感文化競爭之壓力，此一文化壓力對他們所造成的恐慌，尤甚於因殖民者的政治壓力而生的恐懼。他們認為殖民者至多能奪其物質而已，而世界文明之競賽，卻可將臺民拋入「野蠻人」之境地，甚者且喪失做人的資格。日本當局統治臺灣之意圖，只求經濟之利益，為固守其優勢地位，斷無幫助臺灣人提升精神文化之理，這些言論意味著在日式殖民地教育下之臺灣知識青年，已企圖從文化方面反省、改善臺灣現狀，冀能改善「弱小（少）民族」之命運。一九一九年秋，一批留學東京的臺灣青年蔡惠如，林呈祿，蔡培火等人聯絡大陸在日本留學的青年馬伯援、吳有容等，為響應「五四」號召，取「同聲相應」之意，成立「應聲會」。然而以客觀情勢衡之，一九二〇年，由留日知識分子於東京成立「新民會」，刊行《臺灣青年》雜誌，尤為推動臺灣新文化運動之核心。《臺灣青年》的創刊，揭開了臺灣新文化運動的序幕，非唯請蔡元培為《臺灣青年》題字，其刊名與陳獨秀《青年雜誌》（《新青年》）雷同，且林呈祿（慈舟）於《臺灣青年》創刊號發表〈敬告吾鄉青年〉一文，其論旨與陳獨秀《青年雜誌》創刊號所撰〈敬告青年〉一文桴鼓相應。文曰：「諸君！請看看中華民國青年們的純潔理想——活潑的運動。他們一旦覺醒，便具有時代性的自覺，為了世界，為了國家，以渾身的熱情奮鬥，這是多麼值得我們羨慕的事啊！」雖然《臺灣青年》梓行於日本，對臺灣地區影響不大，但是留學日本的臺灣知識分子顯然已得到五四運動之訊息。改名為《臺灣》後，曾刊陳獨秀〈東西民權根本思想之差異〉，當時黃呈聰、黃朝琴二人分別發表了〈論普及白話文的使命〉和〈漢文改革論〉，推

行白話文運動，要打破傳統文言文書寫的僵化束縛、以及與大眾間的隔膜，中國五四白話文運動的成效，遂正式介紹到臺灣。直到遷臺後的《臺灣民報》創刊號，陳逢源撰賀民報成立紀念詩且云：「心畫心聲總不公，思潮澎湃耳多聾。欲知廿紀民權重，文化由來要啟蒙。」「詰屈聱牙事可傷，革新旗鼓到文章，適之獨秀馳名盛，報紙傳來貴洛陽。」當時對陳獨秀、胡適的引介可見。其後又曾選錄胡適小說〈終身大事〉，介紹《胡適文存》，七號登陳獨秀〈敬告青年〉。一九二〇年後期臺灣新文化運動之所以急速發展，與《臺灣民報》之發行關係頗深。該報報導中國大陸時勢和文化之篇幅不少，如在婦女地位問題方面轉載的文章即有：〈貞淫問題之由來〉、〈女子在社會上應處的地位〉、〈女子在社會的注意〉、〈男女為什麼不許同座？〉諸文。目的在於啟迪同胞、提昇文化、改造社會，以為政治運動之憑藉，而非純然文化性質的工作，其落實之道，則在改革習俗、改造青年、解放婦女、婚姻自主、傳播新文學運動及新觀念。五四的影響本在精神層面的「反傳統規範」，向傳統的社會規範挑戰，因此改變了個人對自我、家庭、婚姻的看法，其啟蒙話語實踐的重要部分即在於個性解放與女性解放，除以上轉載諸文外，從當時轉載胡適〈李超傳〉、〈說不出〉、冰心〈超人〉等探討女性、婚姻、高揚個性、尊重個人意志之作品看來（批駁傳統的包辦婚姻，爭取自由選擇權，也是實踐個人解放的重要途徑），這些對臺灣新文化自有其相當的意義。

　　由臺灣留學生主導的臺灣文化啟蒙運動，自提倡以來即獲得臺灣知識青年的鼎力支持，從《臺灣青年》、《臺灣》、《臺灣民報》這一薪火相傳之刊物，無不以啟發臺灣文化為職責，因之後來做為臺灣新文化運動一支的臺灣新文學得以萌芽、茁壯。一九二三年，許乃昌以秀湖（訛印為秀潮）為筆名發表〈中國新文學運動的過去現在和將來〉，介紹《新青年》雜誌上胡適所撰〈文學改良芻議〉與陳獨

秀〈文學革命論〉一文，並詳述中國新文學之發展、作家及作品。許氏此文雖未積極探討臺灣文學之走向，然字裡行間已暗示臺灣新文學應朝依中國新文學之路線發展。一九二四年，蘇維霖（即蘇薌雨）復發表〈二十年來的中國文學及文學革命的略述〉。旅居東京之張梗隨後亦撰〈討論舊小說的改革問題〉，對舊小說提出批評，可謂臺灣新文學運動之先聲，在當時比較特殊的情況是約一九二五年五四落潮以後，郭沫若、郁達夫、田漢、王統照諸氏，都重新開始了古典詩詞的創作，而且數量可觀。臺灣卻在這時由負笈北京的張我軍發起了一連串的對舊文學進行抨擊，他在一九二四年發表了〈致臺灣青年的一封信〉，不久又陸續發表了〈糟糕的臺灣文學界〉、〈為臺灣的文學界一哭〉、〈請合力拆下這座敗草欉中的破舊殿堂〉、〈絕無僅有的擊缽吟的意義〉等文字，把舊文學攻擊得體無完膚，引發新舊文學論爭。張我軍除毫不留情抨擊舊文人之外，並積極引介新文學運動的理論，將白話文運動導入臺灣新文學運動，並定位為中國新文學的支流。張我軍的激進、徹底反叛的態度和走極端的心理，可說是歷史的必然邏輯，在當時保守固執及被殖民情境下的臺灣，傳統的保守性、封閉性、排他性自然嚴重，他所採取的策略雖激進，但也發揮了一定的作用。尤其是推動以白話取代文言寫作的工具，有大眾思想啟蒙的需要，雖然一開始還無法很順利以白話文表現，《臺灣青年》、《臺灣》仍有不少文言文（不像《新青年》很快可用白話，使用新標點），但還是產生了不少白話小說、新劇，促進了藝術思維與表達的現代化，對啟蒙發揮一定的功效。只是臺灣當時處境特殊，不像中國大陸即使是半封建、半殖民情境，仍擁有語言文字的自主性，臺灣在日本殖民統治下，日人推動日文、利用漢文的居心，臺灣文士不能不考慮，尤其欲以我手寫我口的「言文一致」以啟發民眾，事實上有其困境，因之有日後的臺灣話文論戰。日治下的臺灣最重要的問題，並非文言、

白話之爭，而是如何提昇臺灣人的教育水準、文化程度、人生境界，以與統治者相抗衡。當日本漸禁漢文，臺灣人如何延續斯文，保存漢學，就成為當時的重責，因此臺灣文化協會設漢文委員會，各地亦設文學研究會或漢文夜學。凡此漢學研習會，率以講習古典詩文為主，臺灣民報復以〈漢學復興之前驅〉為題，說明高等漢文講習會開辦之緣由云：「臺灣改隸以來，漢學衰頹，日趨日下，而公學課程，又廢漢文，卻後數十年，蚩蚩臺民皆無詩書之薰陶（訛誤淘），而乏祖國之觀念，勞力服從，莫能議論，亦為政者之妙策也。……，臺灣文化協會鑑於此，乃於臺北之文化講座，特開高等漢文講習會。」該會課程內程為書疏、傳記、史論、文法、字義、韻學等，招生名額預定百名，為期三個月，每夜二小時。簡錦松曾說：「看到這則慷慨激昂的言論，感覺問題真是很多。第一、這是民報的第二卷，不到一年前的民報創刊號才號召同志寫白話，現在居然開了和原始主張不合的研習會，文化協會本來和民報系統緊密結合的，現在卻成了舊漢文的主辦者。這樣的訊息說明了什麼呢？就是『漢文喪失的危懼感，重於文學革命的需要』的想法，在臺灣的民族運動者——文化運動的諸君觀念中，是被接受的。所以在漢文振興一事上，他們雖然主張革新，但也相當程度的接受舊漢文。」尤其在民報十週年紀念時，廣徵詩文以為慶賀，十足表現文言、漢學之故習。當時臺灣知識分子珍惜漢文漢學之心態可知。臺灣人口語和中國白話文的語音、語法原異其趣，若以中國白話記錄臺灣口語，必定時生鑿枘，滯礙難行，因此當臺灣新文學運動方興未艾之際，莊垂勝即有中國白話與臺灣語言是否相適之質疑，連溫卿更有整理臺灣話並善加運用之主張。這些情形顯然不能為張我軍所理解，因此儘管他強烈主張臺灣新文學要以五四運動所提倡的白話文為準，鼓吹「依傍中國的國語來改造臺灣的土語」，終因日本殖民統治的現實，最後仍是日文佔了上風。

　　就文學影響層面而言，已經有一些學者（如黃得時、朱雙一等）
提出，尤其是臺灣文學與魯迅的關係，很多論文都已多所著墨。如賴
和被稱為臺灣新文學之父，論者亦多謂他在廈門博愛醫院期間接觸了
五四新文學，受到了影響，但陳建忠也指出賴和接編張我軍《臺灣民
報》學藝欄之後，竟無引介胡適、魯迅、周作人等作家的作品，也是
一個很特殊的現象，其中緣由仍有待考索。今日論及五四與臺灣新文
化運動的關聯，恐怕還是在於彼此基本精神上的反帝反殖民與人道主
義。五四作家在作品中對病態社會的貧弱者，通常表現「哀其不幸、
怒其不爭」的情感，最終希冀以文學來喚醒大眾對不合理之事的憤
怒，激起改革之心。這種新思想感情的誕生對臺灣新文學的催生起了
作用，尤其是小說、新劇作為傳播深入人心的力量。

　　五四運動之主要精神在於批評傳統、反省文化，譬如對家族制
度、倫理道德、風俗習慣、婦女問題等提出嚴厲批判；對現存的一切
進行批判，尤其是宗教迷信、封建專制的摧毀，不遺餘力。此為臺灣
新文化運動中，知識分子所關切的重點亦與五四所關切者近似，故具
關聯性。至於兩項運動之顯著差異厥為：孔子與儒家飽受五四人物口
誅筆撻，斥為「吃人禮教」、「文明改進之大阻力」、「專制體制之依
據」，然而在臺灣新文化運動中，孔子與儒家卻受推崇禮遇。日治時
期臺灣新文化運動者「反傳統」是有「選擇性」的，與中國五四文化
運動時期許多知識分子全盤否定傳統文化，對中國幾千年思想文化大
清算、大批判，大有不同，吾人試一對照同時期的《新青年》雜誌和
《臺灣青年》二刊物對孔子和儒家之言論態度，必將發現南轅北轍，
甚至敵壘相抗的現象。陳獨秀在《新青年》上發表了一系列全面批孔
的文章，對於維繫中國社會幾千年的思想文化傳統和儒家倫理道德
觀，給予無情嘲諷、解剖和鞭伐。若持陳獨秀之論以與《臺灣青年》
所載林獻堂之言論相較，則林氏護衛傳統文化之心，清晰可見。林獻

堂說：「吾人之幸而不為禽獸，賴有先聖人之教化存焉。而先聖人之道，又賴文字載之以傳，故曰漢學者，吾人文化之基礎也。今有一二研究漢學之人，眾莫不以守舊迂闊目之，是誠可悲。夫豈有捨基礎而能對樓閣者乎？今欲求新學若是之不易，而舊學又自塞其淵源，如是欲求進步其可得乎？」正當五四運動中某些知識分子對傳統文化痛恨失望，欲「全盤西化」之時，為何臺灣新文化運動之成員獨對聖人之教深具信心，尊奉不移，且以之為「漢族的固有性」呢？這與雙方處境不同有關。民國初年，中國雖列強環伺，軍閥橫行，但仍為一獨立自主的國家，因此，即使「打倒孔家店」，而全盤西化，亦只是一內部問題。在民族自尊飽受嚴重摧殘的情況下，他們認為唯有廢除導致中國瀕於亡國的傳統文化，另尋西方新文化，全面學習西方，才能挽救中國亡國的危機，才能再創造一新中國。至於淪為殖民地的臺灣，備更異族摧剝之餘，惟有保存民族文化方能培養民族意識，中國傳統文化無異臺灣知識分子之支柱，尤以日本本身亦深受儒家影響，故擁護儒家乃成臺灣人士自保之資。翁聖峰就曾提到孔道在日據時期除了可被統治者利用，做為教育人民忠君愛國的策略，也有新文化運動者藉宣揚儒學精神來批判日本的殖民統治的。從《臺灣青年》中吾人亦可發現知識分子藉四書形式譏諷六三法案、日人殖民統治之無道，當時頗不乏知識分子嫻熟四書並以之為對抗之利器。然而五四成員反儒之論甚囂塵上，臺灣人士在崇儒翼孔之餘，亦不免重新深省傳統，但無論如何，他們的批評是溫和含蓄且相當理性的。如甘文芳說：「就是孔子也要還他本來的面孔，赤裸裸的排在俎上，和科學文明對比起來，該用則用，不該用則便捨了。」即是一例。

雖然臺灣新知識分子於公益會之外圍組織「孔教宣講團」，仍口誅筆伐不遺餘力，啟人疑竇，視為反孔，然而細繹其言論，可知他們所反對者並非「宣揚孔教」，實為「他們（指公益會的人）的言行，

本為儒教所鄙斥，卻假稱儒教之徒，來說仁義。」是「負了孔子的精神」。可見反「孔教宣講團」不但不是反孔，反而是尊孔的功臣。當時五四運動與臺灣新文化運動之成員認知網絡頗多雷同（透過日本吸收世界文化）、時代處境亦有類似者，故表現於文化、文學的內在精神不免相類，臺灣人士固亦不免受五四影響，而臺灣之特殊處境所形成之文化現象，自不宜忽視。

一九一五年九月《新青年》創刊號明確指出：「國人而欲脫蒙昧時代，羞為淺化之民也，則急起直追，當以科學與人權並重。」後來，人權由民主取代，兩面大旗改為「民主」與「科學」。而人權思想在五四新文化運動中只是極微弱的聲音，從這個意義上來講，五四新文化運動的精英是反封建、反傳統禮教的，是一種「破壞」與「反」的熱烈追求──「全面現代化」，而不是啟蒙運動的人權追求，如果當年標舉的是「科學與人權並重」，鼓舞人民對自然、自我和人類靈魂的探索，及自我的覺醒和努力以戰勝狂熱和專制，建立更美好的世界，那又將是如何的情境呢？

從上海到廈門
——追尋黎烈文文學活動紀略

一 楔子

　　緊鑼密鼓閱完學生試卷、作業、報告，匆忙繳送期末成績之後，隔天（一月十二日）即搭機前往上海，這座城市我已經來過多次，並不陌生但也說不上熟悉[1]，除了一次去觀光旅遊，每回都是躲進圖書館、書城等處為尋找前人蹤跡而來，這一次也不例外，追尋黎烈文在中國大陸的編輯、翻譯活動正是這次的研究課題。為了不耽誤學生正課，選擇了學期結束再過來蒐尋資料，卻趕上入冬以來上海最冷的時候，而頭幾天出門又偏逢下雨天，出租車硬是一個小時也招不到，手腳幾乎凍僵，對生性怕冷的我來說，實在很狼狽。然後一週的時間很快飛過，年節來臨。依慣例，上海人總要熱鬧個十天，各行各業才開始上班工作，這段時間我趕緊添購禦寒衣物，及影印一些材料先行閱讀整理，在圖書館不開門的日子裡，還好書局是開著的，可以盡興瀏覽購買圖書。帶回的書攤了一桌面，在有空調的房間裡閱讀，坐久了手足仍然會僵硬，數天裡沒有電話、沒有訪客，一室的孤獨，卻也有抽離後的平靜與幸福。

---

[1] 過去數年為了研究日治時期臺灣文化人在上海，已經多次赴上海踏查，次數多了，在這裡挑館子吃，或挑東西買或挑街巷逛（衡山路、汾陽路、桃江路、紹興路等清幽路段頗受好評）或購書（上海書城、季風書園、思考樂、鹿鳴書店）都尚熟悉。

二　踏查：從上海到廈門

　　一月廿九日上海圖書館（以下簡稱上圖）已經開放，我以臺胞證辦了臨時參考閱覽證，上圖為方便外地讀者和短期閱覽需求的讀者，有臨時參考閱覽證的申請，閱覽範圍同讀者證功能。每證人民幣十元，有效期一個月。同時可以用臨時參考閱覽證換取讀者證功能的IC卡，借閱館內的藏書。讀者以IC卡輸入欲借的書號，服務人員自樓上書庫搜尋之後，書被放置在小箱盒裡，沿著軌道各自抵達館員邊上，而電子看板會顯示通知借閱人至櫃臺拿取。在人力上頗為節省，但借閱的人頗多，有時得等上一鐘頭，在等待過程可以到邊上的圖書出版社看書購書，在館內有販售圖書、文物紀念品等，這是比較特殊的，但也因此得以有個休息的地方。

　　在為時十來天的查閱過程中，可以認識到上圖在設施、收藏或服務上，都稱得上一流，其館藏文獻經過長期多年的積累，涵蓋了社會人文、科學技術各學科領域，文獻總量高達四千八百五十萬冊（件）。服務領域包括各種類型的文獻查詢、檢索、館際互借等。需要提供文獻的讀者，可充分應用上圖的公共目錄檢索，掌握當代（1949～）中外文圖書、期刊目錄等。因電腦鍵盤的輸入法與臺灣不同，我每每為了拼音耗掉一些時間，館內服務人員見狀，主動熱心的予以協助，特別令人感激。我欲查閱的材料多半在一樓近代文獻閱覽室（1110），該室收有近現代報紙三五四三種（1850年至1949年10月前出版），其中上海地區的外文報紙九十二種。近現代雜誌：已編目的約一八七三三種（1868年至1949年10月前出版）三十五萬冊。其中最具特色的一類文學類期刊如《瀛環瑣記》、畫報類刊物如《瀛環畫報》等、社會科學類期刊如《東方雜誌》等均收藏齊全。開放時

間是週一～週日，上午八點半至下午五點（但圖書借閱在下午四點半後就不辦理），國定假日：上午九點至下午三點半。近代文獻閱覽室另有舊書卡可以查閱書目，我填寫了《申報》、《中流》、《改進》、《一般》等雜誌報紙，靜靜在館內翻查資料，遇有需影印的，則交由影印人員影印，在這裡影印資料除了要支付影印費外，還有一筆為數可觀的文獻使用費，二者加起來，費用驚人。我影印了黎烈文的小說《舟中》，一百多頁，花去兩百多元人民幣，合臺幣約一千三百元。不過能影印還算是好的，太破舊的雜誌只能借出來手抄，無論如何也不能再複印的。本來想雇請當地研究生手抄，但又是過年又是寒假，一時難以找到合適人選遂作罷。

我去的時候剛好遇到上圖邀請作家陳映真先生演講[2]，偌大一幅宣傳海報一入門就看到，於是順便了解上海圖書館講座的情形，據悉已經開辦二十五年，舉辦各類講座近九百場，聽講人數超過七十二萬人次，被譽為是傳遞資訊的橋樑、學習新知識的課堂。在上海期間遇到嚴家炎、章培恆教授，特別請教有關黎烈文的事，但所得極有限，看來被當作「反動文人」的黎烈文，因來臺的關係，並不受中國學者的重視。

除了到圖書館查資料，也到各地書店購書，用去一萬多人民幣，除了留下部分當下必用的書，其餘的書則即時打包或交付書局寄回臺灣。經常去的書店有上海書城，位於上海福州路四六五號，另有分店，淮海店──淮海中路七一七號，南東店──南京東路三四五號。

2　陳映真於 1 月 31 日下午在上圖演講〈從臺灣的社會經濟看臺灣文學的發展〉。陳映真讀大學時發表第一篇小說《面攤》，從而躋身文壇。《第一件差事》《將軍族》《六月裡的玫瑰花》等小說，充滿對現實的揭露和諷喻。60 年代後期擬赴美國愛荷華參加國際寫作計畫前夕被逮捕。中國社會科學院於 1997 年授予他名譽高級研究員稱號，此次演講應上海作協主席王安憶邀請，與滬上作家交流文學，並參加南寧舉辦的「中國現當代作家楊逵（臺灣）作品研討會」。

上海思考樂圖書有限公司亦是個人常流連所在，它成立於二○○一年十二月，由上海世紀出版集團與上海索克企業發展有限公司合資組建，古典歐式的建築風格帶來與眾不同的購書環境。地鐵站旁的「季風書園」[3]、長樂路上的「漢學書店」、淮海中路上的「一介書屋」、復旦旁的鹿鳴[4]等書店都是聲譽頗隆，值得一看的書店。在這裡常因聚精會神瀏覽，毫不察覺時間已經過去長久。因黎烈文主要成就在翻譯法國文學（及日本文學芥川龍之介的譯介），我著意了解上海譯文出版社，該社以譯介和傳播世界各國優秀文化文學為主要任務，擁有眾多精通英、法、俄、德、日、西班牙、阿拉伯等主要語種並具備學科專業知識的資深編輯；其強大的譯作者隊伍中多為在外語和中文方面學有專長、造詣精湛的專家學者；該社同各國主要的出版社和版權代理機構有著廣泛、持久的聯繫。已經出版很多有世界聲譽的外國文學作品的中譯本，尤以「外國文學名著叢書」、「二十世紀外國文學叢書」為代表的一批經典名著譯叢受到肯定。至於選題精彩、譯文優美的「現當代世界文學叢書」、「世界文學名著普及本」等品牌叢書，至今仍源源不斷地推陳出新。

　　一個月的時間說短不短，但也不長，尤其遇到過年、寒假，截長去短所剩不多，因此把握最後一週的時間趕緊到廈門。本來可以早幾天前往廈門，但當地學者朱雙一教授去南寧參加楊逵學術會議[5]，又考慮廈大圖書館開放的時間，因此挑週五前往廈門，週六赴廈門

---

[3] 「季風書園」書店地址：地鐵一號線陝西南路站交通：乘42、911、920、926路公共汽車。

[4] 上海書城、思考樂等大店的圖書品種多是其特色，但放眼茫茫書海，尋書花費時間多，有時學術性不夠，中小型書店則以「專門化」見長，復旦旁的鹿鳴書店即是專業、學術性著作較多，更契合研究需要。

[5] 2004年2月2日由中國作家協會、臺港澳暨海外華文文學聯絡委員會主辦的中國現當代作家楊逵作品研討會在南寧舉行。

市圖書館[6]，唯該館一九四九年前的雜誌正打包整理中，而查詢結果，
其收藏極為有限，因此將希望寄託在廈門大學的圖書館。廈大近年
來，教學、科研設備和公共服務體系得到大力改善，學校佔地八千多
畝，其中校本部位於廈門島南端，佔地近二千五百畝，漳州校區佔
地二五六八畝，集美校區佔地三千畝，三校區環繞廈門灣，依山傍
海、風光秀麗。校舍建築面積近一百萬平方米。朱教授先帶我參觀臺
灣研究中心，該中心擁有獨立的六層研究大樓一座，總面積一千七百
平方米，內設三十間研究室和圖書、報紙、期刊、電腦資訊四個資料
庫，每位研究人員均配備電腦，並建立了局域網、國際互聯網臺灣研
究網、臺灣研究數據庫及全文檢索系統。資料室收藏臺灣出版圖書一
萬七千多冊、臺灣及外文期刊二百三十多種、資料合訂本一萬三千多
冊，是高校中最好的臺灣研究資料中心。《臺灣研究集刊》是高校系
統內唯一向海內外公開發行的臺灣研究學術刊物。後來到該校圖書
館，館藏有書二百五十萬冊。一九二一年建立，一九八七年遷入二萬
二千平方米的現圖書館大樓，館藏文獻近二百四十萬冊（其中外文文
獻藏量達五十多萬冊）。學校每年投入文獻購置費人民幣一千萬元以
上，年新增文獻藏量午萬冊以上，經濟學、管理學、政治學、法學、
語言學、哲學、歷史學、數學、物理學、化學、生物學、海洋學、機
械與電子工程、電腦科學等具有優勢的學科文獻的收藏較為系統，在
東南亞研究與臺灣研究的資料建設方面尤具有特色。印象深刻的還有
館內閱覽座位四千五百餘個，每週開放七天，每天從上午八時至晚間
十時連續開放，提供學生很好的閱讀環境，我去的時候剛開學，已經

6　該館特藏部藏書有關臺灣古典文學的材料還是有的，但並未編藏書目錄。有線裝
　　書：五千多冊、五萬多種。林爾嘉夫人曾捐書至此館，菽莊叢書有八種。另外有林
　　鶴年、王步蟾、林樹梅等人作品。按規定：每部古籍影印部分不可以超過三分之
　　一，其他部分手抄、攝影，只收影印費用，不收資料使用費。

可以看到很多學生在埋頭苦讀。

我在上圖時感受到服務人員甚為親切，在其權責範圍之內，通常都會盡量給予方便。但也很有原則，我在搜尋《一般》雜誌時，服務人員很抱歉跟我說該雜誌已經破損不堪，依規定不能再複印，只能翻讀抄寫。後來我在廈門大學找到更完整的《一般》雜誌，當然還有為數極多的早期雜誌。在廈大時，由朱雙一教授與館長先電話聯繫打過招呼，因此特別允許可以直接進入期刊典藏處查詢，比起上圖的確省卻不少時間，在上圖尋書得經由服務人員代為取書，一次只能借得三本，在時間上頗為費時，有時等待過程即是一小時。在廈大圖書館則因朱教授的帶領，享有較好的待遇，個人由衷感謝。但因不好意思由朱教授作陪一起查資料，便請他先回研究室，約好有問題時會電詢請教他。查閱過程極為順利，尤其是復旦大學博士生孫燕華小姐（府上在廈門）的戮力協助，個人每取得一雜誌即登錄借出翻讀，累積數本則由孫燕華拿到另一室外複印，自忖書拿到外頭理應登錄是哪些書，如此一往一返，數次都沒問題，不意到傍晚，服務人員大為不悅，指責兩份紀錄弄不清楚究竟借了哪些書？在人屋簷下，有求於人，只能忍氣吞聲，委婉解說，令人深刻感受到為學之不易。

廈大圖書館早期雜誌典藏極為豐富，惜管理堪憂，我看到冬天陽光長驅直入照射在一座一座鋼架上的藏書，書架上灰塵漫佈，不禁想起炎熱的夏季來臨時，這些罕見珍貴的期刊雜誌將如何經年累月度過烤曬的日子。臨走時，我深情的望了望它們，不知何時會再見面？會有再見面的時候嗎？日出日落的時候，這座樓看得出歲月的痕跡，一代又一代的人來了，坐在窗前，又走了。來這裡的人都不會空手而回的，一如斑駁老樓的尊嚴和那些窗裡的燈光散發著光芒。

三　見樹又見林

　　此行喜獲黎烈文相當多資料，也因拋磚而引玉，得以見樹之餘又見林，又獲得與其同時代作家甚多文獻。黎烈文遺孀許粵華在〈「烈文譯著叢書」出版前言〉說：「《鄉下醫生》及《紅蘿蔔鬚》兩書已絕版失傳，殊為可惜。」此文寫於一九七三年秋，當時兩岸尚未開放，在臺灣這兩本譯著確已絕版。《鄉下醫生》原為法國・巴爾扎克的長篇小說，譯者於一九三九年交由上海商務印書館出版。《紅蘿蔔鬚》為法國・Jules Renard）（賴納）的長篇小說，譯文曾刊《自由談》一九三三年四月二十三至七月三日，後由上海生活書店一九三四年出版。魯迅〈330729 致黎烈文〉說：「其實翻譯亦佳，《紅蘿蔔鬚》實勝於澹果孫先生作品也。」[7]我在上海、廈門未尋得二書譯本，但看到刊在《申報・自由談》的《紅蘿蔔鬚》譯文，所以該譯文並未失傳。我相信《鄉下醫生》譯文應該也可以找到的[8]，只能留待他日再努力蒐尋以補闕。

　　尋找資料的過程裡，我深深感受到對岸的收藏絕不能忽略，尤其是古典文學及近現代文學的部分。在廈門大學圖書館可以看到：趙翼《平定臺灣述略》一卷，小方壺齋輿叢抄第九帙；陳倫炯《東南洋記》，小方壺齋輿叢抄第十帙；陳倫炯《南澳氣記》，小方壺齋輿叢抄第十帙；陳倫炯《昆侖記》一卷，小方壺齋輿叢抄第十帙；著者不詳《臺灣外志前傳》，民國間廈門會文堂寫本；著者不詳《臺灣外志後傳》，民國間廈門會文堂寫本；董天工《武夷山志》二十四卷，乾

---

[7]　《魯迅全集・書信》，人民文學出版社，1982 年北京第一次印刷，頁 203。

[8]　中國學者錢林森在《法國作家與中國》一書裡，談到黎烈文對巴爾扎克作品的譯介有《鄉下醫生》（1938 年版），此譯本應是可見的。

隆十六年觀光樓刊本；楊浚《金籤楊言》三卷，同治二年吳玉田刻本／同治三年版本兩種；楊浚〈昨非錄〉一卷，《冠悔堂雜錄本》；楊浚《湄洲嶼志略》（天後志）四卷，光緒十四年，冠悔堂刊本；張伯行，《正誼堂全書》，同治八、九年；謝金鑾《二勿齋文集》，道光年間刻本陳衍編《福建方言志》，一九二二年福建通志本；杭世駿撰《榕城詩話》三卷，知不足齋叢書第二種；徐宗幹《黯淡灘圮》一卷，小方壺齋輿叢抄第四帙等。

在翻讀各種報刊雜誌後，除了獲得黎烈文在《中流》、《譯文》、《改進》、《現代文藝》等刊物上的文章外，亦找到多本黎氏早年刊行的著作，確定他在筆名亦曾、六曾、林取[9]的使用。同時也補足其他臺灣文學相關的種種問題[10]。以下略加說明如下：

（一）補足《劉吶鷗全集》的缺漏。全集漏收的作品有：刊《無軌列車》第三期（1928年10月10日）的譯作〈列車餐室〉；刊《人間世》第一期（1929年1月10日）的譯作〈我的朋友〉（原作者：日本·Hinabayashi Taiko）；刊《矛盾》第二卷第一期的譯作〈復腥〉（原作者：日本·齋藤杜口）；《矛盾》第二卷第三期的評論〈評春蠶〉；刊《文藝風景》第一卷第一期（1934年6月1日）的〈Alady to keep you company〉[11]。

（二）謝南光在《天下文章》第一期（1943年3月）有〈日本工業之發展及其停頓〉一文。在《改進》有不少謝南光的文章。《謝

9　至於「達五」、「達六」之筆名，目前遍翻副刊、文學雜誌尚未發現這兩個筆名。

10　見拙作〈黎烈文在中國大陸的編輯、翻譯活動〉一文之附錄：黎烈文著譯年表。

11　另外《劉吶鷗全集·文學集》「翻譯」收錄《無軌列車》第五期（1928年11月10日）的譯作〈生活騰貴〉，Pierre Valdagne 著。〈一個經驗〉，片岡鐵兵原著。因全集每篇之後未註明發表的原刊物卷期、日期，需再查證。《劉吶鷗全集》的「評論」有〈保爾·穆杭論〉（此文刊《無軌列車》第五期，1928年10月25日，是譯作還是本人的作品，待確定，全集列為本人作品。

南光著作選》[12]（上、下）所收的作品及〈謝南光（春木）先生大事略記〉都可看到還有相當多的著述未能及時蒐錄。〈謝南光（春木）先生大事略記〉由龍溪書舍編，從一九三八年到一九四三年間空白。據《改進》所登載的著作有：〈東條內閣與太平洋戰爭〉（第5卷第9期，1941年11月，頁331～335）、〈日本臨時會議的總結算〉（第5卷第10期，1941年12月，頁379～380）、〈太平洋戰爭的展望〉（第5卷第11期，1942年1月，頁408～411），其他尚多，不一一概數。

（三）更清晰理解李萬居與黎烈文的關係。在《申報・自由談》有李萬居的譯作〈關著的門〉（1933年10月5～7日），在《改進》有翻譯法國馬古烈之作〈勝利把握在中國人手裡〉（第1卷第2期，1939年4月）。我後來才知道他們二位在留法時就認識，怪不得在黎烈文主編的雜誌都看得到李萬居的文章，也難怪李萬居辦《公論報》時，曾在家中和黎烈文閒談法國文學，甚至談到稿酬問題。李萬居對黎烈文說，《公論報》副刊稿酬「隨意性太大」，請黎烈文說說《自由談》是怎樣定稿費標準的。曾經參與革新並首任《自由談》編者的黎烈文於是介紹了當年與史量才一起商定稿酬標準的過程。據黎烈文說，他和史量才商定的結果是稿酬標準定為五級，從每千字二元到每千字十元，每級相差二元。根據文章質量（起點是有新意）和作者的社會影響而確定稿酬支付的等級標準。他說，《自由談》當時的稿酬標準可以說是高的了，《大晚報・火炬》的編輯周木齋拿到《自由談》的稿費是千字八元，在《論語》拿到的最多是千字五元，《火炬》最高千字四元。陳子展有個專欄，每篇六元，但是單篇也有拿十元的。一般說來千字四～六元的居多。黎烈文還說到，申報館由此制定了稿酬交付規則，除稿費標準外，規定《自由談》每月一次結清稿費，由

---

[12] 郭平坦校訂《謝南光著作選》（臺北市：海峽學術出版社出版，1999年2月）。

編者在每期發表的文章標題空白處批上稿酬數目，交給經理部填寫稿費單並發送給作者。以後李萬居的《公論報》有關稿酬支付方案，多少是參照了《自由談》的做法。

（四）周學普來臺後在德文翻譯上頗有成就[13]，馬偕的《臺灣六記》（或譯《臺灣遙寄》）、C.E.S.（Coyett et Socii）（1956）：Verwarrloosde Formosa，《被遺誤之臺灣》，Albrecht Herport：《鄭成功取臺灣戰況》、《十七世紀臺灣英國貿易史料》等與臺灣關係密切的史料都是周氏所譯[14]，而中國作家鯤西亦曾提到周學普譯作《哥德對話錄》，都可理解周氏在譯作上的貢獻。他說，「每當我感到心中煩憂時，就想翻開周譯本，隨便看到哪一節都會讓心情平靜下來，猶如身臨一股清泉那樣沁人心脾。這就是朱譯本（筆者按：指朱光潛譯本）所不能給予的。」鯤西最後說，「我們應當重刊周譯本，讓這各有長處的兩譯本並存，並希望會有這樣的出版者。」周譯本指的就是周學普翻譯的《哥德對話錄》。胡頌平在〈胡適之先生晚年談話錄〉談到了周學普的《哥德對話錄》：「飯後，胡頌平向先生談起，『最

13　周學普，別號嵐海，籍貫浙江嵊縣。一九〇〇年生，日本京都大學文學院獨文科畢業。一九四六年來臺，任臺灣省立師範學院英語學系專修科專任教授兼科主任，後轉任臺大外文系德文教科廿六年。來臺之前曾任國立浙江大學、山東大學、福建省立醫學院等校教授。數年前個人發掘了戰後初期的《創作》月刊，發現每期周氏皆有譯作發表，如翻譯釋勒的〈異鄉的少女〉、梅力克的〈這是他〉、勒瑙的〈馭者〉、〈蘆葦之歌〉、歌德的〈航海〉（以上為新詩）、顯尼支勒的〈盲人格羅尼摩和他的兄弟〉（小說）。周氏後來為志文出版社的新潮文庫翻譯了十餘種德文作品，如：《愛力》、《哥德對話錄》、《浮士德》、《少年維特的煩惱》等。是位相當重要有影響力的翻譯家，惜迄今學界尚未展開對他的研究。

14　《臺灣六記》，周學普譯．Mackay G.L. 著，臺灣研究叢刊第69種，臺灣銀行經濟研究室發行，1960年1月。C.E.S.（Coyett et Socii）（1956）：Verwarrloosde Formosa，周學普譯，《被遺誤之臺灣》，收入《臺灣經濟史三集》臺北市：臺灣銀行經濟研究室。周學普譯，《十七世紀臺灣英國貿易史料》，臺灣研究叢刊57種（臺北市：臺灣銀行經濟研究室，1959年11月）。

近讀了周學普譯的愛克爾曼的《哥德對話錄》。』先生說:『在我的《留學日記》裡提起這本書。我以前讀德文時讀哥德的著作。』先生又說:『這部書是值得翻印的』。周學普的譯作以哥德作品為主,他因為「興味上的關聯」翻譯《哥德對話錄》,他所翻譯的《哥德對話錄》使讀者彷彿和哥德晤談,直接與其感情相接觸,而察知其內在的生活,在一九三七年五月出版後,由於戰爭關係,當時影響有限,留存的也不多,上海教育出版社遂在二〇〇〇年三月重印周學普譯《哥德對話錄》。周學普譯文涉獵頗廣,還寫過兒歌搖籃曲的譯詞,如莫札特曲「小寶貝快點睡覺,小鳥兒都已歸巢,花園裡和牧場上,蜜蜂兒不再吵鬧,祇有那銀色月亮,悄悄地向窗裡照,照小寶夢　遊仙島,小寶貝快快睡覺,睡喔,快睡覺。」舒伯特曲「快睡快睡可愛的心肝寶貝,快睡快睡小寶真美麗,被褥輕柔又安慰,快睡快睡小寶真美麗。」筆者所以不厭其煩的敘述,實是一位在翻譯上取得如此豐碩成績的譯者,應得到後人相對的關注。

追尋周氏在一九四九年前的譯文,可知他在譯文上頗勤奮,如〈第十三棵樹(劇本)〉(原作者:法國・紀德)〈安德列・紀德的路〉(原作者:日本・高沖楊造)〈高爾基的生涯和事業〉(蘇俄・古爾士傑夫),分別刊《作家》一卷一、二、四期,一九三六年四、五、七月。《現代文藝》第一卷第二期「紀念特輯」〈彌開爾・勒爾蒙托夫〉、〈勒爾蒙托夫與拜倫〉二文為周學普翻譯。在《改進》尤數見,翻譯之作,如〈一夜的奇才〉(奧國・S・支威格)、〈法國大革命與民主主義的思潮〉(美國・J・佛利曼)、〈著作家的世界會議〉(美國・薩穆爾・西倫)、〈蘇聯紅軍的實力如何〉(美國・馬克斯・威爾納)、〈希特勒的軍隊實力如何〉(札哈洛夫)、〈巴爾札克的悲劇〉(德國・F・S)、〈馬可波羅之歌〉(美國・S・V貝奈)等等不一而足。

(五)翻閱《文藝春秋》時看到范泉兩篇文章:〈臺灣高山族的

傳說文學〉、〈臺灣戲劇小記〉，看到林曙光寫的〈臺灣的作家們〉（7
卷4號，1948年10月15日），以及歐坦生的短篇小說〈泥坑〉（3卷4
期）〈婚事〉（5卷1期）、〈沉醉〉（5卷5期）、〈十八響〉（6卷2期）
等。范泉的文章已經在二○○○年二月由人間出版社編成《遙念臺
灣──范泉散文集》，但所收文章多未註明出處，以至於在藍建春博
士論文裡仍說：「〈臺灣戲劇小記〉，原載不詳。……〈臺灣高山族的
傳說文學〉，原收入范泉《神燈》[15]後記，一九四七年某月。」范泉於
〈臺灣高山族的傳說文學〉該文文末加按語：「本文為拙作『神燈』
的『後記』。（作者）十五篇高山族傳說另在《人間思想與創作叢刊》
逐期刊出，於此附。」〈臺灣高山族的傳說文學〉、〈臺灣戲劇小記〉
這兩篇文章就登在《文藝春秋》上。

　　（六）補充張我軍佚文[16]。蘇世昌碩論《追尋與回憶：張我軍及其
作品研究》在〈增補張我軍著譯書目和作品篇目〉、〈增補張我軍年
表〉已經相當完備，態度嚴謹，但仍不免有缺漏，如《藝文雜誌》三
卷三期（1945年3月1日）譯作〈二老人〉（原作者：日本‧國木田
獨步）；三卷四、五期（1645年5月1日）的譯作〈一件撞車案〉（原
作者：日本‧田山花袋）。此二文為張我軍的譯作，可據此補上。餘
如張光正所遺漏者，如：豐島與志雄〈創作家的態度〉，譯文刊上
海《北新》半月刊三卷十期，一九二九年；〈現代美國社會學〉，刊
上海《北新》半月刊三卷十六期，一九二九年；〈櫻花時節〉（葉山
嘉樹著），上海《北新》半月刊三卷十六期，一九二九年；〈俄國批
評文學之研究〉，北京《文藝戰線》週刊一～十五期，一九三一年九

15　《神燈》是1947年12月上海中原出版社出版的（黃永玉插圖）。
16　張我軍相關著作篇目，見張光正〈張我軍著譯書目和篇名〉，文訊雜誌革新45期，
　　總號84期。1992年10月。張光直編《張我軍詩文集》（臺北市：純文學出版社，
　　1989年9月）。秦賢次編，《張我軍評論集》（臺北縣立文化中心出版，1993年6月）。

月；〈法國自然派的文學批評〉（平林初之輔著）上海《讀書》月刊二卷九期，一九三年二月；〈法國現實自然派小說〉，上海《讀書》月刊三卷二期，一九三年二月；〈洋灰桶裡的一封信〉（葉山嘉樹），上海《語絲》週刊五卷二十八期，一九二九年九月；〈小小的王國〉（谷崎潤一郎著）上海《東方雜誌》二十七卷四期，一九三〇年二月；〈文學研究法——最近德國文藝學的諸傾向〉（高橋禎二著），上海《小說月報》二十一卷六期，一九三〇年六月；〈政治與文藝〉（青野季吉著），北京《文史》雙月刊創刊號，一九三四年五月；〈黑暗（劇本）〉（前田河廣一郎著），《文藝月報》一卷二期，一九三三年；〈武者小路先生的「曉」〉，上海《風雨談》十一期，一九四四年四月；〈關於「中國文藝」的出現及其他〉，《中國文藝》創刊號，一九三九年九月。

（七）筆者看到許壽裳先生在《宇宙風》（27期）、《文壇》（2卷1期）、《人間世》（復刊4、5、6、7、10期）、《文藝復興》（4卷2期）等都有文章發表。在《人間世》復刊第十期（2卷4期），一九四八年三月二十日，有「許壽裳先生追悼集」其中有賀霖〈許壽裳先生在臺灣〉一文。《許壽裳文集》下卷有附錄一：「紀念許壽裳先生文錄」未收此文。上卷收錄〈魯迅的遊戲文章〉，原刊《臺灣文化》二卷八期，一九四七年九月三十日。而又復見於中國國內的《文藝復興》四卷二期的雜誌，時間上則晚了一個月，於十一月一日刊行。此一現象說明瞭當時中、臺文化傳遞交流的情況，也讓研究者得到一個訊息，那就是面對戰後初期兩地文人的作品，絕不能只留意一方，勢必兩邊都追索才能全面[17]。

---

[17] 中國文哲研究所近現代文學研究室彭小妍主持《許壽裳書簡集》計畫。研究室已經蒐集到的信件，分為原件信件與影印信件。原件信件日期涵蓋一九一七年四月二十五日至一九四八年二月十八日，散見中國及臺灣各地。原件由黃英哲及許壽裳

在廈門大學時我去參觀了臺灣研究中心的典藏，看到傳文出版社複刻出版的《臺灣文化》及很多臺灣出版的書籍雜誌，起初我以為廈大也得倚賴臺灣這套《臺灣文化》複刻本作研究，在旁的朱雙一教授則說明，《臺灣文化》在廈門大學原本就有典藏，我不禁想起十年前秦賢次先生為了其中某些散佚的卷期，辛苦蒐羅的情景，當時在《文學臺灣》還登啟事海內徵求佚本。我也談起了雷石榆其人，並謂：原高雄《國聲報》記者劉捷的回憶，詩人雷石榆與高雄也有一段文學因緣：「雷石榆於一九三〇年代曾在日本留學，他與中野重治、遠地輝武、小熊秀雄等交遊，以日文出版第一本詩集《沙漠之後》，是著名的中國代表性詩人。他是一九四六年四月下旬乘貨物，由對岸經澎湖來高雄的。……在高雄拜訪《國聲報》發行人王天賞後即被聘任為副總編輯，雷氏在高雄數月期間出版《八年詩集》。」後來呂興昌在〈林亨泰：四〇年代新詩研究跨越語言一代的詩人研究之二〉一文說：「這時期曾經出版的個人詩集有張彥勳《桐葉落》（日文，1945）、汪玉岑《卞和》（1946）、雷石榆《八年詩選集》（1946）。見趙天儀〈戰後臺灣新詩初探〉，《文學界》一六，一九八五年十一月。除《卞和》外，其餘二種筆者未見。」從專研臺灣新詩的呂興昌教授說「未見」，大抵可見收藏此詩集者不多。我讀過趙天儀老師〈戰後臺灣新詩初探〉這篇文章，隱約揣想可能趙老師手邊有這詩集，但沒親自問過。朱教授則說《八年詩選集》[18]在廈大圖書館很普遍，有很多學生借閱讀過，他很快借出該書影印，我看到書後有張借書單，登錄了一串長長的借閱師生的名字，感到很驚訝。

家屬捐贈中研院文哲所所，將存放於「近現代文學研究室」。亦是積極透過各種管道聯繫兩地資料以求蒐羅完備。

18 《八年詩選集》（高雄市：粵光印務公司出版，1946年8月）。本書應是臺灣光復後出版的第一本詩集。

　　（八）翻讀《譯文》（終刊號）看到馬荒翻譯的呂赫若小說〈牛車〉，譯者在後記裡說：「這一篇和楊逵底送報伕，是去年在日本文壇上出現的兩篇臺灣人作品。熱情雖然不及送報伕，但筆觸卻似乎更為堅實，沉著地寫出了臺灣人生活底一態。這不是世界『聞名』的『偉大作品』，但那苦惱對於我們卻非常親切，因而也就有人要看，而且感動的。原文登在日本文學評論第二卷第一號。」（頁286、287）譯者即是「胡風」，從這段「譯後記」可知當時〈送報伕〉、〈牛車〉已經由翻譯呈現在中國讀者眼前了。

　　我也看到許秀湖在《文學周報》五十九、六十四期（1922年12月、1923年2月）發表〈雜談（二則）〉、〈雜談──讀《心潮》裡底五篇小說〉，看到周憲文、臺靜農、宋斐如、雷石榆、錢歌川等人的作品。這幾年我深刻感受到臺灣文學研究的史料必須拓展到臺灣以外的地區，中國、南洋、日本、美國等等。而有關戰後來臺的作家作品研究，更不能忽略中國方面的期刊雜誌。由這次上海、廈門之行，更加印證我個人的想法。

　　孤獨的在異鄉濕冷的冬天尋找材料，有時不免淒然，但每當尋得的材料帶回住所，攤在眼前時，那企盼的焦灼與欣喜依舊會不時在當下的生命中翻波湧浪。我聽見指頭輕輕翻啟書頁的聲音，溫柔得像春日的微風，即使房內空調似乎壞掉而顯得寒氣逼人，但每翻過一頁，就彷彿有一瓣花朵落在我的懷中，湧起一種莫名的興奮與快樂，那是生命被照亮後的歡愉。這種熱力不是源自於火種，而是來自於文字，當有關黎烈文的資料，點點滴滴被找出來，就好像是一個個精靈出了樊籠，舞之蹈之，神采飛揚，處處是光芒。

銀幕春秋與文字乾坤
——談上海電影本事在日治臺灣報刊雜誌的轉載

一　前言

　　日本殖民下的臺灣，除了受到日本小說和電影的影響之外，上海電影和小說的影響亦難以忽略，漢文讀者的《三六九小報》即有系統地介紹了上海電影，這已是眾所皆知的事，相關論述也不少，筆者對此不再多說，只是想指出一個被忽略的現象，在臺灣報刊雜誌上的一些小說，有一些是出自上海電影本事的轉載，這些作品通常是言情、武俠之作，與上海鴛鴦蝴蝶派文學密切相關。本來在中華人民共和國成立之前，中國電影作品主要集中在上海，雖然第一部國產片〈定軍山〉誕生於北京。但當時上海顯然比北京乃至中國的任何一個城市或地區更適合於電影的生存和發展。作為國際大都市的十里洋場的上海，毫無疑問的，娛樂營利的商業電影必然考慮到與當時在市民階層中極為流行的鴛鴦蝴蝶派文學相互合作。一九二四年，包天笑首先受聘於明星公司擔任編劇，先後編寫了〈可憐的閨女〉、〈多情的女伶〉、〈空谷蘭〉等電影劇本，此後，周瘦鵑、朱瘦菊、張碧梧、鄭逸梅等也進入電影界，他們一面繼續寫作鴛鴦蝴蝶派小說，一面擔任各選影片公司的編劇，或兼任電影宣傳工作。徐卓呆甚至與人合資創辦了開心影片公司。根據統計，從一九二一年到一九三一年這一時期內，中國各影片公司共拍攝了約六百五十部故事片，其中絕大多數都是由鴛鴦蝴蝶派文人參加製作的，影片的內容也多為鴛鴦蝴蝶派文

學的翻版。正因如此，臺灣的《三六九小報》轉載了包天笑、嚴芙孫、顧明道諸人的小說，在「春秋銀幕」欄目也轉載了一些鴛蝴派的電影小說，如〈一個紅蛋〉、〈女鏢師〉、〈大俠復仇記〉等等，吾人同時在《臺灣日日新報》上可以看到電影本事的轉載（或抄錄後另署他名）。但此一轉載現象迄今未被指出，依舊有著不明朗狀態，如柯喬文、潘俊宏之研究，柯氏云：「不知作者，這是電影小說的特質，無論事先有小說，再改編為劇本、拍成電影，或是先有劇本、拍成電影，再改編為小說，披露報端的電影摘要，往往不著作者。」[1]潘俊宏則說：「新舊文學論戰爆發以後，目前只見謝雪漁所撰，分六次在《臺灣日日新報》上連載的中篇小說〈劍仙〉。該小說的主人翁郝鸞以寶劍施法術，將風家愛女棲霞從壞人手中救出。然而〈劍仙〉除摻雜一些說書人口吻以外，體例大抵還是沿襲古典文言小說的寫作。所以很難將該小說與民國以降的神怪武俠小說一概而論。」[2]但電影小說之作者事實上可辨，且有不少作品來自一九二〇年代的上海，然因不悉其出處，而視為臺人之作，從而獲致「很難將該小說與民國以降的神怪武俠小說一概而論」的結論，也就不能不撰文考辨了。

二　臺灣文化語境中的電影及其與小說的關係

根據葉龍彥研究，臺灣電影業是從巡迴放映公司開始，了解電影巡迴放映的情形，也就可以了解到臺灣電影業的興起，一九二一年中國影劇研究社拍製《閻瑞生》，並輸入臺灣，尤其《古井重波

---

[1] 柯喬文，〈《三六九小報》古典小說研究〉，中正大學中國文學系碩士論文，頁121。
[2] 潘俊宏，〈臺灣日治時代漢文「武俠小說」研究——以報刊雜誌為考察對象〉，臺灣大學中國文學系碩士論文，2008年1月。頁29。該電影當時即稱作神怪武俠片或稱武俠神怪片。

記》（1923年但杜宇執導）巡映。大獲其利，其後紛紛進口中國片，透過廈門、南洋購買舊片及直接向上海影片公司購買版權[3]。當時為無聲劇，透過辯士旁白說明劇情，收費低，頗受民眾歡迎。《火燒紅蓮寺》、《關東大俠》、《空谷蘭》、《木蘭從軍》等等都曾放映過。在二〇年代初期臺灣文化協會的「美臺團」電影隊以啟蒙民眾文化教育為使命，吸引貧窮庶民接近影戲，到了三〇年代臺灣電影事業漸發達起來。由於風俗習慣較為接近，中國片所帶來的轟動，更引起臺灣青年對上海的嚮往，如鄭連捷、張秀光，尤其是劉吶鷗、何非光、羅朋三人走紅中國大陸[4]。除了巡迴放映，戲院與電影也是關係密切，幾乎是同時並行成長，臺北城電影館發展迅速，固不在話下，其他城市則以臺南的戲院為多，有「南座」、「戎座、」「臺南座」、「大舞臺」等[5]。相關的電影本事，除透過流行歌曲解說電影內容外，也多以漢文小說形式展現在《臺灣日日新報》、《三六九小報》上，以幫助對於無聲劇的劇情理解。電影本事同時也提供了漢文小說創作的題材。以下說明徐卓呆、包天笑、宋癡萍、歐陽予倩諸人的電影本事在臺灣的傳播及對臺灣漢文小說的影響。首先討論謝雪漁小說與上海電影本事關係，次敘《臺灣日日新報》、《三六九小報》上的若干電影本事乃轉載之作，非小報文人之作，最後談社會新聞改編為電影，其電影本事被刊載在報刊小說欄目的現象。

---

3 葉龍彥，《日治時期臺灣電影史》（臺北市：玉山社，1998年9月），頁130～135。至於臺灣電影發展歷史及日本統治臺灣後帶來的日本片、西洋片及臺人自製片等敘說，本文重點不在此，略而不述，相關文獻可參市川彩《臺灣電影事業發達史稿》（李享文譯）、呂訴上《臺灣電影戲劇史》、陳飛寶《臺灣電影史話》及陳世慶〈臺灣電影事業〉、王建竹〈民國前十年至民國五十年間臺灣電影事業概述〉等文及葉書。

4 黃仁，〈懷念三個走紅中國大陸的臺灣影人〉，《聯合報》1984年10月25日。

5 同注3，頁32。

（一）謝雪漁〈小說・劍仙〉，原徐卓呆〈奇中奇〉電影本事

一九二七年十二月時，謝雪漁曾以「雪」之筆名，發表〈小說・劍仙〉[6]一篇，然而此文幾乎是襲自徐卓呆電影本事〈奇中奇（前後卷）〉。其前半部文字幾乎相同，後半部文字稍有改易。徐卓呆〈奇中奇〉[7]是開心影片公司[8]一九二七年出版的一部電影本事，謝雪漁〈小說・劍仙〉之作在其後，而將〈奇中奇〉改名〈劍仙〉，已經看不出原是電影片名，謝雪漁著作極多，但偶爾涉及作品之歸屬問題有些複雜[9]。徐卓呆〈滑稽小說與滑稽電影〉：「南洋客人，很歡迎我們

6　謝文刊，《臺灣日日新報》1927 年 12 月 4～7、9、10 日，夕刊 4 版，第 9917～9920、9922、9923 號。

7　電影本事分〈奇中奇：前卷本事〉、〈奇中奇：後卷本事〉，請參見鄭培為，劉桂清編選《中國無聲電影劇本》（北京市：中國電影出版社，1996 年 9 月），頁 1288～1291。

8　開心影片公司 1925 年由徐卓呆、汪優游等新劇界人士創辦於上海。拍攝「專門以引人開心為唯一之目標」的長短滑稽片、特技片、神怪片。聘日本人川谷莊平為攝影師。有《臨時公館》、《愛神之肥料》、《隱身衣》、《活招牌》、《活動銀箱》、《怪醫生》、《黃金夢》、《天仙賜福》等短片。1926 年攝製的長故事片《神仙棒》，融滑稽、神怪和特技於一爐，較受觀眾歡迎。1927 年武俠神怪片盛行時，又攝製《濟公活佛》、《劍俠奇中奇》等。1927 年後未見影片問世。以上參《中國電影大辭典》（上海市：上海辭書出版社，1995 年 10 月），頁 493。

9　如林以衡《日治時期臺灣漢文俠敘事的階段性發展及其文化意涵》認為：署名「小謝」者（即謝雪漁），在第九十一期刊載了〈雙義俠〉，但閱讀其內容卻實為此時已故的文人李逸濤所寫的〈雙義俠〉（《風月報》第 91 期 8 月號，頁 28）又在第九十四期直接署名雪漁，刊載了李氏所作之〈俠中孝〉（《漢文臺灣日日新報》明治 43 年 1 月 19 日第 3516 號），因此他認為作者「冒名」刊載。臺北：鼎文書局，2009 年 5 月，頁 194。但此處論及的謝雪漁冒李逸濤之名刊載一事，卻仍有商榷之處。在《風月報》第 96 期 10 月號（1939 年），謝雪漁刊登了小謝的〈柏舟鑑〉之後，在該文附記曰「前號（按，指 94、95 期）所載俠中孝，仍是小謝之作　特為訂正」（頁 11），顯見謝雪漁訂正〈俠中孝〉作者「雪漁」是誤署，也等於否認「小謝」即其人。當然，也可能是出刊之後有人反映，迫他做了聲明，同時，也可能是身體健康尚未完全復元，而一時疏忽，在第 93 期有一則「雪漁啟事」謂其「因染

的滑稽片，他們打電報來定貨，點戲要拍一部『劍俠奇中奇』，我們便拍了上下集，共計兩部。劍俠的玩意兒，大可以利用幻攝，噱頭很多，又相當成功。」[10] 徐卓呆此作則是從《劍俠奇中奇全傳》[11] 來，作品通過鳳竹一家的遭遇，敘述西漢平帝時當朝宰相米中立企圖篡位，其子米玉亦橫行霸道，由此產生種種糾葛。影片以仙人賜予主人翁神劍行俠仗義，率先將武俠內容和神怪內容合於一流。此後，在武俠片與神怪內容屢屢見諸銀幕，並漸漸以越來越大的比重壓倒了武俠內容。雪漁小說因之另命名為〈劍仙〉。卓呆〈奇中奇〉原文與〈小說‧劍仙〉之關係，略舉部分文字可以明白：

> 義士郝鷟，好交遊，人稱小孟嘗，家產因之傾盡。一夕，夢仙人授以三劍，曰此劍具大神通，汝取其一，餘擇人而贈之。鷟醒後，一試劍之魔力，則茍有所命，無不如願，指臥床而曰動，則床自能行動，甚至年逾六旬之老僕，亦因劍之力而可翻筋斗，如江湖賣技者流。鷟知劍之神力偉大，乃出門訪友。紈绮子米玉與其門客鮑存仁石談，游於爭春園，見富紳鳳竹，攜其家屬，亦在園中。米乃召其家奴至，劫奪鳳竹之女棲霞，

暑熱。臥床一簡月餘。是以本報編輯。不得親理。今託諸位鴻庇。賤體復元。自今詩文稿件。仍為親理。」（頁30）至於〈柏舟鑑〉亦是李逸濤原刊《漢文臺灣日日新報》1910年2月24日之作。則小謝即「李逸濤」，但何以稱「小謝」？仍存在疑團。

10　本社編《滑稽論叢》，上海市：上海文化出版社，1958年2月第1版，頁51。另可參鄭逸梅〈徐卓呆種種〉，收入《鄭逸梅選集》第2卷（哈爾濱市：黑龍江人民出版社），1991年6月，頁152。

11　《劍俠奇中奇》4卷48回，1912年上海廣益書局石印本，一名《奇中奇》，又名《爭春園》、《三俠記新編》、《劍俠佩鳳緣全傳》，版本有道光元（1821）年三元堂刻本，48回。作者：不題撰人。書前有光緒甲辰（1904）樂安居士序。今可見周心慧編，《中華善本珍藏文庫 第1輯下‧劍俠奇中奇全傳》（北京市：中國致公出版社），2001年4月。

且欲擊鳳竹及其未婚夫孫佩。郝鶯適亦在是園，乃用劍指米玉
等，使之失其自由，且奪回鳳棲霞，送之回家。孫佩感郝鶯之
德，邀之同歸。

引文中之畫線是二文相異之處，足見雪漁〈劍仙〉一作即徐卓呆電
影劇本奇中奇（前、後卷），與四十八回《劍俠奇中奇全傳》故事雷
同，但文字不同，所引內容為《劍俠奇中奇全傳》「第一回 升平橋義
俠贈劍」之濃縮。

雪〈劍仙〉圖影。[12]

（二）謝雪漁〈紀蘭孫〉，原為包天笑《空谷蘭》電影本事

雪（謝雪漁）〈劍仙〉於一九二七年十二月十日連載完畢，緊接
著十一日即開始連載〈紀蘭孫〉[13]一篇，此作乃根據包天笑電影本事
《空谷蘭》。此劇七幕十三場，最先由新民社一九一四年據吳門天笑
生（即包天笑）所譯英國小說改編。劇情提要曾刊於民國三年六月

---

[12] 原文六回，刊1927年12月4～10日夕刊4版。

[13] 分上中下三次刊登《臺灣日日新報》，昭和2年（1927）12月11、13、14日，第
9924、9926、9927號，第4版。此文原刊《申報》1926年1月18、22日第18998、
19002號，本埠增刊第2版，原題〈空谷蘭上集本事〉、〈空谷蘭下集本事〉，列
「電影界」欄目。

《新戲考》第一集。一九二五年明星影片公司張石川導演攝製成無聲、黑白故事片（上下集）。徐恥痕評論包天笑云：「商務印書館出版之說部叢書如『空谷蘭』、『梅花落』等。皆君得意之作。……去歲且將其所譯『空谷蘭』說部改編劇本。出前後二集，開映之日，幾於萬人空巷。」[14]可知一九二六年改編為電影劇本。前後二集或謂上下集。

其劇情中寫杭州世家子紀蘭蓀偕嘉興陶時介留學美國，情同手足。學成行將回國之際，時介突患惡疾，客死異域。臨終，將遺物數件託蘭蓀攜交老父弱妹。蘭蓀甫歸，即轉道赴嘉興。陶父聞耗痛不欲生，陶妹紉珠挽留蘭蓀小住以解父憂。蘭蓀初見紉珠，慕其明豔婉淑，漸生愛意，陶父慨然允婚，婚後生一子名良彥。但蘭蓀的姨妹柔雲，有意於他，一心想嫁給蘭蓀，見他娶了紉珠便深懷嫉妒，千方百計挑撥離間。紀母和蘭蓀疏遠紉珠。紉珠復於花園窺見蘭蓀、柔雲隱情，乃留子別夫，決意攜侍婢翠兒回歸嘉興。甫抵車站，因忘帶良彥照片，命翠兒回取，時寒風凜冽，紉珠解外氅為翠兒禦寒，翠兒不幸中途罹車禍身亡。因翠兒酷肖紉珠，蘭蓀與陶父誤為紉珠遭難，撫屍痛哭，擇地營葬。紉珠回到嘉興，為斷蘭蓀之念和終生侍奉老父，說服父親秘而不宣。

蘭蓀對子思妻，形神交瘁，其母勸娶柔雲，蘭蓀允待三年後再議。蘭蓀納柔雲為繼室後，柔雲常虐待良彥，逾年生子更視良彥為眼中釘。紉珠思念親子良彥，聽說蘭蓀要為良彥請一位家庭教師，便喬裝化名為幽蘭夫人。柔雲也生一子，取名柔彥，因見蘭蓀不能忘情前妻，遷怒於良彥，欲伺機除之。時良彥重病，柔雲蓄意加害，被紉珠發覺，遂往馬廄駕車離去，因未諳駕馭之術，途中驚馬觸樹，翻車身亡。

---

[14] 見氏著〈小說家與電影界之關係〉，《中國影戲大觀》（上海市：大東書局，1927年4月），頁1。

《空谷蘭》劇照之一。

《空谷蘭》劇照之二。

《空谷蘭》劇照之三。[15]

良彥服藥痊癒，蘭蓀、紉珠復歸於好。紉珠也以親母之心撫育柔彥。

　　前述之包氏劇本乃根據其同名譯作《空谷蘭》編寫而成，原商務印書館出版，包天笑自學粗懂日文，因此從日文版黑岩淚香所譯《野之花》（或譯《野玫瑰》）改編為中文小說《空谷蘭》，黑岩淚香之作又是從英國女作家亨利‧荷特小說改譯[16]，可說已經數度轉譯過程。

15　黃志偉主編《老上海電影》（上海市：文匯出版社，1998年12月），頁20。

16　根據范煙橋〈民國舊派小說史略〉：「包氏自言最愛日本黑岩淚香的翻譯小說。黑岩譯的《野之花》，原著者為英國女作家亨利荷特，出版於十九世紀前半葉。世界各國的譯本有三十餘種。日譯本名《野之花》，包氏轉譯過來，改名《空谷蘭》。起初連載於《時報》，每日僅五六百字，後由有正書局印單行本。搬上話劇舞臺，極為轟動。新舞臺也改演為『新京劇』。北至京津，南至閩粵，都以之為『保留劇

而謝雪漁〈紀蘭蓀〉又轉載自包天笑《空谷蘭》電影本事[17]，而且以男主角名字為篇名。以《空谷蘭》上下集文字前後脈絡比對〈紀蘭蓀〉，可知雪漁之作悉從包天笑《空谷蘭》而來，並非黑岩淚香《野之花》或商務版譯作《空谷蘭》。結合前述謝雪漁〈小說・劍仙〉一篇，可知謝氏對中國期刊典籍，尤其是電影小說瞭若指掌。

《空谷蘭》前部本事略錄之如下：

> 紀蘭蓀，武林世家子也。偕陶生時介，留學新大陸，陶病甚，勢且不起，以遺物授蘭蓀曰，身死異域，命也夫，是箋箋者，以君之惠，致之老父弱妹，瞑矣。蘭蓀泣而受之，陶卒。為妥其喪葬，乃附輪歸國，以完諾責。蘭蓀早歲失怙，家惟老母，有中表妹柔雲者，以曙後孤星，幼養於紀氏。慧點得紀母歡，因有使匹蘭蓀意。及蘭蓀自新大陸歸，姑侄大喜，以為婚媾之約，可以從容而定。不意征塵甫卸，復有嘉興陶氏之行。陶翁正毅，故治法家言，而性不近名利。女紉珠，憨跳多姿，善承色笑，嘗以久不得兄書，絮絮問其父。比蘭蓀至，宛轉陳凶耗，父女大慟，翁尤老淚縱橫，不能自己。紉珠因延蘭蓀小住，藉解父憂。異日，翁與蘭蓀語，深契其學識，西河之痛，為之少減。紉珠感蘭蓀之有造於父兄，亦敬佩之。蘭蓀則初見紉珠，已驚其明豔，晉接既久，益欽其婉淑，愛念油然而生。乘園游自輸誠悃。翁聞之，謂有婿如此，於願已足。蘭紉婚約遂定。

目』，時常演出。民國十五年由上海明星影片公司攝製成電影，也能風行一時。」收入魏紹昌《鴛鴦蝴蝶派研究資料 上卷 史料部分》（上海市：上海文藝出版社，1984年7月），頁323。

[17] 收入陳景亮、鄒建文主編，《百年中國電影精選 第1卷 早期中國電影（上冊）》（北京市：中國社會科學出版社，2005年12月），頁92～94。

對照以下謝雪漁〈紀蘭蓀〉（上）即可知故事脈絡、文字全同。但雪〈紀蘭蓀〉有些錯字，如「陶生時介」衍字為「陶生時介以」、「宛轉陳凶耗」誤為「宛移陳凶耗」、「晉接既久」誤為「晉接既接」。「紉珠」，有時誤作「級珠」，「紀蘭蓀」作「紀蘭孫」。《臺灣日日新報》載錄時錯誤不少，而尤可議者，二文幾乎雷同，但易題之後，改署原作者之名。雪〈劍仙〉、〈紀蘭蓀〉二作都有冒名之嫌疑。

雪〈紀蘭蓀〉上中下三回[18]

影片以反映貧富懸殊，門戶不當的青年男女之愛情婚姻為內容，正如鄭正秋所言：「在家庭制度婚姻制度沒有根本改革之前，自由戀愛絕對沒有獨立的可能。」[19]

（三）小說〈何氏兄弟〉出自歐陽予倩〈三年以後〉電影本事

歐陽予倩在〈《三年以後》第一次作電影導演〉一文中提到：

> 一九二六年八月初回到上海，編導了兩個戲，即《三年以後》和《天涯歌女》。有人說：那時候的中國電影多半模仿外國，洋味太重。《三年以後》卻是純粹中國封建大家庭的故事。劇

---

[18] 《臺灣日日新報》1927年12月11～14日，夕刊4版。

[19] 鄭正秋，〈攝（空谷蘭）影片的動機〉（下），載《明星特刊》第7期，明星影片公司1926年1月出版。

本寫的是一家姓何的人家，有兄弟二人，都頗純樸。老大在家，老二在上海某紗廠當帳房。他們有個表弟張德純，因為父母雙亡，就寄養在何家。這傢夥狂嫖濫賭，無所不為，因為欠了賭債，就想謀何氏的家產。為著何老二的妻子李慧貞不幫他偷盜地契，便設計誣陷她，以致慧貞被婆婆趕回娘家。老二因家庭糾紛，由消極而沉溺於酒色。最後德純為流氓所殺，老二也浪子回頭。兄弟二人把破敗的家庭重新整理。慧貞也接了回來，可是她還不能信任他的丈夫，要考驗他三年。三年以後，言歸於好。故事大致的輪廓就是這樣。原來我寫的是李慧貞不肯再回何家，另外愛上了一個人，組織了小家庭。公司認為還是團圓比較合乎生意眼，我便改為以上那樣的結局。當時田漢同志認為片子的收場是非科學的。他在特刊上寫了一篇很有風趣的《ABC的會話》。他認為大家庭變為小家庭，那些糾紛就可免。現在看看，還很有意思。老實說，我對封建家庭的憎恨，在這部片子裡並沒有表達出十分之一。[20]

對比劇照廣告內容及電影本事，可知該文即《臺灣日日新報》所載之〈何氏兄弟〉，題目由〈三年以後〉改為〈何氏兄弟〉，都與內容相關。

歐陽予倩《三年以後》劇照。[21]

---

20 歐陽予倩，《電影半路出家記》（北京市：中國電影出版社，1962年），頁7。
21 黃志偉主編《老上海電影》（上海市：文匯出版社，1998年12月），頁26。

〈何氏兄弟〉原文三回[22]

（四）〈大俠復仇記〉原作者「宋癡萍」

事實上《三六九小報》上的電影本事亦多與上海作家的電影故事
情結雷同。《三六九小報》專欄「銀幕春秋」幾乎就是「電影化」的
通俗小說，值得留意的是這些小說幾乎都是轉載自中國，因此其下皆
未署名。因篇幅所限，僅舉〈大俠復仇記〉為例，此文轉刊《三六九
小報》第十九～二十一號（1930年11月9、13、16日），電影小說
原作者是「宋癡萍」，〈大俠復仇記〉原刊《明星月報》。《三六九小
報》轉載時省略文末兩段：「張汶祥刺馬一事，為有清官場大獄，僅
散見於私家記載，一鱗一爪，語焉不詳。而官書則不著一字，所謂為
死友諱，而泯籍者，聞不肖生得張事其是非者也。客長沙日，於鄭君
笏彤錫侯昆仲家，見一手抄本，所載與吾友不肖生《江湖奇俠傳》言
張事，同者八九，其一二則不肖生採自東顛末於當日承審是案之鄭敦
謹之婿。婿則在屏後竊聞之。笏彤錫侯，即鄭之後。意者不肖生與予
所見，殆同一稿，惜未相印證也。新劇盛時，演此事者甚夥，而劇本
各有異點。今據不肖生本為電影，雖非信史，亦近實矣。曰大俠復仇
者，為張地下一吐氣耳。噫！四郊多壘，國難方殷，安得大俠如張

黃志偉主編《老上海電影》書影。[24]

者千百輩，以藥此頹靡之俗哉。癡萍附識。」[23]

滕固所編《電影》，在〈土著電影中落期‧中國現代電影史略〉一章說：「又是一段反污吏的故事。大俠復仇記與紅蓮寺同為不肖生所著的江湖奇俠傳中之一節原作者的用心是想借賢吏私訪作引線以開展近百年來中國武術源流之神奇的掌故與傳說，把整個故事重心移到層出不窮的『宗派』之間的武術，劍術以至巫術的角鬥。書中寫『崑崙派』與『崆峒派』的世仇與私鬥，依稀反映出手工業社會的『行會』之間的競爭與敵視。」[25]

（五）小說〈余美顏〉改編自社會新聞

奇女子余美顏出生在廣東臺山，十八歲嫁人，但是結婚二月後，其夫遠赴新大陸經商，復因種種關係，感覺婚姻不自由之痛苦，余美顏遂離家出走。其生性浪漫，異常奢華，奇裝異服，為廣州市員警所拘捕，釋放之後，第二次嫁人，又因為放浪形骸，揮霍無度，一擲千金，結果迫不得已，乃登報申明脫離。其行為與當時社會道德格格不入。據載某年冬天，有位商人要求與之同居，美顏索要三千元，然而富商吝嗇，只給了一千五百元，余美顏生氣之餘，將一千五百元從七

---

23 原載《明星月報》，收入鄭培為，劉桂清編選《中國無聲電影劇本（中卷）》（北京市：中國電影出版社，1996 年 9 月），頁 1412。

24 上海市：文匯出版社，1998 年 12 月，頁 48。

25 《電影》，未著出版社、時地，頁 86～87。

層高的樓上全部扔下，還當眾把這位富商給侮辱了一番。對於此等事件，余美顏有自己的看法，她認為：「社會制度都是為男子而設的，無論古今中外，只有男子可以玩弄女子，女子不能玩弄男子，所以我和數千男子性交，這是我玩弄男子的一種把戲，雖然不能說是開世界的新紀錄，但也是爽快十餘年，男子原來是很笨的，玩弄不是一件怎樣的難事，這就是制度所造成的啊。」[26]

　　《臺灣日日新報》在一九二八年刊載了兩篇小說皆與〈奇女子〉余美顏有關，一為五月二十五日所載〈畢命書〉及八月二十四日〈余美顏〉，〈畢命書〉主要內容「致女界同胞書」（遺書）與〈余美顏〉所錄大同小異，〈余美顏〉於八月三十日刊載完畢，在九月六日復有新聞報導「余美顏 有傳不死 自日渡歐」[27]，謂其「面首三千」、「揮金如土」、「投海（未死）」，復潛入日本舞弄一流實業家後渡歐而去。前述兩篇小說皆取材自上海社會新聞。〈畢命書〉即是《申報》〈浪漫女子深夜投海〉[28]一文，小標題是「戀愛不遂行動乖異　遺書致女界同胞」，列為「本埠新聞二」，但《臺灣日日新報》轉載時未署出處，且列為小說。當時上海社會對余美顏投河自盡一事討論熱烈，或指責批評或同情慨嘆。蔡楚生〈小銀燈下的奇女子〉[29]雜文指出余美顏是反抗舊制度的女子，非但不應受到詛咒，而且應該受到同

26　張振編著，《女子自殺的解剖》（南京中山書店，1928 年），頁 17。

27　《臺灣日日新報》1928 年 9 月 6 日夕刊 4 版。文云：「本紙小說欄日前連篇累牘。載粵婦余美顏。以一弱身。顛倒眾生。最後悟到清機。投海歸真。極離離奇奇事。頗為好事者之說資風流豪士。亦將賦詩憑弔矣。乃去三日。北京來電。則報余氏不死。且自日渡歐。……豔美絕倫。且為近代的自由新女子先驅者自二九年華十載之間。在香上廣州之情場。面首三千。揮金如土。放縱淫樂。中外罕聞。」

28　刊《申報》「本埠新聞二」，1928 年 4 月 24 日第 19793 號第 15 版。

29　刊《新銀星》1928 年 9 月號第 2 期。又收入《蔡楚生文集》（北京市：中國廣播電視出版社，2006 年），頁 1～2。

情，以此批判半封建社會。一九二九年章衣萍《枕上隨筆》錄了《申報》「余美顏遺聞」一則，一九三○年錢杏邨（阿英）〈創作月評〉評曾平瀾君的《她的一生》，說「這可以說是一篇浪漫的余美顏式的女子的小傳，與普羅列塔利亞是沒有多少關涉。」[30] 一九三一年《紅葉週刊》「戀愛小講座」（巴巴博士講阿魏筆記）以之為愛情癡情專一者，為所愛男子拋棄才濫愛。（頁4）一九三二年高虹有〈再論再論余美顏和俞眉豔〉[31]、署許志平者有〈性道德問題的論戰〉：「無論如何，她們不能去強姦男子，引誘男子；縱有像余美顏其人，亦不過於百女人中之一二人而已。」[32]，到了一九三四年耕園〈二萬五千里海行記〉仍提到余美顏[33]，可見以之為談論題材者不少，甚或拍成電影，流傳到臺灣。

〈余美顏〉[34]

---

[30] 刊《拓荒者》1930年第2～5期，頁798。又收入阿英著《阿英全集・第一卷》（合肥市：安徽教育出版社，2003年7月），頁427。

[31] 《高長虹文集（下卷）》（中國社會科學出版社，1989年12月），頁213。

[32] 收入鄒韜奮，《韜奮全集5》（上海市：上海人民出版社，1995年10月），頁382。

[33] 《老實話》第46期，頁201。

[34] 《臺灣日日新報》1928年8月24～30日。

　　至於電影〈奇女子〉改編自上海一九二八
年四月十九日報導的社會時事[35]。但改編後的
奇女子最終卻被社會倫常收編，扮演了一個自
我犧牲的母性形象。與小說不同。故事梗概是
女主角余美顏（楊耐梅飾）丟下勤奮的丈夫和
年幼的女兒，流連於奢華的交際場。丈夫因懷
疑她行為出軌而將她逐出家門。她在離婚後迅
速與一花花公子結合。她將一筆錢交給一個女
性朋友，託其代為照顧女兒。十二年後，余美
顏與二任丈夫從另一城市回來，受到朋友招
待。在一次晚會上，花花公子丈夫結交並試

〈奇女子〉[36]

圖誘拐一名女學生，她正巧是余美顏的女兒。余美顏及時趕到援救，
殺死二任丈夫，卻也被其保鏢打中。余美顏的一任丈夫了解情況後趕
到，卻只見到她最後一面。

　　但電影放映楊耐梅主演奇女子一片時，衛道之士認為淫穢墮落女
子不配稱奇女子，較沈佩貞更不如[37]。如《五味架》所載。

---

[35] 據聞發生於17日。上海各報刊皆有報導，〈社會逸聞：蕩女之身世〉，《大公報》
　　1928年5月3～4日第5版；馬浪蕩〈奇女子蹈海自殺〉，《時事新報》1928年4月
　　24日第4張第1版；〈奇女子投海後餘聞〉，《申報》1928年5月3日第15版。

[36] 黃志偉主編《老上海電影》（上海市：文匯出版社，1998年12月），頁51。

[37] 《臺灣日日新報》亦刊載了有關沈佩貞大鬧醒春居一事。高蒂在《野史記》中曾謔
　　稱她為民初的「政治寶貝」。謂其是民國最風流女郎，與黎元洪等不少高官關係曖
　　昧。

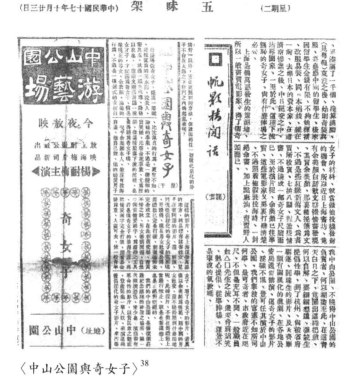

〈中山公園與奇女子〉[38]

三 結語

　　本文討論了四篇刊在《臺灣日日新報》的電影小說：〈何氏兄弟〉、〈紀蘭孫〉、〈劍仙〉、〈余美顏〉，及一篇刊在《三六九小報》「銀幕春秋」上的〈大俠復仇記〉，前四篇被視為一般漢文小說，經過追索查證之後，可以清楚掌握其原始出處，亦可推知臺灣文人從對電影的觀賞，學習對小說的觀摩創作[39]，令人訝異的是歐陽予倩、包

---

[38] 《五味架時事公報附刊》，1928 年 10 月 23 日。

[39] 當時從上海進口的影片，尤其是武俠片，總是搬演好幾集，每集的結尾總先埋伏好

天笑、徐卓呆等人之作早在日治時期已為臺灣文人熟識，並以之為摹仿學習對象，無需等到戰後初期兩岸交流恢復。歐陽予倩在戰後初期來臺演出《鄭成功》，廣告宣傳也同時刊登在《建國月刊》、《正氣月刊》，他大概沒想到早在一九二八年他的作品〈三年以後〉就曾以〈何氏兄弟〉面目與臺灣人相見，而其他上海作家的作品，尤其是鴛鴦蝴蝶派作家的作品，在《三六九小報》更是因氣味相投多所轉錄，「銀幕春秋」所載武俠片，雖或視之為荒誕不經，批評是「濫映」，但在殖民統治下，庶民大眾從影片中的那些身懷絕技、飛簷走壁、鋤強扶弱、除暴安良的俠客身上，得以發洩他們的苦悶和不滿，自然在商業娛樂之外，另有撫慰民心作用。就如同賴和〈辱？！〉寫弱者的無力感與無助感，人民莫不渴望現實生活中能有英雄義俠為他們伸張正義。故事的背景是臺灣某一鄉村的小販正專心觀賞野臺歌仔戲。戲中演的是「俠義英雄傳」遊俠出神入化的為小百姓申冤出氣，臺下小販卻不斷為日本警察斥責、追捕。臺上的戲像催眠曲一般深深感動了臺下每一個觀眾，因為現實生活中他們壓抑太多、屈辱太久，宣洩無由，故藉戲曲以排遣。賴和寫道：

> 我想是因為在這時代，每個人都感覺著：一種講不出的悲哀，被壓縮似的苦痛，不明瞭的不平，沒有對象的怨恨，空漠的憎惡：不斷地在希望著這悲哀會消釋，苦痛會解除，不平會平復，怨恨會報復，憎惡會滅亡。

一個無可挽救的難關，以便一集繼一集地抓住廣大觀眾的好奇心，形成一種有效的營業方略。此一連集的武俠長片既是襲取了流行的章回小說體裁的「懸疑手法」，也同時反過來影響了武俠小說的章回體裁。

但是每個人都覺得自己沒有這樣力量，只茫然地在期待奇蹟的
顯現，就是在期望超人的出世，來替他們做那所願望而做不到
的事情。這在每個人也都曉得是事所必無，可是也禁不絕心裡
不這樣想。所以看到這種戲，就真像強橫的兇惡的被鋤滅，而善
良的弱小的得到了最後的勝利似的，心中就覺有無上的輕快[40]。

然而，絲竹悠揚，劇情熱烈之際，警察卻不解風情，取締攤販，而一
場好戲也被迫中道而廢。民眾連看戲這樣小小的慰藉、消遣，也都被
剝奪了。歌仔戲中除暴安良的故事，變成現實世界草菅人命滑稽的反
諷。在戲裡好人得道，惡人受罰，民眾平日的堙抑鬱怒，只有觀賞戲
曲時才得到撫慰，可是在現實社會裡，善良、純樸的百姓總是得忍聲
吞氣，徒然受盡欺凌。此外，影戲裡的神怪武俠，在《三六九小報》
尤其女俠之片所佔比例極高，《荒江女俠》、《女鏢師》（又名《關東
女俠》）、《紅俠》、《火燒紅蓮寺》等，如果再考量當時對余美顏事
件之熱衷，新舊女性的性別衝突或者婦解問題已浮上檯面。余美顏以
自己身體反對社會，最終自殺之途及遺書所述，只是證明了女性最終
回到了男性中心的社會軌道上來。至於倫理愛情影片，亦觸及了對封
建家庭制度的改革、對追求自由戀愛的反思。透過對上世紀二〇、三
〇年代影戲觀賞及小說轉載，吾人得以進一步貼近當時人民的生活、
思想感情，日治臺灣電影（小說）的發展情況，以及日治下的臺灣與
上海的關係等等。

40　刊《臺灣新民報》第345號，1931年1月1日，頁22。

拿個炮竹讓別人放
——談談華人電影獲大獎

　　小時候過年放的炮竹，還不是現在常見的那種禮花或焰火，只是小小的一根紙管，頭上露著火藥，一旦點著也不過「啪」地響一下就完了。可是對小孩來說，它仍然是極神秘的玩具，看別人放炮竹常常又驚又喜，自己一旦拿到了炮竹，望著這個紅紅的不知什麼時候會爆炸的怪物，卻有點心悸膽寒。膽小的孩子會把炮竹交出去，讓別的大膽孩子去放，自己雙手捂耳躲得遠遠，結果什麼也沒有聽到。事後壯膽問一聲：「響嗎？」別人回答說：「響！」於是大喜過望，等於自己享受過一樣。

　　二〇〇〇年以來，華人執導的電影陸續在西方電影大獎中浮出水面，彷彿是交在別人手裡的炮竹，被一個個試過了。王家衛的《花樣年華》在柏林歐洲電影獎獲得「非歐洲電影」的獎項；李安的《臥虎藏龍》在美國獲得金球獎和奧斯卡的幾項獎，還在英國也得過什麼獎，佳音頻傳；如果連同高行健獲得諾貝爾文學獎也算上的話，真是鞭炮聲聲辭舊歲，這個世紀末全球華人過得都不寂寞。然而，如果哪個人像那個捂耳朵的小孩那樣問一聲：「響嗎？」該是如何回答？

　　也許在西方電影評委們看來，華人電影拍到王家衛和李安的水準，可以說是美輪美奐。有位美國朋友告訴我，他的太太過去連中國在哪裡都不知道，可是為了《臥虎藏龍》的服飾和武打動作，居然發動全家去影院連看三遍，太太孩子各有所獲。至於《花樣年華》中張曼玉身上的三十幾套旗袍更是為西方傳媒所津津樂道，似乎因此而復活了一種古老的服飾，讓人想起當年張愛玲身著晚清時裝的風雅玉照。但問題是，別人放響的炮竹在我聽來終究有點朦朧。

　　我深愛看西方電影，也深深著迷於好萊塢電影的豔俗魅力，因此我絲毫也不懷疑西方評委的公正性和善意，也不懷疑他們高尚的藝術鑒賞品位，但在我看來，他們對華人電影藝術的鑒賞標準很難真正切中東方文化藝術的精髓。這種本來難免的「隔」，對於混跡於國際電影評獎圈裡的華人導演卻是致命的。我們將這些獲獎電影與同樣獲獎的西方電影相比較的話，它們之間的差距顯而易見。《臥虎藏龍》最後玉嬌龍身躍懸崖，讓人聯想到「鐵達尼」號最後的浪漫一躍，但類似的動作引不起類似的感動。經過一場精疲力竭的自相殘殺，英雄李慕白中暗器喪生，刁蠻頑劣的玉嬌龍突然自我了斷，究竟殉情還是殉劍，似乎兩方面都說不過去。鐵達尼號的男女主人翁浪漫赴死，雖然膚淺也淺得清白可愛，像一道清泉小溪流淌在山間，讓人賞心悅目；而《臥虎藏龍》則充滿曖昧性，在其遮遮掩掩下明明不過是一道淺淺泥流，卻偏要讓人感到其中深不可測。美國文化本是充滿速食文化的特性，像半大孩子看到一點江湖奇術就大驚小怪，這沒有什麼稀奇，但如果我們的藝術家真以為這就是得道成仙，那就得好好思考了。

　　當然，作為一部另類的武俠電影，武打動作設計得是否漂亮當然至關重要；作為一部六十年代香港市民生活的圖像，服飾的爭豔鬥奇也不失為別出心裁的一招，但是，因此而帶來影片整體聲譽的提高卻難免喧賓奪主，反而讓人在欣賞之餘生出買櫝還珠之尷尬。誰都知道電影是綜合性的藝術，但至於在表演藝術、攝影藝術、蒙太奇藝術、音樂藝術、視覺藝術五大因素以外，需要更高的人文之氣貫通其間，才能點鐵成金，使諸般技術性手段獲得整體性的藝術魅力，在西方電影理論領域卻不是一個共識。

　　那麼，什麼是電影藝術中的人文之氣？似乎也很難用簡單的語言來概括。李安以前的作品，以家庭倫理片為主要特色，所闡釋的是中西文化衝撞中的倫理觀念變異，其藝術格局雖然不大，但人性的溫情

與幽默是藝術追求的主要境界。這也是東方文化在西方謀求理解的主要形式。李安在中西文化研究中看出了東西方文化異中有同的溝通可能，所以他有勇氣拍攝奧斯汀的名作《理性與感性》，對這部西方經典作了《紅樓夢》式的闡釋。他的《臥虎藏龍》是對自己既有風格的一次革命，但是從家庭倫理殺到江湖恩仇，武打格鬥成了主打節目，顯然非李安之長。儘管李安宣稱，《臥虎藏龍》是一部中文版和武俠版的《理性與感性》，在感情壓抑方面，東西方文化似有相通的一面。其實，江湖上的書劍恩仇很難通過家庭倫理來表現，影片中李慕白、俞秀蓮的戀情雖然處於痛苦壓抑中，但一開始李慕白藏劍歸隱，已經暗示了這場戀情終有結果，只是後來事關復仇，事關傳藝，私人戀情就被拋到九霄雲外，所以李與俞的感情線索在影片裡若隱若現，無法貫穿始終，除了李慕白臨終前吐露真情外，這條線索始終游離於武打戲之外。所以有的評論家認為，這部影片的真正主角不是李、俞兩人，而是章子怡演飾的玉嬌龍，一個無厘頭式的人物，她不講江湖規矩，不講正邪善惡，也不講倫理道德，竊劍挑戰是遊戲，助紂為虐也是遊戲，是一個滿身有戲的人物。可惜李慕白對她的人格影響並沒有清楚表現出來，最後為保護她而中暗器的情節更是莫名其妙，讓英雄死於一個下三濫的江湖妖婆之手，也違反了武俠故事的基本常識。所以，以李安一貫追求的倫理意識而言，這部影片並沒有能夠很好發揮出來。

有人認為李安執導的片子不同於吳宇森的警匪片，就在於他給電影注入了中國文化精神。《臥虎藏龍》的武打場景設計得很美，尤其是竹林裡輕功格鬥一場戲，翠綠背景襯托兩個白衣人的刀光劍影，真是好看。竹在中國文化裡有高潔堅韌的象徵，暗示兩人格鬥既無正邪之分，也非善惡之爭，彷彿是一場優美精湛的武術表演，帶有遊戲的成分。這樣的武術表演在影片裡重複太多，就減輕了武俠作品的藝術

力度，與故事發展也沒有緊密相扣的聯繫。所以影片顯得結構鬆散，許多很好的藝術細節都沒能相呼應。譬如那把青冥劍，後半部分變得可有可無；張震演飾的玉嬌龍的情人羅小虎，後半部影片中也變得微不足道，既然玉嬌龍最後捨他而隨李慕白棄世，那一場精彩的「沙漠之戀」也變成遊戲人生的「外插花」，似沒有必要作如此渲染。總之，為了迎合西方人的審美趣味，《臥虎藏龍》的許多片段都設計得異常美麗精緻，可是將它與《推手》、《囍宴》、《飲食男女》等結構嚴謹的倫理片相比，以藝術的整體性而言，恰似一盤散沙，缺少精神的氣韻貫通。

再看《花樣年華》。王家衛無疑是個導演意識很強的前衛藝術家，他的每一部作品都似新意疊出，別有洞天，但從整體的導演風格上看，又始終停留在同一個水平線上。換句話說，看王家衛的一部作品和看他的全部作品，感受沒有什麼不同。那種過於精緻的自作聰明的鏡頭、那種處處讓人觀之不忘的導演蠻橫態度，都讓我反感，彷彿影片中只維護了導演一人玩鏡頭的權利，別的藝術因素全是無生命的道具。在一些比較好的作品裡，當王家衛通過技術性手段暗示出更為深沉的影片主題時，技巧也會眾生嫵媚的生命意義。比如《春光乍洩》中的黑白影像的回憶鏡頭和間歇性發作的男人之愛，都讓人品嘗了孤獨、漂泊、無家可歸的難堪，在一九九七年香港放映這樣一部電影，內涵遠遠超過了同性戀題材本身的意義，成為觸及所有香港市民隱痛的政治寓言。在這樣的背景下，影片中南美大瀑布的壯麗和同性男子的床上激情雖然難免矯揉造作，總還是有了更為深沉的主題的依託。但是在《花樣年華》，除了張曼玉模仿時裝模特的嫋嫋婷婷外，還剩下什麼令人感動的內涵？香港市民講上海話自然是王家衛擺脫不了的上海情結，但是不客氣地說，這也是趨時的娟俗。在侯孝賢的《海上花列傳》裡，嫖客們也是講上海話，那不僅是還原了晚清時代

上海花界的真實氣氛，也還原了原小說使用吳方言的藝術特色，讓人在懷舊中感受到海派文化的魅力。但是《花樣年華》裡，香港市民中男女主人翁操著沉悶的國語，而一群市民太太講著上海話，（而發生在南美的《春光乍洩》的主人翁卻操著廣東話，香港歸屬意識相當明顯。）雖然也渲染了一種移民文化的氛圍，但這與影片所表達的內涵究竟有多少內在聯繫？

　　不過《花樣年華》在表達東方人的感情壓抑主題是成功的。無論是李安還是王家衛，都把感情壓抑當作東方人的感情表達方式來著力表現。但王家衛的鏡頭處處顯示狹隘、逼仄的空間，表現了人性在夾縫似的空間下生存的極度壓抑與悲哀，東方文化情調在影片裡宛如一支綿綿不斷的慢板，如訴如泣，也許正是這一點情調打動了西方評委的心。但是我還是想說，這種東方人自我克制的感情表達方式，除了獵奇，對西方人了解現代中國人的感情世界沒有什麼幫助，就如女性旗袍在現代中國的時裝領域並無意義一樣。據有關專家的研究，三、四十年代的上海女性的體形均為窄肩細腰，性格普遍受到壓抑，適合旗袍對身體與精神的緊束要求，但在現代社會的上海女性的體形日趨健康，性格日趨開朗，旗袍罩在女孩的身上失去了以往的嫋娜風姿，反而變得俗氣與挑逗，所以這種服飾如今只能在上海酒樓裡的小姐中間流行。再回過頭來看張曼玉和梁家輝怨而不怒哀而不傷、發乎情而止於禮的精緻表演，放在今天這樣一種普遍頹傷的世紀末文化氛圍下，愈發顯現出氣息奄奄的生命沉落之感。

　　也許我的看法是片面的，但是既然是表現東方文化的情調，最好還是由東方人自己來評價其藝術價值比較中肯。一部作品能否在西方獲獎是一回事，其所表現的文化精神是否準確則是另外一回事，兩者不必等同起來。所以我想說，如果你手裡有個炮竹的話，最好還是自己來放，以確證它到底是響還是不響。

論文出處及說明

1. 〈與契訶夫的生命對話——巫永福〈眠い春杏〉文本詮釋與比較〉
《東吳中文學報》第22期 2011年11月 頁313～343

2. 〈翻譯視域、想像中國與建構日本——從田原天南之《袁世凱》和
李逸濤漢譯的《袁世凱》之比較研究談起〉2010年UCSB臺灣研
究國際研討會「日治時期臺灣研究：文化移譯與殖民地現代性」
2011年 頁157～174

3. 〈朝鮮作家朴潤元在臺作品及其臺灣紀行析論〉《成大中文學報》
第34期 2011年9月 頁21～62

4. 〈《臺灣文藝》與臺灣新文學的發展〉《臺灣文學傳播全國學術研
討會論文集》 2006年5月 國立中興大學臺灣文學研究所主辦

5. 〈記憶與認同——臺灣小說的二戰經驗書寫〉《臺灣文學研究學
報》第2期 2006年4月 頁59～93

6. 〈日治時期臺灣文學總論〉 刊臺灣大百科網路版

7. 〈「日治時期臺灣文學期刊史編纂」總論〉《文訊》第304期
2011年2月 頁42～48

8. 〈回顧與前瞻——談談呂赫若作品的評論〉《文訊》第305期
2011年3月 頁88～91

9. 〈五四與臺灣新文化運動〉《文訊雜誌》第283期 2009年5月
頁42～47

10. 〈從上海到廈門——追尋黎烈文文學活動紀略〉《文訊雜誌》第
225期 2004年7月 頁9～15

11.〈銀幕春秋與文字乾坤——談上海電影本事在日治臺灣報刊雜誌的轉載〉《考掘‧研究‧再現——臺灣文學史料》第一輯　頁27～48

12.〈拿個炮竹讓別人放——談談華人電影獲大獎〉《文風》2001年6月

（以上各篇收入本書時，已配合本書體例重新修正，並對內容予以增刪修訂）

國家圖書館出版品預行編目(CIP)資料

足音集：文學記憶.紀行.電影 / 許俊雅著.
-- 初版. -- 臺北市 ： 萬卷樓, 2011.12
　　面 ； 公分
　ISBN 978-957-739-749-2(平裝)

　1.文藝評論　2.文集

　　812.07　　　　　　　　　　101003633

足音集：文學記憶‧紀行‧電影

2011 年 12 月 初版 平裝

ISBN 978-957-739-749-2　　　　　　　　定價：新台幣 480 元

作　　者	許俊雅	出　版　者	萬卷樓圖書股份有限公司
發 行 人	陳滿銘	編輯部地址	106 臺北市羅斯福路二段 41 號 9 樓之 4
總 編 輯	陳滿銘	電話	02-23216565
副總編輯	張晏瑞	傳真	02-23218698
編　　輯	游依玲	電郵	editor@wanjuan.com.tw
編輯助理	吳家嘉	發行所地址	106 臺北市羅斯福路二段 41 號 6 樓之 3
封面設計	果實文化設	電話	02-23216565
	計工作室	傳真	02-23944113
		印　刷　者	百通科技股份有限公司

如有缺頁、破損、倒裝　　網 路 書 店　　www.wanjuan.com.tw
請寄回更換　　　　　　　劃 撥 帳 號　　15624015